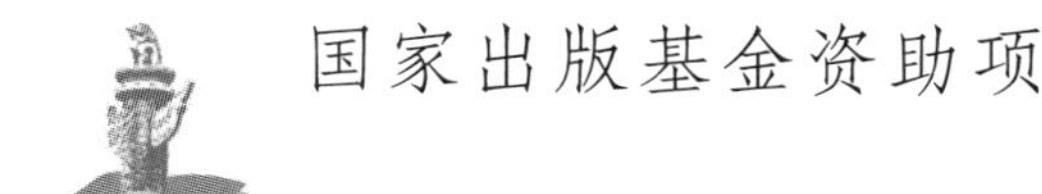

全 乐 府

（五）

主　编　彭黎明　彭　勃
副主编　罗　姗　笑　雪

上海交通大学出版社

第五册目录

第十八卷　唐五代乐府（七）

新乐府辞（二）

乐府杂题（三）

第十九卷　唐五代乐府(八)

第二十卷　唐五代乐府（九）

郊庙歌辞（一）

郊庙歌辞(二)

燕射歌辞

第二十一卷　宋金乐府(一)

新乐府辞(一)

新乐府辞(二)

第二十二卷　宋金乐府（二）

新乐府辞（三）

新乐府辞(四)

新乐府辞（五）

第十八卷　唐五代乐府（七）

新乐府辞（二）

乐府杂题（三）

求仙行[①]

张　籍

汉皇欲作飞仙子，年年采药东海里。蓬莱无路海无边，方士舟中相就[②]死。招摇在天回[③]白日，甘泉玉树无仙实。九皇真人终不下，空向离宫祠太一。丹田有气凝素华，君能保之升绛霞。

① 此首录自《乐府诗集》卷九五。　② 就：《张司业诗集》卷一作“枕”。③ 回：《乐府诗集》作“因”，据《张司业诗集》卷一改。

洛阳行[①]

张　籍

洛阳宫阙当中州，城上峨峨十二楼。翠华西去几时返，枭巢乳鸟藏蛰燕。御门空锁五十年，税彼农夫修玉殿。六街朝暮鼓冬冬，禁兵持戟守空宫。百官月月谢拜表[②]，驿使相续长安道。上阳宫树黄复绿，野豺入苑食麋鹿。陌上老翁双泪垂，共说武皇巡幸时。

① 此首录自《乐府诗集》卷九三。　② 月月谢拜表：《张司业诗集》卷七作“日月拜章表”。

永嘉行[①]

张　籍

黄头鲜卑入洛阳,胡儿持戟升明堂。晋家天子作降虏,公卿齐[②]走如牛[③]羊。紫陌旌旛暗相触,家家鸡犬惊上屋。妇人出门随乱兵,夫死眼前不敢哭。九州诸侯自顾[④]土,无人领兵来护主。北人避胡多[⑤]在南,南人至今能晋语。

① 此首录自《乐府诗集》卷九三。郭茂倩解引《晋书》曰:"怀帝永嘉五年六月,刘曜、王弥陷洛阳,入于南宫,升太极前殿,纵兵大掠,悉收宫人珍宝。曜于是害诸王公及百官已下三万余人,迁帝于平阳。刘聪以帝为会稽公。"按刘元海本匈奴冒顿之后,曜其族子也。　② 齐:《全唐诗》卷三八二作"奔"。　③ 牛:《张司业诗集》卷一作"驱"。　④ 顾:《乐府诗集》作"旷",据《全唐诗》及《张司业诗集》改。　⑤ 多:《张司业诗集》作"皆"。

思远人[①]

张　籍

野桥春水清,桥上送君行。去去人应老,年年草自生。出门看远道,无信向边城。杨柳别离处,秋蝉今复鸣。

① 此首录自《乐府诗集》卷九三。

寄远曲[①]

张　籍

美人去来[②]春江暖,江头无人湘水满。浣沙石上水禽栖,江南路长春日短。兰舟桂楫常渡江,无因重寄双琼珰。

① 此首录自《乐府诗集》卷九四。　② 去来:《张司业诗集》卷一作"来去"。

征妇怨[①]

张　籍

九月匈奴杀边将,汉军全殁辽水上。万里无人收白骨,家家城下招魂葬。妇人依倚子与夫,同居贫贱心亦舒。夫死战场子在腹,妾身虽存如昼烛。

① 此首录自《乐府诗集》卷九四。

寄衣曲[①]

张　籍

纤素缝衣独苦辛,远因回使寄征人。官家亦自寄衣去,贵从妾手著[②]君身。高堂姑老无侍子,不得自到边城里。殷勤为看初著时,征夫身上宜不宜。

① 此首录自《乐府诗集》卷九四。　② 著:《乐府诗集》作"看",据《张司业诗集》卷一及《唐文粹》卷一二改。

北邙行[①]

张　籍

洛阳北门北邙道,丧车辚辚入秋草。车前齐唱《薤露歌》[②],高坟新起日[③]峨峨。朝朝暮暮长[④]送葬,洛阳城中人更多。千金立碑高百尺,终作谁家柱下石。山头松柏半无主,地下白骨多于土。寒食家家送纸钱,鸱[⑤]鸢作窠衔上树。人居朝市未解愁,请君暂向北邙游。

① 此首录自《乐府诗集》卷九四。　②《薤露歌》:乐府《相和曲》名,古代挽歌。　③ 日:《乐府诗集》作"白",据《张司业诗集》卷一改。　④ 长:《张司业诗集》作"人"。　⑤ 鸱:《张司业诗集》作"乌"。

羁旅行[1]

张 籍

远客出门世[2]路难，停车敛策在门端。荒城无人霜[3]满路，野火烧桥[4]不得度。寒虫入窟鸟归巢，僮仆问我谁家去。行寻田头暝[5]未息，双毂长辕碍荆棘。缘[6]冈入涧投田家，主人舂米为夜食。晨鸡喔喔茆屋傍，行人起扫车上霜。旧山已别行已远，身计未成难复返。长安陌上相识稀，遥望天门白日晚。谁能听我苦辛行，为向君前歌一声。

① 此首录自《乐府诗集》卷九五。 ② 世:《张司业诗集》卷一作"行"。 ③ 霜:《乐府诗集》作"雪"，据《张司业诗集》改。 ④ 野火烧桥:《乐府诗集》作"火烧野桥"，据《张司业诗集》改。 ⑤ 暝:《乐府诗集》作"暗"，据《张司业诗集》改。 ⑥ 缘:《乐府诗集》作"绿"，据《张司业诗集》改。

节妇吟[1]

张 籍

君知妾有夫，赠妾双明珠。感君缠绵意，系在红罗襦。妾家高楼连苑起，良人执戟明光里。知君用心如日月，事夫誓拟同生死。还君明珠双泪垂，何不相逢未嫁时。

① 此首录自《乐府诗集》卷九五。今按:《唐文粹》卷一二题下有"寄东平李司空"六字。《全唐诗》卷三八二于"空"字下又有"师送"二字。

楚宫行[1]

张 籍

章华宫中九月时，桂花半落红橘垂。江头骑火照辇道，君王夜从云梦归。霓旌凤盖到双阙，台上重重歌吹发。千门万户开相当，烛笼左右列成行。下辇更衣入洞房，洞房侍女尽焚香。玉阶罗幕[2]微有霜，齐言此夕乐未央。玉酒湛湛盈华觞，丝竹次第鸣中堂。巴姬起舞向君王，回身垂手结明珰。愿君千年万年寿，朝出射麋夜饮酒。

① 此首录自《乐府诗集》卷九五。 ② 幕:《张司业诗集》卷一作“帏”。

山头鹿[1]

张 籍

山头鹿，角芟芟[2]，尾促促。贫儿多租输不足，夫死未葬儿在狱。旱[3]日熬熬蒸野岗，禾黍不收[4]无狱粮。县家唯忧少军[5]食，谁能令尔无死伤。

① 此首录自《乐府诗集》卷九五。 ② 角芟芟:《张司业诗集》卷七作“双角芟芟”。 ③ 旱:《乐府诗集》作“早”，据《张司业诗集》改。 ④ 收:《张司业诗集》作“熟”。 ⑤ 军:《乐府诗集》作“年”，据《张司业诗集》改。

各东西[1]

张 籍

游人别，一东复一西。出门相背两不返，唯信车轮与马蹄。道路悠悠不知处，山高海阔谁辛苦。远游不定难寄书，日日空寻别时语。浮云上天雨堕地，暂时会合终离异。我今与子非一身，安得死生不相弃。

① 此首录自《乐府诗集》卷九五。

湘江曲[1]

张 籍

湘水[2]无潮秋水阔，湘中月落行人发。行[3]人发，送人归，白苹茫茫鹧鸪飞。

① 此首录自《乐府诗集》卷九五。 ② 水:《张司业诗集》卷七作“江”。 ③ 行:《乐府诗集》作“送”，据《张司业诗集》改。

雀飞多[1]

张 籍

雀飞多，触网罗。网罗高树颠[2]，汝飞蓬蒿下，勿复投身网罗间。粟积仓，禾在田，巢之雏望其母来还。

① 此首录自《乐府诗集》卷九五。 ② 树颠:《乐府诗集》作“树山颠”，据《张司业诗集》卷七改。

忆远曲[1]

张 籍[2]

水上山沉沉，征途渡远林[3]。途荒人行少，马迹犹可寻。雪中独立树，海口先侣禽。离忧[4]如长线[5]，千里萦我心。

① 此首录自《乐府诗集》卷九三。 ② 此首作者《乐府诗集》目录署“无名氏”，其正文阙，据《张司业诗集》卷七改补。 ③ 渡远林:《张司业诗集》卷七作“复绕林”。 ④ 离忧:《乐府诗集》作“谁爱”，据《张司业诗集》改。 ⑤ 线:《乐府诗集》作“绵”，据《张司业诗集》改。

塞下曲[①](二首)

王 涯

其 一

辛勤几出黄花戍,迢递初随细柳营。塞晚每愁残月苦,边秋更逐断蓬惊。

① 此二首录自《乐府诗集》卷九三。今按:此诗作者《乐府诗集》作“王维”,据《全唐诗》卷三四六改。

其 二

年少辞家从冠军,金装宝剑去邀勋。不知马骨伤寒水,唯见龙城起暮云。

汉苑行[①](三首)

王 涯 张仲素

其 一

二月风光[②]变柳条,九天清[③]乐奏云韶。蓬莱殿后花如锦,紫阁阶前雪未销。

① 此三首录自《乐府诗集》卷九五。今按:《乐府诗集》此三首作者署张仲素,但第一首不见于张仲素诗,《全唐诗》卷三四六作王涯诗,故补作者王涯待考。 ② 风光:《全唐诗》作“春风”。 ③ 清:《全唐诗》作“仙”。

其 二

回雁高翻[①]太液池,新花低发上林枝。年光到处皆堪赏,春色人间总不[②]知。

① 高翻:《全唐诗》卷三六七作“高飞”,并注“一作风高”。 ② 不:《全唐诗》注“一作未”。

其 三

春风淡淡[①]影悠悠,莺转高枝燕入楼。千步回廊闻风吹,珠帘处处上银钩。

① 淡淡:《全唐诗》作“淡荡”。

平戎辞[①]（二首）

王　涯　张仲素

其　一

太白秋高助汉兵，长风夜卷虏尘清。男儿解却腰间剑，喜见君王道化平。

① 此二首录自《乐府诗集》卷九五。今按：此诗《乐府诗集》作《平戎辞》二首，并署作者王维。王维集中无此二首。第一首《全唐诗》卷三四六作王涯诗，第二首《全唐诗》卷三六七作张仲素诗，题作《塞上曲》。故依此改录，同署姓名待考。

其　二

卷旆生风喜气新，早持龙节静边尘。汉家天子图麟阁，身是当今第一人。

思君恩[①]（三首）

令狐楚　张仲素　王　涯

其　一

小苑莺歌歇，长门蝶舞多。眼看春又去，翠辇不经[②]过。

① 此三首录自《乐府诗集》卷九五。今按：《乐府诗集》作《思君恩》三首，并署作者令狐楚。然第二、第三首不见于令狐楚诗，第二首《全唐诗》卷三六七作张仲素诗，第三首《全唐诗》卷三四六作王涯诗，据此增补第二、三首作者待考。
② 经：《全唐诗》卷三三四注“一作曾”。

其　二

紫禁香如雾，青天月似霜。云韶何处奏？只是在昭阳。

其　三

鸡鸣天汉曙，莺语禁林春。谁入巫山梦，唯应洛水神。

望春辞[①]（二首）

令狐楚

其　一

高楼晓[②]见一花开，便觉春光四面来。暖[③]日晴云知次第，东风不用更相催。

① 此二首录自《乐府诗集》卷九五。今按：《全唐诗》卷三三四此第一首作《游春词》，第二首作《汉苑行》。　② 晓：《全唐诗》注“一作喜”。　③ 暖：《乐府诗集》作“晚”，据《全唐诗》改。

其　二

云霞五采浮天阙，梅柳千般[①]夹御沟。不上黄山南北[②]望，岂知春色满神[③]州。

① 般：《全唐诗》注“一作枝”。　② 黄山南北：《全唐诗》注“乐游原上”。③ 神：《全唐诗》注“一作皇”。

塞下曲[①]（二首）

令狐楚

其　一

雪满衣裳冰满鬓[②]，晓随飞将伐单于。平生意[③]气今何在，把得家书泪似珠。

① 此二首录自《乐府诗集》卷九三。　② 鬓：《全唐诗》卷三三四作“须”。③ 意：《乐府诗集》作“志”，据《全唐诗》改。

其　二

边草萧条塞雁飞，征人南望泪[①]沾衣。黄尘满面长须战，白发生头未得归。

① 泪：《乐府诗集》作“尽”，据《全唐诗》改。

塞下曲[①]（五首）

张仲素

其一

三戍渔阳再渡辽，骍弓在臂剑横腰。匈奴似若[②]知名姓，休傍阴山更射雕。

① 此五首录自《乐府诗集》卷九三。 ② 似若：《乐府诗集》作“欲似”，据《全唐诗》卷三六七改。

其二

猎马千群[①]雁几双，燕然山下碧油幢。传声漠[②]北单于破，火照旌旗夜受降。

① 群：《全唐诗》卷三六七作“行”。 ② 漠：《乐府诗集》作“汉”，据《全唐诗》改。

其三

朔雪飘飘开雁门，平沙历乱卷蓬根。功名耻计[①]擒生数，直斩楼兰报国恩。

① 计：《全唐诗》注“一作记”。

其四

陇水潺湲陇树秋，征[①]人到此泪双流。乡关万里无因见，西戍河源早晚休[②]。

① 征：《全唐诗》注“一作无”。 ② 休：《全唐诗》注“一作收”。

其五

阴碛茫茫塞草腓[①]，桔槔烽[②]上暮烟[③]飞。交[④]河北望天连海，苏武曾将汉节归。

① 腓：《全唐诗》作“肥”。 ② 桔槔烽：指烽火台。《史记·魏公子列传》裴

驷集解引文颖曰："作高木橹，橹上作桔槔，桔槔头兜零，以薪置其中，谓之烽。常低之，有寇即火然举之以相告。" ③ 烟：《全唐诗》作"云"。 ④ 交：《全唐诗》注"一作关"。

塞下曲[①]

郎士元

宝刀塞上[②]儿，身经百战曾百胜。壮心竟未嫖姚知，白草山头日初没。黄沙戍下悲歌发[③]，萧条夜静边风吹，独倚营门望秋月。

① 此首录自《乐府诗集》卷九三。 ② 塞上：《全唐诗》卷二四八作"塞下"。 ③ 戍下悲歌发：《全唐诗》注"一作城下歌声发"。又"歌"下注："一作笳。"

塞 下[①]

李宣远[②]

秋日并州路，黄榆落故关。孤城吹角罢，数骑射雕还。帐幕遥临水，牛羊自下山。行人正垂泪，烽火起云间。

① 此首录自《乐府诗集》卷九三。今按：此题《全唐诗》卷四六六作《并州路》，并注："一作杨达诗，题云《塞下作》。"《全唐诗》录存李宣远诗二首，其《并州路》（即此首）一作杨达诗，题为"山下曲"。《唐诗纪事》及《文苑英华》均作李宣远诗，今从之待考。 ② 李宣远（生卒年不详）：里籍无考。贞元间进士及第。

捣衣曲[①]

刘禹锡

爽砧应秋律，繁杵含凄风。一一远相续，家家音不同。户庭凝露清，伴侣明月中。长裾委襞积，轻珮垂璁珑。汗余衫更馥，钿移麝半空。报寒惊边雁，促思闻候虫。天狼正芒角，虎落[2]定相攻。盈箧寄何处，征人如转蓬。

① 此首录自《乐府诗集》卷九四。 ② 虎落：藩篱。古代遮护城堡或营寨的篱笆。亦用作边塞分界的标志。《汉书·晁错传》颜师古注："虎落者，以竹篾相连遮落之也。"

淮阴行[1]（五首）

刘禹锡

其一

簇簇淮阴市，竹楼缘岸上。好日起樯竿，乌[2]飞惊五两[3]。

① 此五首录自《乐府诗集》卷九四。郭茂倩解引刘禹锡序曰："古有《长干行》，备言三江之事。禹锡阻风淮阴，乃作淮阴行。" ② 乌：《刘梦得文集》卷八作"乌"。 ③ 五两：亦作"五𦆀"，古代的测风器。

其二

今日转船头，金乌指西北。烟波与春草，千里同一色。

其三

船头大铜环，摩挲光阵阵。早晚[1]使风[2]来，沙头一眼认。

① 晚：《全唐诗》卷三六四作"早"。 ② 使风：《全唐诗》注"一作便风"。

其四

何物令侬羡，羡郎船尾燕。衔泥趁樯竿，宿食长相见。

其五

隔浦望行船，头昂尾幭幭。无奈挑菜[1]时，清淮春浪软。

① 挑菜:《全唐诗》作"晚来",注:"一作挑菜。"《乐府诗集》作"脱叶",据《全唐诗》注改。

泰娘歌[①]

刘禹锡

泰娘家本阊门西,门前渌水环金堤。有时妆成好天气,走上皋桥折花戏。风流太守韦尚书,路傍忽见停隼旟。斗量明珠鸟传意,绀幰迎入专城居。长鬟如云衣似雾,锦茵罗荐承轻步。舞学惊鸿水榭春,歌传[②]上客兰堂暮。从郎西入帝城中,贵游簪组香帘栊。低鬟缓视抱明月,纤指破拨生胡风。繁华一旦有消歇,题剑无光履声绝。洛阳旧宅生草莱,杜陵萧萧松柏哀。妆奁虫网厚如茧,博山炉侧倾寒灰。蕲州刺史张公子,白马新到铜驼里。自言买笑掷黄金,月堕云中从此始。安知鹏鸟坐隅飞,寂寞旅魂招不归。秦嘉镜[③]有前时结,韩寿香[④]销故箧衣。山城少人江水碧,断雁哀猿风雨夕。朱弦已绝为知音,云鬟未秋私自惜。举目风烟非旧时,梦归[⑤]归路多参差。如何将此千行泪,更洒湘江斑竹枝。

① 此首录自《乐府诗集》卷九四。郭茂倩解引刘禹锡歌序曰:"泰娘,本韦尚书家主讴者。初,尚书为吴郡得之,命乐工教以琵琶歌舞,尽得其技。后携之归京师,京师多善工,又捐去故技,授以新声,而泰娘颇见称于贵游间。元和初,尚书薨于东都,泰娘出居民间。久之,为蕲州刺史张愻所得。其后愻坐事谪武陵郡。愻卒,泰娘无所归,地远,无有知其容与艺者。故日抱乐器而哭,其音甚悲。禹锡闻之,乃作《泰娘歌》云。" ② 传:《刘梦得文集》卷九作"撩"。《乐府诗集》注"一作撩"。 ③ 秦嘉镜:秦嘉,东汉诗人。有《赠妇诗》三首,诗中有"宝钗可耀首,明镜可鉴形"句。 ④ 韩寿香:晋贾充女午与韩寿私通,并以皇帝赐其父

之西域香赠寿。后以此指异香或男女定情之物。　⑤ 归:《刘梦得文集》卷九作“寻”。

更衣曲[①]

刘禹锡

博山炯炯吐香雾,红烛引至更衣处。夜如何其夜漫漫,邻鸡未鸣寒雁度。庭前雪压松桂丛,廊下点点悬纱笼。满堂醉客争笑语,嘈噆[②]琵琶青[③]幕中。

① 此首录自《乐府诗集》卷九四。郭茂倩解引《汉武帝故事》曰:“武帝立卫子夫为皇后。初,上行幸平阳主家,主置酒作乐。子夫为主讴者,善歌,能造曲,每歌挑上。上意动,起更衣,子夫因侍得幸。头解,上见其美发悦之。主遂纳子夫于宫。”《更衣曲》其取于此。　② 嘈噆:《刘梦得文集》卷八作“嘈嘈”。③ 青:《刘梦得文集》作“音”。

视刀环歌[①]

刘禹锡

常恨言语浅,不如人意深。今朝两相视,脉脉万重心。

① 此首录自《乐府诗集》卷九四。

堤上行[①](三首)

刘禹锡

其　一

酒旗相望大堤头,堤下连樯堤上楼。日暮行人争渡急,桨声幽[②]轧满中流。

① 此三首录自《乐府诗集》卷九四。郭茂倩解引《古今乐录》曰:“清商西曲

《襄阳乐》云:'朝发襄阳城,暮至大堤宿。大堤诸女儿,花艳惊郎目。'梁简文帝由是有《大堤曲》,《堤上行》又因《大堤曲》而作也。” ② 幽:《全唐诗》卷三六五注“一作咿”。

其　二

江南江北望烟波,入夜行人相应歌。《桃叶》[1]传情《竹枝》[2]怨,水流无限月明多。

①《桃叶》:即《桃叶歌》。乐府吴声歌曲名。　②《竹枝》:即《竹枝词》。乐府名,唐刘禹锡于贞元中在沅湘所创新词。

其　三

长[1]堤缭绕水徘徊,酒舍旗亭次第开。日晚上帘招贾客,轲峨大艑落帆来。

① 长:《全唐诗》作“春”。

竞渡曲[1]

刘禹锡

沅江五月平堤流,邑人相将浮彩舟。灵均何年歌已矣,哀谣振楫从此起。扬枹击节雷阗阗,乱流齐进声轰然。蛟龙得雨鬐鬣动,螮蝀[2]饮河形影联。刺史临流褰翠帏,揭竿命爵分雄雌。先鸣余勇争鼓舞,未至衔枚颜色沮。百胜本自有前期,一飞由来无定所。风俗如狂重此时,纵观云委江之湄。彩旂夹岸照鲛室,罗袜凌波呈水嬉。曲终人散空愁暮,招屈亭前水东注。

① 此首录自《乐府诗集》卷九四。郭茂倩解引刘昪《事始》曰:“楚传云:竞渡起于越王勾践。”《荆楚岁时记》云:“旧传屈原死于汨罗,时人伤之,竞以舟楫拯焉,因以成俗。”《岁华纪丽》云“因勾践以成风,拯屈原而为俗”是也。刘禹锡序曰:“竞渡始于武陵,至今举楫而相和之音,咸呼‘何在’,招屈之义也。”《竞渡曲》盖起于此。　② 螮蝀:虹。螮,亦作“蝃”。《诗·鄘风·蝃蝀》:“蝃蝀在东,莫之敢指。”毛传:“蝃蝀,虹也。”

沓潮歌[①]

刘禹锡

屯门积日无回飙,沧波不归成沓潮。轰如鞭石矻且摇,亘空欲驾鼋鼍桥。惊湍蹙缩悍而骄,大陵高岸失岧嶢。四边无阻音响调,背负元气掀重霄。介鲸得性方逍遥,仰鼻嘘吸扬朱翘。海人狂顾迭相招,罽衣[②]髽[③]首声哓哓。征南将军登丽谯,赤旗指麾不敢嚣。翌日风回沴气消,归涛纳纳景昭昭。乌泥白沙复满海,海色不动如青瑶。

① 此首录自《乐府诗集》卷九四。郭茂倩解引刘禹锡歌序曰:"元和十年夏五月,大风驾潮,南海泛滥,南人云沓潮也,率三岁一有之。客或言其状,禹锡因歌之。" ② 罽衣:毛毡做的衣服。 ③ 髽:古代妇女的丧髻,以麻线束发。

田家行[①]

元 稹

牛吒吒,田确确,旱块敲牛蹄趵趵。种得官仓珠颗谷,六十年来兵簇簇,月月[②]食粮车辘辘。一日官军收海服,驱牛驾车食牛[③]肉,归来收得牛两角。重铸耧犁作斤劚,姑舂妇担去[④]输官,输官[⑤]不足归卖屋。愿官早胜雠早复,农死有儿牛有犊,不遣官军粮不足。

① 此首录自《乐府诗集》卷九三。今按:此题《元氏长庆集》卷二三作《田家词》。 ② 月月:《乐府诗集》作"日月",据《元氏长庆集》改。 ③ 牛:《乐府诗集》作"羊",据《元氏长庆集》改。 ④ 去:《乐府诗集》阙,据《元氏长庆集》补。 ⑤ 输官:《乐府诗集》阙,据《元氏长庆集》补。

忆远曲[①]

元 稹

忆远曲，郎身不远郎心远。沙随郎饭俱在匙，郎意看沙那比饭。水中画字无字痕，君心暗画谁会君。况妾事姑姑进止，身去门前同万里。一家尽是郎腹心，妾似生来无两耳。妾身何足言，听妾私劝君。君今夜夜醉何处，姑来伴妾自闭门。嫁夫恨不早，养儿将备老。妾自嫁郎身骨立，老姑为郎求娶妾。妾不忍见姑郎忍见，为郎忍耐看姑面。

① 此首录自《乐府诗集》卷九三。

夫远征[①]

元 稹

赵卒四十万，尽为坑中鬼。赵王未信赵母言，犹点新兵更填死。填死之兵兵气索，秦强赵破括敌起。括虽专命起尚轻，何况牵肘之人牵不已。坑中之鬼妻在营，髽麻戴绖鹅雁鸣。送夫之妇又行哭，哭声送死非送行。夫远征，远征不必戍长城，出门便不知死生。

① 此首录自《乐府诗集》卷九三。

织妇词[①]

元 稹

织妇何太忙，蚕经三卧行欲老。蚕神女圣早成丝，今年丝税抽征早。早征非是官人恶，去岁官家事戎索。征人战苦束刀疮[②]，主将勋高换罗幕。缫丝织帛犹努力，变缉[③]撩机苦难织。东家头白双女儿，为解挑纹嫁不得[④]。檐前袅袅游丝上，上有蜘蛛巧来往。

羡他虫豸解缘天，能向虚空织罗网。

① 此首录自《乐府诗集》卷九四。　② 疮：《乐府诗集》作“枪”，据《元氏长庆集》卷二三改。　③ 缉：《乐府诗集》作“缀”，据《元氏长庆集》改。　④ “为解”句：《元氏长庆集》原注云：“予掾荆时，目击贡绫户，有终老不嫁之女。”

梦上天[①]

元　稹

梦上高高天，高天[②]苍苍高不极。下视五岳块累累，仰天依旧苍苍色。踏[③]云耸身身更上，攀天上天攀未得。西瞻若水[④]兔轮低，东望蟠桃海波黑。日月之光不到此，非暗非明烟塞塞。天悠地远身跨风，下无阶梯上无力。来时畏有他人上，截断龙胡斩鹏翼。茫茫漫漫方自悲，哭向青云椎[⑤]素臆。哭声厌咽旁人恶，唤起惊悲泪飘露。千慚万谢唤厌人，向使无君终不寤。

① 此首录自《乐府诗集》卷九五。今按：此题《全唐诗》卷四一八注：“和刘猛。”刘猛，彭城（今江苏徐州）人。元和十二年（817）客居梁州，与李余各作古乐府数十首。元稹至梁州见之，谓“其中一二十章，咸有新意”（见《乐府古题序》），从而作《乐府古题》十九首，其中前十首并和刘猛。《全唐诗》卷四六三录刘猛诗三首。　② 天：《元氏长庆集》卷二三作“高”。　③ 踏：《全唐诗》作“蹋”。　④ 水：《乐府诗集》作“木”，据《全唐诗》及《元氏长庆集》改。　⑤ 椎：《乐府诗集》作“掐”，据《全唐诗》改。

君莫非[①]

元　稹

鸟不解走，兽不解飞，两不相解，那得相讥。犬不饮露，蝉不啖肥，以蝉易犬，蝉死犬饥。燕在梁栋，鼠在阶基，各自窠窟，不能改移②。妇好针缕，夫读书诗。男翁女嫁，卒不相知。惧聋摘耳，效痛颦眉，我不非尔，尔无我非。

① 此首录自《乐府诗集》卷九五。今按：此题《全唐诗》卷四一八注“和李余”。李余，成都（今属四川）人。一生仕宦不显而颇有诗名，长于乐府，元稹《乐府古题序》云：“昨梁州见进士刘猛、李余各赋古乐府诗数十首，其中一二十章，咸有新意，予因选而和之。”然李余所作古乐府已佚，《全唐诗》卷五〇八录其诗二首。 ② 不能改移：《元氏长庆集》卷二三作“人不能移”。

田头狐兔行[①]

元　稹

种豆耘锄，种禾沟甽。禾苗豆甲，狐搰兔翦。割鹄喂鹰，烹麟啖犬。鹰怕兔毫，犬被狐引。狐兔相须，鹰犬相尽。日暗天寒，禾稀豆损。鹰犬就烹，狐兔俱哂。

① 此首录自《乐府诗集》卷九五。今按：此题《元氏长庆集》卷二三作《田野狐兔行》。《全唐诗》卷四一八此题下注：“和李余”。

人道短[①]

元　稹

古道天道长，人道短，我道天道短，人道长。天道昼夜回转不曾住，春秋冬夏忙。颠风暴雨电雷狂，晴被阴暗，月夺日光，往往星宿，日亦堂堂。天既职性命，道德人自强。尧舜有圣德，天不②能遣，寿命永昌，泥金刻玉与秦始皇，周公、傅说何不长宰相，老聃、仲尼何事栖遑，莽、卓、恭、显皆数十年贵富，梁冀③夫妇车马煌煌，若此颠倒事，岂非天道短，岂非人道长！尧舜留得神圣事，百代天子有典章。仲尼留得孝顺语，千年万岁父子不敢相灭亡。没后千余载，唐家天子封作文宣王。老君留得五千字，子孙万万称圣唐，谥作玄元帝，魂魄坐天堂。周公《周礼》十二卷，有能行者知纪纲，傅说《说命》三四纸，有能师者称祖宗。天能夭人命，人使道无穷。若此神圣事，谁道人道短，岂非人道长！天能种百草，莸得十年有气息，蕣才一日芳，人能拣得丁沉兰蕙，料理百和香。天解养禽兽，喂虎豹豺狼，人解和曲糵，充禴祀烝尝[④]。杜鹃无百作，天遣百鸟哺雏，不遣哺凤皇。巨蟒寿千岁，天遣食牛吞象充腹肠。蛟螭与变化，鬼怪与隐藏，蚊蚋与利嘴，枳棘与锋芒。赖得人道有拣别，信任天道真茫茫。若此撩乱事，岂非天道短，赖得人道长。

① 此首录自《乐府诗集》卷九五。今按：此题《全唐诗》卷四一八注：“和李余”。 ② 不：《乐府诗集》作“下”，据《全唐诗》卷四一八改。 ③ 梁冀：字伯卓，东汉安定人。其妹为顺帝皇后。冀为大将军，专断朝政几十年，骄奢暴横。 ④ 禴祀烝尝：古代宗庙时祭名。禴，通礿，汉董仲舒《春秋繁露·四祭》云：“春曰祠，夏曰禴，秋曰尝，冬曰烝……”

苦乐相倚曲[①]

元　稹

古来苦乐之相倚，近于掌上之十指。君心半夜猜恨生，荆棘满怀天未明。汉皇[②]眼瞥飞燕时，可怜班女恩已衰，未有因由相决绝，犹得半年佯暖热，转将深意喻旁人，缉缀疵瑕[③]遣潜说。一朝诏下辞金屋，班姬自痛何仓卒，呼天抚[④]地将自明，不悟寻时已[⑤]销骨。白首宫人前再拜，愿将日月相辉[⑥]解。苦乐相寻昼夜间，灯光那得⑦天明在。主今被夺心应苦，妾夺深恩初为主。欲知妾意恨主时，主今为妾思量取。班姬收泪抱妾身，我曾排摈无限人。

① 此首录自《乐府诗集》卷九五。今按：此题《全唐诗》卷四一八注："和李余"。 ② 皇：《元氏长庆集》卷二三作"成"。《乐府诗集》注"一作成"。 ③ 疵瑕：《全唐诗》卷四一八作"瑕疵"。 ④ 抚：《全唐诗》注"一作俯"。 ⑤ 已：《乐府诗集》作"暗"，并注"一作已"，据此及《元氏长庆集》改。 ⑥ 辉：《乐府诗集》作"挥"，据《元氏长庆集》改。 ⑦ 得：《全唐诗》作"有"。

捉捕歌[①]

元　稹

捉捕复捉捕，莫捉狐与兔。狐兔藏窟穴，豺狼妨道路。道路非不妨，最忧蝼蚁聚。豺狼不陷阱，蝼蚁潜幽蠹。切切主人窗，主人轻细故。延缘蚀栾栌，渐入栋梁柱。梁栋尽空虚，攻穿痕不露。主人坦然意，昼夜安寝寤。网罗布参差，鹰犬走回互。尽力穷窟穴，无心自还顾。客来歌捉捕，歌竟泪如雨。岂是惜狐兔，畏君先后误。愿君扫梁栋，莫遣蝼蚁附。次及清道途，尽灭豺狼步。主人堂上坐，行客门前度。然后巡野田，遍张畋猎具。外无枭獍援，内有熊罴驱。狡兔掘荒榛，妖狐熏古墓。用力不足多，得禽自无数。畏君听未详，听客有明喻。虮虱谁不轻，鲸鲵谁不恶。在海尚幽遐，在怀交秽污。歌此劝主人，主人那不悟。不悟还更歌，谁能恐违忤。

① 此首录自《乐府诗集》卷九五。今按：此题《全唐诗》卷四一八注："和李余"。

采珠行[①]

元　稹

海波无底珠沉海，采珠之人判死采。万人判死一得珠，斛量买婢天何在！年年采珠珠避人，今年采珠由海神。海神采珠珠尽死，死尽明珠空海水。珠为海物属海神[②]，神今自采何况人。

① 此首录自《乐府诗集》卷九五。今按：此首作者《乐府诗集》目录作“无名氏”，正文阙，据《元氏长庆集》卷二三补。　② 属海神：《元氏长庆集》作“海属神”。

织妇词[①]

鲍　溶

百日织彩丝，一朝停杼机。机中有双凤，化作天边衣。使人马如风，诚不阻音徽。影响随羽翼，双双绕君飞。行人岂愿行，不怨不知归。所怨天尽处，何人见光辉。

① 此首录自《乐府诗集》卷九四。

采珠行[①]

鲍　溶

东方暮空海面平，骊龙弄珠烧月明。海人惊窥水底火，百宝错落随龙行。浮心一夜生奸见，月质龙躯看几遍。擘波下去忘此身，迢迢谓海无灵神。海宫正当龙睡重，昨夜孤光今得弄。河伯空忧水府贫，天吴[②]不敢相惊动。一团冰容掌上清，四面人入光中行。腾华乍摇白日影，铜镜万古羞为灵。海边老翁怨狂子，抱珠哭向无底水。一富何须龙颔前，千金几葬鱼肠里。鳞虫变化回[③]阴阳，填海破山无景光。拊心仿佛失珠意，此土为尔离农桑。饮风衣日亦饱暖，老翁掷却同[④]鸡卵。

① 此首录自《乐府诗集》卷九五。 ② 天吴：水神名。《山海经·海外东经》："朝阳之谷，神曰天吴，是为水伯。"《大荒东经》："有神人，八首人面，虎身十尾，名曰天吴。" ③ 回：《全唐诗》卷四八七作"为"。 ④ 同：《乐府诗集》作"荆"，据《全唐诗》注"一作同"改。

倚瑟行[①]

鲍　溶

金舆传警灞水涯[②]，龙旗参天行殿巍。左文皇帝右慎姬，北面侍臣张释之[③]。因高知处邯郸道，寿陵已见生秋草。万世何人不此归，一言出口堪生老。高歌倚瑟扬[④]清悲，乐余[⑤]哀生知为谁。臣惊谣[⑥]叹不可放[⑦]，愿赐一言释名妄。明珠为日红亭亭，水银为河玉为星。泉宫一闭秦国丧，牧童弄火骊山上。与世无情在速贫，弃尸于野由斯葬。生死茫茫不可知，是不一姓君莫悲。始皇有训二世誓，君独何人至于斯。灞陵一代无发毁，俭风本自张廷尉。

① 此首录自《乐府诗集》卷九五。郭茂倩解引《汉书》曰："文帝至霸陵，慎夫人从。帝指视新丰道曰：'此走邯郸道也。'使慎夫人鼓瑟，帝自倚瑟而歌，意凄怆悲怀。"李奇曰："声气依倚瑟也。"颜师古曰："慎夫人，邯郸人。倚瑟即今之以歌合曲也。" ② 传警灞水涯：《全唐诗》卷四八五作"传惊灞浐水。" ③ 张释之：字季，西汉南阳堵阳（今河南方城东）人。文帝时，以赀选为郎，累迁公车令、中郎将，后任廷尉。景帝立，任为淮南相。 ④ 扬：《全唐诗》作"流"。 ⑤ 乐余：《全唐诗》作"徐乐"。 ⑥ 谣：《全唐诗》作"欢"。 ⑦ 放：《全唐诗》注"一作望"。

塞下曲[①]

许　浑[②]

夜战桑干雪[③]，秦兵半不归。朝来有乡信，独自寄征衣。

① 此首录自《乐府诗集》卷九三。　② 许浑（约791—?）：字用晦，润州丹阳（今属江苏）人，太和年间进士，授当涂令。历任虞部员外郎，睦、郢二州刺史。自少苦学，喜爱林泉，其诗长于律体，多登高怀古之作。有《丁卯集》。《全唐诗》录其诗一一卷。　③ 雪：《丁卯集》卷下作“北”。

织锦词[①]

温庭筠

丁东细漏侵琼瑟，影转高梧月初出。簇蔌金梭万缕红，鸳鸯艳锦初成匹。锦中百结皆同心，蕊乱云盘相间深。此意欲传传不得，玫瑰作柱朱弦琴。为君裁破合欢被，星斗迢迢共千里。象尺[②]薰炉未觉秋，碧池中[③]有新莲子。

① 此首录自《乐府诗集》卷九四。　② 尺：《才调集》卷二作“齿”。　③ 中：《温庭筠诗集》卷一作“已”。《乐府诗集》注“一作已”。

烧香曲[①]

李商隐

钿[②]云蟠蟠牙比鱼，孔雀翅尾蛟龙须。漳[③]宫旧样博山炉，楚娇捧笑开芙蕖。八蚕茧绵小分炷，兽焰微红隔云母。白天月泽寒未冰，金虎含秋向东吐。玉珮呵光铜照昏，帘波日暮冲斜门。西来欲上茂陵树，柏梁已失栽桃魂。露庭月井大红气，轻衫薄袖[④]当君意。蜀殿琼人伴夜深，金銮不问残灯事。何当巧吹君怀度，襟灰为土填清露。

① 此首录自《乐府诗集》卷九五。　② 钿：《乐府诗集》作“细”，据《全唐诗》卷五四一改。　③ 漳：《乐府诗集》作“章”，据《全唐诗》及《李义山诗集》卷二改。④ 袖：《乐府诗集》作“细”，据《全唐诗》及《李义山诗集》改。

房中曲[①]

李商隐

蔷薇泣幽素，翠带花钱小。娇郎痴若云，抱日西帘晓。枕是龙宫石，割得秋波色。玉簟失柔肤，但见蒙罗碧。忆得前年春，未语悲含辛。归来已不见，锦瑟长于人。今日涧底松，明日山头蘖。愁到天池翻，相看不相识。

① 此首录自《乐府诗集》卷九五。

楼上曲[①]

李商隐

鼍鼓沉沉虬水咽，秦丝不上蛮弦绝。常娥衣薄不禁寒，蟾蜍夜艳秋河月。碧城冷落空濛烟，帘轻幕重金钩栏。灵香不下两皇子，孤星直上相风竿。八桂林边九芝草，短襟小鬓相逢道。入门暗数一千春，愿去闰年留月小。栀子交加香蓼繁，停辛伫苦留待君。

① 此首录自《乐府诗集》卷九五。今按：此首《乐府诗集》作《河内诗三首》之一。

湖中曲[①]

李商隐

阊门日下吴歌远，陂路绿菱香满满。后溪暗起鲤鱼风[②]，船旗闪断芙蓉干。轻身奉君畏身轻，双桡两桨樽酒清。莫因风雨罢团扇，此曲断肠唯此声。低楼小径城南道，犹自金鞍对芳草。

① 此首录自《乐府诗集》卷九五。今按：此首《乐府诗集》作《河内诗三首》之二。　② 鲤鱼风：九月风，秋风。冯浩笺注引《提要录》："鲤鱼风，乃九月风也。"

湖中曲[①]

李　贺

长眉越沙采兰若，桂叶水蒸春[②]漠漠。横船醉眠白昼闲，渡口梅风歌扇薄。燕钗玉股照青蕖[③]，越王娇郎[④]小字书。蜀纸封巾[⑤]报云鬓，晚漏[⑥]壶中水淋尽。

① 此首录自《乐府诗集》卷九五。今按：此首《乐府诗集》作《河内诗三首》之三。　② 春：《乐府诗集》注"一作秋"。　③ 蕖：《全唐诗》卷三九一作"渠"。　④ 郎：《乐府诗集》注"一作娘"。　⑤ 巾：《乐府诗集》作"中"，据《全唐诗》改。　⑥ 壶中：《乐府诗集》注"一作铜壶"。

塞下曲[①]

李　贺

胡角引北风，蓟门白于水。天含青海道，城头见[②]千里。露下旗濛濛，寒金鸣夜刻。蕃甲锁蛇鳞，马嘶青冢白。秋静是旄头，沙远席羁[③]愁。帐北天应尽，河声[④]出塞流。

① 此首录自《乐府诗集》卷九三。　② 见：《全唐诗》卷三九三作"月"。

③ 羁:《乐府诗集》作“萁”,据《文苑英华》卷一九七改。 ④ 河声:《文苑英华》作“黄河”。

春怀引[①]

李贺

芳蹊密影成花洞,柳结浓烟[②]香[③]带重。蟾蜍碾玉挂明弓,捍拨装金打仙凤。宝枕垂云选春梦,钿合碧寒[④]龙脑冻。阿侯系锦觅周郎,凭仗东风好相送。

① 此首录自《乐府诗集》卷九五。 ② 烟:《乐府诗集》注“一作阴”。 ③ 香:《李贺歌诗编·集外诗》作“花”。 ④ 寒:《乐府诗集》注“一作空”。

静女春曙曲[①]

李贺

嫩蝶怜芳抱新蕊,泣露枝枝滴夭泪。粉窗香咽颓晓云,锦堆花密[②]藏春睡。恋屏孔雀摇金尾,莺舌分明呼婢子。冰洞寒龙半匣水,一只商鸾逐烟起。

① 此首录自《乐府诗集》卷九五。 ② 密:《乐府诗集》作“蜜”,据《全唐诗》卷三九四改。

白虎行[①]

李贺

火乌[②]日暗崩腾云,秦皇虎视苍生群。烧书灭国无暇日,铸剑佩玦唯将军。玉坛设醮思冲天,一世二世当万年。烧丹未得不死药,拏舟海上寻神仙。鲸鱼张鬣海波沸,耕人半作征人鬼。雄豪气猛如焰烟,无人为决天河水。谁最苦兮谁最苦,报人义士深相许。

渐离击筑荆卿歌，荆卿把酒燕丹语。剑如霜兮肠如铁，出燕城兮望秦月。天授秦封祚未终，衮龙衣点荆卿血。朱旗卓地白蛇死，汉皇却[③]是真天子。

① 此首录自《乐府诗集》卷九五。 ② 火乌：周武王伐纣前二年曾东观兵于孟津。相传其渡河后，"有火自上复于下，至于王屋，流为乌，其色赤。"(《史记·周本纪》)后因以"火乌"代指周朝的国祚。 ③ 却：《李贺歌诗编·集外诗》作"知"。

月漉漉篇[①]

李 贺

月漉漉，波烟[②]玉。莎青桂花繁，芙蓉别江木。粉态袂罗寒，雁羽铺烟湿。谁能看石帆，乘船镜中入。秋白鲜红死，水香莲子齐。挽菱隔歌袖，绿[③]刺罥银泥。

① 此首录自《乐府诗集》卷九五。 ② 烟：《乐府诗集》作"咽"，据《李贺歌诗编》卷四改。 ③ 绿：《李贺歌诗编》作"丝"。

黄头郎[①]

李 贺

黄头郎，捞拢去不归。南浦芙蓉影，愁红独自垂。水弄湘娥珮，竹啼山露月。玉瑟调青门，石云湿黄葛。沙上蘼芜花，秋风已先发。好持扫罗荐，香出鸳鸯[②]热。

① 此首录自《乐府诗集》卷九五。郭茂倩解引《汉书·佞幸传》曰："邓通以棹船为黄头郎。文帝尝梦欲上天，不能，有一黄头郎推上天。觉而之渐台，以梦阴求推者郎，得邓通，梦中所见也。"颜师古曰："棹船，能持棹行船也。土胜水，其色黄，故刺船之郎皆著黄帽，因号曰黄头郎。黄帽，盖染绡帛为之也。" ② 鸯：

《乐府诗集》注“一作笼”。

塞下曲[①]

刘驾

勒兵辽水边，风急卷旌旃。绝塞阴无草，平沙去尽天。下营看斗建，传号信狼烟。圣代书青史，当时破虏年。

① 此首录自《乐府诗集》卷九三。

塞下曲[①]

丁稜[②]

北风鸣晚角，雨雪塞云低。烽举战军动，天寒征马嘶。出营红旆展，过碛暗沙迷。诸将年皆老，何时罢鼓鼙。

① 此首录自《乐府诗集》卷九三。　② 丁稜（生卒年不详）：字子威，里籍无考。会昌三年（843），以宰相李德裕荐登进士第。《全唐诗》录其诗二首。

江南别[①]

罗隐

去年今夜江南别，鸳鸯翅冷飞蓬热。今年今夜江北边，鲤鱼肠断音书绝。男儿心事无了时，出门上马不自知。

① 此首录自《乐府诗集》卷九五。

塞下曲[①]（六首）

卢　纶[②]

其　一

鹫翎金仆姑[③]，燕尾绣蝥弧。独立扬新令，千营共一呼。

① 此六首录自《乐府诗集》卷九三。今按：此题《全唐诗》卷二七八作《和张仆射塞下曲》。　② 卢纶（748—800）：字允言，河中蒲（今山西永济）人。为大历十才子之一。曾为河中浑瑊元帅府判官，官至检校户部郎中。诗多送别酬答之作，也有反映军中生活者，《塞下曲》较有名。有《卢纶集》。《全唐诗》录其诗五卷。　③ 金仆姑：箭名。《左传·庄公十一年》："乘兵之役，公以金仆姑射南宫长万。"

其　二

林暗草惊风，将军夜引弓。平明寻白羽，没在石棱中。

其　三

月黑雁飞高，单于夜遁逃。欲将轻骑逐，大雪满弓刀。

其　四

野幕蔽[①]琼筵，羌戎贺劳旋。醉和金甲舞，雷鼓动山川。

① 蔽：《全唐诗》作"敞"。

其　五

调箭又呼鹰，俱闻出世[①]能。奔狐[②]将迸雉，扫尽古丘陵。

① 出世：《全唐诗》注"一作百中"。　② 狐：《全唐诗》注"一作猿"。

其　六

亭亭七叶贵，荡荡一隅清。他日题麟阁，唯应独不名[①]。

① "唯应"句：《全唐诗》注"一作谁知独有名"。

塞下曲[①]

周朴

石国胡儿向碛东，爱吹横笛引秋风。夜来云雨皆飞尽，月照平沙万里空。

① 此首录自《乐府诗集》卷九三。

塞下曲[①]（十一首）

贯休

其一

下营依遁甲，分帅[②]把河隍。地使人心恶，风吹旗焰荒。搜山见[③]探卒，放火猎黄羊。唯有南飞雁，声声断客肠。

① 此十一首录自《乐府诗集》卷九三。今按：此题《全唐诗》卷八二七作《古塞下曲》四首，即后四首。又卷八三〇作《古塞下曲》七首，即前七首。兹按《乐府诗集》收录之。 ② 帅：《乐府诗集》作"师"，据《全唐诗》改。 ③ 见：《全唐诗》作"得"。

其二

归去是何年，山连逻逤川。苍黄曾战地，空阔养雕天。旗插蒸沙堡，枪担卓槊泉。萧条寒日落，号令彻穷边。

其三

虏寇日相持，如龙马不肥。突围金甲破，趁贼铁枪飞。汉月堂堂上，胡云惨惨微。黄河冰已合，犹未送征衣。

其四

南北唯堪恨，东西实可嗟。常飞侵夏雪，何处有人家。风刮阴山薄，河推大岸斜。只应寒夜梦，时见故园花。

其　五

不是将军勇，胡兵岂易当。雨曾淋火阵，箭又中金疮。铁岭全无土，豺群亦有狼。因思无战日，天子是陶唐。

其　六

榆叶飘萧尽，关防烽寨重。寒来知马疾，战后觉人凶。烧逐飞蓬死，沙生毒雾浓。谁能奏明主，功业已堪封。

其　七

万战千征地，苍茫古寨门。阴兵[1]为客祟，恶酒发刀痕。风落昆仑石[2]，河萌苜蓿根。将军更移帐，日日近西蕃。

① 阴兵：谓鬼兵。唐卢仝《冬行诗》之三："野风结阴兵，千里鸣刀枪。"
② 石：《乐府诗集》作"食"，据《全唐诗》改。

其　八

古塞腥膻地，胡兵聚如蝇。寒雕中髆石，落在黄河冰。苍茫逻逊城，栟栟贼气兴。铸金祷秋穹，还拟相凭陵。

其　九

战[1]骨践成[2]尘，飞入征人目。黄云忽变黑，战鬼作阵[3]哭。阴风吼大漠，火号出不得。谁为天子前，唱此边城曲。

① 战：《全唐诗》注"一作白"。　② 践成：《全唐诗》注"一作化黄"。
③ 阵：《全唐诗》注"一作夜"。

其　十

日向平沙出，还向平沙没。飞蓬落阵[1]营，惊雕去天末。帝乡青楼倚霄汉，歌吹掀天对花月。岂知塞上望乡人，日日双眸滴清血。

① 阵：《全唐诗》注“一作军”。

其十一

狼烟作阵云，匈奴爱轻敌。领兵不知数，牛羊复吞碛。严冬大河枯，嫖姚去深击。战血染黄沙，风吹映天赤。

塞　下[①]（三首）

沈　彬[②]

其一

塞叶声悲秋欲霜，寒山数点下牛羊。映霞旅雁随疏雨，向碛行人带夕阳。边骑不来沙路失，国恩深后海城荒。胡儿向化新成长，犹自千回问汉王。

① 此三首录自《乐府诗集》卷九三。　② 沈彬（生卒年不详）：字子文，唐末五代时在世，高安（今属江西）人。南唐时曾为校书郎，以吏部郎中致仕。

其二

贵主和亲杀气沉，燕山闲猎鼓鼙音。旗分雪草偷边马，箭入寒云落塞禽。陇月尽牵乡思动，战衣谁寄泪痕深。金钗谩作封侯别，擘破佳人万里心。

其三

月冷榆关过雁行，将军寒笛老思乡。贰师骨恨千夫壮，李广魂飞一剑长。戍角就沙催落日，阴云分碛护秋[①]霜。谁知汉武轻中国，闲夺天山草木荒。

① 秋：《全唐诗》卷七四三作“飞”。

交河塞下曲[①]

胡　曾[②]

交河冰薄日迟迟，汉将思家感别离。塞北草生苏武泣，陇西云起李陵悲。晓侵雉堞乌先觉，春入关山雁独知。何处疲兵心最苦，夕阳楼上笛声时。

① 此首录自《乐府诗集》卷九三。　② 胡曾（生卒年不详）：号秋田。邵阳（今属湖南）人。咸通中举进士不第，后为路岩、高骈诸人幕僚。其诗通俗明快，有《安定集》十卷，今佚。《全唐诗》录其诗一卷。

第十九卷　唐五代乐府（八）

新乐府辞(三)

系乐府[①](十二首)

元结

思太古

东南三千里,沅、湘为太湖。湖上山谷深,有人多似愚。婴孩寄树颠,就水捕鸲鲈。所欢同鸟兽,身意复何拘。吾行遍九州,此风皆已无。吁嗟圣贤教,不觉久踟蹰。

① 此十二首录自《乐府诗集》卷九六。郭茂倩解引元结序曰:"天宝中,结将前世尝可称叹者为诗十二篇,引其义以名之,总曰系乐府。"

陇上叹

援车登陇坂,穷高遂停驾。延望戎狄乡,巡回复悲咤。滋移有情教,草木犹可化。圣贤礼让风,何不遍西夏。父子忍猜害,君臣敢欺诈。所适今若斯,悠悠欲安舍。

颂东夷

尝闻古天子,朝会张新乐。金石无全声,宫商乱清浊。东[①]惊且悲欢,节变何烦数。始知中国人,耽此亡纯朴。尔为外方客,何为独能觉。其音若或在,蹈海吾将学。

① 东:《元次山文集》卷三作"来"。

贱士吟

南风发天和,和气天下流。能使万物荣,不能变羁愁。为愁亦何尔,自请说此由。谄竞实多路,苟邪皆共求。常闻古君子,指以为深羞。正方终莫可,江海有沧洲。

欸乃曲[①]

谁能听欸乃，欸乃感人情。不恨湘波深，不怨湘水清。所嗟岂敢道，空羡江月明。昔闻扣断舟，引钓歌此声。始歌悲风起，歌竟愁云生。遗曲今何在，逸为渔父行。

① 乐府近代曲名。唐元结有《欸乃曲》五首，其序云："大历丁未中，漫叟结为道州刺史，以军事诣都使。还州，逢春水，舟行不进，作《欸乃曲》五首，令舟子唱之，盖以取适于道路云。"形式为七言四句。此一首，系五言体也。

贫妇词

谁知苦贫夫，家有愁怨妻。请君听其词，能不为酸嘶。所怜抱中儿，不如山下麑。空念庭前地，化为人吏蹊。出门望山泽，回顾心复迷。何时见府主，长跪向之啼。

去乡悲

踟蹰古塞关，悲歌为谁长。日行见孤老，羸弱相提将。闻其呼怨声，闻声问其方。乃言无患苦，岂弃父母乡。非不见其心，仁惠诚所望。念之何可说，独立为凄伤。

寿翁兴

借问多寿翁，何方自修育。惟云顺所然，忘情学草木。始知世上术，劳苦化金玉。不见充所求，空闻恣耽欲。清和存主[①]母，潜濩无乱黩。谁正好长生，此言堪佩服。

① 主：《元次山文集》作"王"。

农臣怨

农臣何所怨，乃欲干[①]人主。不识天地心，徒然怨风雨。将论草木患，欲说昆虫苦。巡回宫阙傍，其意无由吐。一朝哭都市，泪尽归田亩。谣颂若采之，此言当可取。

① 干：《乐府诗集》作“千”，据《全唐诗》卷二四〇改。

谢天[①]龟

客来自江汉，云得双天[②]龟。且言龟甚灵，问我君何疑。自昔保方正，顾尝无妄私。顺和固鄙分，全守真常规。行之恐不及，此外将何为。惠恩如可谢，占问敢终辞。

① 天：《元次山文集》作“大”。 ② 天：《元次山文集》作“大”。

古遗叹

古昔有遗叹，所叹何所为。有国遗贤臣，万世为冤悲。所遗非遗望，所遗非可遗。所遗非遗用，所遗在遗之。嗟嗟山海客，全独竟何辞。心非膏濡类，安得无不遗。

下客谣

下客无黄金，岂思主人怜。客言胜黄金，主人然不然。珠玉诚彩翠，绮罗如婵娟。终恐见斯好，有时去君前。岂知保终信，长使令德全。风声与时茂，歌颂万千年。

补乐歌[①]（十首）

元　结

网　罟[②]

吾人苦兮，水深深，网罟设兮，水不深。

吾人苦兮，山幽幽，网罟设兮，山不幽。

① 此十首录自《乐府诗集》卷九六。郭茂倩解引元结序曰：“自伏羲至于殷，凡十代，乐歌有其名亡其辞。考之传记，义或存焉，故采其名义以补之。凡十篇

十(今按:《乐府诗集》作“八”,据《元次山文集》改)九章,各引其义以序之,命曰《补乐歌》。” ② 郭茂倩解云:“伏羲氏之乐歌也,其义盖称伏羲能易人取禽兽之劳。”今按:《乐府诗集》此首末注“《网罟》二章,章四句”。

丰 年[1]

猗太帝兮,其智如神,分草实兮,济我生人。

猗太帝兮,其功如天,均四时兮,成我丰年。

① 郭茂倩解云:“神农氏之乐歌也,其义盖称神农教人种植之功。”今按:《乐府诗集》此首末注“《丰年》二章,章四句”。

云 门[1]

玄云溟溟[2]兮,垂雨濛濛,类我圣泽兮,涵濡不穷。

玄云漠漠兮,含映逾光,类我圣德兮,麻[3]被无方。

① 郭茂倩解云:“轩辕氏之乐歌也,其义盖言云之出润益万物,如帝之德无所不施。”今按:《乐府诗集》此首末注“《云门》二章,章四句”。 ② 溟溟:《元次山文集》卷一作“溶溶”。 ③ 麻:《元次山文集》卷一作“溥”。

九 渊[1]

圣德至深兮,蕴蕴[2]如渊,生类娭娭兮,孰知其然。

① 郭茂倩解云:“少昊氏之乐歌也,其义盖称少昊之德渊然深远。”今按:《乐府诗集》此首末注“《九渊》一章,四句”。 ② 蕴蕴:《元次山文集》注“一作奫奫”。

五 茎[1]

植植万物兮,滔滔根茎,五德涵柔兮,沨沨而生。其生如何兮,秞秞,天下皆自我君兮,化成。

① 郭茂倩解云:“颛顼氏之乐歌也,其义盖称颛顼得五德之根茎。”今按:《乐府诗集》此首末注“《五茎》一章,八(《乐府诗集》作‘七’,据《元次山文集》改)句”。

六 英[1]

我有金石兮,击考崇崇,与汝歌舞兮,上帝之风,由六合兮,英华沨沨。

我有丝竹兮,韵和泠泠,与汝歌舞兮,上帝之声,由六合兮，根柢嬴嬴。

① 郭茂倩解云："高辛氏之乐歌也，其义盖称帝喾能总六合之英华。"今按：《乐府诗集》此首末注"《六英》二章，章六句"。

咸 池[1]

元化油油兮，孰知其然，至德汩汩兮，顺之以先。

元化浘浘兮，孰知其然，至道泱泱兮，由之以全。

① 郭茂倩解云："陶唐氏之乐歌也，其义盖称尧德至大，无不备全。"今按：《乐府诗集》此首末注"《咸池》二章，章四句"。

大 韶[1]

森森群象兮，日见生成，欲闻朕初兮，玄封冥冥。

洋洋至化兮，日见深柔，欲闻《大濩》[2]兮，大渊油油。

① 郭茂倩解云："有虞氏之乐歌也，其义盖称舜能绍先圣之德。"今按：《乐府诗集》此首末注"《大韶》二章，章四句"。　② 大濩：《元次山文集》作"涵濩"。

大 夏[1]

茫茫下土兮，乃生九州，山有长岑兮，川有深流。

茫茫下土兮，乃均四方，国有[2]民人[3]兮，野有封疆。

茫茫下土兮，乃歌万年，上有茂功兮，下戴人天。

① 郭茂倩解云："有夏氏之乐歌也，其义盖称禹治水，其功能大中国。"今按：《乐府诗集》此首末注"《大夏》三章，章四句"。　② 国有：《乐府诗集》作"有国"，据《元次山文集》改。　③ 民人：《乐府诗集》作"安人"。《全唐诗》卷二四〇作"安乂"，注"一作民人"，据改。

大 濩[1]

万姓苦兮，怨且哭，不有圣人兮，谁濩育。

圣人生兮，天下和，万姓熙熙兮，舞且歌。

① 郭茂倩解云："有殷氏之乐歌也，其义盖称汤敕天下，濩然得所。"今按：《乐府诗集》此首末注"《大濩》二章，章四句"。

新乐府[①]（五十首）

白居易

七德舞[②]

七德舞，七德歌，传自武德至元和。元和小臣白居易，观舞听歌知乐意。乐终稽首陈其事。太宗十八举义兵，白旄黄钺定两京。擒充戮窦[③]四海清，二十有四功业成。二十有九即帝位，三十有五致太平。功成理定何神速，速在推心置人腹。亡卒遗骸散帛收，饥人卖子分金赎。魏徵梦见天子泣[④]，张谨哀闻辰日哭。怨女三千放出宫，死囚四百来归狱。翦须烧药赐功臣，李勣呜咽[⑤]思杀身。含血吮疮抚战士，思摩奋呼乞效死。则知不独善战善乘时，以心感人人心归。今[⑥]来一百九十载，天下至今歌舞之。歌七德，舞七德，圣人有祚[⑦]垂无极。岂徒耀神武，岂徒夸圣文，太宗意在陈王业，王业艰难示子孙。

① 此五十首录自《乐府诗集》卷九七、卷九八、卷九九。郭茂倩解曰："新乐府五十篇，白居易元和四年作也。其序曰：'《七德舞》以陈王业，《法曲》以正华声，《二王后》以明祖宗之意，《海漫漫》以戒求仙，《立部伎》以刺雅乐之替，《华原磬》以刺乐工之非其人，《上阳白发人》以愍怨旷，《胡旋女》以戒近习，《新丰折臂翁》以戒边功，《太行路》以讽君臣之不终，《司天台》以引古而儆今，《捕蝗》以刺长吏，《昆明春水满》以思王泽之广被，《城盐州》以诮边将，《道州民》以美臣之遇主，《驯犀》以感为政之难终，《五弦弹》以恶郑声之夺雅，《蛮子朝》以刺将骄而相备位，《骠国乐》以言王化之先后，《缚戎人》以达穷民之情，《骊宫高》以惜人之财力，《百炼镜》以为皇王之鉴，《青石》以激忠烈，《两朱阁》以刺佛寺之浸多，《西凉伎》以刺封疆之臣，《八骏图》以惩游佚，《涧底松》以念寒隽，《牡丹芳》以忧农，《红线毯》以忧蚕桑之费，《杜陵叟》以伤农夫之困，《缭绫》以念女工之劳，《卖炭翁》以苦宫市，《母别子》以刺新间旧，《阴山道》以疾贪虏，《时世妆》以儆风俗，《李夫人》以鉴嬖惑。《陵园妾》以怜幽闭，《盐商妇》以恶幸人，《杏为梁》以刺居处之奢，《井底引银瓶》以止淫奔，《官牛》以讽执政，《紫豪笔》以讥失职，《隋堤柳》以悯亡国，《草

茫茫》以惩厚葬，《古冢狐》以戒艳色，《黑潭龙》以疾贪吏，《天可度》以恶诈人，《秦吉了》以哀冤民，《鸦九剑》以思决壅，《采诗官》以鉴前王乱亡之由。'大抵皆以讽谕为体，欲以播于乐章歌曲焉。"今按：白居易新乐府五十篇被郭茂倩分为上、中、下三部分辑入《乐府诗集》卷九七、卷九八、卷九九。本编按五十篇一并收入，其作品顺序亦依《乐府诗集》所录原貌。 ② 郭茂倩解引《唐书·乐志》曰："太宗为秦王时，征伐四方，民间作《秦王破阵乐》之曲。及即位，享宴奏之。贞观七年，太宗制《破阵乐舞图》，诏魏徵、虞世南、褚亮、李百药为之歌辞，更名《七德之舞》。"白居易传曰："自龙朔已后，诏郊庙享宴，皆先奏之。" ③ 充、窦：指王世充、窦建德。 ④ 天子泣：《乐府诗集》作"子夜泣"，据《白氏长庆集》卷三及《唐文粹》卷一二改。 ⑤ 呜咽：《乐府诗集》作"呜呼"，并注"一作呜咽"，据《白氏长庆集》改。 ⑥ 今：《唐文粹》及《全唐诗》卷四二六作"尔"。 ⑦ 祚：《唐文粹》及《全唐诗》作"作"。

法　曲[①]

法曲法曲歌大定，积德重熙有余庆，永徽之人舞而咏。法曲法曲舞《霓裳》，政和世理音洋洋，开元之人乐且康。法曲法曲歌堂堂，堂堂之庆垂无疆，中宗、肃宗复鸿业，唐祚中兴万万叶。法曲法曲合夷歌，夷声邪乱华声和，以乱干和天宝末，明年胡尘犯宫阙。乃知法曲本华风，苟能审音与政通。一从胡曲相参错，不辨兴衰与哀乐。愿求牙、旷正华音，不令夷夏相交侵。

① 郭茂倩解引《唐会要》曰："文宗开成三年，改法曲为仙韶（今按：《乐府诗集》作'韵'，据《唐会要》改）曲。"按法曲起于唐，谓之法部。其曲之妙者，有（今按：《乐府诗集》作"其"，据同上改）《破阵乐》、《一戎大定乐》、《长生乐》、《赤白桃李花》，余曲有《堂堂》、《望瀛》、《霓裳羽衣》、《献仙音》、《献天花》之类，总名法曲。白居易传曰："法曲虽似失雅音，盖诸夏之声也，故历朝行焉。"太常丞宋沇传汉中王旧说曰："玄宗虽雅好度曲，然未尝使蕃汉杂奏。天宝十三载，始诏道调法曲，与胡部新声合作。识者深异之。明年冬而安禄山反。"今按：此题《白氏长庆集》及《唐文粹》皆作"《法曲歌》"。法曲，乃一种古代乐曲。其乐器有铙钹、钟、磬、幢

箫、琵琶等。原为西域音乐，后与汉族的清商乐结合，逐渐成为隋朝的法曲，至唐朝又搀杂道曲而发展至极盛。

二王后[①]

二王后，彼何人，介公酅公[②]为国宾，周武隋文之子孙。古人有言，天下者非是一人之天下，周亡天下传于隋，隋人失之唐得之。唐兴十叶岁二百，介公、酅公世为客。明堂太庙朝享时，引居宾位备威仪。备威仪，助郊祭，高祖太宗之遗制。不独兴灭国，不独继绝世，欲令嗣位守文君，亡国子孙取为戒。

① 郭茂倩解引《礼记·郊特牲》曰："礼二王之后，尊贤不过二代。"杜佑曰："不臣二王后者，尊也。先王通三正之义，故《书》有'虞宾在位'，《诗》云'有客有客，亦白其马'，明天下非一家所有，敬让之至。故封建之，使得服其正朔，用其礼乐，以事先祀。故孔子云：'夏礼吾能言之，杞不足征也；殷礼吾能言之，宋不足征也。'隋封后周靖帝为介国公，唐封隋帝为酅国公，以为二王后。" ② 介公酅公：指受封于介国、酅地的王族后裔。

海漫漫

海漫漫，其[①]下无底旁无边，云涛烟浪最深处，人传中有三神山。山上多生不死药，服之羽化为天仙。秦皇汉武信此语，方士年年采药去。蓬莱今古但闻名，烟水茫茫无觅处。海漫漫，风浩浩，眼穿不见蓬莱岛。不见蓬莱不敢归，童男丱女舟中老。徐福文成[②]多诳诞，上元太一虚祈祷。君看骊山顶上茂陵头，毕竟悲风吹蔓草。何况玄元圣祖五千言，不言药，不言仙，不言白日升青天。

① 其：《白氏长庆集》作"直"。 ② 文成：汉武帝时方士少翁，以鬼神方术为武帝所信任，封文成将军。

立部伎[①]

立部伎，鼓笛喧。舞双剑，跳九[②]丸。袅巨索，掉长竿。太常部伎有等级，堂上者坐堂下立。堂上坐部笙歌清，堂下立部鼓笛鸣。笙歌一声众侧耳，鼓笛万曲无人听。立部贱，坐部贵。坐部退为立部伎，击鼓吹笙和杂戏。立部又退何所任，始就乐悬操雅音。雅音替坏一至此，长令尔辈调宫徵。圆丘厚土郊祀时，言将此乐感神祇。欲望凤来百兽舞，何异北辕将适楚。工师[③]愚贱安足云，太常三卿尔何人。

① 郭茂倩解引《新唐书·礼乐志》曰："太宗贞观中，始造谎乐。其后又分为立坐二部，堂下立奏谓之立部伎，堂上坐奏谓之坐部伎。"李公垂传曰："太常选坐部伎，无性识者退入立部伎。又选立部伎，无性识者退入雅乐部，则雅乐可知矣。" ② 九：《白氏长庆集》作"七"。《乐府诗集》注"一作七"。 ③ 工师：指乐师。

华原磬[①]

华原磬，华原磬，古人不听今人听。泗滨石[②]，泗滨石，今人不击古人击。今人古人何不同，用之舍之由乐工。乐工虽在耳如壁，不分清浊即为聋。梨园弟子调律吕，知有新声不知[③]古。古称浮磬出泗滨，立辩致死声感人。宫悬一听华原石，君心遂忘封疆臣。果然胡寇从燕起，武臣少肯封疆死。始知乐与时政通，岂听铿锵而已矣。磬襄入海去不归，长安市人[④]为乐师。华原磬与泗滨石，清浊两声谁得知。

① 郭茂倩解引白居易传曰："天宝中，始废泗滨磬，用华原磬代之。磬人曰：'泗滨磬下，调之不能和，得华原石考之乃和。'由是不改。" ② 泗滨石：《尚书·禹贡》："峄阳孤桐，泗滨浮磬。"孔传："泗水涯水中见石，可以为磬。" ③ 知：《乐府诗集》作"如"，据《白氏长庆集》改。 ④ 人：《全唐诗》卷四二六作"儿"。

上阳白发人[①]

上阳人，红颜暗老白发新。绿衣监使守宫门，一闭上阳多少春。玄宗末岁初选入，入时十六今六十。同时采择百余人，零落年深残此身。忆昔吞悲别亲族，扶[②]入车中不教哭。皆云入内便承恩，脸似芙蓉胸似玉。未容君王得见面,已被杨妃遥侧目。妒[③]令潜配上阳宫,一生遂向空房宿。秋夜长,夜长无寐天不明。耿耿残灯背壁影,萧萧暗雨打窗声。春日迟,日迟独坐天难暮。宫莺百啭愁厌闻,梁燕双栖老休妒。莺归燕去长悄然,春往秋来不记年。唯向深宫望明月,东西四五百回圆。今日宫中年最老,大家遥赐尚书号。小头鞋履窄衣裳,青黛点眉眉细长。外人不见见应笑,天宝末年时世妆。上阳人,苦最多。少亦苦,老亦苦,少苦老苦两如何!君不见昔时吕向《美人赋》[④],又不见今日《上阳[⑤]白发歌》。

① 郭茂倩解引白居易传曰:"天宝五载已后,杨贵妃专宠,后宫无复进幸。六宫有美色者,辄置别所,上阳其一也。贞元中尚存焉。"今按:上阳,唐宫名。② 扶:《乐府诗集》卷九七作"持",据《白氏长庆集》改。　③ 妒:《乐府诗集》作"如",据《白氏长庆集》改。　④ 吕向《美人赋》:吕向,字子回,善书画,开元年间召入翰林,兼集贤院校理。献《美人赋》当在此时。白居易自注:"天宝末有密采艳色者,当时号'花鸟使'。吕向献《美人赋》以讽之。"(见《全唐诗》)该赋参见《全唐文》及《文苑英华》。　⑤ 上阳:《全唐诗》下注"一本此下有宫人字"。

胡旋女[①]

胡旋女,胡旋女,心应弦,手应鼓。弦鼓一声两袖举,回雪飘摇转蓬舞。左旋右转不知疲,千匝万周无已时。人间物类无可比,奔车轮缓旋风迟。曲终再拜谢天子,天子为之微启齿。胡旋女,出康居[②],徒劳东来万里余。中原自有胡旋者,斗妙争能尔不如。天宝季年时欲变,臣妾人人学圆转。中有太真外禄山,二人最道能胡旋。梨花园中册作妃,金鸡障[③]下养为儿。禄山胡旋迷君眼,兵过黄河疑未反。贵妃胡旋惑君心,死弃马嵬念更深。从兹地轴天维转,五十年来制不禁。胡旋女,莫空舞,数唱此歌悟明主。

①《乐府诗集》卷九七郭茂倩解曰:"《唐书·乐志》曰,康居国乐舞急转如

风，俗谓之胡旋。” ② 康居：古西域城国名。约在今巴尔喀什湖和咸海之间，王都卑阗城。 ③ 金鸡障：画金鸡为饰的坐障。唐李德裕《次柳氏旧闻》：“天宝中，安禄山每来朝，上特异待之，每为致殊礼。殿西偏张金鸡障，其来辄赐坐。”

新丰折臂翁

新丰老翁八十八，头鬓眉须皆似雪。玄孙扶向店前行，左[①]臂凭肩右[②]臂折。问翁臂折来几年，兼问致折何因缘。翁云贯属新丰县，生逢圣代无征战。惯听梨园歌管声[③]，不识旗枪与弓箭。无何天宝大征兵，户有三丁点一丁。点得[④]驱将[⑤]何处去，五月万里云南行。闻[⑥]道云南有泸水，椒花落时瘴烟起。大军徒涉水如汤，未过[⑦]十人二三死。村南村北哭声哀，儿别爷娘夫别妻。皆云前后征蛮者，千万人行无一回。是时翁年二十四，兵部牒中有名字。夜深不敢使人知，偷将大石槌折臂。张弓簸旗俱不堪，从兹始免征云南。骨碎筋伤非不苦，且图拣退归乡土。臂折来来[⑧]六十年，一肢虽废一身全。至今风雨阴寒夜，直到天明痛不眠。痛不眠，终不悔，且喜老身今独在。不然当时泸水头，身死魂飞骨不收。应作云南望乡鬼，万人冢上哭呦呦。老人言，君听取。君不闻开元宰相宋开府[⑨]，不赏边功防黩武。又不闻天宝宰相杨国忠，欲求恩幸立边功。边功未立生人怨，请问新丰折臂翁。

① 左：《全唐诗》卷四二六注“一作右”。 ② 右：《全唐诗》注“一作左”。 ③“惯听”句：《全唐诗》注“一作唯听骊宫歌吹声”。 ④ 点得：《全唐诗》注“一作里胥”。 ⑤ 将：《全唐诗》注“一作向”。 ⑥ 闻：《全唐诗》注“一作传”。 ⑦ 过：《全唐诗》注“一作战”。 ⑧ 臂折来来：《全唐诗》注“此臂折来”。 ⑨ 宋开府：指开元时宰相宋璟。

太行路

太行之路能摧车，若比人[①]心是坦途。巫峡之水能覆舟，若比人[②]心是安流。人[③]心好恶苦不常，好生毛羽恶成[4]疮。与君结发未五载，忽从[5]牛女为参商。古称色衰相弃背，当时美人犹怨悔，何况如今鸾镜中，妾颜未改君心改。为君薰衣裳，君闻兰麝不馨香。为君事[6]容饰，君看金翠无颜色。行路难，难重陈，人生莫作妇人身，百年苦乐由他人。行路难，难于山，险于水，不独人间夫与妻，近代君臣亦如此。君不见左纳言，右内[7]史，朝承恩，暮赐死。行路难[8]，不在水，不在山，只在人心反复间。

①②③ 人：《全唐诗》卷四二六注“一作君”。《唐文粹》卷一二作“君”。　④ 成：《白氏长庆集》作“生”。　⑤ 忽从：《唐文粹》作“岂期”。　⑥ 事：《白氏长庆集》作“盛”。　⑦ 内：《白氏长庆集》作“纳”。　⑧ 行路难：《唐文粹》重复此三字。

司天台

司天台，仰观俯察天人际。羲和死来职事废，官不求贤空取艺。昔闻西汉元、成间，上凌下替谪见天。北辰微暗少光色，四星煌煌如火赤。耀芒动角射三台，上台半灭中台坼。是时非无太史官，眼见心知不敢言。明朝趋入明光殿，唯奏庆云寿星见。天文时变两如斯，九重天子不得知。不得知，安用台高百尺为！

捕蝗

捕蝗捕蝗谁家子，天热日长饥欲死。兴元兵久[1]伤阴阳，和气虫蠹化为蝗。始自两河及三辅，荐食如蚕飞似雨。雨飞蚕食千里间，不见青苗空赤土。河南长吏言忧农，课人昼夜捕蝗虫。是时粟斗钱三百，蝗虫之价与粟同。捕蝗捕蝗竟何利，徒使饥人重劳费。一虫虽死百虫来，岂将人力竞[2]天灾。我闻古之良吏有善政，以政驱蝗蝗出境。又闻贞观之初道欲昌，文皇仰天吞一蝗。一人有庆兆民赖，是岁虽蝗不为害。

① 久：《全唐诗》卷四二六作“后”，并注“一作久，一作举”。　② 竞：《全唐

诗》作“定”。

昆明春水满[①]

昆明春，昆明春，春池岸古春流新。景浸南山青滉漾，波沉西日红奫沦。往年因旱灵池竭[②]，龟尾曳涂鱼煦沫。诏开八水注恩波，千介万鳞同日活。今来净渌水照天，游鱼鲅鲅莲田田。洲香杜若抽心短，沙暖鸳鸯铺翅眠。动植飞沉皆遂性[③]，皇泽如春无不被。鱼者仍丰网罟资，贫人又获菰蒲利。诏以昆明近帝城，官家不得收其征。菰蒲无租鱼无税，近水之人感君惠。感君惠，独何人，吾闻率土皆王民，远民何疏近何亲。愿推此惠及天下，无远无近同欣欣。吴兴山中罢榷茗，鄱阳坑里休封[④]银。天涯地角无禁利，熙熙同似昆明春。

① 郭茂倩解引《汉书·武帝纪》曰：“元狩三年秋，发谪吏穿昆明池。”《西南夷传》曰：“越巂昆明国有滇池，方三百里。汉使求身毒国而为昆明所闭，欲伐之，故作昆明池象之，以习水战，在长安西南，周回四十里。”《食货志》曰：“时越欲与汉用船战，遂大修昆明池。”白居易传曰：“贞元中始涨之。”今按：此题《全唐诗》作《昆明春》。 ② 灵池竭：《全唐诗》卷四二六作“池枯竭”。 ③ 遂性：《全唐诗》注“一作性遂”。 ④ 封：《全唐诗》注“一作税”。

城盐州[①]

城盐州，城盐州，城在五原原上头。蕃东节度钵阐布，忽见新城当要路。金乌[②]飞传赞普闻，建牙传箭集群臣。君臣赪面有忧色，皆言勿谓唐无人。自筑盐州十余载，左衽毡裘不犯塞。昼牧牛羊夜捉生，长去新城百里外。诸边急警劳戍人，唯此一道无烟尘。灵夏潜安谁复辨，秦原暗通何处见。鄜州驿路好马来，长安药肆黄耆贱。城盐州，盐州未城天子忧。德宗按图自定计，非关将略与庙谋。吾闻高宗、中宗世，北虏猖狂最难制。韩公创筑受降城，三城鼎峙屯汉兵。东西亘绝数千里，耳冷不闻胡马声。如今边将非无策，心笑韩公筑城壁。相看养寇为身谋，各握强兵固恩泽。愿分今日边将恩，褒赠韩公封子孙。谁能将此盐州曲，翻作歌词闻至尊。

① 郭茂倩解引《通典》曰："盐州，春秋时戎狄之地，秦、汉属北地郡，后魏置大兴郡，西魏改为五原，后为盐州，以北近盐池，因以为名。唐为盐州，或为五原郡。"白居易传曰："贞元八年，特诏城之。"　② 金鸟：古代吐蕃等少数民族报急的使者。

道州民

道州民，多侏儒，长者不过三尺余。市作矮奴年进送，号为道州任土贡。任土贡，宁若斯，不闻使人生别离，老翁哭孙母哭儿。一自阳城[1]来守郡，不进矮奴频诏问。城云臣按《六典》书，任土贡有不贡无。道州水土所生者，只有矮民无矮奴。吾君感悟玺书下，岁贡矮奴宜悉罢。道州民，老者幼者何欣欣。父兄子弟始相保，从此得作良人身。道州民，民到于今受其赐，欲说使君先下泪。仍恐儿孙忘使君，生男多以阳为字。

① 阳城：字亢宗，定州北平人，唐德宗时进士及第，官谏议大夫，后为道州刺史，甚得民心。《旧唐书》与《新唐书》有传。

驯　犀[1]

驯犀驯犀通天犀，躯貌骇人角骇鸡。海蛮闻有明天子，驱犀乘传来万里。一朝得谒大明宫，欢呼拜舞自论功。五年驯养始堪献，六译语言方得通。上嘉人兽俱来远，蛮馆四方犀入苑。秣以瑶刍锁以金，故乡迢递君门深。海鸟不知钟鼓乐，池鱼空结江湖心。驯犀生处南方热，秋无白露冬无雪。一入上林三四年，又逢今岁苦寒月。饮冰卧霰苦蜷局，角骨冻伤鳞甲缩。驯犀死，蛮儿[2]啼，向阙再拜[3]颜色低。奏乞生归本国去，恐身冻死似驯犀。君不见建中初，驯象生还故[④]林邑。君不见贞元末，驯犀冻死蛮儿泣。所嗟建中异贞元，象生犀死何足言。

① 郭茂倩解引白居易传曰：“贞元丙戌岁，南海进驯犀，诏养苑中。至十三年冬大寒而驯犀死。” ② 儿：《全唐诗》注“一作童”。 ③ 拜：《乐府诗集》作“三”，据《全唐诗》改。 ④ 故：《乐府诗集》作“放”，据《全唐诗》改。

五弦弹[①]

五弦弹，五弦弹，听者倾耳心寥寥。赵璧[②]知君入骨爱，五弦一一为君调。第一第二弦索索，秋风拂松疏韵落。第三第四弦泠泠，夜鹤忆子笼中鸣。第五弦声最掩抑，陇水冻咽流不得。五弦并奏君试听，凄凄切切复铮铮。铁击珊瑚一两曲，冰[③]写[④]玉盘千万声。铁声杀，冰声寒[⑤]，杀声入耳肤血憯[⑥]，寒[⑦]气中人肌骨酸。曲终声尽欲半日，四座相对愁无言。座中有一远方士，唧唧咨咨声不已。自叹今朝初得闻，始知孤负平生耳。唯忧赵璧白发生，老死人间无此声。远方士，尔听五弦信为美，吾闻正始之音不如是。正始之音其若何？朱弦疏越清庙歌。一弹一唱再三叹，曲淡节稀声不多。融融曳曳召元气，听之不觉心平和。人情重今多贱古，古琴[⑧]有弦人不抚。更[⑨]从赵璧艺成来，二十五弦不如五[⑩]。

① 郭茂倩解引《乐苑》曰：“五弦未详所起，形如琵琶，五弦四隔，孤柱一。合散声五，隔声二十，柱声一，总二十六声，随调应律。”《唐书 · 乐志》曰：“五弦琵琶稍小，盖北国所出。”《乐府杂录》曰：“唐贞元中，赵璧妙于此伎。”《国史补》曰：“赵璧弹五弦，人问其术，曰：‘吾之于五弦也，始则心驱之，中则神遇之，终则天随之。方吾浩然眼如耳，耳如鼻，不知五弦之为璧，璧之为五弦也。’” ② 赵璧：即赵王璧，和氏璧的别称。春秋时楚人卞和自山中所得宝玉，战国时为赵惠文王所得，故称。 ③ 冰：《乐府诗集》作“水”，据《白氏长庆集》卷三改。 ④ 写：通“泻”。⑤ 铁声杀，冰声寒：《乐府诗集》阙，据《全唐诗》卷四二六补。 ⑥ 憯：《乐府诗

集》作“寒”,据《全唐诗》改。　⑦ 寒:《乐府诗集》作“惨”,据《全唐诗》改。　⑧ 琴:《全唐诗》注“一作瑟”。　⑨ 更:《全唐诗》注“一作自”。　⑩ 五:指五弦琴,古代乐器名。《新唐书·礼乐志十一》:“五弦如琵琶而小,北国所出。”

蛮子朝[①]

蛮子朝,泛皮船兮渡绳桥,来自嶲州道路遥。入界先经蜀川过,蜀将收功先表贺。臣闻云南六诏蛮,东连牂牁西边蕃。六诏星居初琐碎,合为一诏渐强大。开元皇帝虽圣神,唯蛮倔强不来宾。鲜于仲通六万卒,征蛮一阵全军没。至今西洱河岸边,箭孔刀痕满枯骨。谁知今日慕华风,不劳一人蛮自通。诚由陛下休明德,亦赖微臣诱谕功。德宗看[②]表知如此,笑令中使迎蛮子。蛮子导从者谁何?摩挲俗羽双隈伽。清平官持赤藤杖,大将军系金呿嗟。异牟寻男[③]寻阁劝,特[④]敕召对延英殿。上心贵在怀远蛮,引临玉座近天颜。冕旒不垂亲劳徕,赐衣赐食移时对。移时对,不可得,大臣相看有羡色。可怜宰相拖紫佩金章,朝日唯闻对一刻。

① 郭茂倩解引《唐书》曰:“贞元之初,韦皋招抚诸蛮。至九年四月,南诏异牟寻请归附,十四年又遣使朝贺。”李公垂传曰:“贞元末,蜀川始通蛮国。”今按:韦皋(745—805),字城武,唐京兆万年(今陕西长安)人。初任监察御史,因平叛有功,升任陇州刺州、奉义军节度使。贞元元年转任西川节度使。曾遣使与南昭通好,并多次击败吐蕃兵。　② 看:《乐府诗集》注“一作省”。《白氏长庆集》卷三作“省”。　③ 男:《乐府诗集》作“劳”,据《白氏长庆集》改。　④ 特:《乐府诗集》作“持”,据文义改。

骠国乐[①]

骠国乐,骠国乐,出自大海西南角。雍羌之子舒难陀,来献南音举正朔。德宗立仗御紫庭,黈纩不塞为尔听。玉螺一吹椎髻耸,铜鼓千击文身踊。珠缨炫转星宿摇,花鬘斗薮龙蛇动。曲终王子启圣人,臣父愿为唐外臣。左右欢呼何翕习，至尊德广之所及。须臾百辟诣阁门，俯伏拜表贺至尊。伏见骠人[②]献新乐，请书国史传子孙。时有击壤老农父，暗测君心闲独语。闻君政化甚圣明，欲感人心致太平。感人在近不在远，太平由实非由声。观身理国国可济，君如心兮民如体。体生疾苦心惨凄，民得和平心恺悌。贞元之民若未安，骠乐虽闻君不欢。贞元之民苟无病，骠乐不来君亦圣。骠乐骠乐徒喧喧，不如闻此刍荛言。

① 郭茂倩解引:《新唐书·礼乐志》曰:"贞元十七年，骠国王雍羌遣其弟悉利移(今按:《乐府诗集》缺'移'，据《新唐书》补)城主舒难陀献其国乐，至成都，韦皋复谱次其声，又图其舞容乐器以献。大抵皆夷狄之器，其声曲不隶于有司，故无足采。"《旧书(〈乐府诗集〉作"本"，据〈旧唐书·音乐志〉改)志》曰:"骠国王献本国乐凡一十二曲，以乐工三十五人来朝，乐曲皆演释氏经论之辞。"《会要》曰:"骠国在云南西，与天竺国相近，故乐曲多演释氏词云。" ② 骠人:骠国之人。骠国，古国名，在今缅甸境内。《旧唐书·南蛮西南蛮传·骠国》:"骠国，在永昌故郡南二千余里，去上都一万四千里。"清魏源《圣武记》卷六:"(缅甸)于唐为骠国。"

缚戎人[①]

缚戎人，缚戎人，耳[②]穿面破驱入秦。天子矜怜不忍杀，诏徙东南吴与越。黄衣小使录姓名，领出长安乘递行。身被金疮面多瘠，扶病徒行日一驿。朝餐饥渴费杯盘，夜卧腥臊污床席。忽逢江水忆交河，垂手齐声呜咽歌。其中一虏语诸虏:"尔苦非多我苦多。"同伴行人因借问，欲说喉中气愤愤。自云乡贯[③]本凉原，大历年中没落蕃。一落蕃中四十载，遣着皮裘系毛带。唯许正朝服汉仪，敛衣整巾潜[④]泪垂。誓心密定归乡计，不使蕃中妻子知。暗思幸有残筋力，更恐年衰归不得。蕃候严兵鸟不飞，脱身冒死奔逃归。昼伏宵行经大漠，云阴月黑风沙恶。警藏青冢寒草疏，偷渡黄河夜冰薄。忽闻汉军鼙鼓声,路傍走出再拜迎。游骑不听能汉语,将军遂缚作蕃生。配向江南[5]卑湿地,岂[6]无存恤空防备。念此吞声仰诉天,若为辛苦度残年。凉原乡井不得见,胡地妻儿虚弃捐。没蕃被囚思汉土,归汉被劫为蕃虏。早知如此悔归来,两地宁如一处苦。缚戎人,戎人之中我苦辛。自古此冤应未有,汉心汉语吐蕃身。

① 郭茂倩解引李公垂传曰:"近制,西边,每禽蕃囚,皆传置南方,不加剿戮,故作歌以讽焉。" ② 耳:《全唐诗》卷四二六注"一作口"。 ③ 贯:《乐府诗集》注"一作管"。 ④ 潜:《全唐诗》注"一作双"。 ⑤ 江南:《全唐诗》作"东南"。⑥ 岂:《全唐诗》作"定",《白氏长庆集》作"略"。

骊宫高[1]

高高骊山上有宫,朱楼紫殿三四重。迟迟兮春日,玉甃暖兮温泉溢。袅袅兮秋风,山蝉鸣兮宫树红。翠华不来岁月久,墙有衣兮瓦有松。吾君在位已五载,何不一幸乎其中。西去都门几多地,吾君不游有深意。一人出兮不容易,六宫从兮百司备。八十一车千万骑,朝有宴饫暮有赐。中人之产数百家,未足充君一日费。吾君修己人不知,不自逸兮不自嬉。吾君爱人人不识,不伤财兮不伤力。骊宫高兮高入云,君之来兮为一身,君之不来兮为万人。

① 郭茂倩解引《唐会要》曰:"开元十一年十月,置温泉宫于骊山。"《旧书·帝纪》曰:"是年十月,幸温泉宫,自是岁数幸焉。天宝六载十月,改温泉宫为华清宫。"

百炼镜

百炼镜,镕范非常规,日辰处所[1]灵且祇[2],江心波上舟中铸,五月五日日午时。琼粉金膏磨莹已,化为一片秋潭水。镜成将献蓬莱宫,扬州长史[3]手自封。人间臣妾不合照[4],背有九五飞天龙。人人呼为天子镜,我有一言闻太宗。太宗常以人为镜,鉴古鉴今不鉴容。四海安危居掌内,百王治乱悬心中。乃知天子别有镜,不是扬州百炼铜。

① 处所:《全唐诗》卷四二七注“一作置处”。 ② 祇:《全唐诗》注“一作奇”。 ③ 史:《全唐诗》作“吏”。此句又注:“一作钿函金匣锁几重。” ④ 照:《全唐诗》注“一作用”。

青 石

青石出自蓝田山,兼车运载来长安。工人磨琢欲何用?石不能言我代言。不愿作人家墓前神道碣,坟土未干名已灭;不愿作官家道旁德政碑,不镌实录镌虚辞。愿为颜氏、段氏[1]碑,雕镂太尉与太师。刻此两片坚贞质,状彼二人忠烈姿。义心若石屹不转,死节名流确不移。如观奋击朱泚日,似见叱呵希烈时。各于其上题名谥[2],一置高山一沉水。陵谷虽迁碑独[3]存,骨化为尘名不死。长使不忠不烈臣,观碑改节慕为人。慕为人,劝事君。

① 颜氏、段氏:《全唐诗》卷四二七注“一作段氏、颜氏”。段氏,段秀实。唐汧阳(今陕西千阳)人。官至司农卿。柳宗元有《段太尉逸事状》。《新唐书》、《旧唐书》有传。颜氏,颜真卿。 ② 谥:《全唐诗》注“一作字”。 ③ 独:《全唐诗》注“一作犹”。

两 朱 阁

两朱阁,南北相对起。借问何人家?贞元双帝子。帝子吹箫双得仙,五云飘摇飞上天。第宅亭台不将去,化为佛寺在人间。妆阁伎楼何寂静,柳似舞腰池似镜。花落黄昏悄悄时,不闻歌[1]吹闻钟磬。寺门敕榜金字书,尼院佛庭宽有余。青苔明月多闲地,比屋疲[2]人无处居。忆昨平阳宅初置,吞并平人几家地。仙去双双作梵宫,渐恐人间[3]尽为寺。

① 歌:《全唐诗》卷四二七注“一作鼓”。 ② 疲:《全唐诗》注“一作齐”。

③ 间：《全唐诗》注“一作家”。

西凉伎

西凉伎，西凉伎[①]，假面胡人假师子。刻木为头丝作尾，金镀眼睛银帖齿。奋迅毛衣摆双耳，如从流沙来万里。紫髯深目两[②]胡儿，鼓舞跳梁前致辞。道是[③]凉州未陷日，安西都护进来时。须臾云得新消息，安西路绝归不得。泣向师子涕双垂，凉州陷没知不知。师子回头向西望，哀吼一声观者悲。贞元边将爱此曲，醉坐笑看看不足。享[④]宾犒士宴三[⑤]军，师子胡儿长在目。有一征夫年七十，见弄凉州低面泣。泣罢敛手白将军，主忧臣辱昔所闻[⑥]。自从天宝兵戈起，犬戎日夜吞西鄙。凉州陷来四十年，河、陇侵将七[⑦]千里。平时安西万里疆，今日边防在凤翔。缘边空屯十万卒，饱食温[⑧]衣闲过日。遗民肠断在凉州，将卒相看无意收。天子每思常痛惜，将军欲说合惭羞。奈何仍看西凉伎，取笑资欢无所愧。纵无智力未能收，忍取西凉弄为戏。

① 西凉伎：《白氏长庆集》无此三字。　② 两：《全唐诗》注“一作羌”。
③ 道是：《乐府诗集》作“应似”，据《全唐诗》注改。　④ 享：《全唐诗》作“娱”。
⑤ 三：《全唐诗》作“监”。　⑥ 闻：《乐府诗集》卷九八作“闵”，据《全唐诗》改。
⑦ 七：《全唐诗》注“一作九”。　⑧ 温：《全唐诗》注“一作厚”。

八骏图[①]

穆王八骏天马驹，后人爱之写为图。背如龙兮颈如象[②]，骨竦筋高脂[③]肉壮[④]。日行万里速[⑤]如飞，穆王独乘何所之？四荒八极踏欲遍，三十二蹄无歇时。属车轴折趁不及，黄屋草生弃若遗。瑶池西赴王母宴，七庙经年不亲荐。璧台南与盛姬游，明堂不复朝诸侯。《白云》、《黄竹》歌声动，一人荒乐万人愁。周从后稷至文、武，积德累功世勤苦。岂知才及五[⑥]代孙，心轻王业如灰土。由来尤物不在大，能荡君心则[⑦]为害。文帝却之不肯乘，千里马去汉道兴。穆王得之不为戒，八骏驹[⑧]来周室坏。至今此物世[⑨]称珍，不知房星之精下为怪。《八骏图》，君莫爱。

① 郭茂倩解引《穆天子传》曰："天子之骏赤骥、盗骊、白义、渠黄、黄骝、绿耳、逾轮、山子，所谓八骏也。"郭璞曰："八骏，皆因其毛色以为名号尔。赤骥，骐骥也。骊，黑色。华骝，色如华而赤，今名马骏赤者为骕骝。骝，赤色也。"今按：晋王嘉《拾遗记·周穆王》云："王驭八龙之骏，一名绝地，足不践土；二名翻羽，行越飞禽；三名奔霄，夜行万里；四名越影，逐日而行；五名逾辉，毛色炳耀；六名超光，一形十影；七名腾雾，乘云而奔；八名挟翼，身有肉翅。" ② 象：《全唐诗》卷四二七注"一作鸟"。 ③ 脂：《全唐诗》注"一作肌"。 ④ 壮：《全唐诗》注"一作少"。 ⑤ 速：《全唐诗》作"疾"。 ⑥ 五：《乐府诗集》作"四"，《全唐诗》注"一作五"，据改。 ⑦ 则：《唐文粹》卷一三作"即"。 ⑧ 八骏驹：《全唐诗》注"一作千里马"。 ⑨ 世：《全唐诗》作"尚"。

涧底松[①]

有[②]松百尺大十围，生在涧底寒且卑。涧深山险人路绝，老死不逢工度之。天子明堂欠梁木[③]，此求彼有[④]两不知。谁谕苍苍造物意，但与之材不与地。金、张[⑤]世禄原宪贫[⑥]，牛衣寒贱貂蝉贵。貂蝉与牛衣，高下虽有殊，高者未必贤，下者未必愚。君不见沉沉海底生珊瑚，历历天上种白榆。

① 郭茂倩解引左太冲诗曰："郁郁涧底松，离离山上苗。以彼径寸茎，荫此百尺条。世胄蹑高位，英俊沉下僚。地势使之然，由来非一朝。金、张藉旧业，七叶珥汉貂。冯公岂不伟，白首不见招。"《涧底松》盖取诸此。 ② 有：《全唐诗》注"一作青"。 ③ 木：《乐府诗集》注"一作栋"。 ④ 此求彼有：《全唐诗》注"一作彼求此弃"。 ⑤ 金、张：指金日磾和张安世，两人是西汉昭帝、宣帝时的宰相，子孙都封侯。 ⑥ 原宪贫：《全唐诗》注"一作黄宪贤"。

牡丹芳

牡丹芳，牡丹芳，黄金蕊绽红玉房。千片赤英霞烂烂，百枝绛艳[①]灯煌煌。照地初开锦绣段，当风不结兰麝囊[②]。仙人琪树白无色，王母桃花小不香。宿[③]露轻盈泛紫艳，朝阳照耀生红光。红紫二色间深浅，向背万态随低昂。映叶多情隐羞面，卧丛无力含醉妆。低娇笑容[④]疑掩口，凝思怨人如断肠。秾姿贵彩信奇绝，杂卉乱花无比方。石竹金钱何细碎，芙蓉芍药苦寻常。遂使王公与卿士，游花冠盖日相望。轻车[⑤]软舆贵公主[⑥]，香衫细马豪家郎。卫公宅静闭东院，西明寺深开北廊。戏蝶双舞看人[⑦]久，残莺一声春[⑧]日长。共愁日照芳难驻，仍张帷[⑨]幕垂荫凉。花开花落二十日，一城之人皆若狂。三代以还文胜质，人心重华不重实。重华直至牡丹芳，其来有渐非今日。元和天子忧农桑，恤下动天天降祥。去岁嘉禾生九穗，田中寂寞无人至。今年瑞麦分两岐，君心独喜无人知。无人知，可叹息，我愿暂求造化力，减却牡丹妖艳色。少回卿士爱[⑩]花心，同似[⑪]吾君忧[⑫]稼穑。

① 艳:《全唐诗》作“点”，并注“一作焰”。 ② 囊:《全唐诗》注“一作裳”。 ③ 宿:《全唐诗》注“一作晓”。 ④ 容:中华书局本卷九九注“疑当作‘客’，与下句‘人’字相应”。 ⑤ 轻车:《全唐诗》及《白氏长庆集》作“庳车”。 ⑥ 主:《全唐诗》注“一作子”。 ⑦ 人:《全唐诗》注“一作花”。 ⑧ 春:《全唐诗》注“一作娇”。 ⑨ 帷:《全唐诗》注“一作罗”。 ⑩ 卿士爱:《全唐诗》注“一作士女看”。 ⑪ 似:《全唐诗》注“一作助”。 ⑫ 忧:《全唐诗》注“一作爱”。

红线毯[①]

红线毯，择茧缲丝清水煮，拣[②]丝练线红蓝染。染为红线红于蓝[③]，织作披香[④]殿上毯。披香殿广十丈余，红线织成可殿铺。彩丝茸茸香拂拂，线软花虚不胜物。美人踏上歌舞来，罗袜绣鞋随步没。太原毯涩毳缕硬，蜀都褥薄锦花冷。不如此毯温且柔，年年十月来宣州。宣城太守加样织，自谓为臣能竭力。百夫同担进宫中，线厚丝多卷不得。宣城太守知不知，一丈毯[⑤]，千两丝，地不知寒人要暖，少夺人衣作地衣。

① 郭茂倩解引白居易传曰："贞元中，宣州进开样红线毯。" ② 拣：《全唐诗》注"一作练"。 ③ 蓝：《全唐诗》注"一作花"。 ④ 披香：汉代宫殿名。《文选·班固〈西都赋〉》李善注："长安有合欢殿、披香殿。" ⑤ 毯：《全唐诗》注"一本此下有用字"。

杜陵叟

杜陵叟，杜陵居，岁种薄田一顷余。三月无雨旱风起，麦苗不秀多黄死。九月降霜秋早[①]寒，禾穗未熟皆青干。长吏明知不申破，急敛暴征求考课。典桑卖地纳官租，明年衣食将何如！剥我身上帛，夺我口中粟，虐人害物即豺狼，何必钩爪锯牙食人肉。不知何人奏皇帝，帝心恻隐知人弊。白麻纸上书德音，京畿尽放今年税。昨日里胥方到门，手持敕牒榜乡村。十家租税九家[②]毕，虚受吾君蠲免恩。

① 早：《乐府诗集》作"草"，据《白氏长庆集》改。 ② 九家：《全唐诗》作"八九"。

缭绫

缭绫缭绫何所似，不似罗绡与纨绮。应似天台山上月明[①]前，四十五尺瀑布泉。中有文章又奇绝，地铺白烟花簇雪。织者何人衣者谁？越溪寒女汉宫姬。去年中使宣口敕，天上取样人间织。织为云外秋雁行，染作江南春水色。广裁衫袖长制裙，金斗熨波刀翦文。异彩奇文相隐映，转侧看花花不定。昭阳舞人恩正深，春衣一对直千金。汗沾粉污不再着，曳土拖[②]泥无惜心。缭绫织成费功绩，莫比寻常缯与帛。丝细缲多女手疼，札札千声不盈尺。昭阳殿里歌舞人，若见织时应也[③]惜。

① 月明：《全唐诗》注"一作明月"。 ② 拖：《全唐诗》作"蹋"。 ③ 也：《全

唐诗》注“一作合”。

卖炭翁

卖炭翁，伐薪烧炭南山中。满面尘灰烟火色，两鬓苍苍十指黑。卖炭得钱何所营？身上衣裳口中食。可怜身上衣正单，心忧炭贱愿天寒。夜来城外一尺雪，晓驾炭车辗冰辙。牛困人饥日已高，市南门外泥中歇。翩翩两骑[1]来是谁？黄衣使者白衫儿。手把文书口称敕，回车叱牛牵向北。一车炭[2]，千余斤，宫使驱将惜不得。半匹红纱[3]一丈绫，系向牛头充炭直。

① 翩翩两骑：《全唐诗》注“两骑翩翩”。　② 炭：《全唐诗》注“一本此下有重字”。　③ 纱：《白氏长庆集》作“绡”。

母别子

母别子，子别母，白日无光哭声苦。关西骠骑大将军，去年破虏新策勋。敕赐金钱二百万，洛阳迎得如花人。新人迎[1]来旧人弃，掌上莲花眼中刺。宠[2]新弃旧未足悲，悲在君家留两儿。一始扶床[3]一初坐，坐啼行哭牵人衣。以汝夫妇新嬿婉，使我母子生别离。不如林中乌与鹊，母不失雏雄伴雌。应似后园[4]桃李树，花落随风子在枝。新人新人听我语，洛阳无限红楼女。但愿将军重立功，更有新人胜于汝。

① 迎：《乐府诗集》阙，据《白氏长庆集》补。　② 宠：《白氏长庆集》作“近”。③ 床：《白氏长庆集》作“行”。　④ 后园：《白氏长庆集》作“园中”。

阴山道[1]

阴山道，阴山道，纥逻敦肥水泉好。每至戎人送[2]马时，道傍千里无纤草。草尽泉枯马病羸，飞龙但印骨与皮。五十匹缣易一匹，缣去马来无了日。养无所用土[3]非宜，每岁死伤十六七。缣丝不足女工苦，疏织短截充匹数。藕丝蛛网[4]三丈余，回鹘[5]诉称无用处。咸安公主号可敦，远为可汗频奏论。元和二年下新敕，内出金帛酬马直。仍诏江淮马价缣？从此不令疏短织。合罗将军呼万岁，捧授金银与缣彩。谁知黠虏启贪心，明年马多来一倍。缣渐好，马渐多，阴山虏，奈尔何。

① 郭茂倩解引《通典》曰："秦始皇平天下，北却匈奴，筑长城，渡河以阴山为塞。阴山，唐之安北都护府也。"《唐书》曰："高宗显庆初，诏苏定方等并回纥，破贺鲁于阴山，即其地也。"李公垂传曰："元和二年，有诏，内出金帛酬回纥马价。" ② 送：《全唐诗》注"一作进"。 ③ 土：《乐府诗集》作"去"，据《白氏长庆集》改。 ④ 网：《乐府诗集》作"蜩"，据《白氏长庆集》改。 ⑤ 鹘：《全唐诗》作"纥"。

时世妆

时世妆，时世妆，出自城中传四方。时世流行无远近，腮不施朱面无粉。乌膏注[①]唇唇似泥，双眉画作八字低。妍蚩黑白失本态，妆成尽似含悲啼。圆鬟垂鬟椎髻[②]样，斜红不晕赭面状。昔闻被发伊川中，幸有见之知有戎。元和妆梳君记取，髻椎[③]面赭非华风。

① 注：《乐府诗集》注"一作膏"。 ② 垂鬟椎髻：《白氏长庆集》作"无鬟堆髻"。 ③ 椎：《白氏长庆集》作"堆。"

李夫人

汉武帝，初哭[①]李夫人[②]。夫人病时不肯别，死后留得生前恩。君恩不尽念未已，甘泉殿里令写真。丹青画[③]出竟何益，不言不笑愁杀人。又令方士合灵药，玉釜煎炼金炉焚。九华帐中[④]夜悄悄，反魂香降夫人魂。夫人之魂在何许？香烟引到焚香处。既来何苦不须臾，缥缈悠扬还灭去。去何速兮来何迟，是耶非耶两不知。翠蛾仿佛平生貌，不似昭阳寝疾时。魂之不来君心苦，魂之来兮君亦悲。背灯隔帐不得语，安用暂来还见违[⑤]。伤心不独汉武帝，自古及今皆若斯。君不见穆王三日哭，重璧台前伤盛姬。又不见泰陵一掬泪，马嵬坡下[⑥]念杨妃。纵令妍姿艳质化为土，此恨长在无销期。生亦惑,死亦惑,尤物惑人忘不得。人非木石皆有情,不如不遇倾城色。

① 哭:《唐文粹》卷一三及《全唐诗》作“丧”。《乐府诗集》注“一作丧”。 ② 李夫人:汉李延年妹。妙丽善舞,得幸于汉武帝,早卒。汉武帝图其形,挂于甘泉宫,思念不已。见《汉书·外戚传上·孝武李夫人》。 ③ 画:《全唐诗》注“一作写”。 ④ 中:《唐文粹》及《全唐诗》作“深”。 ⑤ 违:《乐府诗集》作“为”,据《全唐诗》改。 ⑥ 坡下:《乐府诗集》作“路上”,据《全唐诗》改。

陵园妾[①]

陵园妾,颜色如花命如叶。命如叶薄将奈何,一奉寝宫年月多。年月多[②],春愁秋思知何限。青丝发落丛鬓疏,红玉肤销系裙慢[③]。忆昔宫中被妒猜,因谗得罪配陵来。老母啼呼趁车别,中官监送锁门回。山宫一闭无开日,未死此身[④]不令出。松门到晓月徘徊,柏城尽日风萧瑟。松门柏城幽闭深,闻蝉听燕感光阴。眼看菊蕊重阳泪,手把梨花寒食心。把花掩泪无人见,绿芜墙绕青苔院。四季徒支妆粉钱,一[⑤]朝不识君王面。遥想六宫奉至尊,宣徽雪夜浴堂春。雨露之恩不及者,犹闻不啻三千人。三千人[⑥],我尔[⑦]君恩何厚薄?愿令轮转直陵园,三岁一来均苦乐。

① 唐制,诸帝升遐,宫人无子者皆遣陵园供奉朝夕,事帝死若生时,谓之“陵园妾”。 ② 年月多:《全唐诗》此句下有“时光换”句。 ③ 慢:《白氏长庆集》作“缦”。 ④ 未死此身:《全唐诗》注“一作此身未死”。 ⑤ 一:《全唐书》作“三”。 ⑥ 三千人:《全唐诗》注“一无此三字”。 ⑦ 尔:《白氏长庆集》作“同”。

盐商妇

盐商妇,多金帛,不事田农与蚕绩。南北东西不失家,风水为乡船作宅。本是扬州小家女,嫁得西江大商客。绿鬟溜[①]去金钗多,皓腕肥来银钏窄。前呼苍头后叱婢,问尔因何得如此。婿作盐商十五年,不属州县属天子。每年盐利入官时,少入官家多入私。

官家利薄私家厚，盐铁尚书[2]远不知。何况江头鱼米贱，红鲙黄橙香稻饭。饱食浓妆倚柂楼，两朵红腮花欲绽。盐商妇，有幸嫁盐商。终朝美饭食，终岁好衣裳。好衣美食有来处[3]，亦须惭愧桑弘羊。桑弘羊，死已久，不独汉时今亦有。

① 溜：《乐府诗集》作"富"，《全唐诗》注"一作溜"，据改。 ② 盐铁尚书：唐中叶之后，尚书省下设置盐铁使，专管盐铁税收事，多由六部尚书或侍郎官员兼任，故称。 ③ 有来处：《全唐诗》作"来何处"。

杏为梁

杏为梁，桂为柱，何人堂室李开府。碧砌红轩色未干，去年身殁今移主。高其墙，大其门，谁家第宅卢将军。素泥朱板光未灭，今岁[1]官收别赐人。开府之堂将军宅，造未成时头已白。逆旅重居逆旅中，心是主人身是客。更有愚夫念身后，心虽甚长计非久。穷奢极丽越规模，付子传孙令保守。莫教门外过客闻，抚掌回头笑杀君。君不见马家宅，尚犹存，宅门题作奉宸园[2]。君不见魏家宅，属他人，诏赎赐还五代孙。俭存奢失今在目，安用高墙围大屋。

① 岁：《全唐诗》作"日"。 ② 奉宸园：《乐府诗集》注"一作凤城园"。

井底引银瓶

井底引银瓶，银瓶欲上丝绳绝。石上磨玉簪，玉簪欲成中央折。瓶沉簪折知奈何，似妾今朝与君别。忆昔在家为女时，人言举动有殊姿。婵娟两鬓秋蝉翼，宛转双蛾远山色。笑随戏伴后园中，此时与君未相识。妾弄青梅凭[1]短墙，君骑白马傍垂杨。墙头马上遥相顾，一见知君即断肠。知君断肠共君语，君指南山松柏树。感君松柏化为心，暗合双鬟逐君去。到君家舍五六年，君家大人频有言。聘则为妻奔是妾，不堪主祀奉苹蘩。终知君家不可住，其奈出门无去处。岂无父母在高堂，亦有亲情满故乡。潜来更不通消息，今日悲羞归不得。为君一日恩，误妾百年身。寄言痴小人家女，慎勿将身轻许人。

① 凭：《乐府诗集》注“一作倚”。

官　牛

官牛官牛驾官车，浐水岸边般[①]载沙。一石沙，几斤重，朝载[②]暮载将何用？载向五门官道西，绿槐阴下铺沙堤。昨来新拜右丞相，恐怕泥涂污马蹄。右丞相，马蹄踏沙虽净洁，牛领牵车欲流血。右丞相，但能济人治国调阴阳，官牛领穿亦无妨。

① 般：《全唐诗》注“一作驱”。　② 载：《全唐诗》注“一作驾”。

紫毫笔

紫毫笔，尖如锥兮利如刀。江南石上有老兔，吃竹饮泉生紫毫。宣城之[①]人采为笔，千万毛中拣[②]一毫。毫虽轻，功甚重，管勒工名充岁贡，君兮臣兮勿轻用。勿轻用，将何如？愿赐东西府御史，愿颁左右台起居。搦[③]管趋入黄金阙，抽毫立在白玉除。臣有奸邪正衙奏，君有动言直笔书。起居郎，侍御史，尔知紫毫不易致。每岁宣城进笔时，紫毫之价如金贵。慎勿空将弹失仪，慎勿空将录制词。

① 之：《全唐诗》注“一作工”。　② 拣：《全唐诗》注“一作选”。　③ 搦：《全唐诗》注“一作握”。

隋堤柳[①]

隋堤柳，岁久年深尽衰朽。风飘飘兮雨萧萧，三株两株汴河口。老枝病叶愁杀人，曾经大业年中春。大业年中炀天子，种柳成行夹流水。西自黄河东至[②]淮，绿阴[③]一千三百里。大业末年春暮月，柳色如烟絮如雪。南幸江都恣佚游，应将此柳系龙舟。紫髯郎将护锦缆，青娥御史直迷楼[④]。海内财力此时竭，舟中歌笑何日休。上荒下困势不久，宗社之危如缀旒[⑤]。炀天子，自言福祚长无穷，岂知皇子封酅公。龙舟未过彭城阁[⑥]，义旗已入长安宫。萧墙祸生人事变，晏驾不得归秦中。土坟数尺何处葬，吴公台下多悲风。二百年来汴河路，沙草和烟朝复暮。后王何以鉴前王，请看隋堤亡国树。

① 郭茂倩解引《通典》曰："隋炀帝大业初，发河南诸郡男女百余万开通济渠，自西苑引谷、洛水达于河，又引河通于淮海。"《大业拾遗记》曰："炀帝将幸江都，命云屯将军麻祜谋浚黄河入汴堤，使胜巨舰，所谓隋堤也。" ② 至：《全唐诗》注"一作接"。 ③ 阴：《乐府诗集》作"影"，据《全唐诗》改。 ④ 迷楼：楼名，隋炀帝时造，误入者终日不能出，故曰迷楼。 ⑤ 缀旒：《全唐诗》注"一本此下有'炀天子，自言欢乐殊未极，岂知明年正逆归武德'三句"。 ⑥ 彭城阁：彭城之楼阁。彭城，即今徐州，隋唐时为彭城郡。

草茫茫

草茫茫，土苍苍，苍苍茫茫在何处？骊山脚下秦皇墓。墓中下锢三重泉，当时自以为深固。下流水银像江海，上缀珠光作乌兔。别为天地于其间，拟将富贵随身去。一朝盗掘坟陵破，龙椁神堂三月火。可怜宝玉归人间，暂借泉中买身祸。奢者狼藉俭者安，一凶一吉在眼前。凭君回首向南望，汉文葬在霸陵原。

古冢狐

古冢狐，妖且老，化为妇人颜色好。头变云鬟面变妆，大尾曳作长红裳。徐徐行傍荒村路，日欲暮时人静处。或歌或舞或悲啼，翠眉不动[①]花颜[②]低。忽然一笑千万态，见者十人八九迷。假色迷人犹若[③]是，真色迷人应过此。彼真此假俱迷人，人心恶假贵重真。狐假女妖害犹浅，一朝一夕迷人眼。女为狐媚害即[④]深，日增月长[⑤]溺人心。何况褒妲之色善蛊惑，能丧人家覆人国。君看为害浅深间，岂将假色同真色。

① 动:《白氏长庆集》作“举”。 ② 颜:《全唐诗》注“一作钿”。 ③ 若:《白氏长庆集》作“如”。 ④ 即:《全唐诗》注“一作则,一作却”。 ⑤ 日增月长:《乐府诗集》作“日长月长”。《全唐诗》作“日长月增”,并注“一作日增月长”,据此改。

黑潭龙

黑潭水深色如墨,传有神龙人不识。潭上架屋官立祠,龙不能神人神之。丰凶水旱与疾疫,乡里皆言龙所为。家家养豚漉清酒,朝祈暮赛[①]依巫口。神之来兮风飘飘,纸钱动兮锦伞摇。神之去兮风亦静,香火灭兮杯盘冷。肉堆潭岸石,酒泼庙前草。不知龙神飨几多,林鼠山狐长醉饱。狐何幸,豚何辜,年年杀豚将喂狐。狐假龙神食豚尽,九重泉底龙知无?

① 赛:旧时祭祀酬神谓赛。

天可度

天可度,地可量,唯有人心不可防。但见丹诚赤如血,谁知伪言巧似簧。劝君掩鼻[①]君莫掩,使君夫妇为参商。劝君掇蜂[②]君莫掇,使君父子成豺狼。海底鱼兮天上鸟,高可射兮深可钓。唯有人心相对时,咫尺之间不能料。君不见李义府[③]之辈笑欣欣,笑中有刀潜杀人。阴阳神变皆可测,不测人间笑是瞋。

① 掩鼻:相传战国时魏王以美人遗楚王。楚王爱妾郑袖谓美人曰:“大王恶汝之鼻。”美人因掩鼻见楚王。袖又谓楚王曰:“美人恶闻王之臭。”楚王怒,割美人鼻。见《韩非子·内储说下》及《战国策·楚策四》。后以“掩鼻”为因嫉妒而阴谋相害的典故。 ② 掇蜂:尹吉甫后妻为诬前妻之子伯奇,取毒蜂在自己衣领上,令伯奇掇之。吉甫遥见,误以为伯奇对后母不敬,怒而放逐伯奇于野。见汉蔡邕《琴操》上《履霜操》、《太平御览》。后以“掇蜂”为离间骨肉的典故。 ③ 李义府:唐瀛州人。其人貌状温恭,与人语必嬉怡微笑,而褊忌阴贼。时人言其笑中有刀,又以其柔而害物,称之为“李猫”。

秦吉了[①]

秦吉了,出南中,彩毛青黑花颈红。耳聪心惠舌端巧，鸟语人言无不通。昨日长抓鸢，今朝大觜乌。鸢捎乳燕一窠[②]覆，乌啄母鸡双眼枯。鸡号堕地燕惊去，然后拾卵攫其雏。岂无雕与鹗，嗉中肉饱不肯搏，亦有鸾鹤群，闲立扬高[③]如不闻。秦吉了，人云尔是能言鸟，岂不见鸡燕之冤苦。吾闻凤凰百鸟主，尔竟不为凤凰之前致一言[④]，安用噪噪[⑤]闲言语。

① 郭茂倩解引《唐书·乐志》曰："岭南有鸟，似鸜鹆而稍大，乍视之不相分辨，笼养久则能言无不通，南人谓之吉了。开元初，广州献之，声音雄重，委曲识人情，惠于鹦鹉远矣。《汉书·武帝本纪》书南越献驯象、能言鸟，即吉了也。" ② 窠：《全唐诗》注"一作巢"。 ③ 扬高：当作"高扬"，与"闲立"相对称。 ④ 言：《全唐诗》注"一作词"。 ⑤ 噪噪：《全唐诗》注"一作嗏嗏"。

鸦九剑

欧冶子死千年后，精灵暗授张鸦九[①]。鸦九铸剑吴山中，天与日时神借功。金铁腾精火翻焰，踊跃求为镆铘剑。剑成未试十余年，有客持金买一观。谁知开[②]匣长思用，三尺青蛇不肯蟠。客有心，剑无口，客代剑言告鸦九：君勿矜我玉可切，君勿夸我钟可刜，不如持我决浮云，无令漫漫蔽白日。为君使无私之光及万物，蛰虫昭苏萌草[③]出。

① 张鸦九：唐代江东著名铸剑工。见唐元稹《说剑》。 ② 开：《全唐诗》作"闭"。 ③ 草：《全唐诗》注"一作芽"。

采诗官[①]

采诗官，采诗听歌导人言。言者无罪闻者诫，下流上通上下泰。周灭秦兴至隋氏，十代采诗官不置。郊庙登歌赞君美，乐府艳词悦君意。若求兴[②]谕规刺言，万句千章无一字。不是章句无规刺，渐及朝廷绝讽议。诤臣杜口为冗员，谏鼓高悬作虚器。一人负扆常端默，百辟入门两[③]自媚。夕郎[④]所贺皆德音，春官每奏唯祥瑞。君之堂兮千[⑤]里远，君之门兮九重闷。

君耳唯闻堂上言，君眼不见门前事。贪吏害民无所忌，奸臣蔽君无所畏。君不见厉王、胡亥[6]之末年，群臣有利君无利。君兮君兮愿听此，欲开壅蔽达[7]人情，先向歌诗求讽刺。

① 郭茂倩解引《汉书·艺文志》曰："哀乐之心感而歌咏之声发，诵其言谓之诗，咏其声谓之歌。故古有采诗之官，王者所以观风俗、知得失、自考政也。"《食货志》曰："孟春之月，行人振木铎徇于路以采诗，献之大师，比其音律以献于天子。"采诗，谓采取怨刺之诗也。　② 兴：《全唐诗》注"一作讽"。　③ 两：《全唐诗》注"一作皆"。　④ 夕郎：汉代黄门郎的别称。《汉官仪》卷上："黄门侍郎每日暮向青琐门拜，谓之夕郎。"　⑤ 十：《全唐诗》作"千"。　⑥ 胡亥：《全唐诗》注"一作炀帝"。⑦ 达：《乐府诗集》作"远"，据《白氏长庆集》改。

新题乐府[1]（十三首）

元　稹

上阳白发人

天宝年中花鸟使[2]，撩花狎[3]鸟含春思。满怀墨诏求嫔御，走上高楼半酣醉。醉酣直入卿士家，闺闱不得偷回避。良人顾望[4]心死别，小女呼爷血垂泪。十中一得[5]预更衣，九配深宫作宫婢。御马南奔胡马蹙，宫女三千合宫弃。宫门一闭不复开，上阳花草青苔地。月夜闲闻洛水声，秋池暗度风荷气。日日长看提象[6]门，终身不见门前事。近年又送数人来，自言兴庆南宫至。我悲此曲将彻骨，更想深冤复酸鼻。此辈贱嫔何足言，帝子天孙古称贵。诸王在阁四十年，十宅[7]六宫门户闷。隋炀枝条袭封邑，肃宗血胤无官位。王无妃媵主无夫[8]，阳亢阴淫结灾累。何如决壅顺众流，女遣从夫男作吏。

① 此十三首录自《乐府诗集》卷九六和卷九七。郭茂倩解引元稹序曰："李

公垂作乐府新题二十篇，稹取其病时之尤急者，列而和之，盖十五而已，今所得才十二篇。又得《八骏图》一篇，总十三篇。”今按：此题《元氏长庆集》卷二四作“《和李校书新题乐府》十二首并序。”其序称“列而和之，盖十二而已”，无盖十五等语及得《八骏图》一篇语。又，《乐府诗集》将其十二篇并《八骏图》一篇，分上、下两部分别录入卷九六和卷九七，本编将其合在一起共十三篇全部录入，篇次仍依《乐府诗集》。 ② 花鸟使：唐玄宗时，每岁遣使到民间选取美女入宫，使者称花鸟使。 ③ 狎：《乐府诗集》作“鸦”，据《元氏长庆集》改。 ④ 望：《乐府诗集》注“一作妄”。 ⑤ 十中一得：《乐府诗集》注“一作十中有一”。 ⑥ 象：《乐府诗集》作“众”，据《元氏长庆集》改。 ⑦ 十宅：《元氏长庆集》作“七宅”。 ⑧ 夫：《乐府诗集》注“一作婿”。

华原磬

泗滨浮石裁为磬，古乐疏音少人听。工师小贱牙旷稀，不辨邪声嫌雅正。正声不屈古调高，钟律参差管弦病。铿金戛瑟徒相杂，投玉敲冰杳[1]然震[2]。华原软石易追琢，高下随人无雅郑。弃旧美新由乐胥，自此黄钟不能竞。玄宗爱乐爱新乐，梨园弟子承恩横。《霓裳》才彻胡骑来，《云门》未得蒙亲定。我藏古磬藏在心，有时激作《南风》[3]咏。伯夔[4]曾抚野兽驯，仲尼暂叩[5]春雷盛。何时得向笋簴悬，为君一吼君心醒。愿君每听念封疆，不遣豺狼剿人命。

① 杳：《乐府诗集》作“沓”，据《元氏长庆集》卷二四改。 ② 震：《乐府诗集》作“零”，据《元氏长庆集》改。 ③《南风》：古代乐曲名，相传为虞舜所作。《礼记·乐记》：“昔者舜作五弦之琴，以歌《南风》。” ④ 伯夔：指伯牙和夔。夔，传说舜时的乐官。 ⑤ 叩：《元氏长庆集》作“和”。

五弦弹

赵璧五弦弹徵调，徵声巉绝何清峭。辭[1]雄皓鹤警露啼，失子哀猿绕林啸。风入春松正凌乱，莺含晓舌怜娇妙。呜呜暗溜咽冰泉，杀杀霜刀涩寒鞘。促节频催渐繁拨，珠幢斗绝金铃掉。千靫鸣镝发胡弓，万片清球击虞庙。众乐虽同第一部，德宗皇帝常偏召。旬休节假暂归来，一声狂杀长安少。主第侯家最难见，挼歌按[2]曲皆承诏。水精帘外教贵嫔，玳瑁筵心伴中要。臣有五贤非此弦，或在拘囚或屠钓。一贤得进胜累百，两贤得进同周、召。三贤事汉灭暴强，四贤镇岳宁边徼。五贤并用调五常，五常既序三光耀。赵璧五弦非此贤，九九何劳设庭燎。

① 避:《乐府诗集》注“一作辞”。《元氏长庆集》作“辞”。 ② 按:《乐府诗集》作“接”，据《元氏长庆集》改。

西凉伎

吾闻昔日西凉州，人烟扑地桑柘稠。蒲萄酒熟恣行乐，红艳青旗朱粉楼。楼下当垆称卓女，楼头伴客名莫愁。乡人不识离别苦，更卒多为沉滞游。哥舒开府设高宴，八珍九酝当前头。前头百戏竞撩乱，丸剑跳踯霜雪浮。师子摇光毛彩竖，胡姬[1]醉舞筋骨柔。大宛来献赤汗马，赞普亦奉翠茸裘。一朝燕贼乱中国，河湟泪[2]尽空遗丘。开远门前万里堠，今来蹙到行原州。去京五百而近何其逼，天子县内半没为荒陬，西凉之道尔阻修。连城边将但高会，每听此曲能不羞。

① 姬:《乐府诗集》作“腾”，据《元氏长庆集》卷二四改。 ② 泪:《元氏长庆集》作“忽”。毛本作“没”。

法曲

吾闻黄帝鼓清角[1]，弭伏熊罴舞玄鹤。舜持干羽苗革心，尧用《咸池》凤巢阁。《大夏》《濩》《武》皆象功，功多已讶玄功薄。汉祖过沛亦有歌，秦王破阵非无作。作之宗庙见艰难，作之军旅传糟粕。明皇度曲多新态，宛转侵淫[2]易沉著。《赤白桃李》[3]取花名，《霓裳羽衣》号天落。雅弄虽云已变乱，夷音未得相参错。自从胡骑起烟尘，毛毳腥膻满咸、洛。女为胡妇学胡妆，伎进胡音务胡乐。火凤声沉多咽绝，春莺啭罢长萧索。胡音胡骑与胡妆，五十年来竞纷泊。

① 清角：古琴名。《文献通考·乐十》："黄帝之清角，齐桓之号钟，楚庄之绕梁，相如之绿绮，蔡邕之焦尾……名号之别也。" ② 淫：《乐府诗集》作"摇"，据《元氏长庆集》及《唐会要》卷三四改。 ③《赤白桃李》：唐法曲名目。

驯犀[1]

建中之初放驯象，远归林邑近交、广。兽返深山鸟构巢，鹰雕鹞鹘无羁鞅。贞元之岁贡驯犀，上林置圈官司养。玉盆金栈非不珍，虎啖狴牢鱼食网。渡江之橘逾汶貉，反时易性安能长。腊月北风霜雪深，踡局鳞身遂长往。行地无疆费传驿，通天异物罹幽枉。乃知养兽如养人，不必人人自敦奖。不扰则得之于理，不夺有以多于赏。脱衣推食衣食之，不若男耕女令纺。尧民不自知有尧，但见安闲聊击壤。前观驯象后驯犀，理国其如指诸掌。

① 驯犀：《元氏长庆集》卷二四作"观犀"。

立部伎

胡部新声锦筵坐，中庭汉振高音播。太宗庙乐传子孙，取类群凶阵初破。戢戢攒枪霜雪耀，腾腾击鼓云[1]雷磨。初疑遇敌身启行，终象由文士宪左。昔日高宗常立听，曲终然后临玉座。如今节将一掉头，电卷风收尽摧挫。宋音郑女歌声发，满堂会客齐喧和[2]。珊珊佩玉动腰身，一一贯珠随咳唾。顷向圜丘见郊祀，亦曾正旦亲朝贺。太常雅乐备宫悬，九奏未终百寮惰。淴滞难令季札辨，迟回但恐文侯卧。工师尽取聋昧人，岂是先王作之过。宋沇尝传天宝季，法曲胡音忽相和。明年十月燕寇来，九庙千门虏尘涴。我闻此语叹复泣，古来邪正将谁奈。奸声入耳佞入心，侏儒饱饭夷齐饿。

① 云:《元氏长庆集》作“风”。　② 和:《元氏长庆集》作“歌”。

骠国乐

骠之乐器头象驼，音声不合十二和[①]。促舞跳趫筋节硬，繁词变乱名字讹。千弹万唱皆咽咽，左旋右转空傞傞。俯地呼天终不会，曲成调变当如何。德宗深意在柔远，笙镛不御停娇娥。史馆书为朝贡传，太常编入鞮靺科。古时陶尧作天子，逊遁亲[②]听《康衢歌》[③]。又遣遒人持木铎，遍采讴谣天下过。万人有意皆洞达，四岳[④]不敢施烦苛。尽令区中击壤块，然[⑤]及海外覃恩波。秦霸周衰古官废，下堙上塞王道颇。共矜异俗同声教，不念齐民方荐瘥。传称鱼鳖亦咸若，苟能效此诚足[⑥]多。借如牛马未蒙泽，岂在抱瓮滋鼋鼍。教化从来有源委，必将泳海先泳河。是非倒置自古有[⑦]，骠兮骠兮谁尔诃。

① 十二和:唐代乐名。唐初祖孝孙考证古音，修定雅乐制成。其名目是:豫和、顺和、永和、肃和、雍和、寿和、太和、舒和、昭和、休和、正和、承和。其乐合三十二曲，八十四调，号《大唐雅乐》。　② 亲:《乐府诗集》作“新”，据文义改。③《康衢歌》:相传春秋时齐国宁戚饲牛，击牛角而歌于康衢，桓公奇其歌，命后车载回，任以国政。后喻指贤才不遇而发之悲歌。④ 四岳:相传为共工的后裔，因佐禹治水有功，赐姓姜，封于吕，并使为诸侯之长。一说为尧臣羲和之四子，分管四方诸侯。《书・尧典》孔传:“四岳，即上羲和之四子，分掌四岳之诸侯，故称焉。”　⑤ 然:《新唐书》作“燕”。　⑥ 足:《乐府诗集》作“是”，据《新唐书》改。⑦ 古有:《新唐书》作“中古”。

胡旋女[①]

天宝欲末胡欲乱，胡人献女能胡旋。旋得明王不觉迷，妖胡奄到长生殿。胡旋之义世莫知，胡旋之容我能传。蓬断霜根羊角疾，竿戴朱盘火轮炫。骊珠迸珥逐飞[②]星，虹晕轻巾掣流电。潜鲸暗噏笡波海[③]，回风乱舞当空霰。万过其谁辨终始，四座安能分背面。

才人观者相为言，承奉君恩在圆[④]变。是非好恶随君口，南北东西逐君眄。柔软依身著[⑤]珮带，徘徊绕指同环钏。佞臣闻此心计回，荧惑君心君眼眩。君言似曲屈为[⑥]钩，君言好直舒为箭。巧随清影触处行，妙学春莺百般啭。倾天侧地用君力，抑塞周遮恐君见。翠华南幸万里桥，玄宗始悟坤维转。寄言旋目与旋心，有国有家当共谴。

① 郭茂倩解引白居易传曰："天宝末，康居国献胡旋女。"《唐书·乐志》曰："康居国乐舞急转如风，俗谓之胡旋。"《乐府杂录》曰："胡旋舞居一小圆球子上舞，纵横腾掷，两足终不离毬上，其妙如此。"今按：康居国乃古代西域国名。东界乌孙，西达奄蔡，南接大月氏，东南临大宛，约在今巴尔喀什湖和咸海之间。王都卑阗城。 ② 飞：《元氏长庆集》卷二四作"龙"。 ③ 波海：《元氏长庆集》作"海波"。 ④ 圆：《全唐诗》卷四一九作"圜"。 ⑤ 著：《全唐诗》注"一作看"。⑥ 为：《乐府诗集》注"一作如"。

蛮子朝

西南六诏有遗种，僻在荒陬路寻壅。部落支离君长贱，比诸夷狄为幽冗。犬戎强盛频侵削，降有愤心战无勇。夜防钞盗保深山，朝望烟尘上高冢。鸟道绳桥来款附，非因慕化因危悚。清平官击[①]金呿嵯，求天叩地持双珙[②]。益州大将韦令公，顷实遭时定汧陇。自居剧镇无他绩，幸得蛮来固恩宠。为蛮开道引蛮朝[③]，迎[④]蛮送蛮常继踵。天子临轩四方贺，朝廷无事唯端拱。漏天走马春雨寒，泸水飞蛇瘴烟重。椎头丑类除忧患，瘇足役夫劳汹涌。匈奴互[⑤]市岁不供，云蛮通好辔[⑥]长駷。戎王养马渐多年，南人耗悴西人恐。

① 击：《乐府诗集》作"系"，据《元氏长庆集》改。 ② 珙：《乐府诗集》作"拱"，据《元氏长庆集》改。 ③ 朝：《乐府诗集》作"胡"，据《元氏长庆集》改。④ 迎：《元氏长庆集》作"接"。 ⑤ 互：《乐府诗集》作"玄"，据《元氏长庆集》改。⑥ 辔：《乐府诗集》作"蛮"，据《元氏长庆集》改。

缚戎人

边头大将差健卒，入抄擒生快于鹘。但逢赪面即捉来，半是边[①]人半戎羯。大将论功重多级，捷书飞奏何超忽。圣朝不杀谐至仁，远送炎方示惩[②]罚。万里虚劳肉食费，连头尽被氈裘暍。华茵重席卧腥臊，病犬愁鸱声咽嗢。中有一人能汉语，自言家本长城窟。小年随父戍安西，河、渭、瓜沙眼看没。天宝未乱犹[③]数载，狼星四角光蓬勃。中原祸作边防危，果有豺狼四来伐。蕃马膘成正翘健，蕃兵肉饱争唐突。烟尘乱起无亭燧，主帅惊跳弃旄钺。半夜城摧鹅雁鸣，妻啼子叫曾不歇。阴森神庙未敢依，脆薄河水安可越。荆棘深处共潜身，前因蒺藜后臲卼。平明蕃骑四面走，古墓深林尽株榾[④]。少壮为俘头被髡，老弱[⑤]留居足多刖。乌鸢满野尸狼藉，楼榭成灰墙突兀。暗水溅溅入旧池，平沙漫漫铺明月。戎王遣将来安慰，口不敢言心咄咄。供进腋腋御叱般，岂料穹庐拣肥腯。五六十年消息绝，中间盟会又猖蹶。眼穿东日望尧云，肠断正朝梳汉发。近年如此思汉者，半为老病半埋骨。尝[⑥]教孙子学乡音，犹话平时好城阙。老者侻尽少者壮，生长蕃中似蕃悖。不知祖父皆汉民，便恐为蕃心矻矻。缘边饱馁[⑦]十万众，何不齐驱一时发。年年但捉两三人，精卫衔芦塞溟渤。

① 边：《元氏长庆集》作"蕃"。　② 惩：《元氏长庆集》作"微"。《乐府诗集》注"一作微"。　③ 犹：《全唐诗》卷四一九作"前"。　④ 株榾：《乐府诗集》作"诛搰"，据《元氏长庆集》改。　⑤ 弱：《元氏长庆集》作"翁"。　⑥ 尝：《元氏长庆集》作"尚"，《全唐诗》作"常"。　⑦ 馁：《全唐诗》作"馁"。

阴山道

年年买马阴山道，马死阴山帛空耗。元和天子念女工，内出金银代酬犒。臣有一言昧死进，死生甘分答恩焘。费财为马不独生，耗帛伤工有他盗。臣闻平时七十万匹马，关中不省闻嘶噪。四十八监选龙媒，时贡天庭付良造[①]。如今垧野十无一，尽在飞龙相践暴。万束刍茭供旦暮，千钟菽粟长牵漕。屯军郡国百余镇，缣缃岁奉春冬劳。税户逋逃例摊配，官司折纳仍贪冒。挑纹变缬力倍费，弃旧从新人所好。越縠缭绫织一端，十匹素[②]缣功未到。豪家富贾逾常制，令族清班无雅操。从骑爱奴丝布衫，臂鹰小儿云锦韬。群臣利己安[③]差僭，天子深衷空悯悼。久立花砖鹓凤行，雨露恩波几时报。

① 良造：指春秋晋王良与西周造父。二人皆为古代善御马之人。 ② 素：《乐府诗集》作“半”，据《元氏长庆集》改。 ③ 安：《元氏长庆集》作“要”。

八骏图

穆满志空阔，将行九州野。神驭四来归，天与八骏马。龙种无凡性，龙行无暂舍。朝辞扶[①]桑底，暮宿昆仑下。鼻息吼春雷，蹄声裂寒瓦。尾掉沧波黑，汗染浮云[②]赭。华辀本修密，翠盖尚妍冶。御者腕不移，乘者寐不假。车无轮扁斫，辔无王良把。虽有万骏来，谁是敢骑者。

① 扶：《乐府诗集》作“浮”，据《元氏长庆集》改。 ② 浮：《乐府诗集》注“一作白”。《元氏长庆集》作“白”。

乐府倚曲[①]（三十二首）

温庭筠

汉皇迎春辞

春草[②]芊芊，晴扫[③]烟，宫城大锦红殷鲜。海日如[④]融照仙掌，淮王小队缨铃响。猎猎东风展焰[⑤]旗，画神金甲葱笼网。钜公步辇迎句芒，复道扫尘鸾篲长。豹尾竿前赵飞燕，柳风吹尽眉间黄。碧草含情杏花喜，上林莺啭游丝起。宝马摇环万骑归，恩光暗入帘栊里。

① 此三十二首录自《乐府诗集》卷一〇〇。　② 草：《乐府诗集》无此字，据《温庭筠诗集》卷二补。　③ 扫：《全唐诗》卷五七五注"一作拂"。　④ 如：《全唐诗》作"初"。　⑤ 展焰：《全唐诗》作"焰赤"。

夜宴谣

长钗坠发双蜻蜓，碧尽山斜开画屏。虬须[1]公子五侯客，一饮千钟如建瓴。鸾咽姹[2]唱圆无节，眉敛湘烟袖回雪。清夜恩情四座同，莫令沟水东西别。亭亭蜡泪香珠溅[3]，暗露小[4]风罗幕寒。飘飘[5]戟带俨相次，二十四枝龙画竿。裂管萦弦共繁曲，芳樽细浪倾春醁[6]。高楼客散杏花多，脉脉新蟾如瞪目。

① 须：《全唐诗》注"一作髯"。　② 姹：《全唐诗》作"奼"，并注"一作妖"。③ 溅：《全唐诗》作"残"。　④ 小：《全唐诗》作"晓"。《乐府诗集》注："一作晓。"⑤ 飘飘：《全唐诗》作"飘摇"。《乐府诗集》注："一作飘摇。"　⑥ 醁：《乐府诗集》作"渌"，据《全唐诗》改。

莲浦谣

鸣桡轧轧溪溶溶，废绿平烟吴苑东。水清莲媚两相向，镜里见愁愁更红。白马金鞭[1]大堤上，西江日夕多风浪。荷心有露似骊珠，不是真圆亦摇荡。

① 鞭：《全唐诗》注"一作鞍"。

遐水谣

天兵九月渡遐水，马踏沙鸣雁声[1]起。杀气空高万里情，塞寒如箭伤眸子。狼烟堡上霜漫漫，枯叶飘[2]风天地干。犀带鼠裘无暖色，清光炯冷黄金鞍。虏尘如雾罩[3]亭障，陇首年年汉飞将。麟阁无名期未归，楼中思妇徒相望。

① 雁声：《温庭筠诗集》卷一作"惊雁"。　② 飘：《温庭筠诗集》作"号"。③ 罩：《温庭筠诗集》作"昏"。

晓仙谣

玉妃唤月归海宫，月色淡白涵春空。银河欲转星靥靥，雪[①]浪叠山埋早红。宫花有露如新泪，小苑茸茸[②]入寒翠。绮阁空传唱漏声，网轩未辨凌云字。遥遥珠帐连湘烟，鹤扇[③]如霜金骨仙。碧箫曲尽彩霞动，下视九州皆悄然。秦王女骑红尾凤，乘[④]空回首晨鸡弄。雾盖狂尘亿兆[⑤]家，世人犹作牵情梦。

① 雪：《温庭筠诗集》卷一作"碧"。　② 茸茸：《乐府诗集》注"一作丛丛"。《温庭筠诗集》作"丛丛"。　③ 扇：《全唐诗》卷五七五注"一作羽"。　④ 乘：《全唐诗》作"半"。《乐府诗集》注："一作半。"　⑤ 兆：《全唐诗》注"一作万"。

水仙谣

水客夜骑红鲤鱼，赤鸾双鹤蓬瀛书。轻尘不起雨新霁，万里孤光含碧虚。露魄[①]冠轻见云发，寒丝七炷[②]香泉咽。夜深天碧乱山姿，光碎玉[③]波满船月。

① 魄：《全唐诗》注"一作冕"。　② 炷：《乐府诗集》作"柱"，据《温庭筠诗集》卷二改。　③ 玉：《乐府诗集》注"一作平"。《温庭筠诗集》作"平"。

东峰歌

锦砾潺湲玉溪水，晓来微雨藤[①]花紫。冉冉山鸡红尾长，一声樵斧惊飞起。松刺梳空石差齿，烟香风软人参蕊。阳崖一梦伴云根，仙菌灵芝梦魂里。

① 藤：《乐府诗集》作"蕉"，据《温庭筠诗集》卷二改。

罩鱼歌

朝罩罩城东[①]，暮罩罩城西。两桨鸣幽幽，莲子相高低。持罩入深水，金鳞大如手。鱼尾迸圆波，千珠落湘藕。风飕飕，雨离离，菱尖茭刺[②]鸂鶒飞。水连网眼白如影，淅沥篷声寒点微。楚岸有花花盖屋，金塘柳色前溪曲。悠溶[③]杳若去无穷，五色澄潭鸭头绿。

① 东：《温庭筠诗集》卷二作"南"。《乐府诗集》注："一作南。"　② 菱尖茭刺：《全唐诗》卷五七六注"一作菱茭刺"。　③ 溶：《全唐诗》注"一作悠"。

生禖屏风歌[①]

玉墀暗接昆仑井，井上无人金索冷。画壁阴森九子堂，阶前细[②]月铺花影。绣屏银鸭香蓊濛，天上梦归花绕丛。宜男漫作后庭草，不似樱桃千子红。

①《乐府诗集》题作《生禖屏风》，据其目录和毛刻本补“歌”字。禖，古人求子之祭，亦指求子所祭之神。《汉书·戾太子传》颜师古注：“禖，求子之神也。”　② 细：《全唐诗》注“一作碎”。

湘宫人歌

池塘芳意[①]湿，夜半东风起。生绿画罗屏，金壶贮春水。黄粉楚宫人，方飞[②]玉刻鳞。娟娟照棋[③]烛，不语两含嚬。

① 意：《全唐诗》作“草”。　② 方飞：《全唐诗》作“芳花”。《乐府诗集》注：“一作芳花。”　③ 棋：《全唐诗》注“一作台”。

太液池歌[①]

腥鲜龙气连清防，花风漾漾吹细光。叠澜不定照天井，倒影荡摇[②]晴翠长。平碧浅春生绿塘，云容雨态连青苍。夜深银汉通柏梁，二十八宿朝玉堂。

① 郭茂倩解引《汉书》曰：“建章宫北有太液池，池中有蓬莱、方丈、瀛州，象神山也。”颜师古曰：“太液池者，言其津润所及广也。”　② 摇：《全唐诗》注“一作漾”。

鸡鸣埭歌[①]

南朝天子射雉时，银河耿耿星参差。铜壶漏断梦初觉，宝马尘高人未知。鱼跃莲东荡宫沼，濛濛御柳悬栖鸟。红妆万户镜中春，碧树一声天下晓。盘踞势穷三百年，朱方杀气成愁烟。彗星拂地浪连海，战鼓渡江尘涨天。绣龙画雉填宫井，野火风驱烧九鼎。殿巢江燕砌生蒿，十二金人霜炯炯。芊绵平绿台城基，暖色春空[②]荒古陂。宁知《玉树后庭曲》[③]，留待野棠如雪枝。

① 此题《温庭筠诗集》卷一作《鸡鸣埭曲》。 ② 空:《温庭筠诗集》作“容”。 ③《玉树后庭曲》:《温庭筠诗集》作“《玉树后庭花》”。

雉场歌

茭叶萋萋接烟树[①],鸡鸣埭上梨花露。彩仗锵锵已合围,绣翎白颈遥相妒。雕尾扇张金缕高,碎铃素拂骊驹豪。绿场红迹未[②]相接,箭发铜牙伤彩毛。麦垅桑阴小山晚,六虬归去凝笳远。城头却望几含情,青[③]亩春[④]芜连古苑。

① 树:《温庭筠诗集》作“曙”。 ② 未:《温庭筠诗集》注“一作来”。 ③ 青:《全唐诗》注“一作春”。 ④ 春:《全唐诗》注“一作青”。

东郊行

斗鸡台下东西道,柳覆斑骓蝶萦草。坱霭韶容锁淡愁,青筐叶尽蚕应老。绿渚幽香注[①]白苹,差差小浪吹鱼鳞。王孙骑马有归意[②],林彩空中[③]如细尘。安得一生[④]各相守,烧船破栈休驰[⑤]走。世上方[⑥]应无别离,路傍更长千枝柳。

① 注:《温庭筠诗集》卷二作“生”。《乐府诗集》注“一作生”。 ② 意:《全唐诗》卷五七六注“一作思”。 ③ 空中:《乐府诗集》注“一作著空”。《全唐诗》及《温庭筠诗集》均作“著空”。 ④ 一生:《全唐诗》及《温庭筠诗集》作“人生”。《乐府诗集》注:“一作人生。” ⑤ 驰:《全唐诗》注“一作狂”。 ⑥ 方:《全唐诗》注“一作多”。

春野行

草浅浅,春如翦。花压李娘愁,饥蚕欲成茧。东城年少[①]气堂堂,金丸惊起双鸳鸯。含羞更问卫公子,月到枕前[②]春梦长。

① 年少:《温庭筠诗集》卷二作“少年”。 ② 前:《全唐诗》卷五七六注“一作边”。

吴苑行

锦鸡双飞梅结子,平春远绿窗中起。吴江淡画水连空，三尺屏风隔千里。小苑有门红扇开，天丝舞蝶俱[①]徘徊。绮户雕楹长若此，韶光岁岁如归来。

① 俱：《乐府诗集》注“一作共”。《温庭筠诗集》卷一作“共”。

塞寒行

燕弓弦劲霜封瓦，朴簌寒雕睇平野。一点黄尘起雁喧，白龙堆下千蹄马。河源怒激[①]风如刀，翦断朔云天更高。晚出榆关[②]逐征北，惊沙飞迸冲貂[③]袍。心许凌烟名不灭，年年锦字伤离别。彩毫一画竟何荣，空[④]使青楼泣[⑤]成血。

① 激：《乐府诗集》作“浊”，《温庭筠诗集》卷一作“触”，《全唐诗》卷五七五注“一作触，一作激”，据改。 ② 关：《全唐诗》注“一作林”。 ③ 貂：《全唐诗》注“一作征”。 ④ 空：《全唐诗》注“一作长”。 ⑤ 泣：《温庭筠诗集》及《全唐诗》俱作“泪”。《乐府诗集》注：“一作泪。”

台城晓朝曲

司马门前火千炬，阑干星斗天将曙。朱网龛鬖[①]丞相车，晓随叠鼓朝天去。博山镜树香丰[②]茸，袅袅浮航金画龙。大江敛[③]势避宸极，两阙深严烟翠浓。

① 鬖：《乐府诗集》作“骖”，据文义改。 ② 丰：毛刻本作“芊”。 ③ 敛：《乐府诗集》作“剑”，据《温庭筠诗集》卷二改。

走马楼三更曲

春姿暖气昏神沼，李树拳枝紫芽小。玉皇夜入未央宫，长火千条照栖鸟。马过平桥通画堂，虎幡龙戟风悠扬。帘间清唱报寒点，丙舍[①]无人遗烬香。

① 丙舍：《乐府诗集》作“丙含”，据《全唐诗》改。丙舍，后汉宫中正室两旁的房屋，以甲乙丙为次，其第三等舍曰丙舍。

春晓曲

家临长信往来道，乳燕双双拂[①]烟草[②]。油壁车轻金犊肥，流苏帐晓春鸡早。笼中娇鸟暖犹睡，帘外落花闲不扫。衰桃一树近前池，似惜红颜镜中老。

① 拂：《全唐诗》卷五七七注“一作掠”。 ② 草：《全唐诗》注“一作早”。

惜春词

百舌问花花不语，低回似恨横塘雨。蜂争粉蕊蝶分香，不似垂杨惜金缕。愿君[①]留得长妖娆[②]，莫逐东风还荡摇。秦女含颦向烟月，愁红带露空迢迢。

① 君：《全唐诗》卷五七六注“一作言”。 ② 妖娆：《乐府诗集》作“妖韶”，据《才调集》卷二改。

春愁曲

红丝穿露珠帘冷，百尺哑哑下纤绠。远翠愁山入卧屏，两重云母空烘影。凉簪坠发春眠重，玉兔煴香[①]柳如梦。锦叠空床委堕红，飔飔扫尾双金凤。蜂喧蝶驻俱[②]悠扬，柳拂赤栏纤草长。觉后梨花委平绿，春风和雨吹池塘。

① 煴香：《全唐诗》卷五七六注“一作氤氲”。香，《乐府诗集》注“一作氤”。 ② 俱：《乐府诗集》注“一作戏”。

春洲曲

韶光染色如蛾翠，绿湿红鲜水容媚。苏小慵多兰渚闲，融融浦日鸡鹊寐。紫骝蹀躞金衔嘶，岸上扬鞭烟草迷。门外平桥连柳堤，归来晚树黄莺啼。

晚归曲

格格水禽飞带波，孤光斜起夕阳多。湖西山浅似相笑，菱刺惹衣攒黛蛾。青丝系船向江木[①]，兰芽出土吴江曲。水极晴摇泛滟红，草平春染烟绵绿。玉鞭骑马白玉[②]儿，刻金作凤光参差。丁丁暖漏滴花影，催入景阳人不知。弯堤弱柳遥相瞩，雀扇团圆掩香玉。莲塘艇子归不归，柳暗桑秾闻布谷。

① 木：《全唐诗》卷五七六注“一作水”。 ② 白玉：《全唐诗》及《才调集》作

“杨叛”。《乐府诗集》注：“一作杨叛。”

湘东宴曲

湘东夜宴金貂人，楚女含情娇翠嚬。玉管将吹插钿带，锦囊斜拂双麒麟。重城漏断孤帆去，唯恐琼籤报天曙。万户沉沉碧树圆，云飞雨散知何处。欲上香车俱脉脉，清歌响断银屏隔。堤外红尘蜡[①]炬归，楼前淡月连天[②]白。

① 蜡：《乐府诗集》注“一作蜜”。　② 天：《才调集》卷二及《全唐诗》作“江”。

照影曲

景阳妆罢琼窗暖，欲照澄明香步懒。桥上衣多抱彩云，金鳞不动春塘满。黄印额山轻为尘，翠鲜[①]红稚俱含嚬。桃花百媚如欲语，曾谓[②]无双今两身。

① 鲜：《全唐诗》卷五七五作“鳞”。　② 谓：《乐府诗集》作“为”，《全唐诗》注“一作谓”，据改。

舞衣曲

藕肠纤缕袖轻春，烟机漠漠娇娥[①]嚬。金梭淅沥透空薄，翦落交刀[②]吹断云。张家公子夜闻雨，夜向兰堂思楚舞。蝉衫麟带压愁香，偷得莺黄[③]锁[④]金缕[⑤]。管含兰气娇语悲，胡槽雪腕鸳鸯丝。芙蓉力弱应难定，杨柳风多不自持。回嚬笑语西窗客，星斗寥寥波脉脉。不逐秦王卷象床，满楼明月梨花白。

① 娥：《全唐诗》卷五七五注“一作蛾”。　② 交刀：《全唐诗》注“一作鲛綃”。③ 黄：《全唐诗》作“簧”。　④ 锁：《乐府诗集》作“销”，据《才调集》卷二改。⑤ “偷得”句：《乐府诗集》注“一作偷得黄莺锁金缕”。

故城曲

漠漠沙堤烟，堤西雉子斑。雉声何角角，麦秀桑阴间。游丝荡平绿，明灭时相续。白马金络头，东风故城曲。故城殷贵嫔，曾占未央春。自从香骨化，飞作马蹄尘。

兰塘辞

塘水汪汪凫唼喋，忆上江南木兰楫。绣颈[①]金须荡倒光，团团皱绿[②]鸡头叶。露凝荷卷珠净圆，紫菱刺短浮根鲜[③]。小姑归晚红妆浅，镜里芙蓉照水鲜。东沟潏潏劳回首，欲寄一杯琼液酒。知道无郎却有情，长教月照相思柳。

① 颈：《全唐诗》卷五七六注"一作领"。 ② 皱绿：《温庭筠诗集》卷二作"绿皱"。 ③ 鲜：《全唐诗》作"缠"，并注"一作绵"。

碌碌古辞

左亦不碌碌，右亦不碌碌，野草自根肥，羸牛生健犊。融蜡作杏蒂，男儿不恋家。春风破红意，女颊如桃花。忠言未见信，巧语翻咨嗟。一鞘无两刀，徒劳油壁车。

昆明池水战辞

汪汪积水连碧空[①]，重叠细纹交敛[②]红。赤帝龙孙鳞甲怒，临流一眄[③]生阴风。鼍鼓三声报天子，雕旗战舰[④]凌波起。雷吼涛惊白若山，石鲸眼裂蟠蛟死。滇池海浪相喧豗[⑤]，青翰画鹢相次来[⑥]。箭羽枪缨三百万，踏翻西海生尘埃。茂陵仙去菱花老，唼唼游鱼近烟岛。渺莽残阳钓艇归，绿头江鸭眠沙草。

① 连碧空：《温庭筠诗集》卷二作"光连空"。 ② 交敛：《温庭筠诗集》作"晴激"。《全唐诗》作"晴漾"，又注："一作交潋。" ③ 眄：《温庭筠诗集》作"时"。《全唐诗》作"盼"。 ④ 雕旗战舰：《温庭筠诗集》及《全唐诗》俱作"雕旌兽舰"。旗，《乐府诗集》注"一作旌"。 ⑤ "滇池"句：《温庭筠诗集》及《全唐诗》俱作"溟池海浦俱喧豗"。 ⑥ "青翰"句：《温庭筠诗集》及《全唐诗》俱作"青帜白旌相次来"。

猎骑辞

早辞平扆殿，夕奉湘南宴。香兔抱微烟，重鳞叠轻扇。蚕[①]饥使君马，雁避将军箭。宝柱惜离弦，流黄悲赤县。理钗低舞鬓，换袖回歌面。晚柳未如丝，春花已如霰。所嗟故里曲，不及青楼燕[2]。

① 蚕：《乐府诗集》作"仆"，据《全唐诗》改。 ② 燕：《温庭筠诗集》卷三作"宴"。

补九夏歌[1]（九首）

皮日休

王　夏[2]

爞爞皎日，欻丽乎天。厥明御舒，如王出焉。
爞爞皎日，欻入于地。厥晦厥贞，如王入焉。
出有龙旂，入有珩珮。勿驱勿驰，惟慎惟戒。
出有嘉谋，入有内则。繄彼臣庶，钦王之式。

① 此九首录自《乐府诗集》卷九六。郭茂倩解引《周礼》曰："钟师掌金奏，凡乐事以钟鼓奏九夏，《王夏》、《肆夏》、《昭夏》、《纳夏》、《章夏》、《齐夏》、《族夏》、《裓夏》、《骜夏》。"郑司农云："夏，大也，乐之大歌有九。"杜子春云："王出入奏《王夏》，尸出入奏《肆夏》，牲出入奏《昭夏》，四方宾来奏《纳夏》，臣有功奏《章夏》，夫人祭奏《齐夏》，族人侍奏《族夏》，客醉而出奏《裓夏》，公出入奏《骜夏》。"郑康成云："九夏皆诗篇名，颂之类也。此歌之大者，载在乐章，乐崩亦从而亡。裓与陔同。"皮日休曰："九夏亡者，吾能颂之。"乃作《补九夏歌》。

今按：《皮子文薮》卷三作"《九夏歌九篇》"。《乐府诗集》此首末云，《王夏》四章，章四句。郭茂倩解引皮日休曰："九夏亡者，吾能颂之。"《皮子文薮》卷三《补周礼九夏系文》作"九夏亡者，吾能颂乎？夫大乐既去，至音不嗣，颂于古不是以补亡，颂于今不是以入用，庸可颂乎？"九夏，古乐名。郑玄注："九夏皆诗篇名，颂之类也。此歌之大者，载在乐章，乐崩亦从而亡。"是故皮日休题曰"补九夏歌"也。 ②《皮子文薮》卷三作"王夏之歌者，王出入之所奏也"。"王夏"不作标题。以下各题仿此。

肆　夏[1]

愔愔清庙，仪仪衮服。我尸出矣，迎神之谷。

杳杳阴竹，坎坎路鼓。我尸入矣，得神之祜。

①《皮子文薮》卷三作"《肆夏》之歌者，尸出入之所奏也。"《乐府诗集》此首末云，《肆夏》二章，章四句。

昭　夏[①]

有郁其鬯，有俨其彝。九变未作，金[②]乘来之。

既酾既酢，爰𫛢[③]爰舞。象物既降，金乘之去。

①《皮子文薮》卷三作"《昭夏》之歌者，牲出入之所奏也"。《乐府诗集》此首末云，《昭夏》二章，章四句。　② 金：《乐府诗集》作"全"，据《皮子文薮》改。下同。　③ 𫛢：《乐府诗集》作"畅"，据《皮子文薮》改。

纳　夏[①]

麟之仪仪，不絷不维。乐德而至，如宾之嬉[②]。

凤之愉愉，不篝不笯。乐德而至，如宾之娱。

自筐及筥，我有牢醑。自筐及篚，我有货币。

我牢不愆，我货不匮。硕硕其才，有乐而止。

①《皮子文薮》卷三作"《纳夏》之歌者，四方宾客来之所奏也"。《乐府诗集》此首末云，《纳夏》四章，章四句。　② 嬉：《皮子文薮》作"娱"。

章　夏[①]

王有虎臣，锡之铁钺。征彼不憓，一扑而灭。

王有虎臣，锡之圭瓒。征彼不享，一烘而泮。

王有掌封，逌尔疆理。王有掌客[②]，馈尔饔饩。

何以乐之，金石九奏。何以锡[③]之，龙旂九旒。

①《皮子文薮》卷三作"《章夏》之歌者，臣有功之所奏也"。《乐府诗集》此首末云，《章夏》四章，章四句。　② 客：《乐府诗集》作"容"，据《皮子文薮》改。　③ 锡：《乐府诗集》注"一作赐"。

齐　夏[①]

琭琭衡笄，翚翚[②]褕翟。自内而祭，为君之则。

①《皮子文薮》卷三作"《齐夏》之歌者，夫人祭之所奏也"。《乐府诗集》此首末云，《齐夏》一章，四句。　② 翚翚：《乐府诗集》作"衣翚"，据《皮子文薮》改。

族　夏[①]

洪源谁孕，疏为江河。大块孰埏[②]，播为山阿。
厥流浩漾，厥势嵯峨。今君之酌，慰我实多。

①《皮子文薮》卷三作"《族夏》之歌者，族人酌之所奏也"。《乐府诗集》此首末云，《族夏》二章，章四句。　② 孰埏：《乐府诗集》作"孰涎"，据《皮子文薮》改。

祴　夏[①]

礼酒既酌，嘉宾既厚，牍为之奏。
礼酒既竭，嘉宾既悦，应为之节。
礼酒既罄，嘉宾既醒[②]，雅为之行。

①《皮子文薮》卷三作"《祴夏》之歌者，宾既出之所奏也"。《乐府诗集》此首末云，《祴夏》一章，(章)三句。　② 醒：《乐府诗集》作"醒"，《全唐诗》卷六〇八注"一作醒"，据改。

骜　夏[①]

桓桓其珪，衮衮其衣。出作二伯，天子是毗。
桓桓其珪，衮衮其服。入作三孤[②]，国人是福。

①《皮子文薮》卷三作"《骜夏》之歌者，公出入之所奏也"。《乐府诗集》此首末云，《骜夏》二章，章四句。　② 三孤：《书・周官》："少师、少傅、少保，曰三孤。"

正 乐 府[①]（十首）

皮日休

卒 妻 悲

河隍戍卒去，一半多不回。家有半菽食，身为一囊灰。官吏按其籍，伍中斥其妻。处处鲁人髽，家家杞妇哀。少者任所归，老者无所携。况当札瘥年，米粒如琼瑰。累累作饿殍，见之心若摧。其夫死锋刃，其室委尘埃。其命即用矣，其赏安在哉！岂无黔敖恩，救此穷饿骸。谁知白屋士，念此翻欸欸。

① 此十首录自《乐府诗集》卷一〇〇。郭茂倩解云："正乐府，皮日休所作也。其意以乐府者，盖古圣王采天下之诗，欲以观民风之美恶，而被之管弦，以为训戒，非特以魏、晋之侈丽，梁、陈之浮艳，而谓之乐府也。故取其可悲可惧者著于歌咏，凡十篇，名之曰正乐府。"

橡媪叹

秋深橡子熟，散落榛芜岗。伛伛黄发媪，拾之践晨霜。移时始盈掬，尽日方满筐。几曝复几蒸，用作三冬粮。山前有熟稻，紫穟[1]袭人香。细获又精舂，粒粒如玉珰。持之纳于官，私室无仓箱。如何一石余，只作五斗量！狡吏不畏刑，贪官不避赃。农时作私债，农毕归官仓。自冬及于春，橡实诳饥肠。吾闻田成子，诈仁犹自王。吁嗟逢橡媪，不觉泪沾裳。

① 穟：《皮子文薮》卷一〇作"穗"。

贪官怨

国家省闼吏，赏之皆与位。素来不知书，岂能精吏理。大者或宰邑，小者皆尉史。愚者若混沌，毒者如雄虺。伤哉尧、舜民，肉袒受鞭箠。吾闻古圣王，天下无遗士。朝廷及下邑，治者皆仁义。国家选贤良，定制兼拘忌。所以用此徒，令之充禄仕。何不广取人，何不广历试。下位既贤哉，上位何如矣。胥徒赏以财，俊造悉为吏。天下若不平，吾当甘弃市。

农父谣

农父冤苦辛，向我述其情。难将一人农，可备十人征。如何江、淮粟，挽漕输咸京。黄河水如电，一半沉与倾。均输利其事，职司安敢评。三川岂不农，三辅岂不耕。奚不车其粟，用以供天兵。美哉农夫言，何计达王程。

路臣恨

路臣何方来？去马真如龙。行骄不动尘，满辔金珑璁。有人自天来，将避荆棘丛。狞呼不觉止，推[①]下苍黄中。十夫制[②]鞭策，御之如惊鸿。日行六七邮，瞥若鹰[③]无踪。路臣慎勿诉，诉则刑尔躬。军期方似雨，天命正如风。七雄战争时，宾旅犹自通。如何太平世，动步却途穷。

① 推：《全唐诗》卷六〇八注"一作椎"。　② 制：《皮子文薮》作"掣"。③ 鹰：《乐府诗集》作"雁"，据《皮子文薮》改。

贱贡士

南越贡珠玑，西蜀进罗绮。到京未晨旦，一一见天子。如何贤与俊，为贡贱如此。所知不可求，敢望前席事。吾闻古圣人，射宫亲选士。不肖尽屏迹，贤能皆得位。所以谓得人，所以称多士。叹息几编书，时哉又何异。

颂夷臣

夷臣本学外，仍善唐文字。吾人本尚舍，何况夷臣事。所以不学者，反为夷臣戏。所以尸禄人，反为夷臣忌。吁嗟华风衰，何尝不由是。

惜义鸟

商颜多义鸟，义鸟实可嗟。危巢半[①]累累，隐在栲木花。他巢若有雏，乳之如一家；他巢若遭捕，投之同一罗。商人每秋贡，所贡复如何？饱以稻粱滋，饰以组绣华。惜哉仁义禽，委戏于宫娥。吾闻凤之贵，仁义亦足夸。所以不遭捕，盖缘生不多。

① 半：《乐府诗集》作"年"，据《全唐诗》卷六〇八改。

诮虚器

襄阳作髹器，中有库露真[①]。持以遗北虏，给云生有神。每岁走其使，所费如云屯。吾闻古圣王，修德来远人。未闻作巧诈，用欺禽兽君。吾道尚如此，戎心安足云。如何汉宣帝，却得呼韩臣。

① 库露真：漆器名，也作“库路真”。

哀陇民

陇山千万仞，鹦鹉巢其巅。穷危又极险，其山犹[①]不全。蚩蚩陇之民，悬度如登天。空中觇其巢，堕者争纷然。百禽不得一，十人九死焉。陇川有戍卒，戍卒亦不闲。将命提雕笼，直到金堂[②]前。彼毛不自珍，彼舌不自言。胡为轻人命？奉此玩好端。吾闻古圣王，珍禽皆舍旃。今此陇民属，每岁啼涟涟。

① 犹：《乐府诗集》作“独”，据《全唐诗》改。 ② 堂：《全唐诗》作“台”。

乐府杂咏[①]（六首）

陆龟蒙

双吹管

长短裁浮筠，参差[②]作飞凤。高楼明[③]月夜，吹出江南弄。

① 此六首录自《乐府诗集》卷一〇〇。 ② 参差：古代乐器名，即洞箫，亦名笙。相传为舜造，像凤翼参差不齐。 ③ 明：《甫里先生文集》卷七作“微”。

东飞凫

裁得尺锦书，欲寄东飞凫。胫短翅亦短，雌雄恋菰蒲。

花成子

春风等君意，亦解欺桃李。写得去时真，归来不相似。

月成弦

孤光照还没，转益伤离别。妾若是姮娥[①]，长圆不教缺。

① 姮娥：《甫里先生文集》卷七作“常娥”。

孤独怨

前回边使至，闻道交河战。坐想鼓鞞声，寸心攒百箭。

金吾子

嫁得金吾子，长[①]闻轻薄名。君心如不重，妾腰徒自轻。

① 长：《全唐诗》卷六二七作“常”。

第二十卷　唐五代乐府（九）

郊庙歌辞（一）

郊庙歌辞用于祭天地、太庙、明堂、社稷。作为乐歌，可以考而知之者，最早能追溯到周代。西汉以后，世有制作。武帝诏司马相如等造《郊祀歌》十九章，五郊互奏之。又作《安世歌》十七章，荐之宗庙。此后历代沿袭，或更创制，以为一代之典。

郊祀明堂，自汉以来，有夕牲、迎神、登歌等曲。宋、齐以后，又加祼地、迎牲、饮福酒。唐则夕牲、祼地不用乐，公卿摄事，又去饮福之乐。安史作乱，咸镐为墟，五代相承，享国不永，制作之事，盖所未暇。《乐府诗集》所录唐、五代郊庙歌辞甚丰，兹转录入本编。

汉郊祀歌[①]

天马歌

李白

天马来出月支窟，背为虎文龙翼骨。嘶青云，振绿发，兰筋权奇走灭没。腾昆仑，历西极，四足无一蹶。鸡鸣刷燕晡秣越，神行电迈蹑恍惚。天马呼，飞龙趋。目明长庚臆双凫，尾如流[②]星首渴乌，口喷红光汗沟朱，曾陪时龙蹑天衢。羁金络月照皇都，逸气稜稜凌九区，白璧如山谁敢沽？回头笑紫燕，但觉尔辈愚。天马奔，恋君轩，駷跃惊矫浮云翻。万里足[③]踯躅，遥瞻阊阖门。不逢寒风子[④]，谁采逸景孙。白云在青天，丘陵远崔嵬。盐车上峻坂，倒行逆施畏日晚。伯乐翦拂中道遗，少尽其力老弃之。愿逢田子方，恻然为我思[⑤]。虽有玉山禾，不能疗苦饥。严霜五月凋桂枝，伏枥衔冤摧两眉。请君赎献穆天子，犹堪弄影舞瑶池。

① 此首录自《乐府诗集》卷一。今按：唐代拟《汉郊祀歌》者，《乐府诗集》录有李白和张仲素之《天马歌》，共三首。 ② 流：《乐府诗集》作“烟”，据萧士赟本《李太白诗》卷三改。 ③ 足：《乐府诗集》作“入”，并注“一作足”，据萧士赟本《李太白诗》改。 ④ 寒风子：古代传说善相马者。王琦注：“《吕氏春秋》：古之善相马者，寒风氏相口齿，天下之良工也。” ⑤ 思：萧士赟本《李太白诗》作“悲”。

天马辞[①]（二首）

张仲素

其一

天马初从渥水来，歌曾唱得濯龙媒[②]。不知玉塞沙中路，苜蓿残花几处开。

① 此首录自《乐府诗集》卷一。 ② “歌曾”句：《全唐诗》卷三六七作“郊歌曾唱得龙媒”。

其二

躞蹀宛驹齿未齐，摐金喷玉向风嘶。来时行尽金河道，猎猎轻风在碧蹄。

唐祀圆丘乐章[①]（八首）

豫和[②]

上灵眷命膺会昌，盛德殷荐叶辰良。景福降兮圣德远，玄化穆兮天历长。

① 此八首录自《乐府诗集》卷四。郭茂倩解引《唐书·乐志》曰：“贞观二年，祖孝孙修定雅乐，取《礼记》云‘大乐与天地同和’，故制十二和之乐，祭天神奏《豫和之乐》，祭地祇奏《顺和》，祭宗庙奏《永和》，登歌奠玉帛奏《肃和》，皇帝行及临轩奏《太和》，王公出入，送文舞出、迎武舞入奏《舒和》，皇帝食举及饮酒奏《休和》，皇帝受朝奏《正和》，皇太子轩悬出入奏《承和》，正至皇帝礼会登歌奏《昭

和》，郊庙俎入奏《雍和》，酌献、饮福酒奏《寿和》。六年，冬至祀昊天于圆丘乐章，褚亮、虞世南、魏徵等作。”大历十四年，改《豫和》为《元和》，以避讳也。按唐初作十二和以法天数，其后增造非一，颇无法度，皆随时制名云。 ②《乐府诗集》目录此题下注“降神”。

太　和[①]

穆穆我后，道应千龄。登三处大，得一居贞。礼唯崇德，乐以和声。百神仰止，天下文明。

①《乐府诗集》目录此题下注“皇帝行”。

肃　和[①]

阊阳播气，甄曜垂明。有赫圆宰，深仁曲成。日丽苍璧，烟开紫营。聿遵虔享，式降鸿祯。

①《乐府诗集》目录此题下注“登歌奠玉帛”。

雍　和[①]

钦惟大帝，载仰皇穹。始命田烛，爰启郊宫。《云门》[②]骇听，雷鼓鸣空。神其介祀，景祚斯融。

①《乐府诗集》目录此题下注“迎俎”。 ②《云门》：周六乐舞之一，用于祭祀天神，相传为黄帝时所作。

寿　和[①]

八音斯奏，三献[②]毕陈。宝祚惟永，晖光日新。

①《乐府诗集》目录此题下注“酌献饮福”。 ② 三献：古代祭祀时献酒三次，即初献爵、亚献爵、终献爵，合称“三献”。

舒　和[①]

叠璧凝影皇坛路，编珠流彩帝郊前。已奏黄钟歌大吕，还符宝历祚昌年。

①《乐府诗集》目录此题下注“送文舞迎武舞”。

凯　安[①]

昔在炎运终，中华乱无象。酆郊赤乌见，邙山黑云上。大赉下周车，禁暴开殷网。幽明同叶赞，鼎祚齐天壤。

① 郭茂倩解引《新唐书·礼乐志》曰:“贞观初,更(今按:《乐府诗集》作‘舞’,据《新唐书》改)隋文舞曰《治康》,武舞曰《凯安》,郊庙朝会同用之。舞者各六十四人。文舞,左籥右翟,著委貌冠,黑素,绛领,广袖,白绔,革带,乌皮履。武舞,左干右戚,服平冕,余同文舞。朝会则武弁,平巾帻,广袖,金甲,豹文绔,乌皮靴。执干戚,余同郊庙。凡初献作文舞,亚献、终献作武舞,太庙降神以文舞。”及高宗崩,改《治康舞》曰《化康》,以避讳也。《旧书·乐志》曰:“《凯安舞》,贞观中造,凡有六变:一变象龙兴参野,二变象克靖关中,三变象东夷宾服,四变象江淮宁谧,五变象猃狁詟服,六变复位以崇,象兵还振旅。亦如周之《大武》,六成乐止。”按贞观礼,享郊庙日,文舞奏《豫和》、《顺和》、《永和》等乐。麟德二年十月,文舞改用《功成庆善乐》,武舞改用《神功破阵乐》,并改器服。后以《庆善乐》不可降神,《破阵乐》不入雅乐,复用《治康》、《凯安》如故。今按:《乐府诗集》目录此题下注“武舞”。

豫　和[①]

歌奏毕兮礼献终,六龙驭兮神将升。明德感兮非黍稷,降福简兮祚休征。

①《乐府诗集》目录此题下注“送神”。

唐郊天乐章[①]

豫　和[②]

苹蘩礼著,黍稷诚微。音盈凤管,彩驻龙旂。洪歆式就,介福攸归。送乐有阕,灵驭遄飞。

① 此首录自《乐府诗集》卷四。郭茂倩解引《唐书·乐志》曰:“太乐旧有《郊天送神辞》一章,不详所起。” ②《乐府诗集》目录此题下注“送神”。

唐享昊天乐[①]（十二首）

武则天[②]

其　一

太阴凝至化，贞[③]耀蕴轩仪。德迈娥台敞，仁高姒幄披。扪天遂启极，梦日乃升曦。

① 此十二首录自《乐府诗集》卷五。今按：《乐府诗集》于此题下收十二首，皆为武后制作。本编体例将其“第一”改为“其一”，以下类推。　② 武则天（624—705）：唐高宗后，武周皇帝。公元690—705在位。名曌，并州文水（今山西文水）人。十四岁时被选入宫为才人，太宗崩后为尼。高宗时复被召为昭仪，永徽六年（655）立为皇后，参与朝政，与高宗并称“二圣”。中宗即位，她临朝称制。废中宗，立睿宗，又废睿宗，自称圣神皇帝，改国号为周，改元天授，史称武周。　③ 贞：《乐府诗集》作“真”，据《旧唐书·音乐志》改。

其　二

瞻紫极，望玄穹。翘至恳，罄深衷。听虽远，诚必通。垂厚泽，降云宫。

其　三

乾仪混成冲邃，天道下济高明。闿阳晨披紫阙，太一晓降黄庭。圆坛敢申昭报，方璧冀展虔情。丹襟式敷衷恳，玄鉴庶察微诚。

其　四

巍巍睿业广，赫赫圣基隆。菲德承先顾，祯符萃眇躬。铭开武岩侧，图荐洛川中。微诚讵幽感，景命忽昭融。有怀惭紫极，无以谢玄穹。

其　五

朝坛雾卷，曙岭烟沉。爰设筐币，式表诚心。筵辉丽璧，乐畅和音。仰惟灵鉴，俯察翘襟。

其　六

昭昭上帝，穆穆下临。礼崇备物，乐奏锵金。兰羞委荐，桂醑盈斟。敢希明[1]德，聿罄庄心。

① 明：《全唐诗》卷一〇作“灵”。

其　七

樽浮九酝，礼备三周。陈诚菲奠，契福神猷。

其　八

奠璧郊坛昭大礼，锵金拊石表虔诚。始奏《承云》[1]娱帝赏，复歌《调露》[2]畅《韶》《英》[3]。

①《承云》：传说为黄帝乐曲。《楚辞·远游》：“张乐《咸池》奏《承云》兮，二女御《九韶》歌。”王逸注：“《承云》即《云门》，黄帝乐也。”　②《调露》：乐曲名。《文选·任昉〈奉答敕示七夕诗启〉》李善注引宋均曰：“《调露》，调和致甘露也，使物茂长之乐。”　③《韶》《英》：相传帝喾作《五英》，舜作《韶》乐。

其　九

荷恩承顾托，执契恭临抚。庙略静边荒，天兵曜神武。有截资先化，无为遵旧矩。祯符降昊穹，大业光寰宇。

其　十

肃肃祀典，邕邕礼秩。三献已周，九成[1]斯毕。爰撤其俎，载迁其实。或升或降，唯诚唯质。

① 九成：犹“九阕”。乐曲终止谓“成”。《隋书·音乐志》：“礼终三爵，乐奏九成。”

其十一

礼终肆类，乐阕九成。仰惟明德，敢荐非馨。顾惭菲奠，久驻云軿。瞻荷灵泽，悚恋兼盈。

其十二

式乾路，辟天扉。回日驭，动云衣。登金阙，入紫微。望仙驾，仰恩徽。

唐祀昊天乐章[①]（十首）

豫　和[②]

天之历数归睿唐，顾惟菲德钦昊苍。选[③]吉日兮表殷荐，冀神鉴兮降闾阳。

① 此十首录自《乐府诗集》卷五。郭茂倩解引《唐书·乐志》曰："景龙三年，中宗亲祀昊天上帝，降神用《豫和》，皇帝行用《太和》，登歌用《肃和》，迎俎用《雍和》，酌献用《福和》，送文舞出、迎武舞入用《舒和》，武舞作用《凯安》。" ②《乐府诗集》目录此题下注"降神"。 ③ 选：《乐府诗集》作"巽"，据《旧唐书·音乐志》改。

太　和[①]

恭临宝位，肃奉瑶图。恒思解网，每轸泣辜。德惭巢、燧，化劣唐、虞。期我良弼，式赞嘉谟。

①《乐府诗集》目录此题下注"皇帝行"。

告　谢

得一流玄泽，通三御紫宸。远叶千龄运，遐销九域尘。绝瑞骈阗集，殊祥络绎臻。登年庆栖亩，稔岁贺盈困。

肃　和[①]

悠哉广覆，大[②]矣曲成。九玄著象，七曜甄明。圭璧是奠，酝酎斯盈。作乐崇德，爰畅《咸》《英》。

①《乐府诗集》目录此题下注"登歌"。 ② 大：《乐府诗集》作"方"，据《旧唐书·音乐志》改。

雍　和[①]

郊坛展敬，严配[②]因心。孤竹箫管，空桑瑟琴。肃穆大礼，铿锵八音。恭惟上帝，希降灵歆。

①《乐府诗集》目录此题下注"迎俎"。 ② 严配：谓祭天时以先祖配享。语本《孝经·圣治》："孝莫大于严父，严父莫大于配天。"

福 和[①]

九成爰奏,三献式陈。钦承[②]景福,恭托明禋。

①《乐府诗集》目录此题下注“酌献”。 ② 承:《乐府诗集》作“成”,据《全唐诗》卷一〇改。

中宫助祭升坛

坤元光至德,柔训阐皇风。《芣苡》[①]芳声远,《螽斯》[②]美化隆。睿范超千载,嘉猷备六宫。肃恭陪盛典,钦若荐禋宗。

①《芣苡》:《诗·周南》篇名。 ②《螽斯》:《诗·周南》篇名。

亚 献

三灵降飨,三后配神。虔敷藻奠,敬展郊禋。

舒 和[①]

已陈粢盛敷严祀,更奏笙镛协雅声。琼图宝历欣宁谧,晏俗淳风乐太平。

①《乐府诗集》目录此题下注“送文舞迎武舞”。

凯 安

堂堂圣祖兴,赫赫昌基泰。戎车盟津偃,玉帛涂山会。舜日启祥晖,尧云卷征旆。风猷被有截,声教覃无外。

唐祀圆丘乐章[①](十一首)

豫 和[②]

至矣丕构,烝哉太平。授牺膺箓,复禹继明。草木仁化,《凫鹥》[③]颂声。祀宗陈德,无愧斯诚。

① 此十一首录自《乐府诗集》卷五。郭茂倩解引《唐书·乐志》曰:“开元十一年,玄宗祀昊天于圆丘,降神用《豫和》,六变词同,皇帝行用《太和》,登歌奠玉帛用《肃和》,迎俎用《雍和》,皇帝酌献天神、酌献配座、饮福酒并用《寿和》,

送文舞出、迎武舞入用《舒和》，武舞用《凯安》，礼毕送神用《豫和》，皇帝还大次用《太和》。” ②《乐府诗集》目录此题下注“降神”。 ③《凫鹥》：《诗·大雅》篇名。

太 和[1]

郊坛斋帝，礼乐祠天。丹青寰宇，宫徵山川。神祇毕降，行止重旋。融融穆穆，纳祉洪延。

①《乐府诗集》目录此题下注“皇帝行”。

肃 和[1]

止奏潜聆，登仪宿啭[2]。太玉躬奉，参钟首奠。簠簋聿升，牺牲递荐。昭事颙若，存存以伣。

①《乐府诗集》目录此题下注“登歌奠玉帛”。 ② 啭：《旧唐书·音乐志》作“转”。

雍 和[1]

烂云普洽，律风无外。千品其凝，九宾斯会。禋樽晋烛，纯牺涤汰。玄覆攸广，鸿休汪濊。

①《乐府诗集》目录此题下注“迎俎”。

寿 和[1]

六变[2]爰阕，八阶载虔。祐我皇祚，于万斯年。

①《乐府诗集》目录此题下注“酌献”。 ② 六变：乐章改变六次。古代祭百神，乐章变六次祭典始成。

寿 和[1]

於赫圣祖，龙飞晋阳。底定万国，奄有四方。功格上下，道冠农黄。郊天配享，德合无疆。

①《乐府诗集》目录此题下注“献配座”。

寿 和[1]

崇崇泰畤，肃肃严禋。粢盛既洁，金石毕陈。上帝来享，介福爰臻。受厘合福[2]，宝祚惟新。

①《乐府诗集》目录此题下注“饮福乐”。 ② 福：《全唐诗》卷一〇作“祉”。

舒　和[①]

祝史正辞，人神庆叶。福以德昭，享以诚接。六艺云备，百礼斯浃。祀事孔明，祚流万叶。

①《乐府诗集》目录此题下注“送文舞迎武舞”。

凯　安[①]

馨香惟后德，明命光天保。肃和崇皇[②]灵，陈信表皇道。玉鏚初蹈厉，金匏既静好。

①《乐府诗集》目录此题下注“武舞”。　② 皇：《全唐诗》作“圣”。

豫　和[①]

太号成命，《思文》[②]配天。神光肸蚃，龙驾言旋。眇眇阊阖，昭昭上玄。俾昌而大，于万斯年。

①《乐府诗集》目录此题下注“送神”。　②《思文》：《诗·周颂》篇名。

太　和[①]

六成既阕，三荐[②]云终。神心俱醉，圣敬愈崇。受厘皇邸，回跸帷宫。穰穰之福，永永无穷。

①《乐府诗集》目录此题下注“还大次”。　② 三荐：犹三献，古代祭祀献酒三次。

唐封泰山乐章[①]（十四首）

张　说[②]

豫　和（六首）[③]

其　一

挹[④]泰坛，柴泰清。受天命，报天成。竦皇心，荐乐声。志上达，歌下迎。

① 此十四首录自《乐府诗集》卷五。郭茂倩解引《唐书·乐志》曰：“开元十三年，玄宗封泰山祀天乐，降神用《豫和》六变，迎送皇帝用《太和》，登歌奠玉帛用《肃和》，迎俎用《雍和》，酌献、饮福并用《寿和》，送文舞出、迎武舞入用《舒和》，终

献、亚献用《凯安》，送神用《豫和》。” ② 张说：《乐府诗集》卷五缺，据目录补。③《乐府诗集》目录此题下注“降神”。 ④ 挹：《旧唐书·音乐志》作“欸”。

其　二

亿上帝，临下庭。骑日月，陪列星。嘉祝[①]信，大糦馨。澹神心，醉皇灵。

① 祝：《乐府诗集》作“视”，据《旧唐书·音乐志》改。

其　三

相百辟，贡八荒。九歌叙，万舞翔。肃振振，铿[①]皇皇。帝欣欣，福穰穰。

① 铿：《旧唐书·音乐志》作“锵”。

其　四

高在上，道光明。物资始，德难名。承眷命，牧苍生。寰宇谧，太阶平。

其　五

天道无亲，至诚与邻。山川遍礼，宫徵惟新。玉帛非盛，聪明会真。正斯一德，通乎百神。

其　六

飨帝飨亲，维孝维圣。缉熙懿德，敷扬成命。华夷志同，笙镛礼盛。明灵降止，感此诚敬。

太　和[①]

孝敬中发，和容外彰。腾华照宇，如升太阳。贞璧就奠，玄灵垂光。礼乐具举，济济洋洋。

①《乐府诗集》目录此题下注“迎送皇帝”。

肃　和[①]

奠祖配天，承天享帝。百灵咸秩，四海来祭。植我苍璧，布我玄制。华日徘徊，神烟容裔。

①《乐府诗集》目录此题下注“登歌奠玉帛”。

雍　和[1]

组豆有馥，洁粢丰盛[2]。亦有和羹，既戒既平。鼓钟管磬，肃唱和鸣。皇皇后祖，来我思成。

①《乐府诗集》目录此题下注"迎俎"。　② 洁粢丰盛：《乐府诗集》作"粢盛洁丰"，据《旧唐书·音乐志》改。

寿　和[1]

烝烝我后，享献惟夤。躬酌郁鬯，跪奠明神。孝莫孝乎，配上帝亲[2]，敬莫敬乎，教天下臣[3]。

①《乐府诗集》目录此题下注"酌献"。　② 帝亲：《旧唐书·音乐志》作"以亲"，《唐文粹》卷一〇作"于亲"。　③ 下臣：《旧唐书·音乐志》及《唐文粹》皆作"为臣"。

寿　和[1]

皇祖严配，配享皇天。皇皇降嘏，天子万年。

①《乐府诗集》目录此题下注"饮福"。

舒　和[1]

六钟翕协六变成，八佾[2]倘佯八风生。乐《九韶》[3]兮人神感，美《七德》[4]兮天地清。

①《乐府诗集》目录此题下注"送文舞迎武舞"。　② 八佾：古代天子用的乐舞。佾，舞列，纵横都是八人，共六十四人。　③ 韶：《乐府诗集》作"歆"，据《旧唐书·音乐志》改。　④《七德》：隋唐时舞名，又为乐曲名。《旧唐书·音乐志》："贞观元年，宴群臣，始奏《秦王破阵》之曲……后令魏徵、虞世南、褚亮、李百药改制歌辞，更名《七德》之舞。"

凯　安[1]

烈祖顺三灵，文宗威四海。黄钺诛群盗，朱旗扫多罪。戢兵天下安，约法人心改。大哉干羽意，长见风云在。

①《乐府诗集》目录此题下注"武舞"。

豫　和

礼乐终，禋燎上。怀灵惠，结皇想。归风疾，回风爽。百福[1]来，众神往。

① 福：《乐府诗集》作“神”，据《旧唐书·音乐志》改。

唐祈谷乐章[1]（三首）

褚 亮

肃 和[2]

履艮斯绳，居中体正。龙运垂祉，照符启圣。式事严禋，聿怀嘉庆。惟帝永锡，时皇休命。

① 此三首录自《乐府诗集》卷五。郭茂倩解引《唐书·乐志》曰：“贞观中正月上辛，祈谷于南郊，降神用《豫和》，皇帝行用《太和》，登歌奠玉帛用《肃和》，迎俎用《雍和》，酌献饮福用《寿和》，送文舞出、迎武舞入用《舒和》，武舞用《凯安》，送神用《豫和》。其《豫和》、《太和》、《寿和》、《凯安》五章词同冬至圆丘。按贞观礼，祀感帝同用此词，显庆（今按：《乐府诗集》作“明庆”，据《旧唐书·音乐志》改）已后，同用冬至圆丘词。” ②《乐府诗集》目录此题下注“登歌奠玉帛”。

雍 和[1]

殷荐乘春，太坛临曙。八簋盈和，六瑚登御。嘉稷匪歆，德馨斯饫。祝嘏无易，灵心有豫。

①《乐府诗集》目录此题下注“迎俎”。

舒 和[1]

玉帛牺牲申敬享，金丝镞羽盛音容。庶俾亿龄禔景福，长欣万宇洽时邕。

①《乐府诗集》目录此题下注“送文舞迎武舞”。

唐明堂乐章[1]（三首）

肃 和[2]

象天御宇，乘时布政。严配申虔，宗禋展敬。樽罍盈列，树羽交映。玉币通诚，祚隆皇圣。

① 此三首录自《乐府诗集》卷五。郭茂倩解引《唐书·乐志》曰:“季秋享上帝于明堂,降神用《豫和》,皇帝行用《太和》,登歌奠玉帛用《肃和》,迎俎用《雍和》,酌献饮福用《寿和》,送文舞出、迎武舞入用《舒和》,武舞用《凯安》,送神用《豫和》。其《豫和》、《太和》、《寿和》、《凯安》五章,词同冬至圆丘。贞观中,褚亮等作。” ②《乐府诗集》目录此题下注“登歌奠玉帛”。

雍　和[①]

八牖晨披,五精朝奠。雾凝琼篚,风清金县。神涤备全,明粢丰衍。载结彝俎,陈诚以荐。

①《乐府诗集》目录此题下注“迎俎”。

舒　和[①]

御扆合宫承宝历,席图重馆奉明灵。偃武修文九围泰,沉烽静柝八荒宁。

①《乐府诗集》目录此题下注“送文舞迎武舞”。

唐明堂乐章[①](十一首)

武则天

外办将出

总章陈昔典,衢室礼惟神。宏规则天地,神用叶陶钧。负扆三春旦,充庭万宇宾。顾己诚虚薄,空惭驭兆人。

① 此十一首录自《乐府诗集》卷五。

皇帝行

仰膺历数,俯顺讴歌。远安迩肃,俗阜时和。化光玉镜,讼息金科。方兴典礼,永戢干戈。

皇嗣出入升降

至人光俗,大孝通神。谦以表性,恭惟立身。洪规载启,茂典方陈。誉隆三善,祥开万春。

迎送王公

千官肃事，万国朝宗。载延百辟，爰集三宫。君臣德合，鱼水斯同。睿图方永，周历长隆。

登　歌

礼崇宗祀，志表严禋。笙镛合奏，文物惟新。敬遵茂典，敢择良辰。洁诚斯著，奠谒方申。

配　飨

笙镛间玉宇，文物昭清晖。睟[①]影临芳奠，休光下太微。孝思期有感，明洁庶无违。

① 睟：《旧唐书·音乐志》作“粹”。

宫　音

履艮包群望，居中冠百灵。万方资广运，庶品荷财成。神功谅匪测，盛德实难名。藻奠申诚敬，恭祀表惟馨。

角　音

出震位，开平秩。扇条风，乘甲乙。龙德盛，鸟星出。荐圭篚，陈诚实。

徵　音

赫赫离精御炎陆，滔滔炽景开隆暑。冀延神鉴俯兰樽，式表虔襟陈桂俎。

商　音

律中夷则[①]，序应收成。功宣建武，义表惟明。爰申礼奠，庶展翘诚。九秋是式，百谷斯盈。

① 夷则：十二律之一。阴律六为吕，阳律六为律。夷则为阳律的第五律，律吕相配居第九。

羽　音

葭律肇启隆冬，苹藻攸陈飨祭。黄钟既陈玉烛，红粒方殷稔岁。

唐雩祀乐章[①]（三首）

肃　和[②]

朱鸟开辰，苍龙启映。大帝昭飨，群生展敬。礼备怀柔，功宣舞咏。旬液应序，年祥叶庆。

① 此三首录自《乐府诗集》卷五。郭茂倩解引《唐书·乐志》曰："孟夏雩祀上帝于南郊，降神用《豫和》，皇帝行用《太和》，登歌奠玉帛用《肃和》，迎俎用《雍和》，酌献饮福用《寿和》，送文舞出、迎武舞入用《舒和》，武舞用《凯安》，送神用《豫和》。其《豫和》、《太和》、《寿和》、《凯安》五章，词同冬至圆丘。贞观中，褚亮等作。"　②《乐府诗集》目录此题下注"登歌奠玉帛"。

雍　和[①]

绀筵分彩，宝图吐绚。风管晨凝，云歌晓啭。肃事苹藻，虔申桂奠。百谷斯登，万箱攸荐。

①《乐府诗集》目录此题下注"迎俎"。

舒　和[①]

凤曲登歌调令序，龙雩集舞泛祥风。彩旞云回昭睿德，朱干[②]电发表神功。

①《乐府诗集》目录此题下注"送文舞迎武舞"。　② 朱干：红色的盾。《公羊传·昭公二十五年》："乘大路、朱干、玉戚以舞《大夏》，八佾以舞《大武》，此皆天子之礼也。"

唐雩祀乐章[①]（二首）

豫　和[②]

鸟纬迁序，龙星见辰。纯阳在律，明德崇禋。五方降帝，万宇安人。恭以致享，肃以迎神。

① 此二首录自《乐府诗集》卷五。郭茂倩解引《唐书·乐志》曰："太乐旧有雩祀降神送神辞二章，不详所起，或云开元中（今按：《旧唐书·音乐志》作"开元初"）造。"　②《乐府诗集》目录此题下注"降神"。

豫　和[1]

祀遵经设，享缘诚举，献毕于樽，撤临于俎。舞止干戚，乐停柷敔[2]。歌以送神，神还其所。

①《乐府诗集》目录此题下注“送神”。　② 柷敔：古代乐器名。

唐五郊乐章[1]（二十首）

黄帝宫音

黄中正位，含章居贞。既彰[2]六律，兼和五声。毕陈万舞，乃荐斯牲。神其下降，永祚休平。

① 此二十首录自《乐府诗集》卷六。郭茂倩解引《唐书·乐志》曰：“祀五方上帝五郊乐，祀黄帝降神奏宫音，皇帝行用《太和》，登歌奠玉帛用《肃和》，迎俎用《雍和》，酌献饮福用《寿和》，送文舞出、迎武舞入用《舒和》，武舞用《凯安》，送神用《豫和》。其《太和》、《寿和》、《凯安》、《豫和》四章，辞同冬至圆丘。祀青帝降神奏角音，祀赤帝降神奏徵音，祀白帝降神奏商音，祀黑帝降神奏羽音，余同黄帝，并贞观中魏徵等作。”　② 彰：《乐府诗集》作“长”，据《旧唐书·音乐志》改。

肃　和[1]

眇眇方舆，苍苍圆盖。至哉枢纽，宅中图大。气调四序，风和万籁。祚我明德，时雍道泰。

①《乐府诗集》目录此题下注“登歌奠玉帛”。

雍　和[1]

金悬夕肆，玉俎朝陈。飨荐黄道，芬流紫辰[2]。乃诚乃敬，载享载禋。崇荐斯在，惟皇是宾。

①《乐府诗集》目录此题下注“迎俎”。　② 辰：《全唐诗》卷一一作“宸”。

舒　和[1]

御徵乘宫出郊甸，安歌率舞递将迎。自有《云门》符帝赏，犹持雷鼓答天成。

①《乐府诗集》目录此题下注“送文舞迎武舞”。

青帝角音

鹤云旦起，乌星昏集。律候新风，阳开初蛰。至德可飨，行潦斯挹。锡以无疆，蒸人乃粒。

肃　和[①]

玄鸟司春，苍龙登岁。节物变柳，光风转蕙。瑶席降神，朱弦飨帝。诚备祝嘏，礼殚圭币。

①《乐府诗集》目录此题下注“登歌奠玉帛”。

雍　和[①]

大乐稀音，至诚简礼。文物棣棣[②]，声明济济。六变有成，三登无体。乃眷丰洁，思覃恺悌。

①《乐府诗集》目录此题下注“迎俎”。　② 棣棣：《唐文粹》卷一〇作“斯建”。

舒　和[①]

笙歌籥舞属年韶，鹭鼓凫钟展时豫。《调露》初迎绮春节，《承云》遽践苍霄驭。

①《乐府诗集》目录此题下注“送文舞迎武舞”。

赤帝徵音

青阳告谢，朱明戒序。延[①]长是祈，敬陈椒醑。博硕斯荐，笙镛备举。庶尽肃恭，非馨稷黍。

① 延：《乐府诗集》作“咸”，据《旧唐书·音乐志》及《全唐诗》改。

肃　和[①]

离位克明，火中宵见。峰云暮起，景风晨扇。木槿初荣，含桃可荐。芬馥百品，铿锵三变。

①《乐府诗集》目录此题下注“登歌奠玉帛”。

雍　和[①]

昭昭丹陆，奕奕[②]炎方。礼陈牲币，乐备篪簧。琼羞溢俎，玉酹浮觞。恭惟正直，歆此馨香。

①《乐府诗集》目录此题下注“迎俎”。　② 奕奕：《乐府诗集》卷六作“帟

帝”，据《旧唐书·音乐志》改。

舒　和[1]

千里温风飘绛羽，十枝[2]炎景胜[3]朱干。陈觞荐俎歌三献，拊石拟金会七盘[4]。

①《乐府诗集》目录此题下注“送文舞迎武舞”。　② 枝：《旧唐书·音乐志》作“枚”。　③ 胜：《乐府诗集》作“滕”，据《旧唐书·音乐志》改。　④ 七盘：亦作“七槃”。古舞名。在地上排盘七个，舞者穿长袖舞衣，在盘的周围或盘上舞蹈。

白帝商音

白藏应节，天高气清。岁功既阜，庶类收成。万方静谧，九土和平。馨香是荐，受祚聪明。

肃　和[1]

金行在节，素灵居正。气肃霜严，林凋草劲。豺祭隼击，潦收川镜。九谷已登，万箱流咏。

①《乐府诗集》目录此题下注“登歌奠玉帛”。

雍　和[1]

律应西成，气躔南吕。圭币咸列，笙竽备举。苾苾兰羞，芬芬桂醑。式资宴贶，用调霜序。

①《乐府诗集》目录此题下注“迎俎”。

舒　和[1]

璇仪气爽惊缇籥，玉吕灰飞含素商。鸣鞞奏管芳羞荐，会舞安歌葆眊扬。

①《乐府诗集》目录此题下注“送文舞迎武舞”。

黑帝羽音

严冬季月，星回风厉。享祀报功，方祚来岁。

肃　和[1]

律周玉琯，星回金度。次极阳乌，纪穷阴兔。火林霰雪，阳泉凝冱。八蜡已登，三农息务。

①《乐府诗集》目录此题下注“登歌奠玉帛”。

雍　和[①]

阳月斯纪，应钟在候。载洁牲牷，爰登俎豆。既高既远，无声无臭。静言格思，惟神保佑。

①《乐府诗集》目录此题下注“迎俎”。

舒　和[①]

执籥持羽初终曲，朱干玉鏚始分行。《七德》《九功》[②]咸已畅，明灵降福具穰穰。

①《乐府诗集》目录此题下注“送文舞迎武舞”。　②《九功》：唐代舞蹈名。以童儿六十四人，冠进德冠，紫袴褶，长袖，漆髻屣履而舞，号“九功舞”。

唐五郊乐章[①]（十首）

黄郊迎神

朱明季序，黄郊王辰。厚以载物，甘以养人。毓金为体，禀火成身。宫音式奏，奏以迎神。

① 此十首录自《乐府诗集》卷六。郭茂倩解引《唐书·乐志》曰：“太乐旧有五郊迎神辞十章，不详所起。”

送　神

春末冬暮，徂夏杪秋。土王四月，时季一周。黍稷已享，笾豆宜收。送神有乐，神其赐休。

青郊迎神

缇幕移候，青郊启蛰。淑景迟迟，和风习习。璧玉宵备，旌旄曙立。张乐以迎，帝神其入。

送　神

文物流彩，声明动色。人竭其恭，灵昭其饬。歆荐无已，垂祯不极。送礼有章，惟神还轼。

赤郊迎神

青阳节谢，朱明候改。靡草雕华，含桃流彩。虡列钟磬，筵陈脯醢。乐以迎神，神其如在。

送　神

炎精式降，苍生攸仰。羞列豆笾，酒陈牺象。昭祀有应，宜其[①]不爽。送乐张音，惟灵之往。

① 宜其：《乐府诗集》作"冥期"，据《旧唐书·音乐志》改。

白郊迎神

序移玉律，节应金商。天严杀气，吹警秋方。槱燎既积，稷奠并芳。乐以迎奏，庶降神光。

送　神

祀遵五礼，时属三秋。人怀肃敬，灵降祯休。奠歆旨酒，荐享珍羞。载张送乐，神其上游。

黑郊迎神

玄英戒序，黑郊临候。掌礼陈彝，司筵执豆。寒氛敛色，沍泉凝漏。乐以迎神，八音斯奏。

送　神

北郊时冽，南陆辉处。奠本虔诚，献弥恭虑。上延祉福，下承欢豫。广乐送神，神其整驭。

唐朝日乐章[①]（三首）

肃　和[②]

惟圣格天，惟明飨日。帝郊肆类，王宫戒吉。圭奠春舒，钟歌晓溢。礼云克备，斯文有秩。

① 此三首录自《乐府诗集》卷六。郭茂倩解引《唐书·乐志》曰："贞观中，朝日乐，降神用《豫和》，皇帝行用《太和》，登歌奠玉帛用《肃和》，迎俎用《雍和》，酌献饮福用《寿和》，送文舞出、迎武舞入用《舒和》，武舞用《凯安》，送神用《豫和》。其《豫和》、《太和》、《寿和》、《凯安》五章，词同冬至圆丘。"　②《乐府诗集》目录此题下注"登歌奠玉帛"。

雍　和[①]

晨仪式荐，明祀惟光。神物爰止，灵晖载扬。玄端肃事，紫幄兴祥。福履攸假，於昭允[②]王。

①《乐府诗集》目录此题下注“迎俎”。　② 允：《旧唐书·音乐志》、《唐文粹》卷一〇作“令”。

舒　和[①]

崇牙树羽延《调露》，旋宫扣律掩《承云》。诞敷懿德昭神武，载集丰功表睿文。

①《乐府诗集》目录此题下注“送文舞迎武舞”。

唐朝日乐章[①]（二首）

迎　神

太阳朝序，王宫有仪。蟠桃彩驾，细柳光驰。轩祥表合，汉历彰奇。礼和乐备，神其降斯。

① 此二首录自《乐府诗集》卷六。郭茂倩解引《唐书·乐志》曰：“太乐旧有朝日迎送神辞二章，不详所起。”

送　神

五齐[①]兼酌[②]，百羞具陈。乐终广奏，礼毕崇禋。明鉴万宇，昭临兆人。永流洪庆，式动曦轮。

① 五齐：古代按酒的清浊，分为五等，一曰泛齐，二曰醴齐，三曰盎齐，四曰缇齐，五曰沉齐，合称“五齐”。　② 酌：《旧唐书·音乐志》作“饬”。

唐夕月乐章[①]（三首）

肃　和[②]

测妙为神，通微曰圣。坎祀贻则，郊禋展敬。璧荐登光，金歌动映。以载嘉德，以流曾庆。

① 此三首录自《乐府诗集》卷六。郭茂倩解引《唐书·乐志》曰:"贞观中,夕月乐,降神用《豫和》,皇帝行用《太和》,登歌奠玉帛用《肃和》,迎俎用《雍和》,酌献饮福用《寿和》,送文舞出、迎武舞入用《舒和》,武舞用《凯安》,送神用《豫和》。其《豫和》、《太和》、《寿和》、《凯安》五章,词同冬至圆丘。" ②《乐府诗集》目录此题下注"登歌奠玉帛"。

雍　和[①]

朏晨争举,天宗礼辟。夜典凉[②]秋,阴明湛夕。有酹斯旨,有牲斯硕。穆穆其晖,穰穰是积。

①《乐府诗集》目录此题下注"迎俎"。 ② 凉:《乐府诗集》作"恭",据《旧唐书》改。

舒　和[①]

合吹八风金奏动,分容万舞玉鞘惊。词昭茂典光前烈[②],夕曜乘功表盛明。

①《乐府诗集》目录此题下注"送文舞迎武舞"。 ② 烈:《乐府诗集》作"列",据《旧唐书·音乐志》改。

唐蜡百神乐章[①](三首)

肃　和[②]

序迫岁阴,日躔星纪。爰稽茂典,聿崇清祀。绮币霞舒,瑞圭虹起。百礼垂裕,万灵荐祉。

① 此三首录自《乐府诗集》卷六。郭茂倩解引《唐书·乐志》曰:"贞观中,蜡百神乐,降神用《豫和》,皇帝行用《太和》,登歌奠玉帛用《肃和》,迎俎用《雍和》,酌献饮福用《寿和》,送文舞出、迎武舞入用《舒和》,武舞用《凯安》,送神用《豫和》。其《豫和》、《太和》、《寿和》、《凯安》五章,词同冬至圆丘。"今按:蜡,古代年终大祭。 ②《乐府诗集》目录此题下注"登歌奠玉帛"。

雍　和[①]

缇籥劲序,玄英晚候。姬蜡开仪,豳歌[②]入奏。蕙馥雕俎,兰芬玉酎。大飨明祇,永绥多祐。

①《乐府诗集》目录此题下注“迎俎”。 ② 豳歌：指《诗·豳风·七月》。

舒　和[①]

经纬两仪文化洽，削平方域武功成。瑶弦自乐乾坤泰，玉鋮长欢区县[②]宁。

①《乐府诗集》目录此题下注“送文舞迎武舞”。 ② 县：《全唐诗》卷一二作“宇”。

唐蜡百神乐章[①]（二首）

迎　神

八蜡开祭，万物合[②]祀。上极天维，下穷坤纪。鼎俎流馥，樽彝荐美。有灵有祇，咸希来止。

① 郭茂倩解引《唐书·乐志》曰：“太乐旧有蜡百神迎送辞二章，不详所起。” ② 合：《旧唐书·音乐志》作“咸”。

送　神

十旬欢洽，一日祠终。澄彝拂俎，报德酬功。虑虔容肃，礼缛仪丰。神其降祉，整驭随风。

唐祀九宫贵神乐章[①]（十五首）

豫　和[②]（六首）

其　一

於昭上穹，临下有光。羽翼五佐，周流八荒。谁其飨之，时文对扬。虞经夏典，兹礼未遑。

① 此十五首录自《乐府诗集》卷六。郭茂倩解曰：“唐天宝中，祀九宫贵神乐，降神用《豫和》六变，皇帝行用《太和》，登歌用《肃和》，迎俎用《雍和》，酌献用《寿和》，饮福酒用《福和》，退文舞、迎武舞用《舒和》，亚献、终献用《凯安》，登歌、撤豆用《肃和》，送神用《豫和》。” ②《乐府诗集》目录此题下注“降神”。

其　二

黑帝旋驭，青躔导日。金策上玄，玉堂初吉。钩陈夕次，銮和先跸。蔼蔼群灵，昭昭咸秩。

其　三

帝临中坛，受厘元神。皇灵萃止，羽旄肃陈。摄提运衡，招摇移轮。光光宇宙，电耀雷震。

其　四

夜如何其，明星煌煌。天清容卫，露结坛场。树羽幢幢，佩玉锵锵。凝精驻目，瞻望神光。

其　五

九位既肃，万灵毕会。天门启扃，日御飞盖。焕兮棼离，宾兮暗霭。如山之福，惟圣时对。

其　六

崇崇泰坛，灵具临兮。铿锽大乐，振动心兮。神之降矣，卿云郁兮。神之至止，清风肃兮。

太　和[①]

帝在灵坛，大明登光。天回云粹，穆穆皇皇。金奏九夏[②]，圭陈八芗。旷哉动植，如熙春阳。

①《乐府诗集》目录此题下注“皇帝行”。　② 九夏：古乐名。《周礼·春官·钟师》：“钟师掌金奏。凡乐事以钟鼓奏九夏：《王夏》、《肆夏》、《昭夏》、《纳夏》、《章夏》、《齐夏》、《族夏》、《祴夏》、《骜夏》。”

肃　和[①]

歌工既奏，神位既秩。天符众星，运行太一。声和十管，气应中律。肃肃明廷，介兹元吉。

①《乐府诗集》目录此题下注“登歌”。

雍　和[①]

俎豆有践，黄流在樽。九宫之祀，三代莫存。乐变六宫，坛开八门。圣皇昭对，祐我黎元。

①《乐府诗集》目录此题下注“迎俎”。

寿　和[①]

时文哲后，肃事严禋。馨我明德，飨于贵神。大庖载盈，旨酒斯醇。精意所属，期于利人。

①《乐府诗集》目录此题下注“酌献”。

福　和[①]

祀既云毕，明灵告旋。礼洽和应，神歆福延。动植咸若，阴阳不愆。锡兹祝[②]嘏，天子万年。

①《乐府诗集》目录此题下注“饮福酒”。　②祝：《全唐诗》卷一一作“纯”。

舒　和[①]

羽籥既阕干戚陈，八音克谐六变新。愉贵神兮般以乐，保皇祚兮万斯春。

①《乐府诗集》目录此题下注“退文舞迎武舞”。

凯　安[①]

盛德陈万舞，稜威[②]畅九垓。风云交律候，日月丽昭回。行庆休祥发，乘春和气来。百神肃临享，荡荡天门开。

①《乐府诗集》目录此题下注“亚献终献”。　②稜威：《全唐诗》作“威稜”。

肃　和[①]

精意严恭，明祠丰洁。献酬既备，俎豆斯撤。日丽天仪，风和乐节。事光祀典，福覃有截。

①《乐府诗集》目录此题下注“登歌撤豆”。

豫　和[①]

享申百礼，庆洽百灵。上排阊阖，洞入杳冥。奠玉高坛，燔柴广庭。神之降福，万国咸宁。

①《乐府诗集》目录此题下注“送神”。

唐祀风师乐章[①]（五首）

包　佶[②]

迎　神

大暤御气，句芒[③]肇功。苍龙青旗，爰候祥风。律以和应，神以感通。鼎俎修蚃，时惟礼崇。

① 此五首录自《乐府诗集》卷六。　② 包佶（约727—792）：字幼正，润州延陵（今江苏丹阳）人。天宝间进士。历任谏议大夫、御史中丞、刑部侍郎，居官严正，有政声。《全唐诗》录其诗一卷。　③ 句芒：木神名，也指古代传说中的主木之官。

奠币登歌

旨酒告洁，青苹应候。礼陈瑶币，乐献金奏。弹弦自昔，解冻惟旧。仰瞻肸蚃，群祥来凑。

迎俎酌献

德盛昭临，迎拜巽方[①]。爰候发生，式荐馨香。酌醴具举，工歌再扬。神歆六[②]律，恩降百祥。

① 巽方：指东南方。《易·说卦》："巽，东南也。"　② 六：《乐府诗集》作"入"，据《全唐诗》卷一一改。

亚献终献

肹芗备，玉帛陈。风动物，乐感神。三献终，百神臻。草木荣，天下春。

送　神

微穆敷华能应节，飘扬发彩宜行庆。送迎灵驾神心飨，跪拜灵坛礼容盛。气和草木发萌芽，德畅禽鱼遂翔泳。永望翠盖逐流云，自兹率土调春令。

唐祀雨师乐章[①](五首)

包 佶

迎 神

陟降左右,诚达幽玄[②]。作解之功,乐惟有年。云軿戾止,洒雾飘烟。惟馨展礼,爰列豆笾。

① 此五首录自《乐府诗集》卷六。 ② 玄:《乐府诗集》作"圆",据《全唐诗》卷一一注"一作玄"改。

奠币登歌

岁正朱明,礼布元制。惟乐能感,与神合契。阴雾离披[①],灵驭摇裔。膏泽之庆,期于稔岁。

① 披:《乐府诗集》作"被",据《全唐诗》改。

迎俎酌献

阳开幽蛰,躬奉郁鬯。礼备节应,震来灵降。动植求声,飞沉允望。时康气茂,惟神之贶。

亚献终献

奠既备,献将终。神行令,瑞飞空。迎乾德,祈岁功。乘烟燎,俨从风。

送 神

整驾升车望寥廓,垂阴荐祉荡昏氛。缘时灵贶僾如在,乐罢余声遥可闻。饮福陈诚礼容备,撤俎终献曙光分。跪拜临坛结空想,年年应节候油云。

唐祭方丘乐章[①](五首)

顺 和[②]

万物资以化,交[③]泰属升平。易从业惟简,得一道斯宁。具仪光玉帛,送[④]舞变《咸》《英》。黍稷良非贵,明德信惟馨。

① 此五首录自《乐府诗集》卷六。郭茂倩解引《唐书·乐志》曰:"贞观中,夏至祭皇地祇于方丘,迎神用《顺和》,皇帝行用《太和》,登歌奠玉帛用《肃和》,迎俎用《雍和》,酌献饮福用《寿和》,送文舞出、迎武舞入用《舒和》,武舞用《凯安》。其《太和》、《寿和》、《凯安》三章,词同冬至圆丘。并褚亮等作。" ②《乐府诗集》目录此题下注"迎神"。 ③ 交:《乐府诗集》作"文",据《旧唐书·音乐志》改。④ 送:中华书局本校记引《新旧唐书合钞》卷三《乐志》谓"送"字疑当作"迭"。

肃　和[1]

至矣坤德,皇哉地祇。开元统纽,合大承规。九宫肃列,六典相仪。永言配命,长保无亏。

①《乐府诗集》目录此题下注"登歌奠玉帛"。

雍　和[1]

柔而能方,直而能敬。厚载以德,大亨以正。有涤斯牷,有馨斯盛。介兹景福,祚我休庆。

①《乐府诗集》目录此题下注"迎俎"。

舒　和[1]

玉币牲牷分荐享,羽旄干鏚递成容。一德惟宁两仪泰,三材保合四时邕。

①《乐府诗集》目录此题下注"送文舞迎武舞"。

顺　和[1]

阴祇协赞,厚载方贞。牲币具举,箫管备成。其礼[2]惟肃,其德惟明。神之听矣,式鉴虔诚。

①《乐府诗集》目录此题下注"送神"。 ② 礼:《乐府诗集》作"丰",据《旧唐书·音乐志》改。

唐大享拜洛乐章[1](十四首)

武则天

昭　和[2]

九玄眷命,三圣基隆。奉承[3]先旨,明台毕功。宗祀展敬,冀表深衷。永昌帝业,式播淳风。

① 此十四首录自《乐府诗集》卷六。郭茂倩解引《唐书·乐志》曰:"则天皇后永昌元年,大享拜洛乐,设礼(今按:《乐府诗集》作"礼设",据《旧唐书·音乐志》改)用《昭和》,次《致和》,次《咸和》,乘舆初行用《九和》,次拜洛、受图用《显和》,登歌用《昭和》,迎俎用《敬和》,酌献用《钦和》,送文舞出、迎武舞入用《齐和》,武舞用《德和》,撤俎用《禋和》,辞神用《通和》,送神用《归和》。"按《乐志》又有《归和》一章,亦送神词也。 ②《乐府诗集》目录此题下注"礼设"。 ③ 承:《乐府诗集》作"成",据《全唐诗》卷一二改。

致 和

神功不测兮运阴阳,包藏万宇兮孕八荒。天符既出兮帝业昌,愿临明祀兮降祯祥。

咸 和

坎[①]泽祠容备举,坤坛祭典爰申。灵眷遥行秘躅,嘉贶荐委殊珍。肃礼恭禋载展,翘襟恳志逾殷。方期交际县应[②]。

① 坎:古时祭月及川谷的坑穴。《礼记·祭义》:"祭日于坛,祭月于坎。"《祭法》:"四坎坛,祭四方也。"郑玄注:"祭山林丘陵于坛,川谷于坎。" ②《乐府诗集》注"下一句逸",即最后一句逸佚。

九 和[①]

祇荷坤德,钦若乾灵。惭惕罔置,兴居匪宁。恭崇礼则,肃奉仪形。惟凭展敬,敢荐非馨。

①《乐府诗集》目录此题下注"乘舆初行"。

显 和[①]

菲躬承睿顾,薄德忝坤仪。乾乾遵后命,翼翼奉先规。抚俗勤虽切,还淳化尚亏。未能弘至道,何以契明祇。

①《乐府诗集》卷六此题作"拜洛",其目录作"显和拜洛",据《旧唐书·音乐志》改。

显　和[①]

顾德有惭虚菲，明祇屡降祯符。汜水初呈秘象，温洛荐表昌图。玄泽流恩载洽，丹襟荷渥增愉。

①《乐府诗集》目录此题下注“受图”。

昭　和[①]

舒阴[②]致养，合大资生。德以恒固，功由永贞。升歌荐序，垂币翘诚。虹开玉照，凤引金声。

①《乐府诗集》目录此题下注“登歌”。　②阴：《乐府诗集》作“云”，据《旧唐书·音乐志》改。

敬　和[①]

兰俎既升，苹羞可荐。金石载设，《咸》《英》已变。林泽斯总，山川是遍。敢用敷诚，实惟忘倦。

①《乐府诗集》目录此题下注“迎俎”。

齐　和[①]

沉潜演贶分三极，广大凝祯总万方。既荐羽旌文化启，还呈干鏚武威扬。

①《乐府诗集》目录此题下注“送文舞迎武舞”。

德　和[①]

夕惕司龙契，晨竞当凤扆。崇儒习旧规，偃伯循先旨。绝壤飞冠盖，遐区丽山水。幸承三圣余，忻属千年始。

①《乐府诗集》目录此题下注“武舞”。

禋　和[①]

百礼崇容，千官肃事。灵降无[②]兆，神凝有粹。奠享咸周，威仪毕备。奏《夏》[③]登列，歌《雍》[④]撤肆。

①《乐府诗集》目录此题下注“撤俎”。　②无：《乐府诗集》作“舞”，据《全唐诗》卷一二改。　③《夏》：禹乐名，亦泛指大乐歌。　④《雍》：古代天子祭祀宗庙毕撤俎豆时所奏的乐章，亦用为撤膳时之乐。

通　和[①]

皇皇灵眷，穆穆神心。暂动凝质，还归积阴。功玄枢纽，理寂高深。衔恩佩德，耸志翘襟。

①《乐府诗集》目录此题下注“辞神”。

归　和[①]

言旋云洞兮蹑烟途，永宁中宇兮安下都。包涵动植兮顺荣枯，长贻宝贶兮赞琼图。

①《乐府诗集》目录此题下注“送神”。

归　和[①]

调云阕兮神座兴，骖云驾兮俨将升。腾绛霄兮垂景祐，翘丹恳兮荷休征。

①《乐府诗集》目录此题下注“送神”。

唐祭方丘乐章[①]（三首）

顺　和[②]

坤厚载物，德柔垂祉。九域咸雍，四溟为纪。敬因良节，虔修阴祀。广乐式张，灵其降止。

① 此三首录自《乐府诗集》卷六。郭茂倩解引《唐书·乐志》曰：“睿宗太极元年，祭皇地祇于方丘，迎神用《顺和》八变，加金奏，皇帝行用《太和》，登歌奠玉帛用《肃和》，迎俎及酌献用《雍和》，送文舞出、迎武舞入用《舒和》，武舞用《凯安》，送神用《顺和》。《太和》、《凯安》词同贞观冬至圆丘，《肃和》、《雍和》词同贞观太庙，《舒和》词同皇帝朝群臣。”　②《乐府诗集》目录此题下注“迎神”。

金　奏

坤元至德，品物资生。神凝博厚，道协高明。列镇五岳，环流四瀛。于何不载，万宝斯成。

顺　和[①]

乐备金石，礼光樽俎。大享爰终，洪休是举。雨零感节，云飞应序。缨绂载辞，皇灵具举。

①《乐府诗集》目录此题下注“送神”。

唐祭汾阳乐章[①]（十一首）

顺　和[②]

韩思复[③]

大乐和畅，殷荐明神。一降通感，八变必臻。有求斯应，无德不亲。降灵醉止，休征万人。

① 此十一首录自《乐府诗集》卷七。郭茂倩解引《唐书·乐志》曰：“玄宗开元十一年，祭皇地祇于汾阴，迎神用《顺和》八变，皇帝行用《太和》，登歌奠玉用《肃和》，迎俎用《雍和》，酌献饮福用《寿和》，送文舞出、迎武舞入用《舒和》，武舞用《凯安》，送神用《顺和》。” ②《乐府诗集》目录此题下注“迎神”。 ③ 韩思复（652—725）：字绍出，长安（今陕西西安）人。袭封长山县男。少孤志学，志行廉介。举秀才，授梁府仓曹参军，转汴州司户参军。累官司礼博士、礼部郎中，贬始州长史，历滁、襄二州刺史，入为给事中，迁中书舍人。开元初擢谏议大夫，拜黄门侍郎，迁御史大夫。《全唐诗》录其诗一首。

顺　和[①]

卢从愿[②]

坤元载物，阳乐发生。播殖资始，品汇咸亨。列俎棋布，方坛砥平。神歆禋祀，后德惟明。

①《乐府诗集》目录此题下注“迎神”。 ② 卢从愿（？—737）：字子袭，临漳（今属河北）人。举明经，补夏县尉，累官监察御史、吏部员外郎、吏部侍郎。开元中出为豫州刺史，召为工部侍郎，以吏部尚书致仕。《全唐诗》录其诗二首。

顺　和[①]

刘　晃[②]

大君出震，有事郊禋。齐戒既肃，馨香毕陈。乐和礼备，候暖风春。恭惟降福，实赖明神。

①《乐府诗集》目录此题下注“迎神”。 ② 刘晃（生卒年不详）：汴州尉氏

(今属河南)人。曾任连州刺史,开元十一年(723)任司勋郎中。后任给事中、秘书省少监、太常少卿等。《全唐诗》录其诗一首。

顺　和[①]

韩　休[②]

於穆浚哲,维清缉熙。肃事昭配,永言孝思。涤濯静嘉,馨香在兹。神之听之,用受福厘。

①《乐府诗集》目录此题下注"迎神"。　② 韩休(672—739):字良士,京兆长安(今陕西西安)人。工文辞,举贤良方正科,授左补阙。开元中累拜黄门侍郎,同中书门下平章事。为人峭鲠,勇于谏疏,有笔头公之称。后以工部尚书罢,迁太子少师。《全唐诗》录其诗三首。

太　和[①]

王　晙[②]

於穆圣皇,六叶重光。太原刻颂,后土疏场。宝鼎呈符,歊云孕祥。礼乐备矣,降福穰穰。

①《乐府诗集》目录此题下注"皇帝行"。　② 王晙(662?—732):沧州(今属河北)人。少孤好学,擢明经第,始调清苑尉。历殿中侍御史,景龙末除桂州都督。进陇右群牧使,并州都督长史,迁朔方行军大总管。又拜兵部尚书,充朔方军节度大使。《全唐诗》录其诗一首。

肃　和[①]

崔玄童[②]

聿修严配,展事禋宗。祥符宝鼎,礼备黄琮。祝词以信,明德惟聪。介兹景福,永永无穷。

①《乐府诗集》目录此题下注"登歌奠玉帛"。　② 崔玄童(生卒年不详):博陵安平(今属河北)人。曾任司封郎中。开元十一年(723)任刑部侍郎,后出为徐州和相州刺史。《全唐诗》录其乐章一首。

雍　和[①]

贾　曾[②]

蠲我馀[③]饎,洁我芗萁。有豆孔硕,为羞既臧。至诚无昧,精意惟芳。神其醉止,欣欣乐康。

①《乐府诗集》目录此题下注“迎俎”。　②贾曾(？—727):洛阳(今属河南)人。景云中为吏部员外郎。玄宗为太子时,曾为太子舍人。直言敢谏,擢中书舍人,避父讳而改授谏议大夫、知制诰。开元五年坐事贬洋州刺史,转虔州、郑州刺史。后召为光禄少卿,迁礼部侍郎。《全唐诗》录其诗五首。　③馔:《乐府诗集》作“渐”,据《旧唐书·音乐志》改。

寿　和[①]

苏　颋

礼物斯具,乐章乃陈。谁其作主,皇考圣真。对越在天,圣明佐神。窅然汾上,厚泽如春。

①《乐府诗集》目录此题下注“酌献饮福”。

舒　和[①]

何　鸾[②]

乐奏云阕,礼章载虔。禋宗于地,昭假于天。惟馨荐矣,既醉歆焉。神之降福,永永万年。

①《乐府诗集》目录此题下注“送文舞迎武舞”。　②何鸾(生卒年不详):里籍无考。景龙初为监察御史,开元中历任仓部员外郎、太常少卿、太子右庶子、中书舍人等。《全唐诗》录其诗一首。

凯　安[①]

蒋　挺[②]

维岁之吉,维辰之良。圣君绂冕,肃事坛场。大礼已备,大乐斯张。神其醉止,降福无疆。

①《乐府诗集》目录此题下注“武舞”。　②蒋挺(生卒年不详):义兴阳羡(今江苏宜兴)人。景云时进士,开元初,任监察御史。后为司封郎中、国子司业,出为湖州刺史。《全唐诗》录其诗一首。

顺　和[①]

源光俗[②]

方丘既膳,嘉飨载谧。齐敬毕诚,陶匏贵质。秀簠[③]丰荐,芳俎盈实。永永福流,其升如日。

①《乐府诗集》目录此题下注“送神”。今按:此首作者源光俗,《乐府诗集》

作源光裕，误。 ② 源光俗（？—约725）：相州临漳（今属河北）人。抚爱诸弟，以友义闻名，为官亦有声誉。初为中书舍人，历刑部和户部侍郎。开元十一年任尚书左丞，授太常卿。十三年，出为郑州刺史，寻卒。《全唐诗》录其诗一首。 ③ 篚：《乐府诗集》作“毕”，据《旧唐书·音乐志》改。

唐禅社首乐章[①]（八首）

顺 和[②]

贺知章

至哉含柔德，万物资以生。常顺称厚载，流谦通变盈。圣心事能察，增广陈厥诚。黄祇僾[③]如在，泰折俟咸亨。

① 此八首录自《乐府诗集》卷七。郭茂倩解引《唐书·乐志》曰：“玄宗开元十三年，禅社首山祭地祇乐，迎神用《顺和》，皇帝行用《太和》，登歌奠玉帛用《肃和》，迎俎入用《雍和》，初献用《寿和》，饮福用《福和》，还宫用《太和》，送神用《灵具醉》，以代《顺和》。” ②《乐府诗集》目录此题下注“迎神”。 ③ 僾：《旧唐书·音乐志》作“俨”。

太 和[①]

肃我成命，於昭黄祇。裘冕而祀，陟降在斯。五音克备，八变聿施。缉熙肆靖，厥心匪离。

①《乐府诗集》目录此题下注“皇帝行”。

肃 和[①]

黄祇是祇，我其夙夜。寅畏诚洁，匪遑宁舍。礼以琮玉，荐厥茅藉。念兹降康，胡宁克暇。

①《乐府诗集》目录此题下注“登歌奠玉帛”。

雍 和[①]

夙夜宥密，不敢宁宴。五齐既陈，八音在县。粢盛以洁，房俎斯荐。惟德惟馨，尚兹克遍。

①《乐府诗集》目录此题下注“迎俎”。

寿　和[1]

惟以明发，有怀载殷。乐盈而反，礼顺其禋。立清以献，荐欲是亲。於穆不已，裒对[2]斯臻。

①《乐府诗集》目录此题下注“初献”。　② 裒对：谓聚集山川众神配祭。语出《诗·周颂·般》：“敷天之下，裒时之对。”郑玄笺：“裒，众；对，配也。”

福　和[1]

穆穆天子，告成岱宗。大裘如濡，执珽有颙。乐以平志，礼以和容。上帝临我，云胡肃邕。

①《乐府诗集》目录此题下注“饮福”。

太　和[1]

昭昭有唐，天俾万国。列祖应命，四宗顺则。申锡无疆，宗我同德。曾孙继绪，享神配极。

①《乐府诗集》目录此题下注“还宫”。

灵具醉[1]

源乾曜[2]

灵具醉，杳熙熙。灵将往，眇禗禗。顾明德，吐正词。烂遗光，流祯祺。

①《乐府诗集》目录此题下注“送神”。　② 源乾曜（？—731）：临漳（今属河北）人。举进士。初为殿中侍御史，后累迁谏议大夫、梁州都督、少府少监、户部侍郎。后拜黄门侍郎，同平章事，逾月罢相。以京兆尹留守京师，三年后复为黄门侍郎。又为尚书左丞相，进侍中。为相十年，所持谨重，历官皆以清慎恪敏得名。《全唐诗》录其诗四首。

唐祭神州乐章[1]（三首）

肃　和[2]

大矣坤仪，至哉神县。包含日域，牢笼月窟。露洁三清，风调六变。皇祇届止，式歆恭荐。

① 此三首录自《乐府诗集》卷七。郭茂倩解引《唐书·乐志》曰：“贞观中，祭

神州于北郊，迎神用《顺和》，皇帝行用《太和》，登歌奠玉帛用《肃和》，迎俎用《雍和》，酌献饮福用《寿和》，送文舞出、迎武舞入用《舒和》，武舞用《凯安》，送神用《顺和》。《顺和》词同夏至方丘，《太和》、《寿和》、《凯安》词同冬至圆丘，并褚亮等作。” ②《乐府诗集》目录此题下注“登歌奠玉帛”。

雍　和[①]

泰折严享，阴郊展敬。礼以导神，乐以和性。黝牲在列，黄琮俯映。九土既平，万邦贻庆。

①《乐府诗集》目录此题下注“迎俎”。

舒　和[①]

坤道降祥和庶品，灵心载德厚群生。水土既调三极泰，文武毕备九区平。

①《乐府诗集》目录此题下注“送文舞迎武舞”。

唐祭神州乐章[①]（二首）

迎　神

黄舆厚载，赤寰归德。含育九区，保安万国。诚敬无怠，禋祀有则。乐以迎神，其仪不忒。

① 此二首录自《乐府诗集》卷七。郭茂倩解引《唐书·乐志》曰：“太乐旧有祭神州迎送神辞二章，不详所起。”

送　神

神州阴祀，洪恩广济。草树沾和，飞沉沐惠。礼修鼎俎，奠歆瑶币。送乐有章，灵轩其逝。

唐祭太社乐章[①]（三首）

肃　和[②]

后土凝德，神功协契。九域底平，两仪交际。戊期应序，阴墉展币。灵车少留，俯歆樽桂。

① 此三首录自《乐府诗集》卷七。郭茂倩解引《唐书·乐志》曰："贞观中，祭太社乐，迎神用《顺和》，皇帝行用《太和》，登歌奠玉帛用《肃和》，迎俎用《雍和》，酌献饮福用《寿和》，送文舞出、迎武舞入用《舒和》，武舞用《凯安》，送神用《顺和》。《顺和》词同夏至方丘，《太和》、《寿和》、《凯安》词同冬至圆丘，并褚亮等作。" ②《乐府诗集》目录此题下注"登歌奠玉帛"。

雍　和[①]

美报崇本，严恭展事。受露疏坛，承风启地。洁粢登俎，醇牺入馈。介福远流，群生毕遂。

①《乐府诗集》目录此题下注"迎俎"。

舒　和[①]

神道发生敷九稼，阴阳[②]乘仁畅八埏。纬武经文隆景化，登祥荐祉启丰年。

①《乐府诗集》目录此题下注"送文舞迎武舞"。　② 阳：《乐府诗集》作"极"，据《旧唐书·音乐志》改。

唐祭太社乐章[①]（二首）

迎　神

烈山有子，后土有臣。播种百谷，济育兆人。春官缉礼，宗伯司禋。戊为吉日，迎享兹辰。

① 此二首录自《乐府诗集》卷七。郭茂倩解引《唐书·乐志》曰："太乐旧有太社迎送神辞二章，不详所起。"

送　神

吉祥式就，酬功载毕。亲地尊天，礼文经术。贶征令序，福流初日。神驭爰归，祠官其出。

唐享先农乐章[①]（四首）

咸　和[②]

粒食伊始，农之所先。古今攸赖，是曰人天。耕斯帝藉，播厥公田。式崇明祀，神其福焉。

① 此四首录自《乐府诗集》卷七。郭茂倩解引《唐书·乐志》曰："贞观中，享先农乐，迎神用《咸（今按：《乐府诗集》作"诚"，据《旧唐书》改）和》，皇帝行用《太和》，登歌奠玉帛用《肃和》，迎俎用《雍和》，酌献饮福用《寿和》，送文舞出、迎武舞入用《舒和》，武舞用《凯安》，送神用《承（今按：《乐府诗集》作"诚"，据同上改）和》，其《太和》、《寿和》、《凯安》、词同冬至圆丘，并褚亮等作。"　②《乐府诗集》"咸"字作"诚"，据《旧唐书·音乐志》改。又，《乐府诗集》目录此题下注"迎神"。

肃　和[①]

樽彝既列，瑚簋方荐。歌工载登，币礼斯奠。肃肃享祀，颙颙缨弁。神之听之，福流寰县。

①《乐府诗集》目录此题下注"登歌奠玉帛"。

雍　和[①]

前夕视牲，质明奉俎。沐芳整弁，其仪式序。盛礼毕陈，嘉乐备举。歆我懿德，非馨稷黍。

①《乐府诗集》目录此题下注"迎俎"。

舒　和[①]

羽籥低昂文缀已，干戚蹈厉武行初。望岁祈农神所听，延祥介福岂云虚。

①《乐府诗集》目录此题下注"送文舞迎武舞"。

唐享先农乐章[①]

承　和[②]

三推礼就，万庾祈凝。夤宾志远，蔗蓘惟兴。降歆肃荐，垂祐祇膺。送神有乐，神其上升。

① 此首录自《乐府诗集》卷七。郭茂倩解引《唐书·乐志》曰:“太乐旧有享先农送神辞一章,不详所起。” ② 承和:《乐府诗集》作“诚和”,据《旧唐书·音乐志》改。又,《乐府诗集》目录此题下注“送神”。

唐享先蚕乐章[①]（五首）

永　和[②]

芳春开令序,韶苑畅和风。惟灵申广祐,利物表神功。绮会周天宇,黼黻瀑寰中。庶几承庆节,歆奠下帷宫。

① 此五首录自《乐府诗集》卷七。郭茂倩解引《唐书·乐志》曰:“显(今按:《乐府诗集》作“明”,据《旧唐书》改)庆中,皇后亲蚕,内出享先蚕乐章,迎神用《永和》,亦曰《顺(今按:《乐府诗集》作“颂”,据《旧唐书》改)德》,皇后升坛用《肃和》,登歌奠币用《展敬》,迎俎用《洁诚》,饮福送神用《昭庆》。” ②《乐府诗集》目录此题下注“迎神”。

肃　和[①]

明灵光至德,深功掩百神。祥源应节启,福绪逐年新。万宇承恩覆,七庙伫恭禋。一[②]兹申至恳,方期远庆臻。

①《乐府诗集》目录此题下注“皇后升坛”。 ② 一:《全唐诗》卷一二作“于”。

展　敬[①]

霞庄列宝卫,云集动和声。金卮荐绮席,玉币委芳庭。因心罄丹款,先已励苍生。所冀延明福,于兹享至诚。

①《乐府诗集》目录此题下注“登歌奠玉币”。

洁　诚[①]

桂筵开玉俎,兰圃荐琼芳。八音调凤律,三献奉鸾觞。洁粢申大享,庭宇冀降祥。神其覃有庆,锡[②]福永无疆。

①《乐府诗集》目录此题下注“迎俎”。 ② 锡:《乐府诗集》作“契”,据《旧唐书·音乐志》改。

昭　庆[①]

仙坛礼既毕,神驾俨将升。伫属深祥启,方期庶绩凝。虔诚资宇内,务本勖黎蒸。灵心昭备享,率土洽休征。

①《乐府诗集》目录此题下注“饮福送神”。

唐释奠文宣王乐章[①](五首)

诚　和[②]

圣道日用,神几[③]不测。金石以陈,弦歌载陟。爰释其菜,匪馨于稷。来顾来享,是宗是极。

① 此五首录自《乐府诗集》卷七。郭茂倩解引《唐书·乐志》曰:“皇太子亲释奠,迎神用《诚和》,亦曰《宣和》,皇太子行用《承和》,登歌奠币用《肃和》,迎俎用《雍和》,送文舞出、迎武舞入用《舒和》,武舞用《凯安》,词同冬至圆丘,送神用《诚和》,词同迎神。”《通典》曰:“开元中又造三和乐:一曰《祴和》,三公升降及行则奏之;二曰《丰和》,享先农则奏之;三曰《宣和》,祭孔宣父、齐太公则用之。” ②《乐府诗集》目录此题下注“迎神”。 ③ 几:《旧唐书·音乐志》作“机”。

承　和[①]

万国以贞光上嗣,三善茂德表重轮。视膳寝门遵要道,高辟崇贤引正人。

①《乐府诗集》目录此题下注“皇太子行”。

肃　和[①]

粤惟上圣,有纵自天。傍周万物,俯应千年。旧章允著,嘉贽孔虔。王化兹首,儒风是宣。

①《乐府诗集》目录此题下注“登歌奠玉币”。

雍　和[1]

堂献瑶篚，庭敷璆县。礼备其容，乐和其变。肃肃亲[2]享，雍雍执奠。明礼惟馨，苹蘩可荐。

①《乐府诗集》目录此题下注“迎俎”。　② 亲：《乐府诗集》作“观”，据《旧唐书·音乐志》改。

舒　和[1]

隼集龟开昭圣列，龙蹲凤跱肃神仪。尊儒敬业宏图阐，纬武经文盛德施。

①《乐府诗集》目录此题下注“送文舞迎武舞”。

唐享孔子庙乐章[1]（二首）

迎　神

通吴表圣，问老探真。三千弟子，五百贤人。亿龄规法，万载祠禋。洁诚以祭，奏乐迎神。

① 此二首录自《乐府诗集》卷七。郭茂倩解引《唐书·乐志》曰：“太乐旧有享孔子庙迎送神辞二章，不详所起。”

送　神

醴溢牺象，羞陈俎豆。鲁壁类闻，泗川如觏。里校覃福，胄筵承祐。雅乐清音，送神其[1]奏。

① 其：《全唐诗》卷一二作“具”。

唐释奠武成王乐章[1]（五首）

于　邵[2]

迎　神

卜畋不从，兆发非熊。乃倾荒政，爰佐一戎。盛烈载垂，命祀维崇。日练上戊，宿严阙宫。迎奏嘉至，感而遂通。

① 此五首录自《乐府诗集》卷七。郭茂倩解曰:"唐释奠武成王,旧以文宣王乐章用之。德宗正元中,诏于邵补造。" ② 于邵(约718—约798):字相门,京兆万年(今陕西西安)人。天宝末进士。初为崇文馆校书郎,出为巴、道二州刺史。后迁谏议大夫知制诰。德宗时为太子宾客,贬江州别驾卒。《全唐诗》录其诗五首。

奠币登歌

管磬升,羶[①]芗集。上公进,嘉币执。信以通,僾如及。恢帝功,锡后邑。四维张,百度立。绵亿载,邈难挹。

① 羶:《乐府诗集》卷七作"坛",据《全唐诗》卷一二改。

迎俎酌献

五齐洁,九牢硕。梡椒循,罍斝涤。进具物,扬鸿勣。和奏发,高灵寂。虔告终,繁祉锡。昭秩祀,永无易。

亚献终献

贰觞以献,三变其终。顾此非馨,尚达斯衷。茅缩可致,神歆载融。始神翊周,拯溺除凶。时惟降祐,永绝兴戎。

送　神

明祀方终,备乐斯阕。黝缥就瘞,豆笾告撤。肸蚃尚余,光景云灭。返归虚极,神心则悦。

唐享龙池乐章[①](十首)

第　一　章

姚　崇[②]

恭闻帝里生灵沼,应报明君鼎业新。既协翠泉光宝命,还符白水出真人。此[③]时舜海潜龙跃,此地[④]尧河带马巡。独有前池一小雁，叨承旧惠入天津。

① 此十首录自《乐府诗集》卷七。郭茂倩解引《唐书·乐志》曰："玄宗龙潜时，宅隆庆坊，宅南坊人所居，忽变为池，望气者异焉。故中宗季年，泛舟池中。玄宗正位，以坊为宫，池水逾大，弥漫数里，因为《龙池乐》以歌其祥。"《新书·礼乐志》曰："《龙池乐》，舞者十二人，冠芙蓉冠，蹑履。备用雅乐，唯无钟（今按：《新唐书》无'钟'字）磬。"《唐逸史》曰："玄宗在东都昼寝，梦一女子，容艳异常，梳交心髻，大袖宽衣，帝曰：'汝何人？'曰：'妾凌波池中龙女也，卫宫护驾，妾实有功。今陛下洞晓钧天之乐，愿赐一曲，以光族类。'帝于梦中为鼓胡琴，倚歌为凌波池之曲，龙女拜谢而去。及寤，尽记之，命禁乐，自御琵琶，习而翻之。因宴于凌波宫，临池奏新声。忽池波涌起，有神女出于波心，乃梦中之女也。望拜御坐，良久方没。因置祠池上，每岁祀之。"《会要》曰："开元元年，内出祭《龙池乐》章。十六年，筑坛于兴庆宫，以仲春乐祭之。" ② 姚崇（651—721）：字元之，陕州硖石（今属河南）人。历任武则天、睿宗、玄宗三朝宰相，后被贬职。开元初复相位。后引宋璟自代，史称"姚宋"。《全唐诗》录其诗六首。 ③ 此：《唐文粹》卷一〇作"当"。 ④ 地：《唐文粹》作"日"。

第二章

蔡孚[①]

帝宅王家大道边，神马龙龟[②]涌圣泉。昔日昔时经此地，看来看去渐成川。歌台舞榭宜正月，柳岸梅洲胜往年。莫言波上春云少，祇为从龙直上天。

① 蔡孚（生卒年不详）：里籍无考。开元初任左（一作右）拾遗，二年诏令祠龙池，即献《享龙池篇》。太常寺考其与姚元之、沈佺期等十人所作合音律者为《享龙池乐章》。八年，官起居舍人。《全唐诗》录其诗二首。 ② 龙龟：《唐文粹》卷一〇作"潜龙"。

第三章

沈佺期

龙池跃龙龙已飞，龙德先[①]天天不违。池开天汉分皇道，龙向天门入紫微。邸第楼台多气色，君王凫雁有光辉。为报寰中百川水，来朝上地莫东归。

① 先:《乐府诗集》作“光”,据《旧唐书》改。

第四章

卢怀慎[①]

代邸东南龙跃泉,清漪碧浪远浮天。楼台影就波中出,日月光疑镜里悬。雁沼回流成舜海,龟书荐祉应尧年。大川既济惭为楫,报德空思奉细涓。

① 卢怀慎(? —716):唐大臣。滑州灵昌(今河南滑县)人。历监察御史、右御史台中丞,开元初进同紫微黄门平章事。自以才不及姚崇,故事事皆推而不专,时讥为“伴食宰相”。《全唐诗》录其诗二首。

第五章

姜　皎[①]

龙池初出此龙山,常经此地谒龙颜。日日芙蓉生夏水,年年杨柳变春湾。尧坛宝匣余烟雾,舜海渔舟尚往还。愿似[②]飘摇五云影,从来从去九天间。

① 姜皎(663—722):秦州上邽(今甘肃天水)人。中宗时,为润州长史。玄宗即位,召拜殿中监,封楚国公,宠赐无算。后为秘书监,坐事流钦州卒。《全唐诗》录其诗一首。　② 似:《乐府诗集》作“以”,据《唐文粹》改。

第六章

崔日用[①]

龙兴白水汉兴符,圣主时乘运斗枢。岸上苹荁五花树,波中的皪千金珠。操环昔闻迎夏启,发匣先来瑞有虞。风色云光随隐见,赤云神化象江湖。

① 崔日用(673—722):滑州灵昌(今河南滑县)人。弱冠举进士,授芮城尉,迁监察御史、侍御史。后任兵部侍郎、黄门侍郎。后于并州长史卒。《全唐诗》录其诗一首。

第七章

苏　颋

西京凤邸跃龙泉,佳气休光钟[①]在天。轩后雾图今已得,秦王水剑昔常传。恩鱼不似昆明钓,瑞鹤长如太液仙。愿侍巡游同旧里，更闻箫鼓济楼船。

① 钟：《乐府诗集》作“镇”，据《旧唐书》、《唐文粹》改。

第八章

李 乂[1]

星分邑里四人居，水洊源流万顷余。魏国君王称象处，晋家蕃邸化龙初。青蒲暂似游梁马，绿藻还疑宴镐鱼。自有神灵滋液地，年年云物史官书。

① 李乂(657—716)：唐大臣，赵州房子(今属河北)人。永隆间进士。授万年县尉，迁监察御史，吏部侍郎，官终刑部尚书。乂与其兄尚一、尚贞俱以文章见称，弟兄所著合为一集，名《李氏花萼集》。《全唐诗》录其诗一卷。

第九章

姜 晞[1]

灵沼萦回邸第前，浴日涵春[2]写曙天。始见龙台升凤阙，应如霄汉起神泉。石匮渚傍还启圣，桃李初生更有仙。欲化帝图从此受，正同河变一千年。

① 姜晞(生卒年不详)：上邽(今甘肃天水)人。永隆年间进士。开元初为工部侍郎、左散骑常侍。《全唐诗》录其诗一首。 ② 春：《乐府诗集》作“天”，据《旧唐书》改。

第十章

裴 璀[1]

乾坤启圣吐龙泉，泉水年年胜一年。始看鱼跃方成海，即睹龙飞利在天。洲渚遥将银汉接，楼台直与紫微连。休气荣光常不散，悬知此地是神仙。

① 此首作者《乐府诗集》作“裴璀”，疑为“裴漼”之误。裴漼(约666—736)：绛州闻喜(今属山西)人。万岁通天元年(696)，应大礼举，授陈留主簿。累迁监察御史，进中书舍人，寻转兵部侍郎。开元五年(717)，迁吏部侍郎、尚书左丞，转黄门侍郎、御史大夫。张说荐之，拜吏部尚书，改太子宾客。《全唐诗》录其诗四首。

唐享太庙乐章①（十一首）

永　和②

於穆列祖，弘此丕基。永言配命，子孙保之。百神既洽，万国在兹。是用孝享，神其格思。

① 此十一首录自《乐府诗集》卷一〇。郭茂倩解引《唐书·乐志》曰："贞观中，享太庙乐，迎神用《永和》，九变词同，皇帝行用《太和》，登歌酌鬯用《肃和》，迎俎用《雍和》，献皇祖宣简公、皇祖懿王同用《长发之舞》，景皇帝用《大基之舞》，元皇帝用《大成之舞》，高祖用《大明之舞》，皇帝饮福用《寿和》，送文舞出、迎武舞入用《舒和》，武舞用《凯安》，撤俎用《雍和》，送神用《永和》。其《太和》、《凯安》词同冬至圆丘。并魏徵、褚亮等作。" ②《乐府诗集》目录此题下注"迎神"。

肃　和①

大哉至德，允兹明圣。格于上下，聿遵诚敬。嘉乐斯登，鸣球以咏。神其降止，式隆景命。

①《乐府诗集》目录此题下注"登歌酌鬯"。

雍　和①

崇兹享祀，诚敬兼至。乐以感灵，礼以昭事。粢盛咸洁，牲牷孔备。永言孝思，庶几不匮。

①《乐府诗集》目录此题下注"迎俎"。

长发舞①

浚哲惟唐，长发其祥。帝命斯祐，王业克昌。配天载德，就日重光。本枝百代，申锡无疆。

① 郭茂倩解引《唐会要》曰："贞观十四年，诏用颜师古、许敬宗议，皇祖宣简公、懿王庙，并奏《长发之舞》，取《诗》云'浚哲惟商，长发其祥'也。"今按：浚，深。《乐府诗集》目录此题下注"献宣简公懿王"。

大基舞①

猗与祖业，皇矣帝先。翦商德厚，封唐庆延。在姬犹稷，方晋逾宣。基我鼎运，于斯万年。

①《乐府诗集》目录此题下注"献景皇帝"。

大成舞[①]

周称[②]王季，晋美帝文。明明盛德，穆穆齐芬。藏用四履，屈道参分。铿锵钟石，载纪鸿勋。

①《乐府诗集》目录此题下注“献元皇帝”。 ② 称：《乐府诗集》作“穆”，据《旧唐书·音乐志》改。

大明舞[①]

五纪更运，三正递升。勋华既没，禹汤勃兴。神武命代，灵眷是膺。望云彰德，察纬告征。上纽天维，下安地轴。征师涿野，万国咸服。偃伯灵台，九官允穆。殊域委赆，怀生介福。大礼既饰，大乐已和。黑章扰囿，赤字浮河。功宣载籍，德被咏歌。克昌厥后，百禄是荷。

① 郭茂倩解引《唐会要》曰：“贞观十四年，诏用颜师古等议，高祖庙奏《大明之舞》，取《易》曰‘大明终始，六位时成’。《诗》有《大明之篇》称‘文王有明德’也。”今按：《乐府诗集》目录此题下注“献高祖”。

寿和[①]

八音斯奏，三献毕陈。宝祚惟永，晖光日新。

①《乐府诗集》目录此题下注“饮福”。

舒和[①]

圣敬通神光七庙，灵心荐祚和万方。严禋克配鸿基远，明德惟馨凤历昌。

①《乐府诗集》目录此题下注“送文舞迎武舞”。

雍和[①]

於穆清庙，聿修严祀。四县载陈，三献斯止。笾豆彻荐，人祇介祉。神惟格思，锡祚不已。

①《乐府诗集》目录此题下注“抑俎”。

永和[①]

肃肃清祀[②]，烝烝孝思。荐享昭备，虔恭在兹。雍歌彻俎,祝嘏陈辞。用光武志,永固鸿基。

①《乐府诗集》目录此题下注“送神”。　② 清祀:古代十二月腊祭的别称。汉蔡邕《独断》卷上:“四代腊之别名:夏曰嘉平,殷曰清祀,周曰大蜡,汉曰腊。”

唐享太庙乐章[①](五首)

崇德舞[②]

五运改卜,千龄启圣。彤云晓聚,黄星夜映。叶阐珠囊,基开玉镜[③]。下临万宇,上齐七政。雾开三象,尘清九服。海濊星晖,远安迩肃。天地交泰,华夷辑睦。翔泳归仁,中外禔福。绩逾黜夏,勋高翦商。武陈七德,刑设三章。祥禽巢阁,仁兽游梁。卜年惟永,景福无疆。

① 此五首录自《乐府诗集》卷一〇。郭茂倩解引《唐书·乐志》曰:“高宗永徽已后,续造享太庙乐章,献太宗用《崇德之舞》,高宗用《钧天之舞》,中宗用《太和之舞》,睿宗用《景云之舞》,皇祖宣皇帝用《光大之舞》。旧乐章宣光(今按:《乐府诗集》作‘元’,据《旧唐书·音乐志》改)二宫同用《长发》,其词亦同。开元十年始别造词,而宣帝更用《光大》云。”　②《乐府诗集》目录此题下注“献太宗”。③《乐府诗集》此句下注“后为图开”。

钧天舞[①]

承天抚箓,纂圣登皇。遐清万宇,仰协三光。功成日用,道济时康。琼图载永,宝历斯昌。日月扬晖,烟云烂色。河岳修贡,神祇效职。舜风攸偃,尧曦先就。睿感通寰,孝思浃宙。奉扬先德,虔遵曩狩。展义天扃[②],飞英云岫。化逸王表,神凝帝先。乘云厌俗,驭日登玄。

①《乐府诗集》目录此题下注“献高宗”。　② 扃:《乐府诗集》作“局”,据《旧唐书》改。

太和舞[①]

广乐既备，嘉荐既新。述先惟德，孝飨惟亲。七献具举，五齐毕陈。锡兹祚福，于万斯春。

①《乐府诗集》目录此题下注“献中宗”。

景云舞[①]

惟睿作圣，惟圣登皇。精感耀魄，时膺会昌。舜惭大孝，尧推让王。能事斯极，振古谁方。文明履运，车书同轨。巍巍赫赫，尽善尽美。衢室凝旒，大庭端扆。释负之寄，事光复子。脱屣高天，登遐上玄。龙湖超忽，象野芊绵。游衣复道，荐果初年。新庙奕奕，明德配天。

①《乐府诗集》目录此题下注“献睿宗”。

光大舞[①]

大业龙祉，徽音骏尊。潜居皇德，赫嗣天昆。展仪宗祖，重诚孝孙。春秋无极，享奏存存。

①《乐府诗集》目录此题下注“献宣皇帝”。

唐享太庙乐章[①]（三首）

迎神

七庙观德，百灵攸仰。俗荷财成，物资含养。道光执契，化笼提象。肃肃雍雍，神其来享。

① 此三首录自《乐府诗集》卷一〇。郭茂倩解引《唐书·乐志》曰：“太乐旧有享太庙迎神、次金奏及送神辞三章，不详所起。”

金奏

肃肃清庙，巍巍盛唐。配天立极，累圣重光。乐和管磬，礼备烝尝。永惟来格，降福无疆。

送　神

五声备奏，三献终祠。车移凤辇，旆转红[①]旗。礼周笾豆，诚效虔祇。皇灵徒跸，簪绅拜辞。

① 红：《全唐书》卷一三作“虹”。

唐武后享清庙乐章[①]（十首）

第一迎神

建清庙，赞玄功。择吉日，展禋宗。乐已变，礼方崇。望神驾，降仙宫。

① 此十首录自《乐府诗集》卷一〇。中华书局本校记引《旧唐书校勘记》卷一四：“按自‘第三登歌’至‘第十送神’皆先言篇数，后言仪节，惟第一第二但言篇数，未言仪节，殊为不类。以上下文之例推之，第一下当有‘迎神’二字，第二下当有‘皇帝行’三字，至于第四下之‘迎神’则‘迎俎’之讹耳。‘迎俎’在‘登歌’之后，若作‘迎神’，则不应在‘登歌’后矣。”今按：据此第一下加“迎神”，第二下加“皇帝行”，第四下改为“迎俎”。

第二皇帝行

隆周创业，宝命惟新。敬宗茂典，爰表虔禋。声明已备，文物斯陈。肃容如在，恳志方申。

第三登歌

肃敷大礼，上谒尊灵。敬陈筐币，载表丹诚。

第四迎俎

敬奠苹藻，式罄虔襟。洁诚斯展，伫降灵歆。

第五饮福

爰陈玉醴，式奠琼浆。灵心有穆，介福无疆。

第六送文舞

帝图草创，王业初开。功高佐命，业赞云雷。

第七迎武舞

赫赫玄功被穹壤，皇皇至德洽生灵。开基拨乱妖氛廓，佐命宣威海内清。

第八武舞作

荷恩承顾托，执契恭临抚。庙略静边荒，天兵耀神武。

第九撤俎

登歌已阕，献礼方周。钦承景福，肃奉鸿休。

第十送神

大礼言毕，仙卫将归。莫申丹恳，空瞻紫微。

唐享太庙乐章[①]（十四首）

严　和[②]

肃肃清庙，赫赫玄猷。功高万古，化奄十洲。中兴丕业，上荷天休。祗奉先构，礼被[③]怀柔。

① 此十四首录自《乐府诗集》卷一〇。郭茂倩解引《唐书·乐志》曰："中宗神龙元年，享太庙乐，迎神用《严和》，九变词同，皇帝行用《升和》，登歌祼鬯用《虔和》，迎俎用《歆和》，光皇帝酌献用《长发》，景皇帝酌献用《大基》，元皇帝酌献用《大成》，高祖酌献用《大明》，太宗酌献用《崇德》，五室舞词并同贞观，高宗酌献用《钧天》，舞词同光宅，孝敬皇帝酌献用《承光》，皇帝饮福用《延和》，送文舞出、迎武舞入用《同和》，武舞用《宁和》，撤俎用《恭和》，送神用《通和》，皇后助享、皇后行用《正和》，词同贞观中宫朝会，登歌奠鬯用《昭和》，皇后酌献、饮福用《诚敬》，撤俎用《肃和》，送神用《昭感》。"　②《乐府诗集》目录此题下注"迎神"。③ 被：《全唐诗》卷一三作"备"。

升　和[①]

顾惟菲薄，纂历应期。中外同轨，夷狄来思。乐用崇德，礼以陈词。夕惕若厉，钦奉宏基。

①《乐府诗集》目录此题下注“皇帝行”。

虔　和[1]

礼标荐鬯，肃事祠庭。敬申如在，敢托非馨。

①《乐府诗集》目录此题下注“登歌祼鬯”。

歆　和[1]

崇禋已备，粢盛聿修。洁诚斯展，钟石方遒。

①《乐府诗集》目录此题下注“迎俎”。

承光舞[1]

金相载穆，玉裕重辉。养德青禁，承光紫微。乾宫候色，震象增威。监国方永，宾天不归。孝友自衷，温文性与。龙楼正启，鹤驾斯举。丹扆流念，鸿名式序。中兴考室，永陈彝俎。

①《乐府诗集》目录此题下注“献敬皇帝”。

延　和[1]

巍巍累圣，穆穆重光。奄有区夏，祚启隆唐。百蛮饮泽，万国来王。本枝亿载，鼎祚逾长。

①《乐府诗集》目录此题下注“饮福”。

同　和[1]

惟圣配天敷盛礼，惟天为大阐洪名。恭禋展敬光先德，苹藻申虔表志诚。

①《乐府诗集》目录此题下注“送文舞迎武舞”。

宁　和[1]

炎驭失天纲，土德承天命。英猷被寰宇，懿躅隆邦政。七德已绥边，九夷咸底定。景化覃遐迩，深仁洽翔泳。

①《乐府诗集》目录此题下注“武舞”。

恭　和[1]

礼周三献，乐阕九成。肃承灵福，悚惕兼盈。

①《乐府诗集》目录此题下注“撤俎”。

通　和[①]

祠容既毕，仙座爰兴。停停凤举，蔼蔼云升。长隆宝运，永锡休征。福覃贻厥，恩被黎蒸。

①《乐府诗集》目录此题下注“送神”。

昭　和[①]

道洽二仪交泰，时休四宇和平。环佩肃于庭实，钟石扬乎颂声。

①《乐府诗集》目录此题下注“皇后奠鬯”。

诚　敬[①]

顾惟菲质，忝位椒宫。虔奉苹藻，肃事神宗。敢申诚洁，庶罄深衷。睟容有裕，灵享无穷。

①《乐府诗集》目录此题下注“皇后酌献饮酒”。

肃　和[①]

月礼已周，云和将变。爰献其酹，载迁其奠。明德逾隆，非馨是荐。泽沾动植，仁覃宇县。

①《乐府诗集》目录此题下注“皇后撤俎”。

昭　感[①]

铿锵《韶》《濩》，肃穆神容。洪规赫赫，祠典雍雍。已周三献，将乘六龙。虔诚有托，恳志无从。

①《乐府诗集》目录此题下注“皇后送神”。

唐享太庙乐章[①]（二十五首）

张　说

永　和[②]（三首）

其　一

肃九室，谐八音。歌皇慕，动神心。礼宿设，乐妙寻。声明备，祼奠临。

① 此二十五首录自《乐府诗集》卷一〇。郭茂倩解引《唐书·乐志》曰:"玄宗开元七年,享太庙乐,迎神用《永和》,皇帝行用《太和》,登歌酌瓒用《肃和》,迎俎用《雍和》,皇帝酌醴齐用文舞,献宣皇帝用《光大舞》,光皇帝用《长发舞》,景皇帝用《大政舞》,元皇帝用《大成舞》,高祖用《大明舞》,太宗用《崇德舞》,高宗用《钧天舞》,中宗用《太和舞》,睿宗用《景云舞》,皇帝饮福受脤用《福和》,送文舞出、迎武舞入用《舒和》,亚献终献行事,武舞用《凯安》,撤豆用登歌,送神用《永和》。按景皇帝旧用《大基》,至是改用《大政》云。" ②《乐府诗集》目录此题下注"迎神"。

其　二

律迓气,音入玄。依玉几,御黼筵。聆忾息,僾周旋。《九韶》遍,百福传。

其　三

信工祝[①],永颂声。来祖考,听和平。相百辟,贡九瀛。神休委,帝考成。

① 工祝:古代祭祀时专司祝告的人。《诗·小雅·楚茨》高亨注:"工祝即祝官。"

太　和[①]

时文圣后,清庙肃邕。致诚勤荐,在貌思恭。玉节《肆夏》[②],金锵五钟[③]。绳绳云步,穆穆天容。

①《乐府诗集》目录此题下注"皇帝行"。 ②《肆夏》:古乐章名,《九夏》之一。 ③ 五钟:古代乐器,即青钟、赤钟、黄钟、景钟、黑钟。

肃　和[①]

天子孝享[②],工歌溥将。躬[③]祼郁鬯,乃焚膋芗。臭以达阴[④],声以求阳。奉时烝尝,永代不忘。

①《乐府诗集》目录此题下注"登歌酌瓒"。 ② 孝享:《乐府诗集》卷一〇作"享孝",据《旧唐书·音乐志》改。 ③ 躬:《乐府诗集》作"射",据《旧唐书·音乐志》改。 ④ 阴:《乐府诗集》作"旨",据《全唐诗》卷一三改。

雍　和[1]（二首）

其　一

在涤嘉豢，丽碑敬牲。角握之牝，色纯之骍。火传阳燧，水溉阴精。太公胖俎，傅说和羹。

①《乐府诗集》目录此题下注“迎俎”。

其　二

俎豆有馥，粢盛洁丰。亦有和羹，既戒既平。鼓钟管磬，肃唱和鸣。皇皇后祖，赉[1]我思成。

① 赉：《乐府诗集》卷一〇作“来”，据《旧唐书·音乐志》改。

文　舞[1]

圣谟九德，真言五千。庆集昌胄，符开帝先。高文杖钺，克配彼天。三宗握镜，六合涣然。帝其承祀，率礼罔愆。图书雾出，日月清悬。舞形德类，咏谂功传。黄龙蜿蟺，彩云蹁跹。五行气顺，八佾风宣。介此百禄，於皇万年。

①《乐府诗集》目录此题下注“酌醴齐”。

光大舞[1]

肃肃艺祖，滔滔浚源。有雄玉剑，作镇金门。玄王贻绪，后稷谋孙。肇禋九庙，四海来尊。

①《乐府诗集》目录此题下注“献宣皇帝”。

长发舞[1]

具礼崇德，备乐承风。魏推幢主，周赠司空。不行而至，无成有终。神兴王业，天归帝功。

①《乐府诗集》目录此题下注“献光宣帝”。

大政舞[1]

於赫元命，权舆帝文。天齐八柱，地半三分。宗庙观德，笙镛乐勋。封唐之兆，成天下君。

①《乐府诗集》目录此题下注“献景皇帝”。

大成舞[1]

帝符[2]季历，袭[3]圣生昌。后歌有娇，胎炎孕黄。天地合德，日月齐光。肃雍孝享，祚我万方。

①《乐府诗集》目录此题下注“献元皇帝”。 ② 符：《乐府诗集》作“舞”，据《全唐诗》注改。 ③ 袭：《乐府诗集》作“龙”，据《旧唐书·音乐志》改。

大明舞[1]

赤精乱德，四海困穷。黄旗举义，三灵会同。早望春雨，云披大风。溥天来祭，高祖之功。

①《乐府诗集》目录此题下注“献高祖”。

崇德舞[1]

皇合一德，朝宗百神。削平天下[2]，大拯生人。上帝配食，单于入臣。戎歌陈舞，晔晔震震。

①《乐府诗集》目录此题下注“献太宗”。 ② 下：《乐府诗集》作“地”，据《旧唐书·音乐志》改。

钧天舞[1]

高皇迈道，端拱无为。化怀獯鬻，兵赋句骊。礼尊封禅，乐盛来仪。合位娲后，同称伏羲。

①《乐府诗集》目录此题下注“献高宗”。

大和舞[1]

退居江水，郁起丹陵。礼物还旧，朝章中兴。龙图友及，骏命恭膺。鸣球秉[2]瓒，大糦是承。

①《乐府诗集》目录此题下注“献中宗”。 ② 秉：《乐府诗集》作“香”，据《旧唐书·音乐志》改。

景云舞[1]

景云霏烂，告我帝符。噫帝冲德，与天为徒。笙镛遥远，俎豆虚无。春秋孝献，回复此都。

①《乐府诗集》目录此题下注“献睿宗”。

福　和[①]

备礼用乐，崇亲致尊。诚通慈降，敬彻爱存。献怀称寿，啐感承恩。皇帝孝德，子孙千亿。大包天域，长亘不极。

①《乐府诗集》目录此题下注“饮福受脤”。

舒　和[①]

六钟翕协六变成，八佾倘佯八风生。乐《九韶》兮人神感，美《七德》兮天地清。

①《乐府诗集》目录此题下注“送文舞迎武舞”。

凯　安[①]（四首）

其　一

瑟彼瑶爵，亚维上公。室如屏气，门不容躬。礼殷其本，乐执其中。圣皇永慕，天地幽通。

①《乐府诗集》目录此首题下注“武舞”。

其　二

礼匝三献，乐遍九成。降循轩陛，仰欷皇情。福与仁合，德因孝明。百年神畏，四海风行。

其　三

总总干戚，填填鼓钟。奋扬增气，坐作为容。离若鸷鸟，合如战龙。万方观德，肃肃邕邕。

其　四

烈祖顺三灵，文宗威四海。黄钺诛群盗，朱旗扫多罪。戢兵天下安，约法人心改。大哉干羽意，长见风云在。

登　歌[①]

止笙磬，彻豆笾。廓无响，窅八玄。主在室，神在天。情余慕，礼罔愆。喜黍稷，屡丰年。

①《乐府诗集》目录此题下注“撤豆”。

永　和①

眇嘉乐，授灵爽。感若来，思如往。休气散，回风上。返寂寞，还惚恍。怀灵驾，结空想。

①《乐府诗集》目录此题下注“送神”。

郊庙歌辞（二）

唐享太庙乐章[1]（十一首）

广运舞[2]

郭子仪[3]

於赫皇祖，昭明有融。惟文之德，惟武之功。河海静谧，车书混同。虔恭孝飨，穆穆玄风。

① 此十一首录自《乐府诗集》卷一一。郭茂倩解引《唐书·乐志》曰："代宗宝应已后，续造享太庙乐章，献玄宗用《广运之舞》，肃宗用《惟新之舞》，代宗用《保大之舞》，德宗用《文明之舞》，顺宗用《大顺之舞》，宪宗用《象德之舞》，穆宗用《和宁之舞》，武宗用《大定之舞》，昭宗用《咸宁之舞》，宣宗、懿宗有舞词而名不传。" ②《乐府诗集》目录此题下注"献玄宗"。 ③ 郭子仪（697—781）：华州郑县（今陕西华县）人。以武举累官至天德军使兼九原太守。安禄山叛乱时，任朔方节度使，在河北击败史思明。肃宗即位，任关内河东副元帅，收复长安、洛阳，因功升中书令，后又进封汾阳郡王。代宗时，与回纥联兵拒吐蕃。德宗即位，尊为尚父，罢兵权。《全唐诗》录其诗二首。

惟新舞[1]

刘　晏[2]

汉祚惟永，神功中兴。风驱氛祲，天覆黎蒸。三光再朗，庶绩其凝。重熙累叶，景命是膺。

①《乐府诗集》目录此题下注"献肃宗"。 ② 刘晏（716？—780）：字士安，曹州南华（今山东东明）人。初授秘书省正字，累授夏县令，迁侍御史。上元元年（760）为户部侍郎，充度支、盐铁等使。广德元年（763）任吏部尚书，同平章事。不久罢相，仍领度支、盐铁、转运、租庸使等职。曾自比贾谊、桑弘羊，理财达二十年。后被杨炎构陷而死。《全唐诗》录其诗二首。

保大舞[①]

郭子仪

於穆文考，圣神昭彰。《箫》《勺》[②]群慝，含光远方。万物茂遂，九夷宾王。愔愔云韶，德音不忘。

①《乐府诗集》目录此题下注“献代宗”。　②《萧》《勺》：古乐名。箫，舜乐。勺，周乐。

文明舞[①]

郑余庆[②]

开邸除暴，时迈勋尊。三元告命，四极骏奔。金枝翠叶，辉烛瑶琨。象德亿载，贻庆汤孙。

①《乐府诗集》目录此题下注“献德宗”。　② 郑余庆（746—820）：字居业，郑州荥阳（今河南荥阳）人。少善属文，擢进士第。贞元初入朝，历左司、兵部员外郎。贞元中由翰林学士累进中书侍郎，同中书门下平章事。因坐事贬郴州司马。宪宗立，复入相，又拜太子少师。《全唐诗》录其诗二首。

大顺舞[①]

郑　絪[②]

於穆时文，受天明命。允恭玄默，化成理定。出震嗣德，应乾传圣。猗欤缉熙，千亿流庆。

①《乐府诗集》目录此题下注“献顺宗”。　② 郑絪（752—829）：字文明，荥阳（今属河南）人。幼有奇志，善属文，擢进士第。初为校书郎、鄠县尉，后入为补阙、起居郎，充翰林学士，累迁中书舍人。宪宗即位，拜同中书门下平章事，居相位四年而罢。出为岭南节度使，又入为检校尚书左仆射，太和初以太子太傅致仕。《全唐诗》录其诗五首。

象德舞[①]

段文昌[②]

肃肃清庙，登显至德。泽周八荒，兵定四极。生物咸遂，群盗灭息。明圣钦承，子孙千亿。

①《乐府诗集》目录此题下注“献宪宗”。　② 段文昌（773—835）：字墨卿，一字景初，世居荆州（今湖北江陵）。为人疏爽任义节。初授登封尉，历监察御

史，元和中为翰林学士，穆宗朝入相，拜中书侍郎同平章事。出为剑南西川节度。文宗立，拜御史大夫，出为淮南节度使，转荆南节度使，又节度剑南西川卒。《全唐诗》录其诗四首。

和宁舞[①]

牛僧孺[②]

湜湜颀颀，融昭德辉。不纽不舒，贯成九围。武烈文经，敷施当宜。纂尧付启，亿万熙熙。

①《乐府诗集》目录此题下注“献穆宗”。 ② 牛僧孺（780—约 848）：字思黯，安定鹑觚（今甘肃灵台）人。贞元间进士。穆宗时累官户部侍郎同平章事。敬宗时出任武昌军节度使。文宗时还朝，任兵部尚书同平章事。为“牛李党争”中牛派首领。武宗时被贬为循州长史。宣宗时还朝，病卒。有传奇集《玄怪录》。《全唐诗》录其诗四首。

大定舞[①]

李　回[②]

受天明命，敷祐下土。化时以俭，卫文以武。氛消夷夏，俗臻往古。亿万斯年，形于律吕。

①《乐府诗集》目录此题下注“献武宗”。 ② 李回（？—约 859）：字昭度。京兆（今陕西）人。长庆元年进士及第，累迁起居郎。武宗时官同中书门下平章事。后以事贬湖南观察使，又召为兵部尚书，复出剑南西川节度使卒。《全唐诗》录其诗三首。

宣宗舞

夏侯孜[①]

於铄令主，圣祚重昌。兴起教义，申明典章。俗尚素朴，人皆乐康。积德可报，流庆无疆。

① 夏侯孜（？—约 869）：字好学，亳州谯（今属安徽）人。宝历间进士，初授左拾遗，累迁婺、绛等州刺史。宣宗时，自兵部侍郎为同中书门下平章事。后出为河中节度使。《全唐诗》录其诗一首。

懿宗舞

萧　仿[1]

圣祚无疆，庆传乐章。金枝繁茂，玉叶延长。海渎常晏，波涛不扬。汪汪美化，垂范今王。

① 萧仿(生卒年不详)：字思道，里籍无考。太和间进士，历谏议大夫、给事中，迁散骑常侍 。懿宗时，擢礼部侍郎，出为滑州刺史。后入为吏部尚书同平章事，又出为岭南节度使。

咸宁舞[1]

於铄丕嗣，惟帝之光。羽籥象德，金石荐祥。圣系无极，景命永昌。神降上哲，维天配长。

①《乐府诗集》目录此题下注“献昭宗”。

唐太清宫乐章[1]（十一首）

煌　煌[2]

煌煌道宫，肃肃太清。礼光尊祖，乐备充庭。罄竭诚至，希夷降灵。云凝翠盖，风焰虹旌。众真以从，九奏初迎。永惟休祐，是锡和平

① 此十一首录自《乐府诗集》卷一一。郭茂倩解引《唐书·礼仪志》曰：“玄宗开元二十九(今按：《乐府诗集》缺“九”字，据《旧唐书·礼仪志》补)年正月，诏两京诸州置玄元庙。天宝二年三月，以西京玄元庙为太清宫。其乐章，降仙圣奏《煌煌》，登歌发炉奏《冲和》，上香毕奏《紫极舞》，撤醮奏登歌，送仙圣奏《真和》。”《会要》曰：“太清宫荐献圣祖玄元皇帝奏《混成紫极之舞》。”　②《乐府诗集》目录此题下注“降仙圣”。

冲　和[1]

虚无结思，钟磬和音。歌以颂德，香以达心。礼殊裸鬯，义感昭临。云车至止，庆垂愔愔。

①《乐府诗集》目录此题下注“登歌发炉”。

香 初 上

肃肃我祖，绵绵道宗。至感潜达，灵心暗通。云骈御气，芝盖随风。四时禋祀，万国来同。

再 上

仙宗绩[①]道，我李承天。庆深虚极，符光象先。俗登仁寿，化阐蟺涓。五千贻范，亿万斯年。

① 绩：《全唐诗》卷一四作“积”。

终 上

不宰元功，无为上圣。洪源《长发》，诞受天命。金奏迎真，琼宫展盛。备礼周乐，垂光储庆。

紫 极 舞

至道生元气，重圆法混成。无为观大象，冲用体常名。仙乐临丹阙，云车出玉京。灵符百代应，瑞节九真迎。宝运开皇极，天临映太清。长垂一德庆，永庇万方宁。

序入破第一奏

真宗开妙理，冲教统清虚。化演无为日，言昭有象初。瑶坛[①]肃灵瑞，金阙映仙居。一奏三清乐，长回八景舆。

① 坛：《全唐诗》作“台”。

第 二 奏

虚极仙宗本，希夷象帝先。百灵朝太上，万法祖重圆。善贷惟冲德，功成谓自然。云门达和气，思用合钧天。

第 三 奏

元符传紫极，宝祚启高真。道德先垂裕，冲和已化淳。人风齐太古，天瑞叶惟新。仙乐清都上，长明交泰辰。

登　歌[①]

严禋展事，礼洁蒸尝。皇矣圣祖，德惟馨香。盛荐既撤，工歌[②]再扬。大来之庆，降福穰穰。

①《乐府诗集》目录此题下注“撤醮”。　② 工歌：《乐府诗集》作“歌工”，据《全唐诗》改。

真　和[①]

玉磬含响，金炉既馥。风驭泠泠，云坛肃肃。杳归大象，霈流嘉福。俾宁万邦，无思不服。

①《乐府诗集》目录此题下注“送仙圣”。

唐德明兴圣庙乐章[①]（七首）

李　纾[②]

迎　神

元尊九德，佐尧光宅。烈祖太宗，方周作伯。响[③]怀霜露，乐变金石。白云清风，彷彿来格。

① 此七首录自《乐府诗集》卷一一。郭茂倩解引《唐书·礼仪志》曰：“玄宗天宝二年三月，追尊皋繇为德明皇帝，凉武昭王为兴圣皇帝。其庙乐，第一迎神，第二登歌奠币，第三迎俎，第四酌献，第五亚献、终献，第六送神。”今按：作者李纾，《乐府诗集》作“李舒”，疑与其字“仲舒”相混也。　② 李纾(731—792)：字仲舒，赵州(今河北赵县)人。天宝末任秘书省秘书郎。大历年间，累迁司封员外郎、知制诰、中书舍人，寻自婺州刺史、虢州刺史，拜礼部侍郎。贞元年间奉诏宣慰两河，改吏部侍郎。纾性通达，好接后进，以放达蕴藉称，有文名。《全唐诗》录其诗一三首。　③ 响：当疑作“飨”。

登歌奠币

四时有典，百事来祭。尊祖奉宗，严禋大帝。礼先苍璧，奠备黝制。于万斯年，熙成帝系。

迎　俎

盛牲实俎，涓选休成。鼎湛阳燧，玉盥阴精。有飶嘉豆，既和大羹。侑以清乐，细齐人情。

德明酌献

清庙奕奕，和乐雍雍。器尊牺象，礼属宗公。白水[①]方祼，黄流在中。谟明之德，万古清风。

① 白水："白水真人"的略语，汉代钱币"货泉"的别称。《后汉书·光武帝纪》论曰："及王莽篡位，忌恶刘氏，以钱文有金刀，故改为货泉，或以货泉字文为白水真人。"此指祭祀之玉帛、玉币。

兴圣酌献

閟宫静谧，合乐周张。黍尊始献，百末重觞。震淡存诚，庶几迪尝。遥源之祚，天汉灵长。

亚献终献

惟清惟肃，靡闻靡见。举备九成，俯终三献。庆彰曼寿，胙撤嘉庆。瘗玉埋牲，礼神斯遍。

送　神

元精回复，灵贶繁滋。风洒兰路，云摇桂旗。高丘缅邈，凉部逶迟。瞻望靡及，缠绵永思。

唐仪坤庙乐章[①]（十二首）

永　和[②]

徐彦伯

猗若清庙，肃肃荧荧。国荐严祀，坤舆[③]淑灵。有几在室，有乐在庭。临兹孝享，百禄惟宁。

① 此十二首录自《乐府诗集》卷一一。郭茂倩解引《唐书·乐志》曰："仪坤庙乐，迎神用《永和》，次金奏，皇帝行用《太和》，酌献登歌用《肃和》，迎俎用《雍和》，肃明皇后室酌献用《昭升》，昭成皇后室酌献用《坤贞》，饮福用《寿和》，送文

舞出、迎武舞入用《舒和》，武舞用《安和》，撤俎用《雍和》，送神用《永和》。”　②《乐府诗集》目录此题下注“迎神”。　③ 坤舆：《乐府诗集》作“坤兴”，据《旧唐书》改。

金　奏

阴灵效祉，轩曜降精。祥符淑气，庆集柔明。瑶俎既列，雕桐发声。徽猷永远，比德皇英。

太　和[①]

丘　悦[②]

孝哉我后，冲乎乃圣。道映重华[③]，德辉文命[④]。慕深视箧，情殷抚镜。万国移风，兆人承庆。

①《乐府诗集》目录此题下注“皇帝行”。今按：此首作者《乐府诗集》作“丘说”，误当为“丘悦”。　② 丘悦（？—约 713）：河南陆浑（今河南嵩县）人。景龙中为相王府掾，睿宗为太子时颇受器重。武则天时为弘文馆直学士。开元间官至岐王傅。工诗文，《全唐诗》录其诗一首。　③ 重华：虞舜的美称。《书・舜典》：“曰若稽古帝舜，曰重华，协于帝。”孔传：“华，谓文德。言其光文重合于尧，俱圣明。”　④ 文命：传说为夏禹之名。《史记・夏本纪》：“夏禹名曰文命。”

肃　和[①]

张齐贤[②]

祼圭既濯，郁鬯既陈。画幂云举，黄流玉醇。仪充献酌，礼盛众禋。地察惟孝，愉焉飨亲。

①《乐府诗集》目录此题下注“酌献登歌”。　② 张齐贤（生卒年不详）：陕州（今属河南）人。圣历初为太常奉礼郎，迁为太常博士，累至谏议大夫。《全唐诗》录其诗一首。

雍　和[①]

郑善玉[②]

酌郁既灌，取萧方爇。笾豆静嘉[③]，簠簋芬飶。鱼腊荐美，牲牷表洁。是戢是将，载迎载列。

①《乐府诗集》目录此题下注“迎俎”。　② 郑善玉（生卒年不详）：里籍无考。玄宗初，任昭文馆学士。先天元年（712），曾与胡雄、张齐贤、丘悦等人同作《仪坤庙

乐章》十二首。《全唐诗》录其诗一首。　③ 嘉:《乐府诗集》作“器”,据《旧唐书》改。

昭　升[①]

薛　稷[②]

阳灵配德,阴魄昭升。尧坛凤下,汉室龙兴。伣天作对,前旒是凝。化行南国,道盛西陵。造舟集灌,无德而称。我粢既洁,我醴既澄。阴阴灵庙,光灵若凭。德馨惟飨,孝思烝烝。

①《乐府诗集》目录此题注“萧明皇后室”。　② 薛稷(649—713):字嗣通。蒲州汾阴(今山西万荣)人。薛道衡曾孙。擢进士第,以辞章自名,累迁祠部员外郎、礼部郎中、中书舍人。景龙末为昭文馆学士,官至礼部尚书。《全唐诗》录其诗十四首。

坤　贞[①]

乾道既亨,坤元以贞。肃雍攸在,辅佐斯成。外睦九族,内光一庭。克生睿哲,祚我休明。钦若徽范,悠哉淑灵。建兹清宫,于彼上京。缩茅以献,洁秬惟馨。实受其福,期乎亿龄。

①《乐府诗集》目录此题下注“昭成皇后室”。

寿　和[①]

徐　坚[②]

於穆清庙,肃雍严祀。合福受厘,介以繁祉。

①《乐府诗集》目录此题下注“饮福”。　② 徐坚(659—729):字元固,湖州长城(今浙江长兴)人,徙居冯翊(今陕西大荔)。举进士,授太子文学。神龙中迁给事中、刑部侍郎,转礼部侍郎,兼修文馆学士。睿宗即位,授太子左庶子,兼崇文馆学士,进封东海郡公,迁右散骑常侍,拜黄门侍郎,后出为绛州刺史。开元中入为秘书监,转国子祭酒、右散骑常侍。其多识典故,博闻遗训,才兼文史。《全唐诗》录其诗九首。

舒　和[①]

胡　雄[②]

送文迎武[③]递参差,一始一终光圣仪。四海生人歌有庆,千龄孝享肃无亏。

①《乐府诗集》目录此题下注“送文舞迎武舞”。　② 胡雄(生卒年不详):里

籍无考。先天元年(712),为银青光禄大夫、崇文馆学士。《全唐诗》录其诗一首。③ 送文迎武:指送文舞出、迎武舞入。

安　和[①]

刘知几[②]

妙算申帷幄,神谋出庙庭。两阶文物备,《七德》武功成。校猎长杨苑,屯军细柳营。将军献凯入,歌舞溢重城。

①《乐府诗集》目录此题下注"武舞"。今按:此诗作者,《乐府诗集》作"刘子玄","子玄"是刘知几的字。　② 刘知几(661—721):字子玄,彭城(今江苏徐州)人。自幼攻读经史,以词学知名。永隆元年(680)登进士第,授怀州获嘉县主簿。长安二年(702)以著作佐郎兼修国史。次年预修《唐史》。此后又预修《武后实录》,撰《史通》。景云元年(710)兼太子左庶子,兼崇文馆学士。又改修《氏族志》,封居巢县子,奉诏于乾元殿编校图书。《全唐诗》录其诗一首,又补诗三首。

雍　和[①]

员半千[②]

孝享云毕,维撤有章。云感玄羽,风凄素商。瞻望神座,祇恋匪遑。礼终乐阕,肃雍锵锵。

①《乐府诗集》目录此题下注"撤俎"。　② 员半千(628—721):字荣期。本名余庆,全节(今山东济南)人。幼通书史,举童子科。咸亨中为武陟尉。中宗时为濠、蕲二州刺史。睿宗初累官弘文馆学士,封平原郡公。历事五君,晚年乐耽山水。《全唐诗》录其诗三首。

永　和[①]

祝钦明[②]

闷宫实实,清庙微微。降格无象,馨香有依。式昭纂庆,方融嗣徽。明禋是享,神保聿归。

①《乐府诗集》目录此题下注"送神"。　② 祝钦明(?—约712):字文思,始平(今陕西咸阳)人。举明经科,为太子率更令。中宗时擢国子祭酒。景云初被劾,贬饶州刺史。后入为崇文馆学士卒。《全唐诗》录其诗一首。

唐仪坤庙乐章[①]（二首）

迎　神

月灵降德，坤元授光。娥英比秀，任姒均芳。瑶台荐祉，金屋延祥。迎神有乐，歆此嘉芗。

① 此二首录自《乐府诗集》卷一一。郭茂倩解引《唐书·乐志》曰："太乐又有仪坤庙乐章，与前略同。而有迎神送神二章，无徐彦伯、祝钦明之词。"

送　神

玉帛仪大，金丝奏广。灵应有孚，冥征不爽。降彼休福，歆兹禋享。送乐有章，神麾其上。

唐昭德皇后庙乐章[①]（九首）

永　和[②]

穆清庙，荐严禋。昭礼备，和乐新。望灵光，集元辰。祚无极，享万春。

① 此九首录自《乐府诗集》卷一一。郭茂倩解引《唐书·乐志》曰："昭德皇后庙乐，迎神用《永和》，登歌酌鬯用《肃和》，迎俎用《雍和》，酌献用《坤元》，饮福用《寿和》，送文舞出、迎武舞入用《舒和》，武舞用《凯安》，撤俎用《雍和》，送神用《永和》。其辞内出。"　②《乐府诗集》目录此题下注"迎神"。

肃　和[①]

诚心达，娱乐分。升萧膋，郁氛氲。茅既缩，鬯既薰。后来思，福如云。

①《乐府诗集》目录此题下注"登歌酌鬯"。

雍　和[①]

我将我享，尽明而诚。载芬黍稷，载涤牺牲。懿矣元良，万邦以贞。心乎爱敬，若睹容声。

①《乐府诗集》目录此题下注"迎俎"。

坤　元[1]

於穆先后,俪圣称崇。母临万宇,道被六宫。昌时协庆,理内成功。殷荐明德,传芳国风。

①《乐府诗集》目录此题下注"酌献"。

寿　和[1]

工祝致告,徽音不遐。酒醴咸旨,馨香具嘉。受厘献祉,永庆邦家。

①《乐府诗集》目录此题下注"饮福"。

舒　和[1]

金枝羽部彻[2]清歌,瑶堂肃穆笙磬罗。谐音遍响合明意,万类昭融灵应多。

①《乐府诗集》目录此题下注"送文舞迎武舞"。　② 彻:《乐府诗集》作"辍",据《全唐诗》卷一四改。

凯　安[1]

辰位列四星,帝功参十乱。进贤勤内辅,扈跸清多难。承天厚载均,并曜宵光灿。留徽蔼前躅,万古披图焕。

①《乐府诗集》目录此题下注"武舞"。

雍　和[1]

公尸[2]既起,享礼载终。称歌进撤,尽敬由衷。泽流惠下,大小咸同。

①《乐府诗集》目录此题下注"撤俎"。　② 公尸:古代天子祭祀,代被祭者的神灵而受祭的活人。由于以卿为尸,故称公尸。

永　和[1]

昭事终,幽享余。移月御,返仙居。琼庭寂,灵幄虚。顾徘徊,感皇储。

①《乐府诗集》目录此题下注"送神"。

唐让皇帝庙乐章(六首)

李　纾[1]

迎　神

皇矣天宗，德先王季。因心则友，克让以位。爰命有司，式遵前志。神其降灵，昭飨祀事。

① 李纾：《乐府诗集》卷一一作“李舒”，误。

奠　币

惟帝时若，去而上仙。祀用商武[1]，乐备宫县。白璧加荐，玄缥告虔。子孙拜后，承兹古蠲。

① 武：《全唐诗》卷一五作“舞”。

迎　俎

祀盛体荐，礼协粢盛。方周假庙，用鲁纯牲。捧撤祇敬，击拊和鸣。受厘归胙，既戒而平。

酌　献

八音具举，三寿既盥。洁兹宗彝，瑟彼圭瓒。兰肴重错，椒醑飘散。降祚维城，永为藩翰。

亚献终献

秩礼有序，和音既同。九仪不忒，三揖将终。孝感藩后，相维辟公。四时之典，永永无穷。

送　神

奠献已事，昏昕载分。风摇雨散，灵卫细缊。龙驾帝服，上腾五云。泮宫复阙，寂寞无闻。

唐享隐太子庙乐[1](五首)

诚　和[2]

道闷鹤关，运缠鸠里。门[3]集大命，俾歆嘉祀。礼亚六瑚，诚殚二簋。有诚颙若，神斯戾止。

① 此五首录自《乐府诗集》卷一一。郭茂倩解引《唐书·乐志》曰:"贞观中,享隐太子庙乐,迎神用《诚和》,登歌奠玉帛用《肃和》,迎俎用《雍和》,送文舞出、迎武舞入用《舒和》,武舞用《凯安》,送神用《诚和》,词同迎神。" ②《乐府诗集》目录此题下注"迎神,送神"。 ③ 门:中华书局本校引《旧唐书校勘记》卷一四谓"门"当作"用"。

肃　和[①]

岁肇春宗,乾开震长。瑶山既寂,戾园[②]斯享。玉肃其事,物昭其象。弦诵成风,笙歌合响。

①《乐府诗集》目录此题下注"登歌奠玉帛"。 ② 戾园:戾太子的陵园。戾太子为汉武帝之子刘据的谥号。

雍　和[①]

明典肃陈,神居邃启。春伯联事,秋官相礼。有来雍雍,登歌济济。缅惟主鬯,庶歆芳醴。

①《乐府诗集》目录此题下注"迎俎"。

舒　和[①]

三县已判歌钟列,六佾将开羽铖分,尚想燕飞来蔽日,终疑鹤影降凌[②]云。

①《乐府诗集》目录此题下注"送文舞迎武舞"。 ② 凌:《乐府诗集》作"陵",据《旧唐书》改。

凯　安[①]

天步昔将开,商郊初欲践。抚戎金阵廓,贰极瑶图阐。鸡戟遂崇仪,龙楼期好善。弄兵隳震业,启圣隆祠典。

① 凯安:《乐府诗集》卷一一作"武舞",据《旧唐书·音乐志》改。

唐享隐太子庙乐章[①]（二首）

迎神

苍震有位，黄离蔽明。江充祸结，戾据灾成。衔冤昔痛，赠典今荣。享灵有秩，奉乐以迎。

① 此二首录自《乐府诗集》卷一一。郭茂倩解引《唐书·乐志》曰："太乐旧有隐太子庙迎送神辞二章，不详所起。"

送神

皇情悼往，祀仪增设。钟鼓铿锽，羽旄昭晰。掌礼云备，司筵告撤。乐以送神，灵其鉴阕。

唐享章怀太子庙乐章[①]（五首）

迎神

副君昭象，道应黄离。铜楼备德，玉裕成规。仙气霭霭，灵从师师。前驱戾止，控鹤来仪。

① 此五首录自《乐府诗集》卷一二。郭茂倩解引《唐书·乐志》曰："神龙初，享章怀太子庙乐章，第一迎神，第二登歌酌鬯，第三迎俎及酌献，第四送文舞出、迎武舞入，第五武舞作，第六送神，词同隐庙。"

登歌酌鬯

忠孝本著，羽翼先成。寝门昭德，驰道为程。币帛有典，容卫无声。司存既肃，庙享惟清。

迎俎酌献

通三锡胤，明两承英。太山比赫，伊水闻笙。宗祧是寄，礼乐其亨。嘉辰荐俎，以发声明。

送文舞迎武舞

羽籥崇文礼以毕，干鏚奋武事将行。用舍由来其有致，壮志宣威乐太平。

武 舞 作

绿林炽炎历，黄虞格有苗。沙尘惊塞外，帷幄命嫖姚。七德干戈止，三边云雾消。宝祚长无极，歌舞盛今朝。

唐享懿德太子庙乐章[①]（五首）

迎 神

甲观[②]昭祥，画堂升位。礼绝群后，望尊储贰。启诵惭德，庄丕掩粹。伊浦凤翔，缑峰鹤至。

① 此五首录自《乐府诗集》卷一二。郭茂倩解引《唐书·乐志》曰："神龙初，享懿德太子庙乐章，第一迎神，第二登歌酌鬯，第三迎俎及酌献，第四送文舞出、迎武舞入，第五武舞作，第六送神，词同隐庙。" ② 甲观：汉代楼观名，犹言第一观，为皇太子所居。此指太子宫。

登歌酌鬯

誉阐元储，寄崇明两。玉裕难晦，铜楼可想。弦诵辍音，笙歌罢响。币帛言设，礼容无爽。

迎俎酌献

雍雍盛典，肃肃灵祠。宾天有圣，对日无期。飘摇羽服，掣曳云旗。眷言主鬯，心乎怆兹。

送文舞迎武舞

八音协奏陈金石，六佾分行整礼容。沧溟赴海还称少，素月开轮即是重。

武 舞 作

隋季昔云终，唐年初启圣。纂戎将禁暴，崇儒更敷政。威略静三边，仁恩覃万姓。

唐享节愍太子庙乐章[①]（五首）

迎　神

储后望崇，元良寄切。寝门是仰，驰道不绝。仙袂云会，灵旗电晣。煌煌而来，礼物攸设。

① 此五首录自《乐府诗集》卷一二。郭茂倩解引《唐书·乐志》曰："景云中，享节愍太子庙乐章，第一迎神，第二登歌酌鬯，第三迎俎及酌献，第四送文舞出、迎武舞入，第五武舞作，第六送神，词同隐庙。"

登歌酌鬯

灼灼重明，仰承元首。既贤且哲，惟孝与友。惟孝虽遥，灵规不朽。礼因诚致，备洁玄酒。

迎俎酌献

嘉荐有典，至诚莫骞。画梁云亘，雕俎星联。乐器周列，礼容备宣。依稀如在，若未宾天。

送文舞迎武舞

邕邕阐化凭文德，赫赫宣威藉武功。既执羽旄先拂吹，还持玉戚更挥空。

武　舞　作

武德谅雄雄[①]，由来扫寇戎。剑光挥作电，旗影列成虹。雾廓三边静，波澄四海同。睿图今已盛，相共舞皇风。

① 雄雄：《全唐诗》卷一五作"雍雍"。

唐享文敬太子庙乐章[①]（六首）

请　神

许孟容[②]

觞牢具品，管磬有节。祝道夤恭，神仪昭晣。桐圭早贵，象辂追设。声[③]达乐成，降歆丰洁。

① 此六首录自《乐府诗集》卷一二。今按:题目中“敬”,《乐府诗集》作“恭”,据《新唐书》卷八二及《全唐诗》卷一五改。 ② 许孟容(743—818):字公范,京兆长安(今属陕西)人。擢进士第。德宗时擢给事中。元和中为京兆尹,累迁尚书左丞、东都留守。《全唐诗》录其诗三首。 ③ 声:《乐府诗集》作“罄”,据《全唐诗》改。

登 歌

陈 京①

歌以德发,声以乐贵。乐善名存,追仙礼异。鸾旌拱修,凤鸣合吹。神听皇慈,仲月皆至。

① 陈京(? —805):字庆复,京兆万年(今陕西西安)人。善文辞,大历元年(766)擢进士第。历太子正字、咸阳尉,累迁太常博士,擢左补阙。后迁给事中,罢为秘书少监卒。《全唐诗》录其诗一首。

迎俎酌献

冯 伉①

撰日瞻景,诚陈乐张。礼容秩秩,羽舞煌煌。肃将涤濯,祇荐芬芳。永锡繁祉,思深享尝。

① 冯伉(744—809):魏州元城(今属河北大名)人。初为睦王侍读,累迁膳部员外郎,后任醴泉令,拜兵部侍郎,国子祭酒,官终散骑常侍。《全唐诗》录其诗三首。

退文舞迎武舞

干旄羽籥相亏蔽,一进一退殊行缀。昔献三雍盛礼容,今陈六佾崇仪制。

亚献终献

崔 邠①

醴齐泛樽彝。轩县② 动干戚。入室僾如在,升阶虔所历。奋疾合威容,定利舒嗷绎。方崇庙貌礼,永被君恩锡。

① 崔邠(754—815):字处仁,贝州武城(今属山东)人。第进士,为校书郎,累迁吏部侍郎,后为太常卿。《全唐诗》录其诗二首。 ② 轩县:亦称“轩悬”。

古代诸侯陈列乐器三面悬挂，称“轩县”。

送　神

张　荐[①]

三献具举，九旗将旋。追劳表德，罢享宾天。风引仙管，堂虚画筵。芳馨常在，瞻望悠然。

① 张荐（744—804）：字孝举，深州陆泽（今属河北）人。从小笃志好学，尤精史传。大历中，征为左右御率府兵曹参军，以母疾未就。兴元元年（784），擢拜左拾遗。贞元元年（785），为太常博士，参典礼仪。后累迁工部员外郎、谏议大夫、秘书少监、御史中丞等。《全唐诗》录其诗三首。

唐享惠昭太子庙乐章[①]（六首）

请　神

归　登[②]

嘉荐既陈，祀事孔明。闲歌在堂，万舞在庭。外则尽物，内则尽诚。凤笙如闻，歆其洁精。

① 此六首录自《乐府诗集》卷一二。　② 归登（754—820）：字冲之，苏州吴（今江苏吴县）人。贞元中策贤良为右拾遗，累官工部尚书。直谏诤，有文学，工草隶。《全唐诗》录其乐章一首。

登　歌

杜　羔[①]

因心克孝，位震遗芬。宾天道茂，轸怀气分。发祗乃祀，咳叹如闻。二歌斯升，以咏德薰。

① 杜羔（？—821）：洹水（今属河南）人。贞元进士。元和中为万年县令，历振武节度使，以工部尚书致仕。《全唐诗》录其四言诗一首。

迎俎酌献

李逢吉[①]

既洁酒醴，聿陈熟腥。肃将震念，昭格储灵。展矣礼典，薰然德馨。愔愔管磬，亦具是听。

① 李逢吉(758—835):字虚舟,陇西(今属甘肃)人。贞元十年(794)第进士。历左补阙、侍御史。宪宗时累官同中书门下平章事。性忌刻险谲,宪宗知而恶之,出为剑南东川节度使。穆宗召为兵部尚书。敬宗时据要结党,终尚书左仆射。《全唐诗》录其诗八首。

送[①]文舞迎武舞

孟　简[②]

喧喧金石容既缺,肃肃羽驾就行列。缑山遗响昔所闻,庙庭进旅今攸设。

① 送:《乐府诗集》卷一二作"退",据《全唐诗》卷一五改。　② 孟简(?—823):字几道,平昌(今属山东)人。工诗,尚节义。举进士,入谏垣,议论抗切。出刺常州,累官户部侍郎,加御史中丞。又出为山东东道节度使,后为太子宾客,分司东都。《全唐诗》录其诗七首。

亚献终献

裴　度[①]

重轮始发祥,齿胄方兴学。冥然升紫府,铿尔荐清乐。尊斝致馨香,在庭纷羽籥。礼成神既醉,仿佛缑山鹤。

① 裴度(765—839):字中立,河东闻喜(今属山西)人。贞元进士。历官监察御史、御史中丞,又拜相。晚年遭排挤,辞官退居洛阳。《全唐诗》录其诗一卷。

送　神

王　涯

威仪毕陈,备乐将阕。苞茅酒缩,肖萧香彻。宫臣展事,肃雍在列。迎精送往,厥鉴昭晰。

唐武氏享先庙乐章[①]

武则天

先德谦扮冠昔,严规节素超今。奉国忠诚每竭,承家至孝纯深。追崇惧乖尊意,显号恐玷徽音。既迫王公屡请，方乃俯遂群心。有限无由展敬，奠酹每阙亲斟。大礼虔申典册，苹藻敬荐翘襟。

① 此首录自《乐府诗集》卷一二。

唐韦氏褒德庙乐章[①]（五首）

昭　德[②]

道赫梧宫，悲盈蒿里。爰畅徽烈，载敷嘉祀。享洽四时，规陈二簋。灵应昭格，神其戾止。

① 此五首录自《乐府诗集》卷一二。郭茂倩解引《唐书·乐志》曰："神龙中，中宗为皇后韦氏祖考立庙曰褒德，其庙乐，迎神用《昭德》，登歌用《进德》，俎入初献用《褒德》，次《武舞作》，亚献及送神用《彰德》，词并内出。"　②《乐府诗集》目录此题下注"迎神"。

进　德[①]

涂山懿戚，妫汭崇姻。祠筵肇启，祭典方申。礼以备物，乐以感神。用隆敦叙，载穆彝伦。

①《乐府诗集》目录此题下注"登歌"。

褒　德[①]

家著累仁，门昭积善。瑶篚既列，金县式展。

①《乐府诗集》目录此题下注"初献"。

武舞作

昭昭竹殿开，奕奕兰宫启。懿范隆丹掖，殊荣辟朱邸。六佾荐徽容，三簋陈芳醴。万石覃贻厥，分圭崇祖祢。

彰　德[①]

名隆五岳，秩映三台。严祠已备，晬影方回。

①《乐府诗集》目录此题下注"送神"。

梁郊祀乐章[①](十四首)

庆和乐[②](六首)

赵光逢[③]

其一

就阳位，升圆丘。佩双玉，御大裘。膺天命，拥神休。万灵感，百禄遒。

① 此十四首录自《乐府诗集》卷七。郭茂倩解引《五代会要》曰："梁开平二年正月，太常奏定郊庙乐曲，南郊降神奏《庆和之乐》，舞《崇德之舞》，皇帝行奏《庆顺》，奠玉币、登歌奏《庆平》，迎俎奏《庆肃》，酌献奏《庆熙》，饮福酒奏《庆隆》，送文舞、迎武舞奏《庆融》，亚献、终献奏《庆休》，送神奏《庆和》。"今按：此"梁"史称后梁，属五代十国时期。　②《乐府诗集》目录此题下注"降神"。　③ 赵光逢(？—927)：字延吉，京兆奉天(今陕西乾县)人。乾符五年登进士第，授凤翔推官，入为监察御史。历礼部、司勋、吏部三员外郎，官至尚书左丞。唐亡，事后梁，累拜宰辅，封齐国公。《全唐诗》录其诗八首。

其二

秉黄钺，建朱旗。震八表，清二仪。帝业显，王道夷。受景命，启皇基。

其三

开九门，怀百神。通肸蚃，接氤氲。明粢荐，广乐陈。奠嘉璧，燎芳薪。

其四

膺宝图，执左契。德应天，圣飨帝。荐表衷，荷灵惠。寿万年，祚百世。

其五

惟德动天，有感必通。秉兹一德，禋于六宗。钦贳宝命，恭肃礼容。来顾来飨，永穆皇风。

其六

天惟佑德，辟乃奉天。交感斯在，昭事罔愆。岁功已就，王道无偏。于焉报本，是用告虔。

庆顺乐[①]

圣皇戾止，天步舒迟。乾乾睿相，穆穆皇仪。进退必肃，陟降是祇。六变克协，万灵协随。

①《乐府诗集》目录此题下注“皇帝行”。

庆平乐[①]

天命降鉴，帝德惟馨。享祀不忒，礼容孔明。奠璧布币，荐纯[②]献精。神祐以答，敷锡永宁。

①《乐府诗集》目录此题下注“奠玉帛登歌”。 ② 纯：《全唐诗》卷一六作“神”。

庆肃乐[①]

张　衮[②]

笾豆簠簋，黍稷非馨。懿兹彝器，厥德惟明。金石匏革，以和以平。由此无疆[③]，期乎永宁。

①《乐府诗集》目录此题下注“迎俎”。 ② 张衮（生卒年不详）：里籍无考。后梁开平初为中书舍人。贞明时，历御史司宪，奉诏与李琪、郄殷象、冯锡嘉等修撰《太祖实录》三十卷，今不传。《全唐诗》录其诗六首。 ③ 疆：《乐府诗集》作“体”，据《全唐诗》卷一六改。

庆熙乐[①]

哲后躬享，旨酒斯陈。王恭无斁，严祀惟夤。皇祖以配，大孝以振。宜锡景福，永休下民。

①《乐府诗集》目录此题下注“酌献”。

庆隆乐[①]

恭祀上帝，于国之阳。爵醴是荷，鸿基永昌。

①《乐府诗集》目录此题下注“饮福酒”。

庆融乐[①]

导和气兮袭氤氲，宣皇规兮彰圣神。服遐裔兮敷质文，格苗扈兮息烟尘。

①《乐府诗集》目录此题下注“送文舞迎武舞”。

庆休乐[①]

大业来四夷，仁风和万国。白日体无私，皇天辅有德。七旬罪已服，六月师方克，伟哉帝道隆，终始常作则。

①《乐府诗集》目录此题下注“亚献终献”。

庆和乐[①]

烟燎升，礼容彻。诚感达，人神悦。灵贶彰，圣情结。玉座寂，金炉歇。

①《乐府诗集》目录此题下注“送神”。

周郊祀乐章[①]（十首）

昭顺乐[②]

五兵勿用，万国咸安。告功圆盖，受命云坛。乐鸣凤律，礼备鸡竿。神光欲降，众目遐观。

① 此十首录自《乐府诗集》卷七。郭茂倩解引《五代史·乐志》曰：“太祖广顺元年，边蔚议改汉十二成为十二顺之乐，祭天神奏《昭顺之乐》，祭地祇奏《宁顺之乐》，祭宗庙奏《肃顺之乐》，登歌奠玉帛奏《感顺之乐》，皇帝行及临轩奏《治顺之乐》，王公出入、送文舞、迎武舞奏《忠顺之乐》，皇帝食举奏《康顺之乐》，皇帝受朝、皇后入宫奏《雍顺之乐》，皇太子轩悬出入奏《温顺之乐》，正至皇帝礼会登歌奏《礼顺之乐》，郊庙俎入奏《禋顺之乐》，酌献、饮福奏《福顺之乐》，祭孔宣父、齐太公降神同用《礼顺之乐》，三公升降及行同用《忠顺之乐》，享籍田同用《宁顺之乐》。” ②《乐府诗集》目录此题下注“降神”。

治顺乐[①]

羽卫离丹阙，金轩赴泰坛。珠旗明月色，玉佩晓霜寒。黼黻龙衣备，琮璜宝器完。百神将受职，宗社保长安。

①《乐府诗集》目录此题下注“皇帝行”。

感顺乐[①]

明君陈大礼，展币祀圜丘。雅乐声齐发，祥云色正浮。

①《乐府诗集》目录此题下注“奠玉币登歌”。

禋顺乐[①]

黄彝将献，特牲预迎。既修昭事，潜达明诚。

①《乐府诗集》目录此题下注“迎俎”。

福顺乐[①]

相承五运，取法三才。大礼爰展，率土咸来。卿云秘室，甘泉宝台。象樽初酌，受福不回。

①《乐府诗集》目录此题下注“初献”。

福顺乐[①]

昊天成命，邦国盛仪。多士齐列，六龙载驰。坛升泰一，乐奏《咸池》。高明祚德，永致昌期。

①《乐府诗集》目录此题下注“亚献终献”。

福顺乐[①]

上天垂景贶，哲后举鸾觞。明德今方祚，邦家万世昌。

①《乐府诗集》目录此题下注“饮福酒”。

忠顺乐[①]

木铎敷音文德昌，朱干成列武功彰。雷鼗鹭羽今休用，玉戚相参正发扬。

①《乐府诗集》目录此题下注“送文舞迎武舞”。

武舞乐[①]

圭瓒方陈礼，干旌乃象功。成文非羽籥，猛势若罴熊。

①《乐府诗集》阙“乐”字，中华书局本据毛刻本补。

昭顺乐[①]

云门孤竹，苍璧黄琮。既祀天地，克配祖宗。虔修盛礼，仰答玄功。神归碧落，福降无穷。

①《乐府诗集》目录此题下注“送神”。

梁太庙乐舞辞[①](十一首)

开平舞[②]

黍稷馨，醉醴清。牲牷洁，金石铿。恭祀事，结皇情。神来格，歌颂声。

① 此十一首录自《乐府诗集》卷一二。郭茂倩解引《五代会要》曰：“梁开平二年正月，太常奏定享太庙乐，迎神舞《开平之舞》，迎俎奏《庆肃之乐》，酌献奏《庆熙》，饮福酒奏《庆隆》，送文舞、迎武舞奏《庆融》，亚献终献奏《庆休》。”《唐余录》曰：“梁宗庙乐，迎神奏《开平舞》，次皇帝行，次帝盥，次登歌。献肃祖奏《大合之舞》，恭祖奏《象功之舞》，宪祖奏《来仪之舞》，烈祖奏《昭德之舞》，次饮福，次撤豆，次送神。”今按：此题中“梁”，为五代十国时期之“后梁”。 ②《乐府诗集》目录此题下注“迎神”。

皇帝行

莫高者天，攀跻勿克。跻天有方，累仁积德。祖宗隆之，子孙履之。配天明祀，永永孝思。

帝盥

庄肃莅事，周旋礼容。裸鬯严洁，穆穆雍雍。

登歌

於赫我皇，建中立极。动以武功，静以文德。昭事上帝，欢心万国。大报严禋，四海述职。

大合舞[①]

於穆皇祖，浚哲雍熙。美溢中夏，化被南陲。后稷累德，公刘创基。肇兴九庙，乐合来仪。

①《乐府诗集》目录此题下注“献肃祖”。

象功舞[①]

天地合德，睿圣昭彰。累赠太傅，俄登魏王。雄名不朽，奕叶而光。建国之兆，君临万方。

①《乐府诗集》目录此题下注“献恭祖”。

来仪舞[①]

於赫帝命，应天顺人。亭育品汇，宾礼百神。洪基永固，景命惟新。肃恭孝享，祚我生民。

①《乐府诗集》目录此题下注“献宪祖”。

昭德舞[①]

肃肃文考，源浚派长。汉称诞季，周实生昌。奄有四海，超彼百王。笙镛迭奏，礼物荧煌。

①《乐府诗集》目录此题下注“献烈祖”。

饮福

戛玉拟金永颂声，檿丝孤竹和且清。灵歆醉止牺象盈，自天降福千万龄。

撤豆

笙镛洋洋，庭燎煌煌。明星有烂，祝史下堂。笾豆斯撤，礼容有章。克勤克俭，无怠无荒。

送神

其降无从，其往无踪。黍稷非馨，有感必通。赫奕令德，仿佛睟容。再拜慌惚，遐想昊穹。

后唐宗庙乐舞辞[①]（六首）

昭德舞[②]

懿彼明德，赫赫煌煌。名高阃域，功著旂常。道符休泰，运叶祺祥。庆傅万祀，以播耿光。

①此六首录自《乐府诗集》卷一二。郭茂倩解引《唐余录》曰："后唐并用唐乐，无所变更，唯别造六室舞辞，懿祖室奏《昭德之舞》，献祖室奏《文明之舞》，太祖室奏《应天之舞》，昭宗室奏《永平之舞》，庄宗室奏《武成之舞》，明宗室奏《雍熙之舞》。" ②《乐府诗集》目录此题下注"懿祖室"。

文明舞[①]

帝业光扬，皇图翕赫。圣德孔彰，神功不测。信及豚鱼，恩沾动植。懿范鸿名，传之万亿。

①《乐府诗集》目录此题下注"献祖室"。

应天舞[①]

晋国肇兴，雄图再固。黼黻帝道，金玉王度。皇天无亲，惟德是辅。载诞英明，永光圣祚。

①《乐府诗集》目录此题下注"太祖室"。

永平舞[①]

庆传宝[②]祚，位正瑶图。功宣四海，化被八区。静彰帝道，动合乾符。千秋万祀，永荷昭苏。

①《乐府诗集》目录此题下注"昭宗室"。 ②宝：《全唐诗》卷一六作"瓒"。

武成舞[①]

崔居俭[②]

艰难王业，返正皇唐。先天载造，却日重光。汉绍世祖，夏资少康。功成德茂，率祀无疆。

①《乐府诗集》目录此题下注"庄宗室"。 ②崔居俭(870—939)：卫州(今河南汲县)人。少举进士，美文辞。历仕后梁中书舍人，后唐刑部侍郎，后晋户部尚书。《全唐诗》录其诗一首。

雍熙舞[①]

卢文纪[②]

仁君御宇，寰海谧清。运符武德，道协文明。九功式叙，百度惟成[③]。金门积庆，玉叶传荣。

①《乐府诗集》目录此题下注"明宗室"。 ②卢文纪(876—951)：字子持，京兆万年(今陕西西安)人。举进士。后梁时为刑部侍郎。后唐明宗时为御史中

丞、太常卿。废帝立，拜为中书侍郎、同中书门下平章事。后晋时以吏部尚书致仕。《全唐诗》录其诗一首。 ③ 成：《全唐诗》卷一六作“贞”。

汉宗庙乐舞辞[①]（六首）

武德舞[②]

明明我祖，天集休明。神母夜哭，彤云昼兴。笾豆有践，管籥斯登。孝孙致告，神其降灵。

① 此六首录自《乐府诗集》卷一二。郭茂倩解引《五代史·乐志》曰：“汉宗庙酌献乐舞，文祖室奏《灵长之舞》，德祖室奏《积善之舞》，翼祖室奏《显仁之舞》，显祖室奏《章庆之舞》，高祖室奏《观德之舞》。”《唐余录》曰：“高祖追尊四祖庙，且远引汉之二祖为六室。张昭因傅会其礼，乃曰太祖高皇帝创业垂统室奏《武德之舞》，世祖光武皇帝再造丕基室奏《大武之舞》，自如其旧。而《大武》即用东平王苍辞云。”今按：此题中“汉”，为五代十国时期之“后汉”。 ②《乐府诗集》目录此题下注“太祖室”。

灵长舞[①]

天降祥，汉祚昌。火炎上，水灵长。建庙社，洁蒸尝。罗钟石，俨珩璜[②]。陈玉豆，酌金觞。气昭感，德馨香。祇洛汭，瞻晋阳。降吾祖，福穰穰。

①《乐府诗集》目录此题下注“文祖室”。 ② 珩璜：杂佩。《诗·郑风·女曰鸡鸣》毛传：“杂佩者，珩、璜、琚、瑀、冲牙之类。”

积善舞[①]

黍稷斯馨，祖德惟明。蛇告赤帝，龟谋大横。云行雨施，天成地平。造我家邦，斡我璇衡。陶匏在御，醍盎惟精。或戛或击，载炮载烹。饮福受胙，舞降歌迎。滔滔不竭，洪惟水行。

①《乐府诗集》目录此题下注“德祖室”。

显仁舞[①]

运极金行谢，天资水德隆。礼神鄗畤馆，布政未央宫。诘旦修明祀，登歌答茂功。云軿临降久，星俎荐陈丰。蔼蔼沉檀雾，锵锵环珮风。荧煌升藻藉，肸蚃转珠栊。尊祖《咸》《韶》备，贻孙书轨同。京坻长有积，宗社享无穷。

①《乐府诗集》目录此题下注“翼祖室”。

章庆舞[①]

罘罳晓唱鸡人，三牲八簋斯陈。雾集瑶阶琐闼，香生绮席华茵。珠佩貂珰熠爚，羽旄干戚纷纶。酌鬯既终三献，凝旒何止千春。阿阁长栖彩凤，郊宫叠奏祥麟。赤伏英灵未泯，玄圭运祚重新。玉斝牺樽潋[②]滟，龙旂凤辖逡巡。瞻望月游冠冕，犹疑苍野回轮。

①《乐府诗集》目录此题下注“显祖室”。 ② 潋：《乐府诗集》作“簟”，据《全唐诗》卷一六改。

观德舞[①]

张 昭[②]

高庙明灵再启图，金根玉辂幸神都。巢阿丹凤衔书命，入昴飞星献宝符。正抚薰弦[③]娱赤子，忽登仙驾泣苍梧。荐樱鹤馆笳箫咽，酌鬯金楹剑佩趋。星俎云罍兼鲁礼，朱干象箾杂巴渝。氤氲龙麝交青琐，仿佛锡銮下蕊珠。荐豆奉觞亲玉几，配天合祖耀璇枢。受厘饮酒皇欢洽，仰俟余灵泰九区。

①《乐府诗集》目录此题下注“高祖室”。 ② 张昭(约894—约972)：字潜夫，濮州范县(今属河南)人。后唐时累官翰林学士、左补阙，迁都官员外郎、知制诰。又迁礼部侍郎，改御史中丞。后晋时拜尚书右丞。后汉时为吏部侍郎。后周时拜户部尚书。入宋拜吏部尚书，封陈国公。《全唐诗》录其诗一首。 ③ 薰弦：《孔子家语·辩乐》：“昔者舜弹五弦之琴，造《南风》之诗。其诗曰：‘南风之薰兮，可以解吾民之愠兮；南风之时兮，可以阜吾民之财兮。’”后以薰弦指《南风歌》。

周宗庙乐舞辞[①]（十四首）

肃　顺[②]

我后至孝，祇谒祖先。仰瞻庙貌，夙设宫县。朱弦疏越，羽舞回旋。神其来格，明祀惟虔。

① 此十四首录自《乐府诗集》卷一二。郭茂倩解引《唐余录》曰："周宗庙乐，降神奏《肃顺》，皇帝行奏《治顺》，献信祖室奏《肃雍之舞》，僖祖室奏《章德之舞》，义祖室奏《善庆之舞》，庆祖室奏《观成之舞》，太祖室奏《明德之舞》，世宗室奏《定功之舞》，酌献登歌奏《感顺》，迎俎奏《禋顺》，饮福奏《福顺》，送文舞、迎武舞奏《忠顺》，武舞奏《善胜》，撤俎奏《礼顺》，送神奏《肃顺》。"今按：题中"周"，即五代十国时期的"后周"。　② 《乐府诗集》目录此题下注"降神"。

治　顺[①]

清庙将入，衮服是依。载行载止，令色令仪。永终就养，空极孝思。瞻望如在，顾复长违。

① 《乐府诗集》目录此题下注"皇帝行"。

肃雍舞[①]

周道载兴，象日之明。万邦咸庆，百谷用成。於穆圣祖，祇荐鸿名。祀于庙社，陈其牺牲。进旅退旅，皇舞[②]之形。一倡三叹，朱弦之声。以妥以侑，既和且平。至诚潜达，介福攸宁。

① 《乐府诗集》目录此题下注"信祖室"。　② 舞：《全唐诗》卷一六作"武"。

章德舞[①]

清庙新，展严禋。恭祖德，厚人伦。雅乐荐，礼器陈。俨皇尸[②]，列虞宾。神如在，声不闻。享必信，貌惟夤。想龙服，奠牲樽。礼既备，庆来臻。

① 《乐府诗集》目录此题下注"僖祖室"。　② 皇尸：对君尸的敬称。古代祭祀时代表死者受祭的人称"尸"。

善庆舞[①]

卜世长，帝祚昌。定中国，服四方。修明祀，从旧章。奏激楚，转清商。罗俎豆，列簪裳。歌累累，容皇皇。望来格，降休祥。祝敢告，寿无疆。

①《乐府诗集》目录此题下注“义祖室”。

观成舞[①]

穆穆王国，奕奕神功。毖祀载展，明德有融。彝樽斯满，簠簋斯丰。纷缔旄羽，锵洋磬钟。或升或降，克和克同。孔惠之礼，必肃之容。锡以纯嘏，祚其允恭。神保是飨，万世无穷。

①《乐府诗集》目录此题下注“庆祖室”。

明德舞[①]

惟彼岐阳，德大流光。载造周室，泽及遐荒。於铄圣祖，上帝是皇。乃圣乃神，知微知章。新庙奕奕，丰年穰穰。取彼血膋，以往烝尝。黍稷惟馨，笾豆大房。工祝致告，受福无疆。

①《乐府诗集》目录此题下注“太祖室”。

咸　顺[①]

万舞咸列，三阶克清。贯珠一倡，击石九成。盈觞虽酌，灵坐无形。永怀我祖，达其孝诚。

①《乐府诗集》目录此题下注“酌献登歌”。

禋　顺[①]

旨酒既献，嘉肴乃迎。振其鼗鼓，洁以铏羹。肇禋肇祀，或炮或烹。皇尸俨若，保飨是明。

①《乐府诗集》目录此题下注“迎俎”。

福　顺[①]

新庙奕奕，金奏洋洋。享于祖考，循彼典章。清酤特满，嘉玉腾光。神醉既告，帝祉无疆。

①《乐府诗集》目录此题下注“饮福”。

忠　顺[1]

称文既表温柔德，示武须成蹈厉容。缀兆疾舒皆应节，明明我祖乐何穷。

①《乐府诗集》目录此题下注"送文舞迎武舞"。

善胜舞[1]

圣祖累功，福钟来裔。持羽执干，舞文不废。

① 郭茂倩解引《五代史·乐志》曰："周广顺元年，改郊庙朝会舞名，乃改汉《治安》为《政和之舞》，《振德》为《善胜之舞》，《观象》为《崇德之舞》，《讲功》为《象成之舞》。"又，《乐府诗集》目录此题下注"武舞"。

禋　顺[1]

礼毕祀先，香散几筵。罢舞干戚，收撤豆笾。

①《乐府诗集》目录此题下注"撤豆"。

肃　顺[1]

乐奏四顺，福受万年。神归碧天，庭余瑞烟。

①《乐府诗集》目录此题下注"送神"。

燕射歌辞

晋朝飨乐章[①]（七首）

初举酒文同乐

赫矣昌运，明哉圣皇。文兴坠典，礼复旧章。鸳鸾济济，鸟兽跄跄。一人有庆，万福无疆。

① 此七首录自《乐府诗集》卷一五。郭茂倩解引《五代会要》曰："晋天福四年十二月，太常奏：正至王公上寿、皇帝举酒奏《玄同之乐》，皇帝三饮皆奏《文同之乐》，食举奏《昭德之舞》，次奏《成功之舞》，皇帝降坐奏《大同之乐》。其辞并崔棁等造。"《唐余录》曰："天福五年十一月冬至，朝群臣，举觞奏《玄同》，三爵登歌奏《文同》，四爵登歌作，群臣饮宫悬乐作，又奏龟兹及《霓裳法曲》，以须食毕。于时众闻龟兹、法曲，雅郑杂糅，固已非之。明年正旦，上寿登歌，发声悲离烦慝，如虞殡《薤露》之音，观者以为不祥。"今按：题中"晋"为五代十国时期之"后晋"。

再举酒

大明御宇，至德动天。群臣庆会，礼乐昭宣。剑佩成列，金石在县。椒觞再献，宝历万年。

三举酒

朝野无事，寰瀛大康。圣人有作，盛礼重光。万国执玉，千官奉觞。南山永固，地久天长。

四举酒

八表欢无事，三秋贺有成。照临同日远，渥泽并云行。河变千年色，山呼万岁声。愿修封岱礼，方以称文明。

群臣酒行歌（三章）

其　一

剑佩俨如林，齐倾拱北心。渥恩颁美禄，《咸》《濩》听和音。一德君臣合，重瞳日月临。歌时兼乐圣，唯待赞泥金。

其　二

万国咸归禹，千官共祝尧。拜恩瞻凤扆，倾耳听《云》《韶》。运启金行远，时和玉烛调。酒酣齐抃舞，同贺圣明朝。

其　三

令节陈高会，群臣侍御筵。玉墀留爱景，金殿蔼祥烟。振鹭涵天泽，灵禽下乐悬。圣朝无一事，何处让尧年。

周朝飨乐章[①]（七首）

忠　顺[②]

岁迎更始，节及朝元。冕旒仰止，冠剑相连。八音合奏，万物齐宣[③]。常陈盛礼，愿永千年。

① 此七首录自《乐府诗集》卷一五。郭茂倩解引《唐余录》曰："周元正冬至朝飨乐，公卿入奏《忠顺》，皇帝坐奏《治顺》，群臣上寿奏《福顺》，皇帝举寿酒登歌奏《康顺》，群臣降阶、公卿出并奏《忠顺》。"今按：题中"周"指五代十国时期的"后周"。　②《乐府诗集》目录此题下注："元日公卿入。"　③ 宣：《乐府诗集》作"言"，据《全唐诗》卷一六改。

忠　顺[①]

明君当宁，列辟奉觞。云容表瑞，日影初长。衣冠济济，钟磬洋洋。令仪克盛，嘉会有章。

①《乐府诗集》目录此题下注"至日公卿入"。

治　顺[①]

庭陈大乐，坐当太微。凝旒负扆，端拱垂衣。鸳鸾成列，簪组相辉。御炉香散，郁郁霏霏。

①《乐府诗集》目录此题下注“皇帝坐”。

福　顺[①]

圣皇端拱，多士输忠。蛮觞共献，臣心毕同。声齐嵩岳，祝比华封。千龄万祀，常保时雍。

①《乐府诗集》目录此题下注“群臣上寿”。

康　顺[①]

鸿钧广运，嘉节良辰。列辟在位，万国来宾。干旄[②]屡舞，金石咸陈。礼容既备，帝履长春。

①《乐府诗集》目录此题下注“皇帝举酒”。　② 旄：《全唐诗》作“旌”。

忠　顺[①]

礼成三爵，乐毕九成。共离金陛，复列彤庭。

①《乐府诗集》目录此题下注“群臣降阶”。

忠　顺[①]

明庭展礼，为龙为光。《咸》《韶》息韵，鹓鹭归行。

①《乐府诗集》目录此题下注“公卿出”。

第二十一卷　宋金乐府（一）

新乐府辞(一)

宋金乐府诗沿袭唐代新乐府一脉,一是辞拟乐府而未配乐,二是寓意古题而刺美人事,三是即事名篇而无复依傍。题目或新或旧,或半旧半新,杂沓有致,故亦可称作唐代以后的新乐府辞。元、明、清、近代乐府也同此一脉。

杨柳枝词[①](四首)

孙光宪[②]

其一

阊门风暖落花干,飞遍江城雪不寒。独有晚来临水驿,闲人多凭赤阑干。

① 此四首录自《全宋诗》卷三。 ② 孙光宪(?—968):字孟文,自号葆光子,陵州贵平(今四川仁寿)人。累官荆南节度副使、朝议郎、检校秘书少监。入宋,为黄州刺史。有《北梦琐言》、《荆台集》、《橘斋集》等。《宋史》有传。

其二

有池有榭即濛濛,浸润翻成长养功。恰似有人长点检,著行排立向春风。

其三

根柢虽然傍浊河,无妨终日近笙歌。毵毵金带谁堪比,还共黄莺不较多。

其四

万株枯槁怨亡隋,似吊吴台名自垂。好是淮阴明月里,酒楼横笛不胜吹。

采　莲[①]

孙光宪

菡萏香连十顷陂，小姑贪戏采莲迟。晚来弄水船头湿，更脱红裙裹鸭儿。

① 此首录自《全宋诗》卷三。

竹枝词[①](二首)

孙光宪

其　一

乱绳千结绊人深，越萝万丈表长寻。杨柳在身垂意绪，藕花落尽见莲心。

① 此二首录自《全宋诗》卷三。

其　二

门前春水白苹花，岸上无人小艇斜。商女经过江欲暮，散抛残食饲神鸦。

柳枝辞[①](十二首)

徐　铉[②]

其　一

把酒凭君唱柳枝，也从丝管递相随。逢春只合朝朝醉，记取秋风落叶时。

① 此十二首录自《全宋诗》卷五。　② 徐铉(917—992)：字鼎臣，广陵(今江苏扬州)人。南唐时累官吏部尚书。入宋为太子率更令、右散骑常侍。淳化二年(991)，贬静难军行军司马。有文集三十卷。

其　二

南园日暮起春风，吹散杨花雪满空。不惜杨花飞也得，愁君老尽脸边红。

其　三

陌上朱门柳映花，帘钩半卷绿阴斜。凭郎暂住青骢马，此是钱塘小小[①]家。

① 小小：指南齐妓女苏小小。

其　四

夹岸朱栏柳映楼，绿波平幔带花流。歌声不出长条密，忽地风回见彩舟。

其　五

老大逢春总恨春，绿杨阴里最愁人。旧游一别无因见，嫩叶如眉处处新。

其　六

濛濛堤畔柳含烟，疑是阳和二月天。醉里不知时节改，漫随儿女打秋千。

其　七

水阁春来乍减寒，晓妆初罢倚栏干。长条乱拂春波动，不许佳人照影看。

其　八

柳岸烟昏醉里归，不知深处有芳菲。重来已见花飘尽，唯有黄莺啭树飞。

其　九

此去仙源不是遥，垂杨深处有朱桥。共君同过朱桥去，密[①]映垂杨听洞箫。

① 密：《全唐诗》作“索”。

其　十

暂别扬州十度春，不知光景属何人。一帆归客千条柳，肠断东风扬子津。

其十一

仙乐春来案舞腰，清声偏似傍娇饶。应缘莺舌多情赖，长向双成说翠条。

其十二

凤笙临槛不能吹，舞袖当筵亦自疑。唯有美人多意绪，解衣芳态画双眉。

柳枝词（十首）[①]

徐铉

其一

金马词臣赋小诗，梨园弟子唱新词。君恩还似东风意，先人灵和蜀柳枝。

① 此十首录自《全宋诗》卷八。今按：此题下注“座中应制”。

其二

百草千花共待春，绿杨颜色最惊人。天边雨露年年在，上苑芳华岁岁新。

其三

长爱龙池二月时，毵毵金线弄春姿。假饶叶落枝空后，更有梨园笛里吹。

其四

绿水成文柳带摇，东风初到不鸣条。龙舟欲过偏留恋，万缕轻丝拂御桥。

其五

百尺长条婉麹尘，诗题不尽画难真。凭君折向人间种，还似君恩处处春。

其六

风暖云开晚照明，翠条深映凤皇城。人间欲识灵和态，听取新词玉管声。

其　七

醉折垂杨唱柳枝，金城三月走金羁。年年为爱新条好，不觉苍华也似丝。

其　八

新春花柳竞芳姿，偏爱垂杨拂地枝。天子遍教词客赋，宫中要唱洞箫词。

其　九

凝碧池头蘸翠涟，凤皇楼畔簇晴烟。新词欲咏知难咏，说与双成入管弦。

其　十

侍从甘泉与未央，移舟偏要近垂杨。樱桃未绽梅先老，折得柔条百尺长。

短歌行[①]

田　锡[②]

晓月苍苍向烟灭，朝阳焰焰明丹阙。杜鹃催促踯躅开，鶗鴂已鸣芳草歇。芳春[③]苦不为君留，古人劝君秉烛游。愿与松乔弄云月，紫泥仙海鸾皇洲。

① 此首录自《全宋诗》卷四五。　② 田锡(940—1004)：字表圣，嘉州洪雅(今属四川)人。太平兴国进士。历官宣州通判、著作佐郎、左拾遗、河北转运副使，知相州、睦州、陈州、单州，又召为工部员外郎，擢右谏议大夫、史馆修撰、朝请大夫。有《咸平集》。《宋史》有传。　③ 春：《全宋诗》校注“《四体》本作草”。

思归引[①]

田　锡

河朔受诏书，移官向湖外。初问禁法茶，次问丁身税。税口征四百，茶利高十倍。老死及充军，县籍方消退。采摘不入官，公家定科罪。何以升平时，遗民犹未泰。何以在位者，兴利不除害。我愿罢秩归，天颜请转对。一言如沃心，恩波必霶霈。

① 此首录自《全宋诗》卷四六。

琢玉歌[①]

田　锡

蓝溪中，荆山峰，结灵凝粹生群玉，飞英荡彩如长虹。野人初向深崖得，蹋著云根风雨黑。满把晶荧雪霜色，特达天姿几人识。治玉之工初琢成，荧荧辉彩锵锵声。方瑚圆琏荐宗庙，苍珮玄圭颁帝庭。尧兵曾用丹浦战，汉斗已碎鸿门营。我愿琢为北斗柄，指麾五星齐七政。庶使阴阳造化机，四时六气随吾令。

① 此首录自《全宋诗》卷四五。

江南曲[①](三首)

田　锡

其　一

金蝉饰绿云，细靥蕊黄新。南浦解清珮，西溪采白苹。密竹映深花，湖山日欲曛。春肠知已断，脉脉两难亲。

① 此三首录自《全宋诗》卷四四。

其　二

吴艳若芙蓉，乘舟弄湖水。照影不知休，云鬟坠簪珥。含笑忽回头，见人羞欲死。归去入花溪，棹溅鸳鸯起。

其　三

金陵王气消，六朝隳霸业。白云千古恨，空江照楼堞。虎丘罗蔓草，姑苏委枫叶。怀贤思伍员，灵涛浩难涉。

塞上曲[①]

田　锡

秋气生朔陲，塞草犹离离。大漠西风急，黄榆凉叶飞。襜褴罢南牧，林胡畏汉威。藁街将入贡，代马就新羁。浮云护玉关，斜日在金微。萧索边声静，太平烽影稀。素臣称有道，守在于四夷。

① 此首录自《全宋诗》卷四三。

塞下曲[①]

田　锡

黄河泻白浪，到海一万里。榆关风土恶，夜来霜入水。河源冻彻底，冰面平如砥。边将好邀功，夜率鏖兵起。马度疾于风，车驰不濡轨。尽破匈奴营，别筑汉家垒。扩土过阴山，穷荒为北鄙。天威震朔汉，戎心畏廉李。所以龙马驹，长贡明天子。边夫苟非才，怨亦从兹始。

① 此首录自《全宋诗》卷四三。

苦寒行[①]

田　锡

昨日北风高，霏霏满天雪。千里六出花，六日飞不歇。深山深一丈,树木冻欲折。平地盈数尺,布肆不成列。覆物生辉光,照人清皎洁。紫塞群玉峰,沧溟白银阙。篁竹为琅玕,松风筛玉屑。官吏来参贺,物情亦感悦。瘴疠已消除,丰穰及时节。长吏因疾恚,请假来一月。病眼为寒昏,风头因冷发。汤药厌服饵,酒肉悉罢辍。夹幕映重帘,炉茵与衾褐。禄粟不忧饥,俸无乏绝。江海主恩深,素餐心激切。儿童温且饱,当风溯凛冽。朝索暖寒酒,暮须汤饼设。不知有饥寒,灯火夜暖热。越人轻活计,春税供膏血。及至风雪时,日给多空竭。樵苏与网捕,负薪冰路滑。口噤无言语,股慄衣疏葛。藜藿不充饥,冻饿多不活。惭惶襦袴恩,徬徨空殒越。因作苦寒行,聊与儿童说。

① 此首录自《全宋诗》卷四六。

东门行[①]

张　咏[②]

茫茫六合生万灵,周公孔子留贤名。伊余志尚未著调,秋风拔剑东门行。金龟典酒知是谁,逢君使我抬双眉。眼前万事不足问,要须醉倒高阳池。

① 此首录自《全宋诗》卷四八。　② 张咏(946—1015):字复之,号乖崖,濮州鄄城(今属山东)人。太平兴国进士。授大理评事,知鄂州崇阳县,迁著作郎,转秘书丞。历官工部侍郎,出知杭州、益州、升州、陈州。有《张乖崖集》。《宋史》有传。

悯　农[①]

张　咏

悠悠世事称无穷,千灵万象生虚空。活人性命由百谷，还须着意在耕农。自有奸民逃禁律，农夫倍费耕田力。青巾短褐皮肤干，不避霜风与毒日。暮即耕兮朝即耘，东坻南垅无闲人。春秋生成一百倍，天下三分二分贫。天意昭昭怜下土，英贤比迹生寰宇。惩奸济美号长材，来救黎元暗中苦。我闻愍农之要简而平，先销坐食防兼并。更禁贪官与豪吏，愍农之道方始行。

① 此首录自《全宋诗》卷四八。

悯　旱[1]

张　咏

皇天诏龙司下土，谷苗干死天未雨。如何不念苍生苦，村落𪔵𪔵椎旱鼓。

① 此首录自《全宋诗》卷四八。

柳 枝 词（七首）[1]

张　咏

其　一

玉门关外絮飞空，破虏营前昼影浓。可便消兵无好术[2]，忍教攀折怨春[3]风。

① 此七首录自《全宋诗》卷五一。　② 好术：《全宋诗》校记，傅增湘校作“行役”。　③ 春：吕无隐抄本《乖崖先生文集》作“东”。

其　二

青连远戍和烟重，静映疏栊窣缕轻。游子不归春梦断，南轩一树有啼莺。

其　三

远映天街近绕池，长条无力自相依。上阳宫女愁方绝，又是东风有絮飞。

其　四

轻柔[1]多称[2]地多宜，才种纤桃[3]又引枝。不及垂阴向黎庶[4]，春风一路送亡隋。

① 柔：《全宋诗》校记“吕本作弱，丁本作匀”。据《全宋诗》卷四八“张咏”题记，“吕本”指吕无隐抄本，“丁本”指《乖崖先生文集》丁丙跋本。　② 轻柔多称：《全宋诗》校记，傅增湘校作“水边轻弱”。　③ 桃：《全宋诗》校记“曹本、吕本、四库本作枝”。今按：据《全宋诗》“张咏”题记，“曹本”指国家图书馆所藏“曹溶旧藏钞本”《乖崖先生文集》，“四库本”指文渊阁《四库全书》本《乖崖集》。　④ 向黎庶：据《全宋诗》校记，傅增湘校作“荫堤上”。

其　五

海潮声里越溪头，谁种千株夹乱流。安得辞荣同范蠡，绿丝和雨系扁舟。

其　六

帐偃缨垂已有名，水边花外更分明。前贤可得轻词句，几变新声[1]入郑声。

① 新声：指新乐府辞。姚华《论文后编》：“诗本乐章，自古辞不入今乐，则变为新声，及其递变，新声又不入乐，宋元而后，悉为徒诗矣。”

其　七

吴王爱重[1]为游从，岁岁添栽后苑中。家国旋亡台树毁，数株临水尚牵风。

① 爱重：据《全宋诗》校注，宋咸淳五年伊赓刻本、清光绪莫祥芝刻本作“重爱”。

阳春曲[1]

张　咏

东风习习吹庭树，知道春权移日驭。青红独解露春心，凝冷无言避春去。大有闲阶白日长，清词丽句祝春皇。春皇不肯论功烈，惟有年年君道昌。

① 此首录自《全宋诗》卷四八。

畬田词[①]（五首）

王禹偁[②]

其一

大家齐力劚孱颜，耳听田歌手莫闲。各愿种成千百索[③]，豆萁禾穗满青山。

① 此五首录自《全宋诗》卷六四。原诗有序云："上雒郡南六百里，属邑有丰阳、上津，皆深山穷谷，不通辙迹。其民刀耕火种，大底先斫山田，虽悬崖绝岭，树木尽仆，俟其干且燥，乃行火焉。火尚炽，即以种播之。然后酿黍稷，烹鸡豚，先约曰：'某家某日，有事于畬田。'虽数百里如期而集，锄斧随焉。至则行酒啖炙，鼓噪而作，盖劚而掩其土也。掩毕则生，不复耘矣。援桴者有勉励督课之语，若歌曲然。且其俗更互力田，人人自勉。仆爱其有义，作《畬田词》五首，以侑其气。亦欲采诗官闻之，传于执政者，苟择良二千石暨贤百里，使化天下之民如斯民之义，庶乎污莱尽辟矣。其词俚，欲山甿之易晓也。" ② 王禹偁（954—1001）：字元之，济州钜野（今属山东）人。太平兴国进士。历任右拾遗、翰林学士、知制诰。屡以事贬官，真宗时，降知黄州。后迁蕲州，病卒。文学韩愈、柳宗元，诗崇杜甫、白居易。有《小畜集》。 ③ 索：原注"山田不知畎亩，但以百尺绳量之，曰某家今年种得若干索"。

其二

杀尽鸡豚唤劚畬，由来递互作生涯。莫言火种无多利，禾[①]树明年似乱麻[②]。

① 禾：《全宋诗》校记"原缺，据经锄（鉏）堂本（《小畜集》）注补"。 ② 原注：种谷之明年，自然生禾，山民获济。

其三

鼓声猎猎酒醺醺，斫上高山入乱云。自种自收还自足，不知尧舜是吾君。

其四

北山种了种南山，相助刀耕岂有偏。愿得人间皆似我，也应四海少荒田。

其　五

畬田鼓笛乐熙熙，空有歌声未有词。从此商於[①]为故事，满山皆唱舍人诗。

① 於：疑为“羽”。

对酒吟[①]

王禹偁

劝君莫把青铜照，一瞬浮生何足道。麻姑又采东海桑，阆苑宫中养蚕老。任是唐虞与姬孔，萧萧寒草埋孤冢。我恐自古贤愚骨，叠过北邙高突兀。少年对酒且为娱，几日樽前垂白发。安得沧溟尽为酒，滔滔倾入愁人口。从他一醉千百年，六辔苍龙任奔走。男儿得志升青云，须教利泽施于民。穷来高枕卧白屋，蕙带藜羹还自足。功名富贵不由人，休学唐衢[②]放声哭。

① 此首录自《全宋诗》卷六九。　② 唐衢：唐中叶诗人，屡应进士不第，作诗多感伤，时人称其善哭。

苦热行[①]

王禹偁

六龙衔火烧寰宇，魏王冰井[②]如汤煮。松枝桂叶凝若痴，喘杀溪头啸风虎。北溟镕却万丈冰，千斤冻鼠忙如蒸。我闻胡土长飞雪，此时日晒地皮裂。仙芝瑶草不敢茁，湘川竹焦琅玕折。西郊云好雨不垂，堆青叠碧徒尔为。

① 此首录自《全宋诗》卷六九。　② 冰井：指冰井台。建安十八年(213)魏武帝建于邺城西北。晋陆翙《邺中记》：“北则冰井台，有屋一百四十间，上有冰室，室有数井，井深十五丈，藏冰及石墨……石季龙于冰井台藏冰，三伏之月，以

冰赐大臣。”

战城南[①]

王禹偁

边城草树春无花，秦骸汉骨埋黄沙。阵云凝着不肯散，胡雏夜夜空吹笳。我闻秦筑万里城，叠尸垒土愁云平。又闻汉发五道兵，祁连泽北夸横行。破除玺绶因胡亥，始知祸起萧墙内。耗蠹中原过大半，黄金买酎诸侯叛。直饶侵到木叶山，争似垂衣施庙算。大漠由来生丑虏，见日设拜尊中土。自古控御全在仁，何必穷兵兼黩武。战城南，年来春草何纤纤。穷荒近日恩信沾，寒岩冻岫青如蓝。方知中国有圣人，塞垣自尔除妖氛。河湟父老何忻忻，受降城外重耕耘。

① 此首录自《全宋诗》卷六九。

瑞莲歌[①]

王禹偁

江城五月江雨晴，荷花到处红交横。宋家池上瑞莲生，袅袅出丛抽一茎。茎端菡萏开两朵，忽似娥皇将女英。九疑望断苍梧暮，低头并照湘波清。花落莲成碧于卵，瑟瑟尘轻熨人眼。萧郎弄玉合卺时，一齐覆下琉璃盏。草木效灵载图史，守臣尽可闻天子。吾君有诏抑祥瑞，异兽珍禽不为贵。瑞莲无路达冕旒，也随众卉老池头。吏民归美贺郡守，敢贪天功为己有。古来善政数杜诗，桑无附枝麦两歧。瑞莲信美产兹土，起予谩作闲歌辞。年年更愿再熟稻，仓箱免使吾民饥。

① 此首录自《全宋诗》卷六九。原诗有序曰："宴设都头宋承武，其先尝为黄州刺史，有别墅在关城东南，池生瑞莲。承武来告，因与从事曾校书泛小舟以验之，退而作歌，以纪其事。"

河北行[①]

李含章[②]

为儒还解著征衣，远戍沙连白草齐。雁阵不冲羌笛怨，狼烟微认塞云底。荞花露湿堆空堑，蓼水泓澄截古堤。渐近界河分内外，野禽嘐戛路东西。

① 此首录自《全宋诗》卷五五。 ② 李含章（生卒年不详）：字时用，宣城（今属安徽）人。太平兴国五年（980）进士。授屯田都官员外郎。后充三司度支判官，又知江阴军。有《仙都集》。

塞 上[①]

王 操[②]

无定河边路，风高雪洒春。沙平宽似海，雕远立如人。绝域居中土，多年息战[③]尘。边城吹暮角，久客自悲辛。

① 此首录自《全宋诗》卷五八。 ② 王操（生卒年不详）：字正美，江南人。太平兴国时授太子洗马，官至殿中丞。其诗今存《讷斋小集》一卷，见《两宋名贤小集》。 ③ 战：《全宋诗》校记"《瀛奎律髓》作虏"。

塞 上[①]

寇 准[②]

春风千里动，榆塞雪方休。晚角数声起，交河冰未流。征人临迥碛，归雁[③]别沧洲。我欲思投笔，期封定远侯。

① 此首录自《全宋诗》卷九〇。 ② 寇准(962—1023),字平仲,华州下邽(今陕西渭南)人。太平兴国进士,授大理评事,知归州巴东县,移大名府成安县。历官参知政事、工部侍郎、刑部尚书、兵部尚书、同平章事、枢密使等。后遭贬以疾终。有《忠愍公诗集》三卷。《宋史》有传。 ③ 雁:据《全宋诗》校记,《寇忠愍公诗集》劳权校作"鸟"。

征妇怨[①]

刘 兼[②]

金闺寂寞罢妆台,玉箸栏干界粉腮。花落掩关春欲暮,月圆攲枕梦初回。鸾胶岂续愁肠断,龙剑难挥别绪开。曾寄锦书无限意,塞鸿何事不归来。

① 此首录自《全宋诗》卷一六。 ② 刘兼(生卒年不详):长安(今陕西西安)人。宋初为荣州刺史。开宝七年为盐铁判官。曾受诏修《五代史》。其诗收入《唐人五十家小集》、《万首唐人绝句》等。

苦 热[①]

杨 亿[②]

极目长天度鸟稀,纤萝不动转晨晖。已裁圆月班姬扇,更换轻云子产衣。河朔一时觞对举,临淄万井汗交挥。冰丸雪散成虚设,欲借飙轮诹紫微。

① 此首录自《全宋诗》卷一二一。 ② 杨亿(974—1021):字大年,建州浦城(今属福建)人。淳化三年(992)赐进士及第。历官光禄寺丞、著作佐郎、左司谏、翰林学士、工部侍郎等。曾与王钦若同修《册府元龟》。有《括苍》、《武夷》、《颍阴》等集,另编有《西昆酬唱集》。《宋史》有传。

塞 上[①]

释宇昭[②]

嫖姚立大勋[③],万里绝妖氛。马放降来地,雕闲战后云。月侵孤垒没,烧彻远芜分。不惯为边客,宵笳懒欲闻。

① 此首录自《全宋诗》卷一二六。原题为《塞上赠王太尉》。 ② 释宇昭(生卒年不详):里籍无考。江东人。九僧之一。 ③“嫖姚”句:《全宋诗》注“《积书岩宋诗删》卷一五作防秋人不到”。

少 年 行[①]

释智圆[②]

儿奴屡背约,辱我汉天子。瞋目而语难,五陵年少子。举手提三尺,报国在一死。匹马立奇勋,壮哉傅介子[③]。

① 此首录自《全宋诗》卷一三八。 ② 释智圆(976—1022):字无外,自号中庸子,钱塘(今浙江杭州)人。俗姓徐。八岁受具于龙兴寺,后传元台三观于源清法师。与处士林逋为友。谥号法慧。有《闲居编》。 ③ 傅介子:西汉时人。昭帝时,西域龟兹、楼兰首领联合匈奴,杀汉使官。傅介子奉命携黄金锦绣出使楼兰,在宴席上计斩楼兰王。归封义阳侯。

苦 热[①]

释智圆

平湖日炙沸如煮,庭树色干鸟渴死。何人万里驱征车,红尘涨天方入市。

① 此首录自《全宋诗》卷一三七。

苦　热①

钱惟济②

苹末风休飞阁深，亭亭日御渐流金。火云接影横银汉，水鸟无声下翠阴。渴想孤山同饮露，烦思楚殿独披襟。柘浆③粔籹④都无味，卫玠清羸欲不任。

① 此首录自《全宋诗》卷一四六。　② 钱惟济(979—1033)：字岩夫，钱塘(今浙江杭州)人。历官知绛州、潞州、定州，累官武昌军节度观察留后，知澶州，再知定州。有《玉季集》。　③ 柘浆：甘庶汁。柘，通“庶”。《汉书·礼乐志》颜师古注引应劭曰：“柘浆，取甘柘汁以为饮也。”　④ 粔籹：古代的一种食品，类似今之馓子。《楚辞·招魂》：“粔籹蜜饵，有餦餭些。”王逸注：“言以蜜和米面，熬煎作粔籹。”

棹　歌①

蒋　堂②

湖之水兮碧泱泱，环越境兮润吴疆。蒲羸所萃兮雁鹜群翔，朝有行舻兮暮有归艎。茭牧狎至兮渔采相望，溉我田畴兮生我稻粱。我岁穰熟兮我民乐康，马侯之功兮其谁敢忘。莼丝紫兮箭笋黄，取其洁兮荐侯堂。盏斝具兮箫鼓张，日晻晻兮山苍苍。侯之来兮云飞扬，隔微波兮潜幽光。念山可为席兮湖不可荒，惟侯之灵兮与流比长。万斯年兮福吾乡，乐吾生兮徜徉。

① 此首录自《全宋诗》卷一五〇。　② 蒋堂(980—1054)：字希鲁，号遂翁，宜兴(今属江苏)人。大中祥符五年(1012)进士。历知临川、泗州，召为监察御史。仁宗朝任侍御史，出为江南东路转运使，又擢三司副使，知应天、河中府及洪、杭、益、苏州等，累迁枢密直学士。皇祐中，以尚书礼部侍郎致仕。史称其清修纯饬，好学工诗。有《吴门集》。

明月谣[①]

范仲淹[②]

明月在天西，初如玉钩微。一夕增一分，堂堂有余辉。不掩五星耀，不碍浮云飞。徘徊河汉间，秀色若可餐。清风起丛桂，白露生阶兰。高楼望君时，为君拂金徽。奏以尧舜音，此音天与稀。明月或可闻，顾我亦依依。月有万古光，人有万古心。此心良可歌，凭月为知音。

① 此首录自《全宋诗》卷一六四。　② 范仲淹(989—1052)：字希文。吴县(今江苏苏州)人。大中祥符进士。官至枢密副使、参知政事。主持“庆历新政”，提出明黜陟、抑饶幸、精贡举等十事。有《范文正公集》。《宋史》有传。

清风谣[①]

范仲淹

清风何处来，先此高高台。兰从国香起，桂枝天籁回。飘飘度清汉，浮云安在哉。万古郁结心，一旦为君开。有客慰所思，临风久徘徊。神若游华胥，身疑立天台。极渴饮沆瀣，大暑执琼瑰。旷如携松丘，腾上烟霞游。熙如揖庄老，语人逍遥道。朱弦鼓其薰，可以解吾民。沧浪比其清，可以濯吾缨。愿此阳春时，勿使飘暴生。千灵无结愠，万卉不摧荣。庶几宋玉赋，聊广楚王情。

① 此首录自《全宋诗》卷一六四。

上汉谣[①]

范仲淹

真人累阴德，闻之三十天。一朝鸾鹤来，高举为神仙。冉冉去红尘，飘飘凌紫烟。下有修真者，望拜何拳拳。愿君银台上，侍帝玉案前。当有人间问，请为天下宣。自从混沌死，淳风日衰靡。百王道不同，万物情多诡。尧舜累代仁，弦歌始能治。桀纣一旦非，宗庙自然[②]毁。是非既循环，兴亡亦继轨。福至在朱门，祸来先赤子。尝闻自天意，天意岂如此。何为治乱间，多言历数尔。愿天赐吾君，如天千万春。明与日月久，恩将雨露均。帝力何可见，物情自欣欣。人复不言天，天亦不伤人。天人两相忘，逍遥何有乡。吾当饮且歌，不知羲与黄。

① 此首录自《全宋诗》卷一六四。　② 自然:《全宋诗》注“原校:一作白日”。

塞　上[①]

胡　宿[②]

汉家神箭定天山，烟火相望万里间。契利[③]请盟金匕酒，将军归卧玉门关。云沉老上妖氛断，雪照回中探骑还[④]。五饵已行王道胜，绝无刁斗至阗颜。

① 此首录自《全宋诗》卷一八二。　② 胡宿(995—1067):字武平，常州晋陵(今江苏常州)人。天圣二年(1024)进士。历官扬子尉、通判宣州、知湖州、两浙转运使、知制诰、翰林学士、枢密副使。英宗朝知杭州，除太子少师致仕。有《胡文恭集》。　③ 契利:《全宋诗》校记“《唐诗鼓吹》注:‘契疑作颉。’唐贞观元年，颉利突厥可汗来请和，诏许之。与颉利盟，赐之金帛”。　④ 还:《全宋诗》校记“《唐诗鼓吹》、《两宋名贤小集》、《积书岩宋诗删》、《宋诗纪事》作闲”。

采莲女[①]

胡　宿

碧盖缃葩映素秋，此中兰棹好销忧。相将共挈青丝笼，一笑同回翠羽舟。日暮鸣榔随下濑，夜深归棹怯中流。东方自有罗敷婿，不顾江边越鄂州。

① 此首录自《全宋诗》卷一八三。

猛虎行[①]

梅尧臣[②]

山木暮苍苍，风凄茆叶黄。有虎始离穴，熊罴安敢当。掉尾为旗纛，磨牙为剑铓。猛气吞赤豹，雄威慑封狼。不贪犬与豕，不窥藩与墙。当途食人肉，所获乃堂堂。“食人既我分，安得为不祥？麋鹿岂非命，其类宁不伤。满野设置网，竞以充圆方。而欲我无杀，奈何饥馁肠！”

① 此首录自《全宋诗》卷二三七。 ② 梅尧臣(1002—1060)：字圣俞，宣城(今属安徽)人。少时应进士不第。皇祐初赐同进士出身，授国子直讲，官至尚书都官员外郎。诗风古淡，对宋代诗风转变影响很大。与苏舜钦齐名，时称苏梅。有《宛陵先生文集》。

织 妇[①]

梅尧臣

织妇手不停，心与日月速。常忧里胥来，不待鸡黍熟。但言督县官，立要断机[②]轴。谁知公侯家，赐帛堆满屋。

① 此首录自《全宋诗》卷二五八。 ②断机：《全宋诗》校记“据残宋本，万历本、康熙本作机断”。今按：据《全宋诗》卷二三二“梅尧臣”题记，“残宋本”为宋绍兴十年刻嘉定十六至十七年重修本《宛陵先生文集》，“万历本”指万历年间姜奇方刻《宛陵先生集》，“康熙本”指“康熙间梅氏重修会庆堂刻本”。

田家语[①]

梅尧臣

谁道田家乐,春税秋[②]未足。里胥扣我门,日夕苦煎促。盛夏流潦多,白水高于屋。水既害我菽,蝗又食我粟。前月诏书来,生齿复板录;三丁籍一壮,恶使操弓韣。州符今又严,老吏持鞭朴[③]。搜索稚与艾,唯存跛无目。田闾[④]敢怨嗟,父子各悲哭。南亩焉可事,买箭[⑤]卖牛犊。愁气变久雨,铛缶空无粥。盲跛不能耕,死亡在迟速。我闻诚所惭,徒尔叨君禄,却咏《归去来》,刈薪向深谷。

① 此首录自《全宋诗》卷二四一。题下有序云:“庚辰诏书,凡民三丁籍一,立校与长,号‘弓箭手’,用备不虞。主司欲以多媚上,急责郡吏,郡吏畏,不敢辩,遂以属县令。互搜民口,虽老幼不得免。上下愁怨,天雨淫淫,岂助圣上抚育之意耶!因录田家之言次为文,以俟采诗者云。” ② 税秋:《全宋诗》校注“宋荦本作秋税”。今按:据《全宋诗》卷二三二“梅尧臣”题记,“宋荦本”指“清康熙间商丘宋荦刻本”,下同。 ③ 朴:疑为扑。 ④ 闾:《全宋诗》校注“宋荦本作庐”。 ⑤ 箭:《全宋诗》校记“夏校:当作剑”。“夏校”,指夏敬观校勘,下同。

蚕女[①]

梅尧臣

自从蚕蚁生,日月忧蚕冷。草室常自温,云髻未暇整。但采原上桑,不顾门前杏。辛苦得丝多,输官官莫省。

① 此首录自《全宋诗》卷二五八。

汝坟贫女[①]

梅尧臣

汝坟贫家女，行哭音凄怆。自言有老父，孤独无丁壮。郡吏来何暴，县官不敢抗。督遣勿稽留，龙钟去携仗[②]。勤勤嘱四邻，幸愿相依傍。适闻闾里归，问讯疑犹强。果然寒雨中，僵死壤河上。弱质无以托，横尸无以葬。生女不如男，虽存何所当。拊膺呼苍天，生死将奈向。

① 此首录自《全宋诗》卷二四一。原诗题下有序云："时再（今按：当为在）点弓手，老幼俱集。大雨甚寒，道死者百余人。自壤河至昆阳老牛陂，僵尸相继。"

② 仗：疑为杖。

武陵行[①]

梅尧臣

生事在渔樵，所居亦烟水。野艇一竿丝，朝朝狎清泚。忽自傍藤阴，乘流转山觜。始觉景气佳，潜通小溪里。常时不见春，入谷惊红蕊。幽兴穷绿波，玩芳心莫已。花外一峰明，林间碧洞启。遥闻鸡犬音，渐悟人烟迩。舍舟遂潜行，石径劣容屣。豁然有田园，竹果相丛倚。庞眉鬖髻人，倏遇心颜喜。尚作秦衣裳，那知汉名氏。自言逢世乱，避地因居此。来时手种桃，今日开如绮。更看水上花，几度逐风委。竟引饭雕胡，邀饮[②]酌琼醴。复呼童稚前，绿鬓仍皓齿。翻遣念还[③]茅，思归钓鳣鲔。将辞亦赠言，勿道丘壑美。鼓枻出仙源，繁英犹迤迤。薄暮返苍洲，微风吹白芷。他日欲重过，茫茫何处是。

① 此首录自《全宋诗》卷二三四。　② 饮：《全宋诗》校注"宋荦本作欢"。

③ 还：《全宋诗》校注"夏校：疑当作逢"。

挟弹篇[①]

梅尧臣

长安细侯年尚小,独出春郊不须晓。手持柘弹霸陵边,岂惜金丸射飞鸟。金丸射尽飞鸟空,解衣市酒向新丰。醉倒银瓶方肯去,去卧红楼歌吹中。不管花开与花老,明朝还去杜城东。

① 此首录自《全宋诗》卷二三六。

苦　热[①]

梅尧臣

赤日若射火,林风不动梢。羸汗尚流沛,冠服岂堪包。贵人谅有禀,惯习非强教。窃观行车马,坌荡剧煨炮。宁思山中人,石泉浸两骹。

① 此首录自《全宋诗》卷二四六。

行路难[①]

梅尧臣

途路无不通,行贫足如缚。轻裘谁家子,百金负六博。蜀道不为难,太行不为恶。平地乏一钱,寸步邻沟壑。

① 此首录自《全宋诗》卷二五〇。

野田行[①]

梅尧臣

轻雷长陂水,农事乃及辰。茅旌送山鬼,瓦鼓迎田神。青皋暗藏雉,万木欣已春。桑间偶耕者,谁复来问津。

① 此首录自《全宋诗》卷二三八。

山村行[①]

梅尧臣

征马去不息，幽禽随处闻。深源树蓊郁，曲坞花芬蒀。澮澮平田水，濛濛半岭云。长鬟弄春女，溪上自湔裙。

① 此首录自《全宋诗》卷二三八。

古相思[①]

梅尧臣

劈竹两分张，情知无合理。织作双纹簟，依然泪花紫。泪花虽复合，疑岫几千里。欲识舜娥悲，无穷似湘水。

① 此首录自《全宋诗》卷二四二。

花娘歌[①]

梅尧臣

花娘十二能歌舞，籍甚声名居乐府。荏苒其间十四年，朝作行云暮行雨[②]。格夫[③]气俊能动人，人能动之无几许。前岁适从江国来，时因宴席相微语。虽有幽情未得传，暗结殷勤度寒暑。去春送客出东城，舟中接膝已心[④]倾。自兹稍稍有期约，五月连[⑤]航并钓行。曲堤别浦无人处，始笑鸳鸯浪得名。尔后频[⑥]逢殊嬿婉，各恨从来相见晚。月下花[⑦]前不暂离，暂离已抵银河远。青鸟传音日几回，鸡鸣归去暮还来。经秋度腊无纤失，爱极情专易得猜。前时[8]南圃录芳卉，小忿不胜投袂起。官私乘衅作威稜，督促仓惶去[9]闾里。萧萧风雨满长溪，一舸翩[10]然逐流水。忽逢小史向城来[11]，泣泪寄言心欲死。愿郎日[12]日至青云，妾已长甘在泥滓。更悲恩意不得终，世事难凭何若此。郎闻兹语痛莫深，天地无穷恨无[13]已。我今为尔偶成章，便欲缄之托双鲤。

① 此首录自《全宋诗》卷二四五。 ②“朝作”句：据《全宋诗》校注，《侯鲭录》引作“朝为行云暮为雨”。 ③ 夫：《全宋诗》校注“《侯鲭录》作‘高’，夏校：天字之讹。冒校：或是狂”。今按：“冒”指冒广生。 ④ 已心：《全宋诗》校注，《侯鲭录》作“心已”。 ⑤ 连：《全宋诗》校注，《侯鲭录》作“莲”。 ⑥ 频：《全宋诗》校注，《侯鲭录》作“相”。 ⑦ 花：《全宋诗》校注，《侯鲭录》作“星”。 ⑧ 时：《全宋诗》校注，《侯鲭录》作“年”。 ⑨ 去：《全宋诗》校注，《侯鲭录》作“出”。 ⑩ 翩：《全宋诗》校注，《侯鲭录》作“飘”。 ⑪ 来：《全宋诗》校注，《侯鲭录》作“东”。 ⑫ 日：《全宋诗》校注，《侯鲭录》作“早”。 ⑬ 无：《全宋诗》校注，《侯鲭录》作“不”。

妾薄命[1]

梅尧臣

昔是波底沙，今为陌上尘。曾闻清泠混金屑，谁谓飘扬逐路人。悠悠万物难自保，朝看秾华暮衰老。须知铅黛不足论，何必芳心竞春草。草有再三荣，颜无一定好。曩恩宁重持，徒能乱怀抱。

① 此首录自《全宋诗》卷二三二。

西宫怨[1]

梅尧臣

汉宫中选时，天下谁为校。宠至莫言非，恩移难恃貌。一朝居别馆，悔妒何由效。买赋岂无金，其如君不乐。

① 此首录自《全宋诗》卷二三五。

长歌行[1]

梅尧臣

世人何恶死，死必胜于生。劳劳尘土中，役役岁月更。大寒求以燠，大暑求以清。维馁求以馌，维渴求以觥。其少欲所惑，其老病所婴。富贵拘法律，贫贱畏笞榜。生既若此苦，死当一切平。释子外形骸，道士完髓精。二皆趋死途，足以见其情。遗形得极乐，升仙上玉京。是乃等为死，安有蜕骨轻。日中不见影，阳魂与鬼并。庄周谓之息，漏泄理甚明。仲尼曰焉知，不使人道倾。此论吾得之，曷要世间行。

① 此首录自《全宋诗》卷二六〇。

田　家[1]（四首）

梅尧臣

其　一

昨夜春雷作，荷锄理南陂。杏花将及候，农事不可迟。蚕女亦自念，牧童仍我随。田中逢老父，荷杖独熙熙。

① 此四首录自《全宋诗》卷二三二。

其　二

草木绕篱盛，田园向郭斜。去锄南山豆，归灌东园瓜。白水照茅屋，清风生稻花。前陂日已晚，聒聒竞鸣蛙。

其　三

荒村人自乐，颇足平生心。朝饭露葵熟，夜舂云谷深。采山持野斧，射鸟入烟林。谁见秋成事，愁蝉复怨碪。

其　四

今朝田事毕，野老立门前。拊颈望飞鸟，负暄话余年。自从备丁壮，及此常苦煎。卒岁岂堪念，鹑衣著更穿。

妾薄命[①]

梅尧臣

妾命似春冰，不受杲日照。有分定随流，绿波应解笑。不是郎情薄，自是郎年少。待郎欢厌足，妾发如蓬藋。

① 此首录自《全宋诗》卷二五七。

醉翁吟[①]

梅尧臣

翁来，翁来，翁乘马。何以言醉，在泉林之下。日暮烟愁谷暝，蹄耸足音响原野。日从东方出照人，揽晖曾不盈把。酒将醒，未醒又挹玉斝向身泻，翁乎醉也。山花炯兮，山木挺兮，翁酩酊兮。禽鸣右兮，兽鸣左兮，翁魈魏兮。虫蜩嚎兮，石泉嘈兮，翁酕醄兮。翁朝来以暮往，田叟野父徒倚望兮。翁不我搔，翁自陶陶。翁舍我归，我心依依。博士慰我，写我意之微兮。

① 此首录自《全宋诗》卷二五七。题下注云："此琴曲也，二字至七字增减，诗见残宋本，他本皆无。"

早春田行[①]

梅尧臣

风雪双羊路，梅花溪上村。鸟呼知木暖，云湿觉山昏。妇子来陂下，囊壶置树根。予非陶靖节，老去爱田园。

① 此首录自《全宋诗》卷二五五。

邺中行[①]

梅尧臣

武帝初起铜雀台，丕又建阁延七子。日日台上群乌饥，峨峨七子宴且喜。是时阁严人不通，虽有层梯谁可履。公干才俊或欺事，平视美人曾不起。五官褊急犹且容，意使忿怒如有鬼。自兹不得为故人，输作左校滨于死。其余数子安可存，纷纷射去如流矢。乌乌声乐台较高，各自毕逋夸疐尾。而今抚卷迹已陈，唯有漳河旧流水。

① 此首录自《全宋诗》卷二四五。

折杨柳[①]

文彦博[②]

长忆都门外，低垂拂路尘。更思南陌上，攀折赠行人。行人经岁别，杨柳逐年新。何当逢塞雁，重寄一枝春。

① 此首录自《全宋诗》卷二七三。 ② 文彦博(1006—1097)：字宽夫。汾州介休(今属山西)人。天圣进士。历御史、转运副使、知州通判、枢密副使、参知政事、同中书门下平章事，拜太师，封潞国公。一生更事仁、英、神、哲四朝，出将入相五十余年。著有《潞公集》四十卷。《宋史》有传。

关山月[①]

文彦博

宕子久行役，辽西戍未还。佳人怨遥夜，清泪浥朱颜。藓晦兰闺寂，尘昏宝鉴闲。相思不相见，明月下关山。

① 此首录自《全宋诗》卷二七三。

夜夜曲[①]

文彦博

明月流清汉，娟娟照洞房。微风吹败叶，飒飒下银床。尘晦流黄素，炉销辟恶香。年年机杼妾，独怨夜何长。

① 此首录自《全宋诗》卷二七三。

塞下曲[①](二首)

文彦博

其一

老上焚庭后，昆邪右衽时。休开小月阵，罢祷拂云祠。徒觉筋竿劲，宁闻羽檄驰。祁连皆积雪，渠答夜应施。

① 此二首录自《全宋诗》卷二七三。

其 二

朔漠凝寒久，穷荒气候赊，冻云藏虎谷，残雪满龙沙。地回胡风急，天高汉月斜。何人动乡思，垅上听金笳。

从军行[①]

文彦博

汗马出长城，横行十万兵。晨驱左贤阵，夕掩亚夫营。雪压龙沙白，云遮瀚海平。燕山纪功后，麟阁耀鸿名。

① 此首录自《全宋诗》卷二七三。

陌上桑[①]

文彦博

佳人名莫愁，采桑南陌头。因来淇水畔，应过上宫游。贮叶青丝笼，攀条紫桂钩。使君徒见问，五马亦迟留。

① 此首录自《全宋诗》卷二七三。

侠少行[①]

文彦博

锦带佩吴钩，翩翩跃紫骝。垂鞭度永埒，挟弹过长楸。平乐十千酒，南城百尺楼。荆娥拂双袖，日夕又迟留。

① 此首录自《全宋诗》卷二七三。

巫山高[1]

文彦博

巫山高不极，高与碧穹齐。朝云常蔼蔼，暮雨复凄凄。仿佛闻珠佩，依稀认绣袿。无能留彼美，徒使梦魂迷。

① 此首录自《全宋诗》卷二七三。

阳春曲[1]

文彦博

颇伤金管遽，仍恨缇光促。四序若循环，百年如转轴。佳人暮不归，兰茁春又绿。空持绿绮琴，愁弄阳春曲。

① 此首录自《全宋诗》卷二七三。

长相思[1]

文彦博

远别苦无悰，离居常戚戚。顾慕怀所欢，徘徊弥自惜。琼蕊不可采，瑶华未堪摘。惟凭尺锦书，一寄长相忆。

① 此首录自《全宋诗》卷二七三。

采莲曲[1]

文彦博

江南秋色蚤，江上蚤莲芳。佳人采红萼，两桨渡横塘。翳日华芝薄，随风绵绛长。荡舟方自乐，绿水任沾裳。

① 此首录自《全宋诗》卷二七三。

明妃曲[①]

欧阳修[②]

胡人以鞍马为家，射猎为俗。泉甘草美无常处[③]，鸟惊兽骇争驰逐。谁将汉女嫁胡儿？风沙无情貌如玉。身行不遇中国人，马上自作《思归曲》。推手为琵却手琶，胡人共听亦咨嗟。玉颜流落死天涯，琵琶[④]却传来汉家。汉宫[⑤]争按新声谱，遗恨已深声更苦。纤纤玉手生洞房，学得琵琶不下堂。不识黄云出塞路，岂知此声能断肠？

① 此首录自《全宋诗》卷二八九。原题为《明妃曲和王介甫作》。题下注："嘉祐四年。"今按：王安石的《明妃曲》，曾有梅尧臣、司马光、刘敞等人唱和，欧阳修此首亦为和诗。　② 欧阳修(1007—1072)：字永叔，号醉翁，晚年又号六一居士，庐陵(今江西吉安)人。幼贫而好学。天圣进士。曾任枢密副使、参知政事。因议新法与王安石不合，退居颍州。谥文忠。其散文富阴柔之美，为北宋古文运动领袖，"唐宋八大家"之一。曾与宋祁合修《新唐书》，独撰《新五代史》。有《欧阳文忠公集》、《六一词》等。　③ 无常处：《全宋诗》校注"石本作随山川"，然未详"石本"所指。　④ 琵琶：《全宋诗》校注"原校：一作此曲"。今按：据《全宋诗》卷二八二"欧阳修"题记，底本为《四部丛刊》影印之"元本《欧阳文忠公集》"。⑤ 宫：《全宋诗》校注"一作家"。

明妃曲[①]

欧阳修

汉宫有佳[②]人，天子初未识。一朝随汉使，远嫁单于国。绝色天下无，一失难再得。虽能杀画工，于事竟何益？耳目所及尚如此，万里安能制夷狄？汉计诚已拙，女[3]色难自夸。明妃去时泪，洒向枝上花。狂风日暮起，飘泊落谁家？红颜胜人多薄命，莫怨东风当自嗟。

① 此首录自《全宋诗》卷二八九。原题为《再和明妃曲》。题下注："嘉祐四年"。② 佳：《全宋诗》校注"原校：一作美"。 ③ 女：《全宋诗》校注"原校：一作美"。

明妃小引[1]

欧阳修

汉宫诸女严妆罢，共送明妃沟水头。沟上水声来不断，花随水去不回流。上马即知无返日，不须出塞始堪愁。

① 此首录自《全宋诗》卷二九〇。

剥 啄 行[1]

欧阳修

剥剥复啄啄，柴门惊鸟雀。故人千里驾，信士百金诺。搢绅相趋动颜色，闾巷欢呼共嗟愕。顾我非惟慰寂寥，于时自可警偷薄。事国十年忧患同，酣歌几日暂相从。酒醒初不戒徒驭，归思瞥起如飞鸿。车马阒然人已去，荷锄却向野田中。

① 此首录自《全宋诗》卷二九九。原题为《拟剥啄行寄赵少师》。题下注："熙宁五年"。今按：韩愈有《剥啄行》，起句曰"剥剥啄啄，有客至门"。

日本刀歌[1]

欧阳修

昆夷道远不复通，世传切玉谁能穷。宝刀近出日本国，越贾得之沧海东。鱼皮装贴香木鞘，黄白闲杂鍮与铜。自注：真鍮似金，真铜似银。百金传入好事手，佩服可以禳妖凶。传闻其国居大岛，土壤沃饶风俗好。其先徐福诈秦民，采药淹留丱童老。百工五种与之居，至今器玩皆精巧。前朝贡献屡往来，士人往往工词藻。徐福行时书未焚，逸书百篇今尚存。令严不许传中国，举世无人识古文。先王大典藏夷貊，苍波浩荡无通津。令人感激坐流涕，锈涩短刀何足云。

① 此首录自《全宋诗》卷二九九。

有所思行[①]

张方平[②]

有所思，在斗墟之东华。我欲从之路阻赊，寸心坐驰天南涯。彼美一人骞且都，明月环佩云霞裾，蹇于翔兮不我留。登高杳视令人愁，褰裳欲涉江湖修。江湖修，不可过。不可过兮奈若何，私自怜兮长啸歌。

① 此首录自《全宋诗》卷三〇八。　② 张方平(1007—1091)：字安道，号乐全居士，应天宋城(今河南商丘)人。历官校书郎、知昆山县、通判睦州。召直集贤院、知谏院、知制诰。后出知滁州、滑州，迁尚书左丞、知南京。有《乐全集》四十卷。《宋史》有传。

幽蓟行[①]

张方平

昔者帝尧光宅本都冀，幽朔乃为寰内地。舜肇十有二州此其一，禹服周藩有年祀。崆峒之英其人武，气含阴杀乐钲鼓。秦汉发吏守边亭，世与其民扞中土。召伯功勤黑社传，昭王意气金台古。我兴北望涕交颐，念汝幽蓟之奇士兮，今为勋华光耀照四海，忍遂反衽偷生为。吾民孰不愿左袒，汝其共取燕支归。

① 此首录自《全宋诗》卷三〇八。

东山吟[①]

张方平

我思古人兮，有东晋太傅谢公者其庶几。英才乃是孔明辈，风流更觉茂弘卑。东山游兮不归，妓携手兮嬉嬉。晚年拂剑兮一起，为苍生兮安国危。笑言指挥兮八千师，氐秦百万兮溃而夷。朝之君臣兮犹燕巢于幕上，公对枰兮解颐。吁嗟公之车兮逢白鸡而遽止，青山空兮已而。

① 此首录自《全宋诗》卷三〇八。

苦　热[①]

韩　琦[②]

皇祐辛卯夏，六月朔伏暑。始伏之七日，大热极炎苦。赫日烧扶桑，焰焰指亭午。阳乌自焦铄，垂翅不西举。炙翻四海波，天地入烹煮。蛟龙窜潭穴，汗喘不敢雨。雷神抱桴逃，不顾车裂鼓。岂无堂室深，气郁如炊釜。岂无台榭高，风毒如遭蛊。直疑万类繁，尽欲变脩脯。尝闻崑阆间，别有神仙宇。雷散涤烦襟，玉浆清浊腑。吾欲飞而往，于义不独处。安得世上人，同日生毛羽。

① 此首录自《全宋诗》卷三一八。　② 韩琦（1008—1075）：字稚圭，相州安阳（今属河南）人。天圣进士。初授将作监丞，通判淄州。历官开封府推官、右司谏。出为陕西安抚使，与范仲淹并称“韩范”。后知扬州、定州、并州等。英宗即位，乃为相，封魏国公。神宗立，辞相，出判相州。有《安阳集》五十卷。

插花吟[①]

邵　雍[②]

头上花枝照酒卮，酒卮中有好花枝。身经两世太平日，眼见四朝全盛时。况复筋骸粗康健，那堪时节正芳菲。酒涵花影红光溜，争忍花前不醉归。

① 此首录自《全宋诗》卷三七〇。　② 邵雍（1011—1077）：字尧夫，自号安乐先生、伊川翁等，范阳（今河北涿州）人。少随父徙卫州共城（今河南辉县），后居洛阳多年。曾被召不赴。有《皇极经世》、《伊川击壤集》。

种谷吟[①]

邵　雍

农家种谷时，种禾不种莠。奈何禾未荣，而见莠先茂。莠若不诛锄，禾亦未成就。又况雨霈时，沾及恩一溜。

① 此首录自《全宋诗》卷三六九。

感事吟[①]

邵　雍

四海三江与五湖，只通舟楫不通车。往来无限安平者，岂是都由香一炉？

① 此首录自《全宋诗》卷三七二。

击壤吟[①]

邵　雍

击壤三千首，行窝二十家。乐天为事业，养志是生涯。出入将如意，过从用小车。人能知此乐，何必待纷华！

①此首录自《全宋诗》卷三七七。

黄金吟[①]

邵雍

身上有黄金，人无走陆沉。求时未必见，得处不因寻。辨捷[②]非通物，涵容是了心。会弹无弦琴，然后能知音。

①此首录自《全宋诗》卷三七七。 ②捷：《全宋诗》校记“蔡本作给”。据《全宋诗》卷三六一“邵雍”题记，“蔡本”当指1975年江西星子县宋墓出土之蔡弼重编《重刊邵尧夫击壤集》。

尧夫吟[①]

邵雍

尧夫[②]吟，天下拙。来无时，去无节。如山川，行不彻。如江河，流不竭。如芝兰，香不歇。如箫韶，声不绝。也有花，也有雪，也有风，也有月。又温柔，又峻烈，又风流，又激切。

①此首录自《全宋诗》卷三七八。 ②尧夫：邵雍的字。

病中吟[①]

邵雍

尧夫三月病，忧损洛阳人。非止交朋意，都如骨肉亲。荐医心恳切，求药意殷勤。安得如前日，登门谢此恩。

①此首录自《全宋诗》卷三七九。

无行吟[①]

邵 雍

无行少年子,京都来往频。功名一生事,歌酒十年春。有数黄金尽,无情白发新。朋从消散尽,赢得病随身。

① 此首录自《全宋诗》卷三八一。

有病吟[①]

邵 雍

身之有病,当求药医。药之非良,其身必亏。国之有病,当求人医。人之非良,其国必危。事之未急,当速改为。事之既急,虽悔难追。

① 此首录自《全宋诗》卷三七六。

白头吟[①]

邵 雍

何人头不白,我白不因愁。只被人多欲,其如我不忧。不忧缘不动,多欲为多求。年老人常事,如何不白头!

① 此首录自《全宋诗》卷三七六。

鄮阳行[①]

蔡 襄[②]

春秋书大水,灾患古所评。去年积行潦,田亩鱼蛙生。今岁谷翔贵,鼎饪无以烹。继亦掇原野,草莱不得萌。剥伐及桑枣,折发连檐甍。谁家有仓囷,指此为兼并。头会复箕敛，劝率以为名。壮强先转徙，羸瘠何经营。天子忧元元，四郊扬使旌。朝暮给饘粥，军廪缺丰盈。殍亡与疫死，颠倒投官坑。坑满弃道傍，腐肉犬豕争。往往互食啖，欲语心惊魂。荒村但寂寥，晚日多哭声。哭哀声不续，饥病岂能哭！止哭复吞声，清血暗双目。陇上麦欲黄，寄命在一熟。麦熟有几何？人稀麦应足。纵得新麦尝，悲哉旧亲属。我歌鄚阳行，诗成宁忍读。

① 此首录自《全宋诗》卷三八七。　② 蔡襄（1012—1067）：字君谟，仙游（今属福建）人。天圣进士。庆历三年知谏院，进直史馆，兼修起居注，又改福建路转运使。皇祐间，迁起居舍人、知制诰。迁龙图阁直学士、知开封府。以枢密直学士再知福州，徙泉州。嘉祐年间召为翰林学士，英宗时又知杭州。有《蔡忠惠集》。《宋史》有传。

洛阳曲[①]

陈　襄[②]

有客顿征辔，暮宿洛阳堤。洛阳繁华地，慨然心伤悲。忆昔季伦家，朱门鼎贵时。锦步四十里，冠盖相追随。宠移百琲珠，醉击珊瑚枝。一旦委沟壑，身随朝露晞。绮楼自颠仆，金谷无人归。绿珠千古魂，散作香尘飞。荒榛塞中道，惟有寒螀啼。嗟哉百世后，骄奢徒尔为。

① 此首录自《全宋诗》卷四一二。　② 陈襄（1017—1080）：字述古，福州侯官（今福建福州）人。因家在古灵村，故号古灵先生。庆历进士。初仕浦城主簿，历知仙居、河阳、濛阳等县。后入为秘阁校理、判祠部事。又出知常州、明州。又同修起居注，知谏院，改知制诰。与王安石政见不合，出知陈州、杭州等。复召还，判尚书都省。有《古灵先生文集》。《宋史》有传。

荔枝歌[①]

陈　襄

番禺地僻岚烟锁，万树累累产嘉果。汉宫坠落金茎露，秦城散起骊山火。炎炎六月朱明天，映日仙枝红欲燃。自古清芬不能遏，留得嘉名为椹仙。上皇西去杨妃死，蛮海迢迢千万里。华清宫阙阒无人，南来不见红尘起。至今荣植遍闽州，离离朱实繁星稠。一日为君空变色，千里凭谁速置邮。可怜锦幄神仙侣，为饮凝浆涤烦暑。绮筵不惜十千钱，酩酊秦楼桂花醑。秦楼女子绣罗裳，凤箫呜咽流宫商。醉歌一曲荔枝香，席上少年皆断肠。

① 此首录自《全宋诗》卷 四一二。

对酒歌[①]

陈　襄

我闻灵鳌万丈居海宫，峨峨头戴三神峰。匣有神刀刃如雪，便欲鲙之雕俎中。又闻银涛一派天上来，寒光湛湛浸瑶魁。心有穷愁万余斛，便欲沃为三两杯。无人为把天关叩，不放金乌飞、玉兔走。大嚼一脔肉，满酌十分酒。然后酩酊归醉乡，不问其天之高、地之厚。

① 此首录自《全宋诗》卷四一二。

苦寒行[①]

文　同[②]

上太行兮高盘盘，日将暮兮岁已阑。入谷口兮出林端，风惨惨兮吹骨寒。冰霜结兮玉巑岏，光上照兮天色干。纷横委兮草树残，黯栗烈兮烟云霭。仆足皲兮马蹄抏，望所舍兮摧心肝。囊立空兮衣且单，嗟道途兮胡艰难。

① 此首录自《全宋诗》卷四三二。　② 文同（1018—1079）：字与可，自号笑笑先生，永泰（今四川盐亭）人。皇祐进士。历官邛州、汉州、洋州等州。元丰初，以尚书司封员外郎充秘阁校理知湖州，未到任而卒。善诗文书画，擅画墨竹，有“湖州竹派”之称。有《丹渊集》。

织妇怨[①]

文　同

掷梭两手倦，踏茶双足趼。三日不住织，一匹才可剪。织处畏风日，剪时谨刀尺。皆言边幅好，自爱经纬密。昨朝持入库，何事监官怒？大字雕印文，浓和油墨污。父母抱归舍，抛向中门下。相看各无语，泪迸若倾泻。质钱解衣服，买丝添上轴。不敢辄下机，连宵停火烛。当须了租赋，岂暇恤襦裤？前知寒切骨，甘心肩骭露。里胥踞门限，叫骂嗔纳晚。安得织妇心，变作监官眼。

① 此首录自《全宋诗》卷四三三。

西门行[①]

文　同

盛年可爱重，芳辰宜嬉游。金瓮酿醇酒，玉盘炙肥牛。青春九十日，不可一日休。勿自汩浩气，满胸藏百忧。君莫惜黄金，黄金身后雠。自古贪与吝，常为贤者羞。

① 此首录自《全宋诗》卷四三二。

塘上行[①]

文同

寒塘涨新雨，滟滟翠波满。沙晴步声涩，风引罗带缓。蒲牙妒舌利，荷叶欢心卷。生平玉衣梦，至此神亦诞。徒诵小星篇，无人觉肠断。

① 此首录自《全宋诗》卷四三二。

钓竿[①]

文同

霜刀裁绿筠，桂饵挂轻缗。敛迹天地间，侧身江海滨。悠悠宝帐夜，寂寂烟波春。何时投竿归，再与君子亲。

① 此首录自《全宋诗》卷四三二。

临高台[①]

文同

临高台，望故乡。地千里，天一方。极目外，空茫茫。孤云飞，不我将。安得羽翼西南翔。

① 此首录自《全宋诗》卷四三二。

自君之出矣[①]

文同

自君之出矣，吊影度晨夕。中门一步地，未省有行迹。闺闱足仪检，常恐犯绳尺。欲寄锦字书，知谁者云的。

① 此首录自《全宋诗》卷四三二。

东门行[①]

文同

士有失所偶，难甘蓬荜微。拔剑出东门，感愤不顾归。贤哉彼嘉匹，逐逐牵其衣。愿同此饘粥，节义安得违。况今谓清世，不可复为非。

① 此首录自《全宋诗》卷四三二。

苦热行[①]

文同

黄人顿驾留天中，金鸦吐火烧碧空。炎光染云耸岌岌，旱气烁土飞蓬蓬。龙摇乾胡不作雨，虎裂渴吻无生风。安得有术擘海水，入底一扣鲛人宫。

① 此首录自《全宋诗》卷四三二。

侠客行[①]

文同

紫髯围碧瞳，勇气炙坐热。生平脱羁检[②]，少小服义烈。堂堂吐高论，牙齿若嚼铁。宝剑压膛横，谁耻我可雪。酣歌入都市，当面洗人血。常言荆轲愚，每笑豫让拙。事已不受谢，门前车马绝。自谓取功名，焉能由笔舌。

① 此首录自《全宋诗》卷四三二。　② 羁俭:《全宋诗》校注“原作‘羁羁’，据新刻本、傅校改”。今按:据《全宋诗》卷四三二“文同”题记，“新刻本”当指明万历年间《新刻石室先生丹渊集》，“傅校”指傅增湘校汲古阁本，下同。

巫山高[1]

文同

巫山高，高凝烟，十二碧簪寒插天。危岩绝壁已飞动，况复下压万丈之苍渊。波冲浪激作深井，虎眼彻底时一漩。长风颁涌发滟滪，恶色怒势因谁然。我欲截中流，虹梁莫得施蛙蜷。东西相远望不到，两巨欲断心将穿。回看高唐庙下洒灵雨，遣我归意常翩翩。

① 此首录自《全宋诗》卷四三二。

乌生八九子[1]

文同

南山有乌鸟，生子层崖巅。戢戢新羽成，相将弄晴烟。朝饥集垅上，暮渴来岩前。托居深林中，自足终尔年。胡为去所依，无乃甘叶捐。却爱庭树好，群飞投碧圆。高枝踏未稳，身已随潜弦。因知万物理，主者持默权。凡云爱此命，生死期已然。出入既有定，何叹于后先。

① 此首录自《全宋诗》卷四三二。

野田黄雀行[1]

文同

捶鼍铿鲸宴瑶台，红鸦弄翼春徘徊。和风入坐宾主乐，金觥玉豆天中来。劝君剧饮莫自诉，暗中光景能相催。试看庭前好花谢，枝下落多枝上开。人生不厌苦行乐，勿用蹙促相惊猜。贤愚贵贱各有命，此理悟者真贤哉。

① 此首录自《全宋诗》卷四三二。

吴趋曲[①]（三首）

文同

其一

万顷平湖水，晴光射早霞。红裙斗画楫，相结采荷花。

① 此三首录自《全宋诗》卷四三二。

其二

岸上相将叠鼓催，青翰齐上碧波开。鸡鹊属玛不惊起，惯见兰桡日日来。

其三

荡漾水中舟，徘徊岸边马。相看两不语，密意待谁写。

紫骝马[①]

文同

翩翩紫骝马，烂烂黄金鞍。流水四蹄急，飞星双目寒。拥头青玉鈨，蔽膔彩丝鞶。谁取交州鼓，摸将骨去看。

① 此首录自《全宋诗》卷四三二。

贵侯行[①]

文同

将军功勋满旂常，昨日赐对开明光。腰悬橐驼紫金钮，爵号进拜诸侯王。戟衣翩翩弄春影，大第高门临万井。但愿囊书绝边警②,常官中都奉朝请。

① 此首录自《全宋诗》卷四三三。 ② “但愿”句:《全宋诗》校注“《宋诗钞补》作但愿刺闺无羽檄”。

走马引[①]

文同

群蹄踏空山,半夜若风雨。平明即其地,已复天上去。惟予迫大义,盍免以名捕。蟠蜗入寒壳,此岂谓安处。脱身入浩渺,固有神物护。礼谓不戴天,天知天亦许。

① 此首录自《全宋诗》卷四三二。

王昭君[①](四首)

文同

其一

不惜将黄金,争头买颜色。妾貌自可恃,谁能苦劳力。

① 此四首录自《全宋诗》卷四三二。

其二

绝艳生殊域,芳年入内庭。谁知金屋宠,只是信丹青。

其三

几岁后宫尘,今朝绝国春。君王重恩信,不欲遣他人。

其四

极目胡沙满,伤心汉月圆。一生埋没恨,长入四条弦。

冤妇行[①]

文同

婉婉西邻女，韶颜艳朝霞。淑性自天与，少小传令嘉。孝爱亲党重，巧慧闾里夸。其母最娇怜，看若眼下花。自从挣冠笄，未始离窗纱。读书佩箴戒，举止无纤瑕。求媒不自审，得婿非良家。如以琼树枝，使之并蒹葭。忆初行嫁时，遗赠矜豪华。明珠饜袿裾，杂宝装簪珈。余资讵可数，但较辇以[②]车。其姑本寒种，贪壑常谽谺。得妇不问好，求索惟无涯。侍奉四五年，叫物愈饿鸦。百欲一不应，用毒同虺蛇。岂惟被诟辱，抑亦遭笞挝。驰使执贱役，课责日夜加。手指尽秃瘃，鬓发仍髟髿。一旦不任事，病骨枯若槎。委顿卧在床，尚尔磨怒牙。既死亦不顾，但恣攫且拿。闻之道路人，涕泗而咨嗟。养女择所适，此事宁轻耶。家法要相委，在迩不在遐。娉礼贵得中，尚约不尚奢。尊章若慈仁，至死甘苎麻。请看西邻女，一失千里差。

① 此首录自《全宋诗》卷四三五。 ② 以:《全宋诗》校注“新刻本、傅校作‘与’”。

贞女吟[①]

文同

身外无一簪，何以供铅华。饰行不饰容，浊水白藕花。藕心乱如丝，妾心圆如珠。丝乱端绪多，珠圆瑕类无。焉得偶君子，奉之此高节。所生虽至亲，此意安可说。

① 此首录自《全宋诗》卷四三三。

五原行[①]

文　同

云萧萧，草摇摇，风吹黄沙昏沆寥。胡儿满窟卧寒日，卓旗系马人一匹。夜来烽火连篝起，银鹘呼兵捷如鬼。齐集弓刀上陇行，犬噪狐嗥绕空垒。羌人钞暴为常事，见敌不争收若雨。自高声势叙边功，岁岁年年皆一同。将军玩寇五原上，朝廷不知但推赏。

① 此首录自《全宋诗》卷四三三。

朱樱歌[①]

文　同

金衣珍禽弄深樾，禁籞朱樱斑若缬。上幸离宫促荐新，藤篮宝笼貂珰发。凝霞作丸珠尚软，油露成津蜜初割。君王日午坐猗兰，翡翠一盘红鞢鞨。

① 此首录自《全宋诗》卷四三三。

拾羽曲[①]

文　同

新罗研红裙褶齐，彩缕刺衫花倒提。新晴暖日丽烟草，金兽啮锁藏春闺。朱桥逼江晓沙白，锦带交风大堤窄。兰洲遗翎得残碧，归来惊飞上娇额。

① 此首录自《全宋诗》卷四三三。

沙堤行[①]

文　同

金吾驰骑东复西，督兵万指平沙堤。传言筑路拜新相，恐与九衢同一泥。夜来上在蓬莱宿，手写姓名符梦卜。连诏黄门下北扉，趣草赞辞登力牧。平明剑珮罗东阁，大字满行书德业。谒者长言告紫宸，感召一庭和气合。上心喜曰予良弼，未谢急宣令直笔。群吏迎归政事堂，指顾之间歌画一。午漏初移催入马，宝带盘腰印垂胯。归来冠盖烂盈门，异口同音贺太平。

① 此首录自《全宋诗》卷四三三。

采莲曲[①]

文同

绿缬袙，红绣裳，衫盘蜂蝶裙鸳鸯。雕瑰错宝垂鬟长，紫冒翠盖行新妆。蹁跹曲堤下回塘，画桡送入波中央。罗袖卷起金钏光，摇轻撼脆敲短芒。丹琼绀玉低复昂，沾裛薄粉扑嫩黄。蚕腰蛛腹丝[②]飘扬，列坐彩舫求比方。笑声吃吃动明珰，挨蒲拂蓼次岸旁。风吹落霞供晚凉，西城鸦鸦啼女墙。归来索酒酌满觞，吴屏蜀帐围象床。困卧不起灯烛张，琉璃盎缶丛生香。

① 此首录自《全宋诗》卷四三二。 ② 腹丝：《全宋诗》校注"《宋诗钞补》作'丝轻'"。

对酒[①]

文同

朝廷皦如日，区宇清若水。殊方文教达，微品德泽被。伊人复何幸，遇此栗陆氏。茫然大虚内，蒸郁尽和气。真风浃敦俗，无所容一伪。唯宜对樽酒，酣饮乐无事。人间此昭世，得偶须自贵。无为名所劳，区区取愚谥。

① 此首录自《全宋诗》卷四三二。

白头吟[①]

文同

忆昔宴华堂，金徽导幽意。虽知取名贱，越礼奉君子。相期本同穴，谁复耻犊鼻。一见茂陵人，烟霄与泥滓。愿言保新爱，妾以[②]甘自弃。恩义薄所终，多生于富贵。

① 此首录自《全宋诗》卷四三二。　② 以：《全宋诗》校注“傅校作已”。

水仙操[①]

文同

嗟哉先生去何所兮，杳不可寻。舍我于此使形影之外兮，唯莽苍之山林。仰圆峤之峨峨兮，俯大壑之沉沉。长波澒涌以荡潏兮，群鸟翻翻而悲吟。寂扰扰之烦虑兮，纳冥冥之至音。先生将一我之正性兮，何设意之此深。我已穷神而造妙兮，达真指于素琴。先生盍还此兮，度明明乎我心。

① 此首录自《全宋诗》卷四三二。

大垂手[①]

文同

华堂合乐轰春昼，凤叫龙嘶画鼍吼。琼猊压地开组绣，美人舞兮献君寿。红娑娑兮翠蚴蟉，雪翻花兮风入柳。曳轻裾兮扬彩绶，金鸾飞兮玉麟走。入急破，大垂手。香檀扎扎江雨骤，情凝力定方举袖。烟收雾敛曲彻后，锦盈车兮珠满斗。

① 此首录自《全宋诗》卷四三二。

芳　树[1]

文　同

庭前有芳树，秾阴满轩碧。莫惜更携酒，醉此青春色。朝来见鹍鸠，飞鸣绕其侧。光景不可留，徒遣君叹息。

① 此首录自《全宋诗》卷四三二。

将 军 行[1]

司马光[2]

赤光满面唇激朱，虬须虎颡三十余。腰垂金印结紫绶，诸将不敢过庭除。羽林精卒二十万，注听钟鼓观麾旆。肥牛百头酒万石，烂漫一日供欢娱。自言不喜读兵法，智略何必求孙吴。贺兰山前烽火满，谁令小虏骄慢延须臾。

① 此首录自《全宋诗》卷四九八。　② 司马光（1019—1086）：字君实。晚号迂叟，陕州夏县（今属山西）人，世称涑水先生。景祐进士。初仕苏州签判，后为并州通判。召为开封府推官，累除知制诰，天章阁待制，知谏院。英宗时为龙图阁直学士。神宗时擢翰林学士。后出知永兴军，又翰林侍读学士，主编《资治通鉴》。哲宗时，召主国政，拜左仆射，兼门下侍郎。《宋史》有传。

天马歌[①]

司马光

大宛汗血古共知，青海龙种骨更奇。网丝旧画昔尝见，不意人间今见之。银鞍玉镫黄金辔，广路长鸣增意气。富平公子韩王孙，求买倾家不知贵。芙蓉高阙北向开，金印紫绶从天来。路人回首无所见，流风瞥过惊浮埃。如何弃置归皂栈，踠足垂头困羁绊。精神惨澹筋骨羸，举目双睛犹璀璨。伏波马式今已无，子阿肉腐骨久枯。举世无人相骐骥，憔悴不与驽骀殊。神兵淬砺精芒在，宝鉴游尘肯终晦。君今鬐鬣被鸣鸾，尚能腾踏昆仑外。

① 此首录自《全宋诗》卷四九八。

塞　上[①]

司马光

胡兵欲下阴山，寒烽远过萧关。将军贵轻士卒，几人回首生还。

① 此首录自《全宋诗》卷四九八。题下有注“六言”。

出　塞[①]

司马光

边草荒无路，星河秋夜明。卷旗遮虏塞，歇马受降城。霜重征衣薄，风高战鼓鸣。将军功未厌，士卒不须生。

① 此首录自《全宋诗》卷五〇一。

入　塞[1]

司马光

万骑入榆关，皋兰苦战还。摧锋佩刀缺，蹋血马蹄殷。铙吹来风外，牛羊出雾间。须知沙塞恶，壮士变衰颜。

① 此首录自《全宋诗》卷五〇三。

乌栖曲[1]（二首）

司马光

其　一

风破[2]金铺结绮钱，穿帘入幌舞垂莲。可怜无人夜不晓，起视西窗月华皎。

① 此二首录自《全宋诗》卷四九八。　② 破：《全宋诗》校注“陈本、四库本作透”。今按：据《全宋诗》卷四九八“司马光”题记，“陈本”为“乾隆六年陈宏谋校刊《司马文正公传家集》”，“四库本”即文渊阁《四库全书》，下同。

其　二

星疏月明漏水长，罗帏翠帐华灯光。佳人起舞玉钗堕，门外乌栖雁南过。

戏下歌[1]

司马光

项王初破函关兵，气压山河风火明。旌旗金鼓四十万，夜泊鸿门期晓战。关东席卷五诸侯，沛公君臣相视愁。幸因项伯谢前过，进谒不敢须臾留。椎牛高会召诸将，宝剑泠泠舞席上。咸阳灰烬义帝迁，分裂九州如指掌。功高意满思东归，韩生受诛不复疑。区区蜀汉迁谪地，纵使倒戈何足为。

① 此首录自《全宋诗》卷四九八。

海仙歌[①]

司马光

东望海波苍茫浩渺无所极，高浪洪涛黯风色。翻星倒汉天地黑，阴灵出没互相索。东方曈昽景气清，庆云合沓吐赤精，蓬莱瀛洲杳如萍。遥观五楼十二城，群仙剑佩朝玉京。祥风缥缈钧天声，彩幢翠盖烟霞生。鸾歌凤舞入帝乡，紫麟徐驱白鹤翔。餐芝茹术饮玉浆，千年万年乐未央。

① 此首录自《全宋诗》卷四九八。

孟尝君歌[①]

司马光

君不见薛公在齐当路时，三千豪士相追随。邑封万户无自入，椎牛酾酒不为赀。门下纷纷如市人，鸡鸣狗盗亦同尘。一朝失势宾客落，唯有冯驩西入秦。

① 此首录自《全宋诗》卷四九八。

缑山引[①]

司马光

王子吹笙去不还，当时旧物唯缑山。山深树老藏遗庙，春月秋风空自闲。轘辕左界连商雒，碧瓦朱栏露华薄。经时掩户庭草深，永昼无人涧花落。徘徊未下日将西，遥望嵩阳烟景微。鹤驭飘飖向何许，林间空见白云飞。

① 此首录自《全宋诗》卷四九八。

洛阳少年行[①]

司马光

铜驼陌上桃花红，洛阳无处无春风。青丝结尾连钱骢，相从射猎北邙东。流鞭纵镝未云毕，青山团团载红日。云分电散无影迹，黄鸡未鸣已复出。

① 此首录自《全宋诗》卷四九八。

柳 枝 词[①]（十三首）

司马光

其 一

烟满上林春未归，三三两两雪花飞。柳条别得东皇意，映堤拂水已依依。

① 此十三首录自《全宋诗》卷四九八。

其 二

依依高树出宫墙，摇曳青丝百尺长。愿与宣温万年树，年年岁岁奉君王。

其 三

君王游豫赏青春，折柳为卷赐侍臣。莫怪长条低拂地，只缘供扫属车尘。

其 四

属车隐隐远如雷，陈后愁眉久不开。杨花都不知人意，故人长门宫里来。

其 五

长门宫晓未成妆，结雨萦风蔽琐窗。莫令透入华梁燕，那堪负汝更双双。

其　六

双双春燕扬云霄，楚国宫深乐事饶。会待急管繁弦际，试取纤条并舞腰。

其　七

舞腰缤纷长乐东，柳间帐饮送春风。请君试望邯郸道，青门袅袅彻新丰。

其　八

新丰道上灞陵头，又送夫君去远游。借问柳枝能寄否，古今共有几多愁。

其　九

多愁尤是别离深，折条相赠各沾襟。留住不住居人意，欲去未去行人心。

其　十

行人白马去遥遥，初上金堤欲过桥。望尘不见遮人眼，苦怨无情万万条。

其十一

五柳先生门乍开，宅边植杖久徘徊。陌头遥认颜光禄，诘旦先乘瘦马来。

其十二

白雪虽然比絮花，艳阳不得共繁华。为君故人乌衣巷，飞舞风流谢傅家。

其十三

宣阳门前三月初，家家杨柳绿藏乌。欢似白花飘荡去，忍能弃掷博山炉。

王昭君[①]

刘　敞[②]

婵娟巫峡女，秀色倾阳台。昔为一片云，飞入汉宫来。明镜徒自妍，幽兰谁为媒。丹青固难恃，远嫁委尘埃。十步一反顾，百步一徘徊。出门如万里，泪下成霰摧。左右相娱乐，丝竹声正哀。岂不强言笑，郁郁不可开。黄河入东海，还从天上回。嗟尔独抱恨，一往掷蒿莱。

① 此首录自《全宋诗》卷四六七。　② 刘敞(1019—1068)：字原父，新喻(今江西新余)人。庆历进士，以大理评事通判蔡州。后迁太子中允、直集贤院。又迁右正言、知制诰，出知扬州、郓州。召还纠察在京刑狱。又以翰林侍读学士充永兴军路安抚使，兼知永兴军府事。改集贤院学士，判南京留守司御史台，卒于官。有《公是集》，已佚。清四库馆臣从《永乐大典》辑出五十四卷，其中诗二十七卷。

东门行[①]

刘　敞

拂衣趋长道，抚剑独叹息。并岁不易衣，期旦曾一食。悠悠风俗薄，顾我若异域。积金要能笑，弹铗轻下客。岂辞蓬蒿居，未与尘世隔。黄鹄非池禽，东南举六翮。出门尚徘徊，悲鸣念旧国。何日复来还，为君涕沾臆。

① 此首录自《全宋诗》卷四七二。题下有序曰："古曲言贫士不安其居，妻子留之。今改言时薄不恤贤士，士欲远逝，犹顾念旧国。"

苦寒行[①]

刘　敞

驱马涉长碛，千里径无草。天寒日光淡，积雪常杲杲。劲风裂肌肤，狐貉甚鲁缟。况我被甲铠，寝迟起常早。崔嵬陟高山，日落尚远道。人生各有命，岂惮事遐讨。饮冰伤心骨，重趼如巨枣。义深自勖励，身贱宁要好。亲戚何可逢，功名未自保。少年慕壮健，我独贵疏老。

① 此首录自《全宋诗》卷四七五。

猛虎行[①]

刘 敞

陆不辞虎豹怒，水不避蛟龙争。众人亦有命，大贤岂虚生。千岁犹须臾，四野如户庭。解弓挂扶桑，脱剑倚太清。腾身骑日月，万事如蚊虻。贫贱有固穷，慷慨激中情。炎火燎崑丘，乃知白璧精。雪霜没众草，高松独青青。宁生歌车下，戚促儿女声。时至乘化迁，运颓与物冥。震雷不经听，芥蒂何足婴。君不见贾竖竞锥刀，蚍蜉利膻腥。何如乘云御气游咸池，长啸濯我冠与缨。

① 此首录自《全宋诗》卷四七七。

土牛行[①]

刘 敞

立春自昔为土牛，古人设象今人愁。岂有范泥作头角，便可代天熙九畴。村夫田妇初不知，缤纷围绕争相祈。皆云宜蚕又宜谷，拜跪满前同致词。由来人事常反覆，久立要津宁尔福。请看今者拜跪徒，少选分张取其肉。牛实无知何用祭，牛能有情岂不愧。化育万物非尔才，世人资尔聊为戏。

① 此首录自《全宋诗》卷四七七。

同永叔和介甫昭君曲[①]

刘 敞

汉家离宫三十六，宫中美女皆胜玉。昭君更是第一人，自知等辈非其伦。耻捐黄金买图画，不道丹青能乱真。别君上马空反顾，朔[②]风吹沙暗长路。此时一见还动人，可怜怏怏使之去。早知倾国难再得，不信傍人端自误。黄河入海难[③]却来，昭君一去不复回。青冢消摧[④]人[⑤]迹绝，惟有琵琶声正哀。

① 此首录自《全宋诗》卷四七八。 ② 朔：《全宋诗》校注“名贤本、明抄本作胡”。 ③ 难：《全宋诗》校注“原作能，据名贤本、明抄本改”。 ④ 摧：《全宋诗》校注“明抄本、广雅本作魂”。 ⑤ 人：《全宋诗》校注“名贤本作形”。今按：据《全宋诗》卷四六三“刘敞”题记，“名贤本”指“《两宋名贤小集》”。“明抄本”指“不分卷明抄本”，又据《中国古籍善本书目》，或即指中国国家图书馆所藏刘敞《公是先生集录》不分卷。“广雅本”指“清光绪二十五年广雅书局刻本”(《公是集》)。下同。

田 家 行[①]

刘 敞

春耕高原不辞苦，晚岁离离满百亩。岂知输稻如输金，始信种田虚种黍。持黍易金入市行，粳稻踊贵黍价轻。十钟一石亦不惮，三时力农空自惊。去年岁荒食半菽，今年岁丰弥不足。物理悠悠难豫谋，谁谓丰荒略相覆。

① 此首录自《全宋诗》卷四七八。

荒田行[①]

刘　敞

大农弃田避征役，小农挈家就兵籍。良田茫茫少耕者，秋来雨止生荆棘。县官募兵有著令，募兵如率官有庆。从今无复官劝农，远逐鱼盐作亡命。

① 此首录自《全宋诗》卷四七八。

苦　热[①]

曾　巩[②]

忆初中伏时，怫郁炎气升。赫日已照灼，赤云助轩腾。积水殆将沸，清风岂能兴。草木恐焚燎，窗扉似炊蒸。冰雪气已夺，蚊蝇势相矜。发狂忧不免，暑饮讵复胜。

① 此首录自《全宋诗》卷四五七。　② 曾巩（1019—1083）：字子固，也称南丰先生，建昌军南丰县（今属江西）人。嘉祐进士。历官太平州司法参军、馆阁校勘、集贤校理兼判官告院，通判越州，历知齐、襄、洪、福、明、亳、沧诸州。神宗元丰三年判三班院，迁史馆修撰。后为中书舍人，病逝于江宁。长于散文，有《元丰类稿》及《续元丰类稿》。

明妃曲[①]（二首）

曾　巩

其　一

明妃未出汉宫时，秀色倾人人不知。何况一身寸汉地，驱令万里嫁胡儿。喧喧杂虏方满眼，皎皎丹心欲语谁。延寿尔能私好恶，令人不自保妍媸。丹青有迹尚如此，何况无形论是非。穷通岂不各有命，南北由来非尔为。黄云塞路乡国远，鸿雁在天音信稀。度成新曲无人听，弹向东[②]风空泪垂。若道人情无感慨，何故卫女苦思归。

① 此二首录自《全宋诗》卷四五七。 ② 东：《全宋诗》校注“元刻本作春”。据《全宋诗》卷四五四“曾巩”题记，“元刻本”指元大德八年刻《《元丰类稿》》。

其 二

蛾眉绝世不可寻，能使花羞在上林。自信无由污白玉，向人不肯用黄金。一辞椒屋风尘远，去托毡庐沙碛深。汉姬尚自有妒色，胡女岂能无忌心。直欲论情通汉地，独能将恨寄胡琴。但取当时能托意，不论何代有知音。长安美人夸富贵，未央宫殿竞光阴。岂知泯泯沉烟雾，独有明妃传至今。

新乐府辞(二)

明妃曲[①](二首)

王安石[②]

其　一

明妃初出汉宫时，泪湿春风鬓脚垂。低徊顾影无颜色，尚得君王不自持。归来却怪丹青手，人眼平生几[③]曾有。意态由来画不成，当时枉杀毛延寿。一去心知更不归，可怜着尽汉宫衣。寄声欲问塞南事，只有年年鸿雁飞。家人万里传消息，好在毡城莫相忆。君不见咫尺长门闭阿娇，人生失意无南北！

① 此二首录自《全宋诗》卷五四一。　② 王安石(1021—1086)：字介甫，号半山，临川(今江西抚州)人。庆历进士。嘉祐三年(1058)上万言书，提出变法主张。神宗熙宁二年(1069)任参知政事，行新法。次年拜同中书门下平章事。熙宁七年(1074)罢相，次年再相，九年(1076)再罢相，退居江宁(今江苏南京)半山园，封舒国公，旋改封荆，世称荆公。卒谥文。其文雄健峭拔，为"唐宋八大家"之一。诗遒劲清新，今存《临川集》、《临川集拾遗》。　③ 几：《全宋诗》校注"张本作未"。今按：据《全宋诗》卷五三八"王安石"题记，"张本"指"张元济影印季振宜旧本《王荆文公诗李雁湖笺注》本"，或即指民国年间张元济影印之乾隆六年清绮斋刻本《王荆文公诗》。

其　二

明妃初嫁与胡儿，毡车百辆皆胡姬。含情欲说[①]独无处，传与琵琶心自知。黄金捍拨春风手，弹看飞鸿劝胡酒。汉宫侍女暗垂泪，沙上行人却回首。汉恩自浅胡自深，人生乐在相知心。可怜青冢已芜没，尚有哀弦留至今。

① 说:《全宋诗》校注“张本作语”。

开 元 行[①]

王安石

君不闻开元盛天子,纠合俊杰披奸猖。几年辛苦补四海,始得完好无疽疮。一朝寄托谁家子,威福颠倒那[②]复理。那知赤子偏[③]愁毒,只见狂胡仓卒起。茫茫孤行西万里,逼仄归来竟忧死。子孙险不失故物,社稷陵夷从此始。由来犬羊著冠坐庙堂,安得四鄙无豺狼?

① 此首录自《全宋诗》卷五四六。 ② 那:《全宋诗》校注“张本作谁”。③ 偏:《全宋诗》校注“张本作遍”。

元丰行示德逢[①]

王安石

四山翛翛映赤日,田背坼如龟兆出。湖阴先生坐草室,看踏沟车望秋实。雷蟠电掣云滔滔,夜半载雨输亭皋。旱禾秀发埋牛尻,豆死更苏肥荚毛。倒持龙骨挂屋敖,买酒浇客追前劳。三年五谷贱如水,今年西成复如此。元丰圣人与天通,千秋万岁与此同。先生在野固不穷,击壤至老歌元丰。

① 此首录自《全宋诗》卷五三八。德逢,宋杨骥的字,号湖阴先生,王安石好友。

后元丰行[①]

王安石

歌元丰,十日五日一雨风。麦行千里不见土,连山没云皆种黍。水秧绵绵复多稌，龙骨长干挂梁梠。鲥鱼出网蔽洲渚，荻笋肥甘胜牛乳。百钱可得酒斗许，虽非社日长闻鼓。吴儿蹋歌女起舞，但道快乐无所苦。老翁堑水西南流，杨柳中间杙小舟。乘兴敧眠过白下，逢人欢笑得无愁。

① 此首录自《全宋诗》卷五三八。

幽谷引[①]

王安石

云翳翳兮谷之幽，天将雨我[②]兮田者之稠。有绳于防兮有畚于沟，我公不出兮谁省吾忧。日晖晖兮山之下，岁则熟兮收者舞。吾收满车兮弃者满筥，谁吾与乐兮我公燕语。山有木兮谷有泉，公与客兮醉其间。芳可搴兮甘可漱，无壮无稚兮环公以笑。公归而醉[③]兮人则喜，公好我州兮殆其肯止。公归不醉兮我之忧，岂其不怿兮将舍吾州。公一朝兮去我，我岁岁兮来游，完公亭兮使勿毁，以慰吾[④]兮岁岁之愁。

① 此首录自《全宋诗》卷五四一。　② 我：《全宋诗》校注“张本无我字”。　③ 归而醉：《全宋诗》校记“张本作醉而归”。　④ 吾：《全宋诗》校记“张本吾下有民字”。

桃源行[①]

王安石

望夷宫中鹿为马，秦人半死长城下。避时[②]不独商山翁，亦有桃源种桃者。此来种桃经几春，采花食实枝为薪。儿孙生长与世隔，虽有父子无君臣。渔郎漾舟迷远近，花间相见因[③]相问。世上那知古有秦，山中岂料今为晋。闻道长安吹战尘，春风回首一沾巾。重华一去宁复得，天下纷纷经几秦。

① 此首录自《全宋诗》卷五四一。　② 时：《全宋诗》校注“张本作世”。③ 因：《全宋诗》校注“张本作惊”。

食黍行[①]

王安石

周公兄弟相杀戮，李斯父子夷三族。富贵常多患祸婴，贫贱亦复难为情。身随衣食南与北，至亲安能常在侧。谓言黍熟同一炊，欻见陇上黄离离。游人中道忽不返，从此食黍还心悲。

① 此首录自《全宋诗》卷五四一。

叹息行[①]

王安石

官驱群囚入市门，妻子恸哭白日昏。市人相与说囚事，破家劫钱何处村。朝廷法令亦宽大，汝罪当死谁云冤。路傍年少叹息汝，贞观元元之子孙。

① 此首录自《全宋诗》卷五四一。

相送行效张籍[①]

王安石

一车南，一车北，身世匆匆俱有役。忆昔论心两绸缪，那知相送不得留。但闻马嘶觉已远，欲望应须上前坂。秋风忽起吹泥[②]尘，双目空回不见人。

① 此首录自《全宋诗》卷五四六。　② 泥：《全宋诗》校注“张本作沙”。

阴漫漫行[①]

王安石

愁云怒风相追逐，青山灭没沧江覆。少留灯火就空床，更听波涛围野屋。忆昨踏雪度长安，夜宿木瘤还苦寒。谁云当春便妍暖，十日九八[②]阴漫漫。

① 此首录自《全宋诗》卷五四六。　② 九八：《全宋诗》校注"张本作八九"。

一日归行[①]

王安石

贱贫奔走食与衣，百日奔走一日归。平生欢意苦不尽，正欲老大相因依。空房萧瑟施繐帷，青灯半夜哭声稀。音容想像今何处，地下相逢果是非。

① 此首录自《全宋诗》卷五四六。

出　塞[①]

王安石

涿州沙上饮盘桓，看舞春风小契丹。塞雨巧催燕泪落，濛濛吹湿汉衣冠。

① 此首录自《全宋诗》卷五六八。

入　塞[①]

王安石

荒云凉雨水悠悠，鞍马东西鼓吹休。尚有燕人数行泪，回身却望塞南流。

① 此首录自《全宋诗》卷五六八。

胡笳十八拍[①]（十八首）

王安石

第一拍

中郎有女能传业，颜色如花命如叶。命如叶薄将奈何，一生抱恨常咨嗟。良人持戟明光里，所慕灵妃媲箫史。空房寂寞施繐帷，弃我不待白头时。

① 此十八首录自《全宋诗》卷五七四。

第二拍

天不仁兮降乱离，嗟余去此其从谁。自胡之反持干戈，翠蕤云旓相荡摩。流星白羽腰间插，叠鼓遥翻瀚海波。一门骨肉散百草，安得无泪如黄河。[①]

①《全宋诗》校注："龙舒本此句下有我生之初尚无为，呜呼吾意其蹉跎二句。"今按：据《全宋诗》卷五三八"王安石"题记，"龙舒本"指"南宋龙舒刊《王文公文集》"，下同。

第三拍

身执略兮入西关，关山阻修兮行路难。水头宿兮草头坐，在野只教心胆破。更鞴雕鞍教走马，玉骨瘦来无一把。几回抛鞚抱鞍桥，往往惊堕马蹄下。

第四拍

汉家公主出和亲，御厨络绎送八珍。明妃初嫁与胡时[①]，一生衣服尽随身。眼长看地不称意，同是天涯沦落人。我今一食日还并，短衣数挽不掩胫。乃知贫贱别更苦，安得康强保天性。

① 时：《全宋诗》校注："龙舒本作儿"。

第五拍

十三学得琵琶成，绣幕重重卷画屏。一见郎来双眼明，劝我酤酒花前倾。齐言此夕乐未央，岂知此声[①]能断肠。如今正南看北斗，言语传情不如手。低眉信手续续弹，弹看飞鸿劝胡酒。

① 声：《全宋诗》校注："龙舒本作曲"。

第六拍

青天漫漫覆长路，一纸短书无寄处。月下长吟久不归，当时还见雁南飞。弯弓射飞无远近，青冢路边南雁尽。两处音尘从此绝，唯向[①]东西望明月。

① 向：《全宋诗》校注："龙舒本作看"。

第七拍

明明汉月空相识，道路只今多拥隔。去住彼此无消息，时独看云泪横臆。豺狼喜怒难姑息，自倚红颜能骑射。千言万语无人会，漫倚文章真末策。

第八拍

死生难有却回身，不忍重看旧写真。暮去朝来颜色改，四时天气总愁人。东风漫漫吹桃李，尽日独行春色里。自经丧乱少睡眠，莺飞[①]燕语长悄然。

① 飞：《全宋诗》校注："龙舒本作啼"。

第九拍

柳絮已将春去远，攀条弄芳畏晼晚。忧患众兮欢乐鲜，一去可怜终不返。日夕思归不得归，山川满目泪沾衣。罪圭苑里西风起，叹息人间万事非。

第十拍

寒声一夜传刁斗，云雪埋山苍兕吼。诗成吟咏转凄凉，不如独坐空搔首。漫漫胡天叫不闻，胡人高鼻动成群。寒尽春生洛阳殿，回首何时复来见。

第十一拍

晚来幽独恐伤神，唯见沙蓬水柳春。破除万事无过酒，虏酒千杯不醉人。含情欲说更无语，一生长恨奈何许。饥对酪肉兮不能餐，强来前帐临歌舞。

第十二拍

归来展转到五更，起看北斗天未明。秦人[①]筑城备胡处，扰扰唯有牛羊声。万里飞蓬映天[②]过，风吹汉地衣裳破。欲往城南望城北，三步回头五步坐。

① 人：《全宋诗》校注“原校：一作家”。今按：据《全宋诗》卷五三八王安石“题记”，底本为“明嘉靖三十九年吉阳何氏抚州覆宋绍兴中桐庐詹大和刊《临川先生文集》”，下同。 ② 天：《全宋诗》校注“龙舒本作水”。

第十三拍

自断此生休问天，生得胡儿拟弃捐。一始扶床一初[①]坐，抱携抚视皆可怜。宁[②]知远使问名姓，引袖拭泪悲且庆。悲莫悲于[③]生别离，悲在君家留二[④]儿。

① 初：《全宋诗》校注“龙舒本作始”。 ② 宁：《全宋诗》校注“原校：一作谁。龙舒本作那”。 ③ 于：《全宋诗》校注“原校：一作兮”。 ④ 二：《全宋诗》校注“原校：一作两”。

第十四拍

鞠之育之不羞耻，恩情亦各言其子。天寒日暮山谷里，肠断[①]非关陇头水。儿呼母兮啼[②]失声，依然离别难为情。洒血仰头[③]兮诉苍苍[④]，知我如此兮不如无生。

① 肠断：《全宋诗》校注“龙舒本作断肠”。 ② 啼：《全宋诗》校注“龙舒本作号”。 ③ 头：《全宋诗》校注“龙舒本作面”。 ④ 苍：《全宋诗》校注“龙舒本作天”。

第十五拍

当时悔[①]来归又恨，洛阳宫殿焚烧尽。纷纷黎庶逐黄巾，心折此时无一寸。恸哭秋原何处村，千家今有百家存。争持酒食来相馈，旧事无人可共论。

① 悔：《全宋诗》校注“龙舒本作愁”。

第十六拍

此身饮罢无归处，心怀百忧复千虑。天翻地覆谁得知，魏公垂泪嫁文姬。天涯憔悴身，托命于新人。念我出腹子，使我叹恨劳精神。新人新人听我语，我所思兮在何所。母子分离兮意难任，死生不相知兮何处寻。

第十七拍

燕山雪花大如席，与儿洗面作光泽。恍然天地半夜[①]白，闺中只是空相忆。点注桃花舒小红，与儿洗面作华容。欲问平安无使来，桃花依旧笑春风。

① 天地半夜：《全宋诗》校注"缪本作天地半欲，龙舒本作半夜天地"。今按：据《全宋诗》卷五三八"王安石"题记，"缪本"指"清缪氏小岘山房刊本"（《临川先生文集》），下同。

第十八拍

春风似旧花仍笑，人生岂得长年少。我与儿兮各一方，憔悴看成两鬓霜。如今岂无騕褭与骅骝，安得送我置汝傍。胡尘暗天道路长，遂令再往之计堕眇芒。胡笳本出自胡中，此曲哀怨何时终。笳一会兮琴一拍，此心炯炯君应识。

明堂乐章[①]（二首）

王安石

歆安之曲

穆穆在堂，肃肃在庭。于显辟公，来相思成。神既歆止，有闻惟馨。锡我休嘉，燕及群生。

① 此二首录自《全宋诗》卷五七四。

皇帝还大次憩安之曲

有奕明堂，万方时会。宗予圣考，作帝之配。乐酌虞典，礼从周制。厘事既成，於皇来塈。

河北民[1]

王安石

河北民，生近二边长苦辛。家家养子学耕织，输与官家事夷狄。今年大旱千里赤，州县仍催给河役。老小相携来就南，南人丰年自无食。悲愁白日天地昏，路旁过者无颜色。汝生不及贞观中，斗粟数钱无兵戎。

① 此首录自《全宋诗》卷五七六。

君难托[1]

王安石

槿花朝开暮还坠，妾身与花宁独异。忆昔相逢俱少年，两情未许谁最先。感君绸缪逐君去，成君家计良辛苦。人事反复那能知，谗言入耳须臾离。嫁时罗衣羞更著，如今始悟君难托。君难托，妾亦不忘旧时约。

① 此首录自《全宋诗》卷五七六。

蓬莱行[1]

钱公辅[2]

蓬莱谪居香案吏，此语昔自微之始。后人慷慨慕前芬，高阁雄名由此起。一从圮废知几年，栋摧础断埋空山。遗踪余址杳何处，惟有竹树荒芜闲。过者徘徊游者惜，举头不见溪山色。寂寞无人欲问谁，神仙有景真虚掷。一兴一弊固有时，主人旌旆来何迟。下车铓刃得优逸，痛此旧事几凌夷。呼工萃材若河决，正值西成农隙月。屹然大厦立层巅，百尺崇基鬼神拔。虹霓截空崖险平，一级一级烟云生。步武陵虚眉睫湿，四面四面屏障迎。时携宾佐恣吟赏，笙歌辈类文章党。回眸眩晃相顾笑，莫辨人间与天上。观风巘巘环翠低，左右罗列如婴儿。鉴湖浩渺稽岭秀，上下延揖生光辉。秋日凄清春日媚，冬宜饮雪夏宜醉。四时风景各一全，须言不是寻常地。乃知真境未易彰，神物宝护天缄藏。人谋暗与鬼工合，一日剖露如腾骧。越王台榭荒凉后，唐相英灵磨灭久。千岩万壑幽隐处，而今尽入人襟袖。凭栏黯黯半斜阳，烧烟渔火凝寒光。此时撇起千里恨，使人凄哽生断肠。隔帘依依渐明月，酒气浩荡歌声滑。此时放出百杯欢，使人雍容重击节。惟公独作蓬莱主，夜拥琴书杂樽俎。胸中气焰欲干斗，座上辞锋欣捉尘。嗟余时作蓬莱客，赋咏登临儒者职。千日徒教混醉醒，七言未解锵金石。蓬莱本在沧溟中，那知平地别有宫。方壶圆峤咫尺是，愿乘鹏翼长西东。满筵谁匪蓬莱宾，阖境尽是蓬莱民。人人共结蓬莱约，行行醉看蓬莱春。

① 此首录自《全宋诗》卷五三四。　② 钱公辅(1021—1072)：字君倚，武进(今江苏常州)人。仁宗皇祐元年(1049)进士。历通判越州，知明州，擢知制诰。英宗时，谪滁州团练使。神宗时，拜天章阁待制知邓州，复知制诰，知谏院。后知江宁府，徙知扬州。

汴河曲[①]

郑　獬[②]

朝漕百舟金，暮漕百舟粟。一岁漕几舟，京师犹不足。此河百余年，此舟日往复。自从有河来，宜积万千屋。如何尚虚乏，仅若填空谷。岁或数未登，飞传日逼促。嗷嗷众兵食，已忧不相属。东南虽奠安，亦宜少储蓄。奈何尽取之，曾不留斗斛。秦汉都关中，厥田号衍沃。二渠如肥膏，凶年亦生谷。公私富囷仓，何必收珠玉。因以转实边，边兵皆饱腹。不闻漕汴渠，尾尾舟衔轴。关中地故存，存渠失淘斸。或能寻旧源，鸠工凿其陆。少缓东南民，俾之具饘粥。兹岂少利哉，可为天下福。

① 此首录自《全宋诗》卷五八〇。　② 郑獬(1022—1072)：字毅夫，安州安陆(今属湖北)人。仁宗皇祐五年(1053)进士，通判陈州，入集贤院，度支判官、修起居注、知制诰。英宗时，出知荆南，还判三理院。神宗时，拜翰林学士，遣知开封府。后出知杭州、徙青州。有《郧溪集》。

慈乌行[①]

郑　獬

鸦鸦林中雏，日晚犹未栖。口衔山樱来，独向林中啼。林中有鸦父，昔生六七儿。一朝弃之去，空此群雏悲。意谓父在林，还傍前山飞。山中得山樱，欲来反哺之。绕林复穿树，疑在叶东西。东西竟无有，还上高高枝。高枝仅空巢，见此涕沾衣。复念营巢初，手足生疮痍。朝飞恐雏渴，暮飞恐雏饥。一日万千回，日日衔黍归。今我羽翼成，反哺方有期。如何天夺去，遂成长别离。山樱正满枝，结子红琲肥。而我不得哺，安用自啄为。嗟嗟我薄祜，哺之固已迟。尚有慈母恩，群雏且相随。

① 此首录自《全宋诗》卷五八一。

结交行[1]

强　至[2]

贵友高车照簪组，富友黄金轻粪土。二友方论富贵交，以漆倾胶入心腑。一朝金尽囊无余，门前不见簪组车。贵人今车底似昔，早失黄金旧时客。由来结交要势均，一轻一重难为人。滔滔世上耳余辈，寂寥管鲍今埃尘。交情以势不以义，今日虽同明日異。君子结交自有持，贱贫富贵不我移。

① 此首录自《全宋诗》卷五八九。　② 强至(1022—1076)：字几圣，杭州(今属浙江)人。庆历六年(1046)进士，除泗州司理参军，历浦江、东阳、元城令。后入韩琦幕府，召判户部勾院，迁群牧判官。又迁祠部郎中、三司户部判官。有《祠部集》。

卖松翁[1]

强　至

穷山老松干百尺，纵有爱者势难值。小松耸擢未及丈，何亦冷落守岩石。由来世眼习繁侈，竞事妖红与烂白。往往破产聚名卉，未见有一号松癖。城中有客卖桃李，美价高下随意得。咄嗟彼叟何为者，浪负松本穷九陌。行求善价吻欲燥，力弛还立朱门侧。过之千百绝一顾，宁复肯许一钱直。音声犹带涧风涩，颜色尚染岚烟黑。松材虽良人未见，其奈桃李有春色。嗟哉子计信疏矣，岂宜肩入芳菲域。速培旧土养松干，待栋明堂柱帝宅。予疑叟非鬻松者，无乃矫世为所[2]特。众趋时好逞秾艳，何独孑孑衒皴碧。群雄驰骋尚谲诈，轲以仁义游六国。时乎释老肆分籍，愈以原道破群惑。叟乎叟乎予尔知，独行矫世难为力。

① 此首录自《全宋诗》卷五八九。　② 为所：《全宋诗》校注"活字本作所

为”。据《全宋诗》卷五八七“强至”题记，“活字本”指武英殿聚珍版活字本（《祠部集》）。

冬雪行[1]

强　至

幼年壮气寒逾热，更喜朱颜照飞雪。门前地厚堆玉尘，屐齿千回狂走折。今来过壮能几秋，眼未见雪心先愁。病肤隐粟出门懒，敝袍尽日红炉头。此身知更十年后，雪屋能如今坐否。层衾没颔定昼眠，那复吟边开冻口。壮龄衮衮洪涛奔，百年浩荡未易论。人间万事亦颠倒，且对今雪空清樽。

① 此首录自《全宋诗》五八九。

苦寒[1]

强　至

南雪今年几尺高，林飞圹走亦嗷嗷。闾阎易冷无烟火，巢穴虽空有羽毛。对客懒能倾冻酒，令人自愧着温袍。何当万丈缝狐貉，宽作良裘覆汝曹。

① 此首录自《全宋诗》卷五九二。

苦热[1]

强　至

群鸟无声抱翠条，乾坤虽广绝微飙。鱼龙尚惧沧溟沸，草木甘从赤日焦。只与火云张气势，未容霖雨解炎歊。经时未雨犹闲事，莫放晴虹作旱妖。

① 此首录自《全宋诗》卷五九四。

苦　热[1]

强　至

天上扶桑树合枯，火云四起抱阳乌。谁能赤脚渡银汉，直欲跳身藏玉壶。河朔饮杯空酩酊，临淄汗雨自沾濡。井深水远渴心剧，百丈无绳转辘轳。

① 此首录自《全宋诗》卷五九六。

苦　热[1]

刘　攽[2]

南方炎德非寻常，六月高下俱探汤。羲和未息不可避，寒门安在徒相望。苦怜万物暍且死，反顾一身困在床。愿呼快雨洗六合，径驭微风周八荒。

① 此首录自《全宋诗》卷六〇五。　② 刘攽（1023—1089）：字贡父，号公非，新喻（今江西新余）人。刘敞弟。庆历进士。为州县官二十年，迁国子监直讲，官至中书舍人。曾助司马光修《资治通鉴》。有《彭城集》及《公非集》。

上书行[1]

刘　攽

仕不至二千石，贾不至五百万。此事夸者忧，而非志士[2]叹。君不见下邳少年授书起，幄中运筹制千里。功成不受三[3]万户，拂衣归从赤松子。君不见计倪半策诛强吴，鸱夷扁舟浮五湖。三致千金不自擅，至今籍籍宗陶朱。大贤富贵不为己，心事邈与常人殊。逢时致身如反手，云蒸龙变无时无。君勿爱上书献赋称贤豪，刺绣倚市相矜高。丈夫昔曾笑徒劳，商贾旦旦争锥刀。

① 此首录自《全宋诗》卷六〇五。　② 士：《全宋诗》校注"原作者，据聚珍版改"。　③ 三：《全宋诗》校注"原作二，据《宋文鉴》卷一三改"。

熙州行[①]

刘攽

自敌[②]请盟供贡职，关西二纪剽兵革。胡人岁来受金帛，地虽国本常[③]不惜。帝家将军勇无敌，谋如转圜心匪席。精神[④]动天天不隔，凿空借箸皆硕画。贾生属国试五饵，买臣朔方发十策。偏师倏然尽[⑤]西海，一月三捷犹余力。百蛮解辫慕冠带，五郡扫地开城壁。葱岭陂陀蒲类深，回笑秦并与禹绩。尚书论功易等差，御史行封自明白。武功贻爵十万金，彻侯印组丈二尺。奋行过望理自尔，少从进熟来无极。忆昔汉武开西域，天下骚然苦征役。哀痛轮台置肥美，割弃造阳损斗僻。岂知洮河宜种稻，此去凉州皆白麦。女桑被野水泉甘，吴儿力耕秦妇织。行子虽为万里程，居人坐盈九年食。熙州欢娱军事息，天王圣明丞相直。

① 此首录自《全宋诗》卷六〇五。 ② 敌:《宋文鉴》卷一三作“胡”。 ③ 常:《宋文鉴》作“胡”。 ④ 神:《宋文鉴》作“诚”。 ⑤ 尽:《全宋诗》校注“原作画，据《宋文鉴》改”。

关西行[①]

刘攽

关西居人多闭屋，屋底老翁相向哭。县官禁钱钱益轻，百姓无钱食不足。平时斗粟钱百数，今者千钱人不顾。大家萧条无十金，小家流离半逵路。忆初铸钱为强国，盗贼无端皆得职，迩来救弊因宽民，盗贼自苦民逾贫。安得万物皆为铜，阴阳炽炭造化工。铸钱万万大似尺，官定足用民家丰。

① 此首录自《全宋诗》卷六〇五。

新滩行[①]

刘 攽

巴江之水西南来,峡束川壅声若雷。瞿唐五月不敢下,滟滪中流大如马。风波虽恶石不去,太古以来怨行者。君不见前日巴山复摧裂,万仞臬兀江中绝。孟冬水涸石角见,上流下流尽精铁。当时长年皆有语,后来艰[②]危从此数。上天设险知为谁,但恐妨人如滟滪。

① 此首录自《全宋诗》卷六〇四。 ② 艰:《全宋诗》校注“原作难,据聚珍版改”。

君子行[①]

刘 攽

君子贵自然,不为时俗观。升车不广欬,即席不变颜。疾驱不骕辔,高张不急弹。尘埃视流俗,中立何可干。颜生处陋巷,求仁得所安。箪食一瓢饮,孔圣推其贤。

① 此首录自《全宋诗》卷六〇〇。

江南曲[①]

刘 攽

江南多芙蓉,水绿看最好。轻舟浮江来,白露秋意早。露白秋已晞,游子行未归。采香欲谁赠,但见群鸥飞。鸥飞不避人,思我平生亲。当亲而返疏,怅望空水滨。

① 此首录自《全宋诗》卷六〇一。

城南行[①]

刘 攽

八月江湖秋水高，大堤夜坼声嘈嘈。前村农家失几户，近郭扁舟屯百艘。蛟龙蜿蜒水禽白，渡头老翁须雇直。城南百姓多为鱼，买鱼欲烹辄凄恻。

① 此首录自《全宋诗》卷六〇五。

苦 寒[①]

刘 攽

不敢怨云雾，不敢悲雪霜。此是上帝令，所以诛愆阳。不见李与桃，前日胡为芳。不见蚊与鹨，往日胡为翔。反时固为妖，儌倖真不祥。但令冷气除，岂敢虞冻僵。吾道不终穷，君看松与篁。

① 此首录自《全宋诗》卷六〇二。

贫交行[①]

刘 攽

贫交多相怜，富交多相捐。贫富尚不保，死生安可道。人能无以声利为，贫交富交皆不欺。君不见萧朱隙末张陈死，惟有管鲍真相知。

① 此首录自《全宋诗》卷六〇四。

北门行[①]

刘 攽

慕道逍遥游，不作枯槁语。二年客都城，卒岁厌贫窭[②]。乃知北门诗，圣人亦有取。自于万事捷若机，今日已晤前日非。五月披裘不取金，放歌会采南山芝。

① 此首录自《全宋诗》卷六〇四。 ② 嫈：《全宋诗》校注"原作屡，据聚珍版改"。

古信陵行[①]

刘 攽

薛公藏卖浆，毛公藏博徒。侯嬴抱关叟，朱亥市井徒。我思信陵君，下此四丈夫。富贵胡为弃贫士，能令君存为君死。

① 此首录自《全宋诗》卷六〇四。

出门无马行[①]

刘 攽

市儿暮归钱满把，田翁秋收禾满野。人生勤苦必有获，天事岂常遗拙者。鄙夫能言知读书，十五著论惊群儒。文章不作少壮用，白发垂领皮肉粗。作官不如闲日多，得禄无若饥寒何。百年陈人谁比数，满眼贵士难经过。欲为揣摩心智短，欲学造请颜色赧。黄金难成丹砂贵，紫芝将秀白日晚。退居长安百不为，出门无马还步归。高天报施固有待，可得不如翁与儿。

① 此首录自《全宋诗》卷六〇四。

谁何哭[①]

徐 积[②]

谁何哭？哀且危！白头母，朱颜儿。儿忽舍母去，母何用生为？架上有儿书，箧中有儿衣。儿声不复闻，儿貌不复窥。谁何哭？哀复哀！肠未绝，心先摧。母恃儿为命，儿去不复来，朝看他人儿，暮看他人子。一日一夜间，十生九复死。君不见，昨夜人静黄昏时，含心抱痛无人知。其时忽不记儿死，倚门引颈望儿归。

① 此首录自《全宋诗》卷六四三。 ② 徐积（1028—1103）：字仲车，楚州山阳（今江苏淮安）人。治平进士。授楚州教授。事母至孝，政和六年（1116），赐谥节孝处士。有《节孝集》。《宋史》有传。

爱爱歌[①]

徐 积

吴越佳人古云好，破家亡国可胜道。昨夜闲观《爱爱歌》，坐中叹息无如何。爱爱乃是娼家女，浑金璞玉埋尘土。歌舞吴中第一人，绿发双鬟才十五。耳闻眼见是何事，不谓其人乃如许。操心危兮虑患深，半夜灯前泪如雨。假如一笑得千金，不如嫁作良人妇。桃李不为当路花，芙蓉开向秋风渚。忽然一日逢张氏，便约终身不相弃。山可磨兮海可枯，生唯一兮死无二。有如樗栎丛中木，忽然化作潇湘竹。又如黄鸟春风时，迁乔木[②]兮出幽谷。文君走马来成都，弄玉吹箫才几曲。不闻马上琵琶声，却在山头望夫哭。去年春风还满房，昨夜月明还满床。行人一去不复返，不是江山歧路长。前年犹惜金缕衣，去年不画深胭脂。今年今日万事已，鲛绡翡翠看如泥。一女二夫兮妾之所羞，不忠于所事兮其将何求。蛾眉皓齿兮妾之仇，不如无生兮庶几无尤。喓喓草虫兮趯趯阜螽，靡不有初兮鲜克有终。鸳鸯于飞兮毕之罗之，人间此恨兮消何时。深山人迹不到处，病鸾敛翅巢空枝。

① 此首录自《全宋诗》卷六四五。题下有序曰："子美为《爱爱歌》，已失之矣。又其辞淫漫，而序事不得爱爱本心，甚无以示后学。余欲为子美抉去其文，而易以此歌，以解学者之惑。其序曰：爱爱，吴女也，幼孤，托于嫂氏。其家即娼家也，左右前后亦娼家也。居娼家而不为娼事者，盖天下无一人，而爱爱以小女子，能杰然自异，不为其党所污，其已艰矣。然爱爱以小女子，顾其势终不能固执，此其所以操心危，虑患深之道，不得已而为奔女之计也。于是与其人来京师，既数年，其人归江南，遂死于江南。爱爱居京师，自以为未亡人也。慨然有必死之计，故虽富贵百计万方，卒不能动其心，以至于死，此固不得谓之小节，是奇女子也。古之所谓义烈之女者，心同而迹异。按爱爱所奔，即江宁富人张氏也。张氏纳奔妾于外，弃父母而不归，以至其父捕去，此乃不孝之大者，固不得齿为人类，虽夷狄禽兽之不若也。故余之所歌，意有详略，事有取舍，文皆主于爱爱焉。"今按：据《宋诗纪事》引《丽情集》及有关资料记载，杨爱爱是钱塘（今杭州）妓女，精于歌舞。七月七日泛舟西湖，遇金陵（今南京）少年张逞，两人相爱之后，私奔汴京，共同生活。不久，张逞的父亲来到京城，将张逞拘捉回家，而爱爱则素衣蔬食，不近乐器，以死相守。有人千方百计想得到她，都遭到了拒绝。后来，传说张逞已死，爱爱遂忧伤身亡。苏舜钦曾有《爱爱歌》一首，专载此事，今不传。

② 木：《全宋诗》校注"原作林，据宣统本改"。今按：据《全宋诗》卷六三三"徐积"题记，"宣统本"指"宣统三年重刊本"（《节孝先生文集》）。

杨柳枝[①]

徐　积

杨柳杨柳复杨柳，舞罢青衫困垂手。相如病思最多情，沈约才清更酣酒。君看好鸟鸣枝间，日与春风问安否。清明前后峭寒时，好把香绵闲抖擞。

①此首录自《全宋诗》卷六四四。

金沙行[①]

徐　积

关西不雨凡几城，孜孜谁独劳其情。镇潼太守真贤明，驱车远有金沙行。春空破碧幢高旌，东风环佩锵瑶琼。溪翁不钓童不耕，隆隆千里讴歌声。从容祷罢残霞横，莲花顶上微云生。云兮云兮云莫停，霈然一洒尘埃清。

① 此首录自《全宋诗》卷六四四。

妾薄命[①]（四首）

徐　积

其　一

偷把罗衣裛泪痕，落花江上泣青春。空将凤管题君怨，自是蛾眉累汝身。翠黛不须匀绿鬓，红膏休更点朱唇。自然彼此无心妒，犹恐多言巧中人。

① 此四首录自《全宋诗》卷六五三。

其　二

春深江浦流还涨，雨后山花落更多。举目未言先有泪，当樽欲唱不成歌。心知自古皆如此，事到如今不奈何。莫向夕阳楼上望，几人遗恨满烟波。

其　三

将身误入楚王宫，负却家山事总空。枕上无言吟夜雨，花前有泪洒春风。假饶醉饱朱门内，岂似寒饥漏屋中。更有文君作奔妾，争如寂寞嫁梁鸿。

其　四

女子恩仇事可知，我曹何用吊吴姬。如斯才貌如斯苦，也似贤人被妒时。

苦　寒[①]

吕　陶[②]

朔风屡起声驱雷，浓霜不许晨晖开。天高地远橐籥动，凝然一气从中来。坤灵至静体坚厚，大罅忽裂如剪裁。河流迅疾猛如箭，一朝冰合铺琼瑰。山川色势尚惨沮，安恨草木遭衰摧。群阴交盛固如此，均被和煦何时哉。传闻西徼有积雪，平地数尺光皑皑。贼兵夜冻多死者，万众已望穹庐回。

① 此首录自《全宋诗》卷六六三。　② 吕陶（1028—1104）：字元钧，号净德，眉州彭山（今属四川）人。皇祐进士，官铜梁、寿阳令，太原府判官。历官知彭州、广安军，迁中书舍人、给事中。出知陈州、潞州、梓州等。有《吕陶集》，已佚。后人辑有《净德集》。

江南曲[①]

沈　括[②]

新秋拂水无行迹，夜夜随潮过江北。西风卷雨上半天，渡口微凉含晚[③]碧。城头鼓响日脚垂，天际笼烟锁山色。高楼索莫临长陌，黄竹一声无比客。时平田苦少人耕，唯有芦花满江白。

① 此首录自《全宋诗》卷六八六。　② 沈括（1031—1095）：字存中，钱塘（今浙江杭州）人。嘉祐进士。初为馆阁校勘，历官提举司天监、河北西路察访使、翰林学士，后罢知宣州、延州，加任鄜延路经略安抚使。著有《长兴集》及《梦溪笔谈》等。　③ 凉含晚：《全宋诗》校注"《曲阿诗综》卷六作吟含晓"。

饿者行[①]

王　令[②]

雨雪不止泥路迂，马倒伏地人下无[③]。居者不出行者止[④]，午市不合入[⑤]空衢。道中独行乃谁子？饿者负席缘门呼。高堂食饮岂无弃，愿从犬彘求其余。耳闻门闭[⑥]身就拜，拜伏不起呼[⑦]群奴。喉干无声哭无泪，引杖去此他何如？路[⑧]旁少年无所语，归视纸上还长吁。

① 此首录自《全宋诗》卷六九六。 ② 王令(1032—1059)：字逢原，元城(今河北大名)人。擅诗文，诗风奇崛豪放，王安石对其文章和为人皆甚推重。有《广陵先生文集》、《十七史蒙求》。 ③ 无：《全宋诗》校注“原校：一本作扶”。④ 止：《全宋诗》校注“原校：一本作返”。 ⑤ 入：《全宋诗》校注“明本作人”。今按：据《全宋诗》卷六九〇“王令”题记，“明本”指国家图书馆所藏明抄本(《广陵先生文集》)。 ⑥ 闭：《全宋诗》校注“明本作开”。 ⑦ 呼：《全宋诗》校注“明本作呵”。 ⑧ 路：《全宋诗》校注“原校：一本作道”。

徐州黄楼歌寄苏子瞻[①]

郭祥正[②]

君不见彭门之黄楼，楼角突兀凌山丘。云生雾暗失柱础，日升月落当帘钩。黄河西来骇奔流，顷刻十丈平城头。浑涛舂撞怒鲸跃，危堞仅若杯盂浮。斯民嚣嚣坐恐化鱼鳖，刺史当分天子忧。植材筑土夜连昼，神物借力非人谋。河还故道万家喜：“匪公何以全吾州！”公来相基垒巨石，屋成因以黄名楼。黄楼不独排河流，壮观弹压东诸侯。重檐斜飞掣惊电，密瓦莹净蟠苍虬。乘闲往往宴宾客，酒酣诗兴横霜秋。沉思汉唐视陈迹，逆节怙险终何求！谁令颈血溅砧斧！千载付与山河愁。圣祖神宗仗仁义，中原一洗兵甲休。朝庭尊崇郡县肃，彭门子弟长欢游。长欢游，随五马，但看红袖舞华筵，不愿黄河到城下。

① 此首录自《全宋诗》卷七五〇。今按：神宗熙宁五年(1072)五月，苏轼知

徐州。其年七月，黄河在澶渊决口。八月，水及徐州城，苏轼督率军民“修城捍水，以活徐人”。冬天水退（见《集注分类东坡诗·纪年录》）此诗即为此事而作。② 郭祥正（1035—1113）：字功父，自号醉吟居士，当涂（今属安徽）人。举进士，初为德化尉，历官邵州防御判官、太子中舍、桐城令，又任签书保信军节度判官，未几弃官归隐。后又通判汀州，摄守漳州，知端州。其诗俊逸似李白。有《青山集》。《宋史》有传。

妾薄命[①]

郭祥正

雌凤始营巢，妖桃半敷萼。忆昔嫁君时，相逢一何乐。朱颜妾未变，白眼君先恶。君恩不下济，妾意正难托。空床春寂寥，孤灯夜萧索。哀弦时一弹，弹终泪还落。

① 此首录自《全宋诗》卷七六六。

怨　别[①]（二首）

郭祥正

其　一

渡江君别妾，恨不如桃叶。桃叶解随君，渡江不用楫。妾既不得随，渡江楫如飞。自怜妾命薄，江头还独归。一步一回首，碧云凝落晖。空将盈掬泪，和粉洒罗衣[②]。

① 此首录自《全宋诗》卷七六六。　② 原注：“古诗云桃叶复桃叶，渡江不用楫。”

其　二

团扇不遮面，欲君永相见。胡为忽别妾，船逐南风便。君行妾独处，妾复谁为主。正似晚春花，零落随风雨。有情频寄书，莫令书更疏。却羡路旁草，到处逢君车[1]。

① 原注："古诗云团扇复团扇，团扇遮人面。相见不相亲，不如不相见。"

代古相思[1]

郭祥正

妾面如花开，妾心似兰死。花开色易衰，兰死香不已。愿持枯兰心，终焉托君子。君行胡不归，两见秋风起。鸿雁只空来，音书无一纸。夜夜梦见君，朝朝懒梳洗。不忆霜月前，丝桐为君理。千古万古悲，悠扬逐流水。

① 此首录自《全宋诗》卷七六六。

拟桃花歌[1]

郭祥正

酣酣桃始花，灼灼粉面笑。粉色射花光，夺尽丹青妙。蓝衫马上郎，风流亦年少。语言虽未通，精诚默相照。敛容缓步复掩门，只见桃花不见人。轻红浅白正含露，欲落半开将送春。凝心驻马日渐晚，隐忍时时下前坂。回头又不见桃花，唯有青山遮醉眼。扬鞭击镫歌团扇，相见不如不相见。逢人寄语问桃花，春残吹落谁家。

① 此首录自《全宋诗》卷七六六。

浪士歌[①]

郭祥正

江上浪如屋，海中浪如山。浪士乘浪舟，兀兀在浪间。浪头几时息，士心殊自闲。死生生死尔，浪歌聊破颜。

① 此首录自《全宋诗》卷七六二。题下有序曰："郭子弃官合肥，归隐姑熟，一吟一酌，婆娑溪上，自号曰醉吟先生。居五年，或者谓其未老，可任以事，荐于上，上即召之，复序于朝，俾监闽汀郡。寻摄守漳南，上复召之，行至半道，闽使者状其罪以闻，遂下吏，留于漳几三年。郭子一吟一酌，逍遥乎一室之中，未尝有忧色，又自号曰漳南浪士。客或疑而问焉。郭子曰：士有可以忧，有不足以忧者。仰愧于天，俯愧于人，内愧于心，此可以忧矣，反是，夫何忧之有。作《浪士歌》以释客问。"

庐陵乐府[①]（十首）

郭祥正

其　一

妾抬纤纤手，一拂白玉琴。琴声写三叠，寄妾万里心。朱弦断可续，妾心常不足。才惊枫叶丹，又见杨枝绿。望君君未到，妾貌宁长好。云鬓懒重梳，从教似秋草。

① 此十首录自《全宋诗》卷七六六。

其　二

鸿雁殊未来，思君一弹琴。泠泠别鹤语，折尽幽兰心。蛛丝漫相续，难系骅骝足。白日无时停，云鬓宁长绿。年华要不老，不若丹青好。对之虽无言，犹胜种萱草。

其　三

与子初执手，效彼瑟与琴。子去既不返，谁复知我心。宝刀能切玉，愿断金乌足。留住枝上春，花红叶长绿。懊恼复懊恼，憔悴变妍好。不见庭中兰，埋没随百草。

其　四

妾身厌尘埃，专心托君子。感君一面晒，涸辙逢秋水。雍容未经年，结誓同生死。胡为忽言别，短书无一纸。愁思魂梦飞，鹊语不成喜。岁晚君不来，红妆为君洗。

其　五

嵯峨姑射山，绰约飞行子。绛唇启皓玉，明眸漾寒水。方平与麻姑，相期永不死。手披黄庭经，金字写青纸。胡为谪人间，离合溢悲喜。妖桃凝露珠，东风任吹洗。

其　六

庭下幽花[①]羃寒雾，金鸭冷烟无一缕。从君别妾驾红鸾，望断三山无觅处。平时曲调休重举，长袖空垂不成舞。醒眼牵愁送春去，独立残阳与谁语。

① 花：《全宋诗》校注“道光本作兰”。据《全宋诗》卷七四九“郭祥正”题记，“道光本”指清道光年间刻本（《青山集》），下同。

其　七

英英玉山禾，乃是凤凰食。凤凰殊未来，禾生亦何益。幽香眷春尽，孤根含露寂。委弃同蒿莱，咄嗟人莫识。

其　八

自君之往矣，幽房守岁华。眉头匀翠淡，裙带缕金斜。魂魄空成梦，音书不到家。凭谁度庾岭，和泪寄梅花。

其　九

粉黛元知假，丹青岂是真。桃花初过雨，溪水暗流春。眼眼随云断，书书托雁频。渔郎自迷路，狂[①]杀武陵人。

① 狂：《全宋诗》校注“道光本作枉”。

其　十

不作巫山雨，螺川久住家。欲知冰未释，须信玉无瑕。对局拈棋子，开窗摘杏花。谁能谙此意，红日又西斜。

谷帘水行[①]

郭祥正

崭崭青壑仙人居，水精帘挂光浮浮[②]。中有天乐振天响，真珠琤淙碎珊瑚。常娥拥月夜相照，天光地莹倒玉壶。又云玉皇醉玉液，琼簟千尺从空铺。卧来北斗谏以起，惊风吹落青山隅。溶溶万古万万古，竟谁能辨为真虚。我来吟哦不知晚，山云四暗山魈呼。安得长鲸驾天险，下视灵源知有无。

① 此首录自《全宋诗》卷七四九。　② 浮：原注“音扶”。

鹦鹉洲行[①]

郭祥正

猛虎磨牙啮九州，祢生何事来擻㩐。黄云屯屯宴宾客，故衣脱去更岑牟。渔阳参挝曲声苦，壮士衔悲寂无语。汉朝社稷四百年，海泻涛淙一坏[②]土。嗟哉鼓史狂而痴，天运往矣安能追。四方血战殊未已，三尺[③]棁杖真何为。君不见武昌之国鹦鹉洲，至今芳草含春愁。可行则行止则止，死无所益令人羞。死无所益令人羞，黄祖曹公均一丘。

① 此首录自《全宋诗》卷七四九。 ② 坏:《全宋诗》校注"原作杯,据道光本改"。 ③ 尺:《全宋诗》校注"底本本卷尺字均作赤,据道光本改,下同"。今按:据《全宋诗》卷七四九"郭祥正"题记,"底本"为"南宋初刊本"(《青山集》)。

金山行[①]

郭祥正

金山杳在沧溟中,雪崖冰柱浮仙宫。乾坤扶持自今古,日月仿佛躔西东。我泛灵槎出尘世,搜索异境窥神工。一朝登临重太息,四时想像何其雄。卷帘夜阁挂北斗,大鲸驾浪吹长空。舟摧岸断岂足数,往往霹雳捶蛟龙。寒蟾八月荡瑶海,秋光上下磨青铜。鸟飞不尽暮天碧,渔歌忽断芦花风。蓬莱久闻未成往,壮观绝致遥应同。潮生潮落夜还晓,物与数会谁能穷。百年形影浪自苦,便欲此地安微躬。白云南来入我望,又起归兴随征鸿。

① 此首录自《全宋诗》卷七四九。

潜山行[①]

郭祥正

笑别姑熟州,来作潜山游。潜山闻名三十载,写望可以销吾忧。晴云如绵挂寒木,广溪镜静涵明秋。山头石齿夜璨璨,疑是太古之雪吹不收。信哉帝祖驻銮跸,异景怪变谁能求。若非青崖见白鹿,安得此地谁能知,日长马倦人多迷。从来闻说曹溪路,只今蹋断庐山西。

① 此首录自《全宋诗》卷七四九。

苦寒行[①]（二首）

郭祥正

其　一

江南饶暖衣绨绤，今岁春寒人未识。溪流冰合地成坼，一月三旬雪三尺。去年大潦民无食，子母生离空叹息。只今道路多横尸，安忍催科更诛殛。

① 此二首录自《全宋诗》卷七四九。

其　二

下溪捕鱼一丈冰，上山采樵三尺雪。人人饥饿衣裳单，骨肉相看眼流血。乾坤失色云未收，雕鹗无声翅将折。官仓斗米余百金，愿见春回二三月。

楚江行[①]

郭祥正

吾生磊落无滞留，一生好作大江游，任尔龟鼍跋浪蛟龙愁。昨夜天风下荆楚，我来此地重怀古。洛妃湘女不足数，渺渺兮三闾在何所。浩荡烟波江水阔，冥寞神交两相许。倒提金斗倾浊醪，滴沥招魂寂无语。斜阳衔山暝潮退，两两渔舟迷向背。便欲因之垂钓竿，六鳌一掷天门外。

① 此首录自《全宋诗》卷七四九。

九华山行[①]

郭祥正

群山秀色堆寒空，九华一簇青芙蓉。谁云九子化为石，聚头论道扶天公。深岩自积太古雪，烛龙缩爪羞无功。湍流万丈射碧落，此源直与银河通。尘埃一点入不得，烟雾五色朝阳烘。有时昏昏雷电怒，崩崖裂壁挥长松。龙作雨，虎啸风。白日变明晦，九子亦惨容，褐冠释氏胡为笑傲于其中。我将学彼术，卷舌切[②]愧求童蒙。天公信玉女，号令不尔从。嗟尔九子竟何补，非泰非华非衡嵩。

① 此首录自《全宋诗》卷七四九。 ② 切：《全宋诗》校注“道光本作窃”。

庐山三峡石桥行[①]

郭祥正

银河源源天上流，新秋织女望牵牛。洪波欲渡渡不得，叱[②]鹊为桥诚拙谋。胡不见庐山三峡水，此源亦[③]接明河底。擘崖裂嶂何其雄，崩雷泄云势披靡。飞鸟难过虎豹愁，四时白雪吹不收。烛龙此地无行迹，六月游子披貂裘。谁将巨斧凿大石，突兀长桥跨苍壁。行车走马安如山，下视龙门任淙激。寄言牛女勿相疑，地下神工尤更奇。唤取河边作桥栋，一年不[④]必一佳期。

① 此首录自《全宋诗》卷七四九 ② 叱：《全宋诗》校注“原作比，据道光本改”。 ③ 亦：《全宋诗》校注“道光本作直”。 ④ 不：《全宋诗》校注“道光本作何”。

醉 歌 行[①]

郭祥正

明月珠，不可襦，连城璧，不可餔。世间所有皆虚无，百年光景驹过隙，功名富贵将焉如。君不见北邙山，石羊石虎排无数，旧时多有帝王坟，今日累累蛰狐兔，残碑断碣为行路。又不见秦汉都，百二山河能险固，旧时宫阙亘云霄，今日原田但禾黍，古恨新愁迷草树。不如且买葡萄醅，携壶挈榼闲往来。日日大醉春风台，何用感慨生悲哀。

① 此首录自《全宋诗》卷七四九。

古剑歌[①]

郭祥正

古有名剑似秋水，龙盘虎拏焰欲起。鸡林削铁不足言，昆吾百炼安足齿。淬花曾莹鹏鹅膏，掉箾却敲鸾凤髓。忆昔破敌如破竹，带霜飞渡桑干曲。电光昼闪白日匿，魑魅走逃罔魎伏。于今锈涩混铅刀，夜凉风雨青龙哭。冰翼云淡雪花白，血痕冷剥苔花绿。我来拔鞘秋风前，毛发凛凛肝胆寒。书生无用暂挂壁，夜来虎气腾重泉。酒酣闻鸡起欲舞，明星错落银河旋。吾闻神物不终藏，丰城紫氛斗牛旁。及时与人成大功，岂肯弃置钝锋芒。会当斩蛟深入吴潭里，不然仗汝西域击名王。

① 此首录自《全宋诗》卷七四九。

渔舟歌[①]

郭祥正

四山飒沓江水流，两岸西风芦荻秋。渔歌杳杳隔港浦，烟波冥冥来孤舟。渔人举网得赤鲤，鱼尾簁簁相顾喜。撑船就岸维树旁，夕阳篷底炊烟起。白鹭洲边随意浴，孤云岩际无心逐。月明烟岸撇波去，格磔一声山水绿。

① 此首录自《全宋诗》卷七四九。

荔支叹[①]

苏　轼[②]

十里一置飞尘灰，五里一堠兵火催，颠坑仆谷相枕藉，知是荔支龙眼来。飞车跨山鹘横海，风枝露叶如新采。宫中美人一破颜，惊尘溅血流千载。永元荔支来交州，天宝岁贡取之涪。至今欲食林甫肉，无人举觞酹伯游[③]。我愿天公怜赤子，莫生尤物为疮痏。雨顺风调百谷登，民不饥寒为上瑞。君不见武夷溪边粟粒芽，前丁后蔡相笼加[④]。争新买宠各出意[⑤]，今年斗品充官茶[⑥]。吾君所乏岂此物？致养口体何陋耶！洛阳相君忠孝家，可怜[⑦]亦进姚黄花[⑧]！

① 此首录自《全宋诗》卷八二二。　② 苏轼(1037—1101)：字子瞻，自号东坡居士，眉山(今属四川)人。嘉祐进士。英宗时，初试馆职，除直史馆。神宗时，除判官告院兼判尚书祠部，权开封府推官，后通判杭州。历知密州、徐州，移知湖州。乌台诗案狱起，贬黄州团练副使，又移汝州团练副使。哲宗时，被名入京，出任中书舍人，改翰林学士。后知杭州、颍州、扬州、定州，又贬知惠州、儋州。徽宗时，赦还，提举玉局观。建中靖国元年，卒于常州。有《东坡集》。　③ 原注："汉永元中交州进荔支龙眼，十里一置，五里一堠，奔腾死亡，罹猛兽毒虫之害者无数。唐羌字伯游，为临武长，上书言状，和帝罢之。唐天宝中盖取涪州荔支，自子午谷路进入。"　④ 原注："大小龙茶始于丁晋公，而成于蔡君谟。欧阳永叔闻君谟进小龙团，惊叹曰：君谟士人也，何至作此事！"　⑤"争新"句：《全宋诗》校注"章(钰)校：《宋文鉴》作先取买宠后人贡"。　⑥ 原注："今年闽中监司乞进斗茶，许之。"　⑦ 可怜：《全宋诗》校注"章(钰)校：《宋文鉴》作近时"。　⑧ 原注："洛阳贡花自钱惟演始。"

鸦种麦行[①]

苏　轼

霜林老鸦闲无用，畦东拾麦畦西种。畦西种得青猗猗，畦东已作牛尾[2]稀。明年麦熟芒攒槊，农夫未食鸦先啄。徐行俯仰若自矜，鼓翅跳踉上牛角。忆昔舜耕历山鸟为耘，如今老鸦种麦更辛勤。农夫罗拜鸦飞起，劝农使者来行水。

① 此首录自《全宋诗》卷七九一。 ② 尾：《全宋诗》校注“集甲作毛”。今按：据《全宋诗》卷七八四“苏轼”题记，“集甲”本指“宋刊半叶十行本《东坡集》、《东坡后集》”，下同。

竹枝歌[1]（九首）

苏　轼

其　一

苍梧山高湘水深，中原北望度千岑。帝子南游飘不返，惟有苍苍枫桂林。

① 此篇录自《全宋诗》卷七八四。原题下有引曰：“《竹枝歌》本楚声，幽怨恻怛，若有所深悲者。岂亦往者之所见有足怨者与？夫伤二妃而哀屈原，思怀王而怜项羽，此亦楚人之意相传而然者。且其山川风俗鄙野勤苦之态，固已见于前人之作与今子由之诗。故特缘楚人畴昔之意，为一篇九章，以补其所未道者。”

其　二

枫叶萧萧桂叶碧，万里远来超莫及。乘龙上天去无踪，草木无情空寄泣。

其　三

水滨击鼓何喧阗，相将扣水求屈原。屈原已死今千载，满船哀唱似当年。

其　四

海滨长鲸径千尺，食人为粮安可入。招君不归海水深，海鱼岂解哀忠直。

其　五

吁嗟忠直死无人，可怜怀王西入秦。秦关已闭无归日，章华不复见车轮。

其　六

君王去时箫鼓咽，父老送君车轴折。千里逃归迷故乡，南公[①]哀痛弹长铗。

① 公：《全宋诗》校注"外集作宫"。今按：据《全宋诗》卷七八四"苏轼"题记，"外集"指"明万历刊《重编东坡先生外集》"。

其　七

三户亡秦信不虚，一朝兵起尽欢呼。当时项羽年最少，提剑本是耕田夫。

其　八

横行天下竟何事，弃马乌江马垂涕。项王已死无故人，首入汉庭身委地。

其　九

富贵荣华岂足多，至今惟有冢嵯峨。故国凄凉人事改，楚乡千古为悲歌。

吴中田妇叹[①]

苏　轼

今年粳稻熟苦迟，庶见霜风来几时。霜风来时雨如泻，杷头出菌镰生衣。眼枯泪尽雨不尽，忍见黄穗卧青泥。茅苫一月陇上宿，天晴获稻随车归。汗流肩赪载入市，价贱乞与如糠粞。卖牛纳税拆屋炊，虑浅不及明年饥。官今要钱不要米，西北万里招羌儿。龚黄满朝人更苦，不如却作河伯妇。

① 此首录自《全宋诗》卷七九一。题下有注:“和贾收韵”。

起伏龙行[①]

苏　轼

何年白竹千钧弩,射杀南山雪毛虎?至今颅骨带霜牙,尚作四海毛虫祖。东方久旱千里赤,三月行人口生土。碧潭近在古城东,神物所蟠谁敢侮。上敧苍石拥岩窦,下应清河通水府。眼光作电走金蛇,鼻息为云擢烟缕。当年负图传帝命,左右羲轩诏神禹。尔来怀宝但贪眠,满腹雷霆喑不吐。赤龙白虎战明日[②],倒卷黄河作飞雨。嗟我岂乐斗两雄?有事径须烦一怒。

① 此首录自《全宋诗》卷七九九。原诗有序云:“徐州城东二十里,有石潭。父老云与泗水通,增损清浊,相应不差,时有河鱼出焉。元丰元年春旱,或云置虎头潭中,可以致雷雨,用其说作《起伏龙行》。” ② 原注:“是月丙辰,明日庚寅。”

续丽人行[①]

苏　轼

深宫无人春日长,沉香亭北百花香。美人睡起薄梳洗,燕舞莺啼空断肠。画工欲画无穷意,背立东风初破睡。若教回首却嫣然,阳城下蔡俱风靡。杜陵饥客眼长寒,蹇驴破帽随金鞍。隔花临水时一见,只许腰肢背后看。心醉归来茅屋底,方信人间有西子。君不见孟光举案与眉齐,何曾背面伤春啼。

① 此首录自《全宋诗》卷七九九。原诗有序曰:“李仲谋家有周昉画背面欠伸内人,极精,戏作此诗。”今按:周昉,字景元,唐长安人,擅长以贵族妇女生活为题材的人物画。欠伸内人,唐代教坊歌妓。

画鱼歌[①]

苏　轼

天寒水落鱼在泥，短钩画水如耕犁。渚蒲披[②]折藻荇乱，此意岂复遗鳅鲵？偶然信手皆虚击，本不辞劳几万一。一鱼中刃百鱼惊，虾蟹奔忙误跳掷。渔人养鱼如养雏，插竿冠[③]笠惊鹈鹕。岂知白梃闹如雨，搅水觅鱼嗟已疏。

① 此首录自《全宋诗》卷七九一。题下有注："湖州道中作。"　② 披：《全宋诗》校注"类本作拔"。今按：据《全宋诗》卷七八四"苏轼"题记，"类本"指宋刊《王状元集百家注分类东坡先生诗》及元务本书堂刊《增刊校正王状元集注分类东坡先生诗》，下同。　③ 冠：《全宋诗》校注"查注作贯"。今按：据《全宋诗》"苏轼"题记，"查注"指"清查慎行《补注东坡编年诗》"，下同。

陌上花[①]（三首）

苏　轼

其　一

陌上花开蝴蝶飞，江山犹是昔人非。遗民几度垂垂[②]老，游女长歌缓缓归。

① 此三首录自《全宋诗》卷七九三。原诗有引曰："游九仙山，闻里中儿歌《陌上花》，父老云：吴越王妃每岁春必归临安，王以书遗妃曰：'陌上花开，可缓缓归矣。'吴人用其语为歌，含思宛转，听之凄然。而其词鄙野，为易之云。"今按：五代时钱镠据浙，称吴越王，建都临安。传至其孙钱俶降宋，移家汴京。此处"吴越王妃"指钱俶妻。　② 垂垂：《全宋诗》校注"查注：《（咸淳）临安志》作年年"。

其　二

陌上山花无数开，路人争看翠軿来。若为留得堂堂去，且更从教缓缓回。

其　三

生前富贵草头露，身后风流陌上花。已作迟迟君去鲁，犹教[①]缓缓妾还家。

① 教：《全宋诗》校注"集甲作歌"。

襄阳古乐府[①]（三首）

苏 轼

野鹰来

野鹰来，万山下，荒山无食鹰苦饥，飞来为尔系彩丝。北原有兔老且白，年年养子秋食菽。我欲击之不可得，年深兔老鹰力弱。野鹰来，城东[②]有台高崔嵬。台中公子著皮袖，东望万里心悠哉。心悠哉，鹰何在。嗟尔公子归无劳，使鹰可呼亦凡曹，天阴月黑狐夜嗥。

① 此三首录自《全宋诗》卷七八五。 ② 东：《全宋诗》校注"合注：一作中"。今按：据《全宋诗》"苏轼"题记，"合注"指"清冯应榴《苏文忠诗合注》"，下同。

上堵吟

台上有客吟秋风，悲声萧散飘入空[①]。台边游女来窃听，欲学声同意不同。君悲竟何事，千里金城两稚子。白马为塞凤为关，山川无人空自闲。我悲亦何苦，江水冬更深，鳊鱼冷难捕。悠悠江上听歌人，不知我意徒悲辛。

① 空：《全宋诗》校注"七集作宫"。今按：据《全宋诗》"苏轼"题记，"七集"指"明成化刊《东坡七集》。"又按：查《中国古籍善本书目》，未有"明成化刊《东坡七集》"之著录，故未详其所据，或为清光绪三十四年至宣统元年宝华盦所刻《重刊明成化本东坡七集》之讹？

襄阳乐

使君未来襄阳愁，提戈入市裹毡裘。自从毡裘南渡沔，襄阳无事多春游。襄阳春游乐何许，岘山之阳汉江浦。使君朱旆来翻翻，人道使君似羊杜。道边逢人问洛阳，中原苦战春田荒。北人闻道襄阳乐，目送飞[①]鸿应断肠。

① 飞:《全宋诗》校注"类本作征"。

醉翁操[①]

苏　轼

琅然,清圜。谁弹,响空山。无言,惟翁醉中和[②]其天。月明风露娟娟,人未眠。荷蒉过山前,曰有心也哉此贤[③]。醉翁啸咏,声和流泉。醉翁去后,空有朝吟夜怨。山有时而童颠,水有时而回川。思[④]翁无岁年,翁今为飞仙。此意在人间,试听徽外三两弦。

① 此首录自《全宋诗》卷八二二。此题下有序曰:"琅邪幽谷,山水奇丽,泉鸣空涧,若中音(《全宋诗》校注'卢校作首'。今按:'卢校'指卢文弨所校之'查注'本)会。醉翁喜之,把酒临听,辄欣然忘归。既去十余年,而好奇之士沈遵闻之,往游焉。以琴写其声,曰《醉翁操》,节奏疏宕而音指华畅,知琴者以为绝伦。然有其声而无其辞,翁虽为作歌,而与琴声不合。又依楚辞作《醉翁引》,好事者亦倚其辞以制曲,虽粗合均度,而琴声为辞所绳约,非天成也。后三十余年,翁既捐馆舍,而遵亦殁久矣。有庐山玉涧道人崔闲,特妙于琴,恨此曲之无词,乃谱其声,而请于东坡居士以补之云。"　② 和:《全宋诗》校注"七集作知"。　③"曰有"句:《全宋诗》校注"集乙注:泛声同此"。今按:据《全宋诗》"苏轼"题记,"集乙"本指"宋刊半叶十二行本《东坡集》《东坡后集》"。　④ 思:《全宋诗》校注"《铁网珊瑚》作惟"。

日日出东门[①]

苏　轼

日日出东门,步寻东城游。城门抱关卒,笑我此何求。我亦无所求,驾言写我忧。意适忽忘返,路穷乃归休。悬知百岁后,父老说故侯。古来贤达人,此路谁不由。百年寓华屋，千载归山丘。何事羊公子，不肯过西州。

① 此首录自《全宋诗》卷八〇五。

蜜酒歌[①]

苏 轼

真珠为浆玉为醴，六月田夫汗流泚。不如春瓮自生香，蜂为耕耘花作米。一日小沸鱼吐沫，二日眩转清光活。三日开瓮香满城，快泻银瓶不须拨。百钱一斗浓无声，甘露微浊醍醐清。君不见南园采花蜂似雨，天教酿酒醉先生。先生年来穷到骨，问人乞米何曾得。世间万事真悠悠，蜜蜂大胜监河侯。

① 此首录自《全宋诗》卷八〇四。题下有序曰："西蜀道士杨世昌，善作蜜酒，绝醇酽。余既得其方，作此歌以遗之。"

五禽言[①]（五首）

苏 轼

其 一

使君向蕲州，更唱蕲州鬼。我不识使君，宁知使君死。人生作鬼会不免，使君已老知何晚[②]。

① 此五首录自《全宋诗》卷八〇三。题下有序曰："梅圣俞尝作《四禽言》。余谪黄州，寓居定惠院，绕舍皆茂林修竹，荒池蒲苇。春夏之交，鸣鸟百族，土人多以其声之似者名之，遂用圣俞体作《五禽言》。" ② 原注："王元之自黄移蕲州，闻啼鸟，问其名。或对曰：'此名蕲州鬼。'元之大恶之，果卒于蕲。"

其 二

昨夜南山雨，西溪不可渡。溪边布谷儿，劝我脱破袴。不辞脱袴溪水寒，水中照见催租瘢[①]。

① 原注："土人谓布谷为脱却破袴。"

其　三

去年麦不熟，挟弹规我肉。今年麦上场，处处有残粟。丰年无象何处寻，听取林间快活吟[①]。

① 原注："此鸟声云：麦饭熟，即快活。"

其　四

力作力作，蚕丝一百箔。垅上麦头昂，林间桑子落。愿侬一箔千两丝，缫丝得蛹饲尔雏[①]。

① 原注："此鸟声云：蚕丝一百箔。"

其　五

姑恶姑恶，姑不恶，妾命薄。君不见东海孝妇死作三年干，不如广汉庞姑去却还[①]。

① 原注："姑恶，水鸟也。"

归去来集字[①]（十首）

苏　轼

其　一

命驾欲何向，欣欣春木荣。世人无往复，乡老有[②]将[③]迎。云内流泉远，风前飞鸟轻。相携就衡宇，酌酒话交情。

① 此十首录自《全宋诗》卷八二六。题下有引曰："予喜读渊明《归去来辞》，因集其字为十诗，令儿曹诵之，号《归去来集字》云。"　② 有：《全宋诗》校注"《金石萃编》作自"。　③ 将：《全宋诗》校注"外集作时"。今按：据《全宋诗》"苏轼"题记，"外集"本指"明万历刊《重编东坡先生外集》"。　④ 内：《全宋诗》校注"七集作外"。

其　二

涉世恨形役，告休成老夫。良欣就归路，不复向迷途。去去径犹[①]菊，行行田欲芜。情亲有还往，清酒引樽壶。

① 犹:《全宋诗》校注"七集作有"。

其　三

与世不相入,膝琴聊自[1]欢。风光归笑傲,云物寄游观。言话审无倦,心怀良独安。东皋清有趣,植杖日盘桓。

① 自:《全宋诗》校注"《金石萃编》作尽"。

其　四

云岫不知远,巾车行复前。仆夫寻老木,童子引清泉。矫首独傲世,委心还[1]乐天。农夫告春事,扶老向良田。

① 还:《全宋诗》校注"《金石萃编》作怀"。

其　五

世事非吾事,驾言归[1]路寻。向时迷有命,今日悟无心。庭[2]内菊归酒,窗前风入琴。寓形知已老,犹未倦登临。

① 归:《全宋诗》校注"《金石萃编》作乡"。　② 庭:《全宋诗》校注"类本、外集作亭"。

其　六

富贵良非愿,乡关归去休。携琴已寻壑,载酒复经丘。翳翳景将入,涓涓泉欲流。老农人不乐,我独与之游。

其　七

觞酒命童仆,言归无复留。轻车寻绝壑,孤棹入清流。乘化欲[1]安命,息交还绝游。琴书乐三径,老矣亦何求。

① 欲:《全宋诗》校注"外集作亦"。

其　八

归去复归去,帝乡安可期。鸟还知已倦,云出欲[1]

何之。入室还[②]携幼，临流亦赋诗。春风吹独往[③]，不是傲亲知。

① 欲：《全宋诗》校注"外集作亦"。 ② 还：《全宋诗》校注"类本、外集作常"。 ③ 往：《全宋诗》校注"类本作断，七集作立"。

其 九

役役倦人事，来归车载奔。征夫问前路，稚子候衡门。入息[①]亦诗策，出[②]游常酒樽。交亲书已绝，云壑自相存。

① 息：《全宋诗》校注"类本作室"。 ② 出：《全宋诗》校注"类丙作少"。今按：据《全宋诗》"苏轼"题记，"类丙"本指元务本书堂刊《增刊校正王状元集注分类东坡先生诗》。

其 十

寄傲疑[①]今是，求荣感昨非。聊欣樽有酒，不恨室无衣。丘壑世情远，田园生事微。柯庭还独眄，时有鸟归飞。

① 疑：《全宋诗》校注"类本、外集作知"。

石鼓歌[①]

苏 轼

冬十二月岁辛丑，我初从政见鲁叟。旧闻石鼓今见之，文字郁律蛟蛇走。细观初以指画肚，欲读嗟如箝在口。韩公好古生已迟，我今况又百年后。强寻偏傍推点画，时得一二遗八九。我车既攻马亦同，其鱼维鲂贯之柳[②]。古器纵横犹识鼎，众星错落仅名斗。模糊半已隐瘢胝，诘曲犹能辨跟肘。娟娟缺月隐云雾，濯濯嘉禾秀稂莠。漂流百战偶然存，独立千载谁与友。上追轩颉相唯诺，下揖冰斯同鷇㲉。忆昔周宣歌鸿雁，当时籀史变蝌蚪。厌乱人方思圣贤，中兴天为生耆耇。

东征徐虏阚虓虎，北伏[3]犬戎随指嗾。象胥杂沓贡狼鹿，方召联翩赐圭卣。遂因鼓鼙思将帅，岂为考击烦矇瞍。何人作颂比嵩高，万古斯文齐岣嵝。勋劳至大不矜伐，文武未远犹忠厚。欲寻年岁无甲乙，岂有名字记谁某。自从周衰更七国，竟使秦人有九有。埽除诗书诵法律，投弃俎豆陈鞭杻。当年何人佐祖龙，上蔡公子牵黄狗。登山刻石颂功烈，后者无继前无偶。皆云皇帝巡四国，烹灭强暴救黔首。六经既已委灰尘，此鼓亦当遭击剖。传闻九鼎沦泗上，欲使万夫沉水取。暴君纵欲穷人力，神物义不污秦垢。是时石鼓何处避，无乃天工[4]令鬼守。兴亡百变物自闲，富贵一朝名不朽。细思物理坐叹息，人生安得如汝寿。

① 此首录自《全宋诗》卷七八六。　② 原注："其词云我车既攻，我马既同。又云其鱼维何，维鲂维鲤。何以贯之，维杨与柳。惟此六句可读，余多不可通。"③ 伏：《全宋诗》校注"类本作伐"。　④ 工：《全宋诗》校注"集甲作公"。

竹枝歌[1]（九首）

苏　辙[2]

其　一

舟行千里不至楚，忽闻《竹枝》皆楚语。楚语啁哳安可分，中江明月多风露。

① 此九首录自《全宋诗》卷八四九。题下注："忠州作。"今按：在《乐府诗集》中，《竹枝》属于"近代曲辞"，产生于巴渝（今四川东部）地区。此后便有《竹枝曲》、《竹枝词》、《竹枝歌》等别名。嘉祐四年（1059）冬，苏洵、苏轼、苏辙父子三人由眉山返汴京（今河南开封），途经忠州时，苏辙写此仿竹枝歌九首。　② 苏辙（1039—1112）：字子由，一字同叔，号颍滨遗老，眉山（今属四川）人。嘉祐进士。哲宗时官至尚书右丞、门下侍郎。徽宗时辞官。与父洵、兄轼，合称"三苏"。有《栾城集》。

其　二

扁舟日落驻平沙，茅屋竹篱三四家。连舂并汲各无语，齐唱《竹枝》如有嗟。

其　三

可怜楚人足悲诉，岁乐年丰尔何苦？钓鱼长江江水深，耕田种麦畏狼虎。

其　四

俚人风俗非中原，处子不嫁如等闲。双鬟垂顶发已白，负水采薪长苦艰。

其　五

上山采薪多荆棘，负水入溪波浪黑。天寒斫木手如龟，水重还家足无力。

其　六

山深瘴暖霜露干，夜长无衣犹苦寒。平生有似麋与鹿，一旦白发已百年。

其　七

江上乘舟何处客，列肆喧哗占平碛。远来忽去不记州，罢市归船不相识。

其　八

去家千里未能归，忽听长歌皆惨凄。空船独宿无与语，月满长江归路迷。

其　九

路迷乡思渺何极，长怨歌声苦凄急。不知歌者乐与悲，远客乍闻皆掩泣。

娇娘行[①]

孙次翁[②]

楚宫女儿身姓孙，十五绿鬟堆浓云。脸花歌笑艳杏发，肌玉才近红琼温。仙源曾引刘郎悟，天教谪下风尘去。策金堤上起青楼，照水花间开绣户。山阳天下居要冲，春行处处皆香风。花名乐府三千辈，惟君第一娇姿容。画舫骄马日过门，过者知名求见君。侍君颜色肯一顾，方肯延入罗芳樽。遏云数声贯珠善，惊鸿舞态流风转。不是当朝朱紫人，歌舞筵中难得见。朝英国士相欢久，学诗染翰颜兼柳。卫尉卿男号富儿，黄金满载来见之。朝欢夕宴奉歌酒，春去秋来情愈厚。青丝偷剪结郎心，暗发深诚誓婚偶。深更不与家人露，藏头掩面随郎去。千里相从人不知，鸳鸯比翼凌云飞。帝城风物正春色，与郎遍赏游芳菲。郎去高堂负父意，父亲惜子情难制。六礼安排迎入门，且图继嗣延家世。铨行补吏任忠州，整袖长江同溯流。瞿塘滟滪遍经历，二年惟爱居蛮陬。解官入京重调转，空闲独坐居京辇。伤离感疾时召医，无何楚客皆闻知。急具高堂报阿母，母怒大发如风雨。来见娇娘大嗟怨，怒声肆骂千千遍。扶夺上马去如飞，争奈郎踪相去远。回到娘家三四春，双眸盈疾愁见人。蕙心兰性欲枯死，盘金匣玉都埃尘。阿母养身今已报，从今所得多金宝。誓心不嫁待郎音，烟波万里难寻耗。迩来泛迹渡金陵，住近仪真江外亭。北提征辔过花院，分明认得娇娘面。旧家云鬓慵理妆，泪裹罗襟金缕溅。灯前相顾问行年，一别音容何杳然。君今三十未为老，昔时青发今华颠。君容若入襄王梦，我才曾试光明殿。秋江夜醉活平生，坐抱琵琶船上宴。娇娘娇娘真可惜，自小情多好风格。只恐情多悮尔身，休把身心乱抛掷。君不见乐天井底引银瓶，瓶沉簪折争奈何。

① 此首录自《全宋诗》卷一〇三二。题下有序曰："娇娘，小字也，姓孙名枢，字于仪。自垂髫时，余见之山阳郡，善歌舞，学诗词，谈论端雅，俨然有君子之风。

十六嫁登人解氏，二十为夺其志，遂居江淮间，当时名宦莫不爱赏。熙宁丙寅（按：熙宁无丙寅，疑为甲寅或丙辰之误。）岁，余自杭及苏，北渡江过仪真郡，有潇湘之逢，开樽话旧，各尽所怀，遂作《娇娘行》。” ② 孙次翁（生卒年不详）：仅知刘斧为其友，北宋中叶人。其事可见《青琐高议》前集卷三。

侠少行[①]

冯　山[②]

山东自古多才雄，辍耕陇上羞为农。乡兵名在万选中，一日声价闻天聪。十石弩力三石弓，殿前野战如飘风。白锦战袍腰勒红，诏容走马出阊阖，都人仰看如飞鸿。归来意气人谁及，道逢刺史犹长揖。邯郸白日袖剑行，振武青楼乘醉入。传闻留后收兰州，姓名御笔亲点抽。府金百镒轻一掷，且向塞外随遨游。自此锄犁变任侠，夜事椎埋书驰猎。有田无人耕，有子不养家，田间父老长咨嗟。

① 此首录自《全宋诗》卷七三九。　② 冯山（？—1094）字允南，安岳（今属四川）人。嘉祐进士。神宗时任秘书丞，通判梓州。哲宗时官终祠部郎中。有《冯安岳集》。

采樵行[①]

冯　山

朝霞朦胧入林坞，零星背篝腰破斧。田家无田有门户，不免将身犯豺虎。禽惊鹿寒木[②]丁丁，一篝数枝千万声。严风裂肤催出日[③]，入涧饮水饥肠鸣。缝无尺布春无粟，菜根扫叶燃难熟。留柴趁市将输官，一钱不救长饥寒。年年采樵樵渐少，官家苗役无时了。

① 此首录自《全宋诗》卷七三九。　② 寒木：《全宋诗》校注“宜秋馆本《冯安岳集》作骇寒”。　③ 日：文渊阁《四库全书·安岳集》作“白”，据宜秋馆本改。

青冢行[①]

冯　山

郊外日暖春溶溶，十里不断人相从。填填车马上坟去，踏尽青草行人踪。松柏影重楸叶开，一区冢舍全家来。展看酹酒聚头哭，哭尽更把松楸栽。隔溪青冢高巍巍，砖片露出空余碑。子孙因官往南北，温暖时节无人知。虚有官阶又无食，旧日松楸已荆棘。不及寻常百姓家，泉中却得儿孙力。休休休，有子莫愿为公侯，有孙莫令从官游。每到年年寒食节，尚有一杯羹，来到坟上头。

① 此首录自《全宋诗》卷七三九。

邻家妇[①]

冯　山

邻家妇，一贫复一富。舅姑爱憎苦不常，憎贫爱富多心肠。富妇初嫁时，身上晔晔生辉光。舅姑好财不好义，妇道无复较短长。不如贫妇巧且勤，巧能养家勤养亲。君不见古来烈[②]女传，往往多是贫中人。邻家妇，一为鸟，一为鸮，贫妇慈孝富妇骄。

① 此首录自《全宋诗》卷七三九。　② 烈：《全宋诗》校注“宜秋馆本《冯安岳集》作列”。

游子吟[①]

孔平仲[②]

远游如飞蓬，漂泊天之涯。不及百尺楼[③]，系在垂杨堤。琉璃为钟玉为斝，繁弦促管花阴下。青春此乐输几人，客身皇皇一羸马。

①此首录自《全宋诗》卷九二五。 ②孔平仲(生卒年不详):字义甫。临江新喻(今江西新余)人。治平进士。神宗时,为密州教授。哲宗时,召试学士院。擢秘书丞、集贤校理。后为转运判官,又知衡州。徽宗时,召为户部、金部郎中,出提举永兴路刑狱。与兄文仲、武仲并称"三孔",黄庭坚有"二苏联璧,三孔分鼎"之誉。《宋史》有传。 ③楼:《全宋诗》校注"豫章本作船"。今按:据《全宋诗》卷九二三"孔平仲"题记,"豫章本"指"《豫章丛书·朝散集》",下同。

汴堤行[①]

孔平仲

长堤杳杳如丝直,隐以金椎密无迹。当年何人种绿榆,千里分阴送行客。波间交语船上下,马头揖别人南北。日轮西入乌不飞,从古舟车无断时。

①此首录自《全宋诗》卷九二五。

折杨柳[①]

孔平仲

江头杨柳春依依,主人此时伤别离。留连祖席日欲晚,风弄绿影摇金卮。手攀长条赠君归,纷纷闲愁如絮飞。人生聚散似鱼雁,此柳春深有几枝。

①此首录自《全宋诗》卷九二五。

王昭君[①]

孔平仲

昭君十五入汉宫,自倚花艳如芙蓉。黄金不买画者笔,西子变作嫫女容。羊车忽略久不幸,夜夜月照罗帷空。娇痴怨恨掩袂泣,常恐兰蕙摧霜风。不堪坐守寂寞苦，遂愿将身嫁胡虏[2]。神仙缥缈下朝阳，再拜玉墀辞汉主。天颜惊顾初相识，自起欲留留不得。吁嗟拂袖归禁中，却看飞燕无颜色。婵娟去去阴山道，几日风沙貌枯槁。千秋万古恨无[3]穷，坟上春风无寸草。

① 此首录自《全宋诗》卷九二五。 ② 胡虏：《全宋诗》校注“原作朔漠，据豫章本改”。今按：据《全宋诗》“孔平仲”题记，其底本为文渊阁《四库全书·清江三孔集》。 ③ 无：《全宋诗》校注“豫章本作何”。

子夜四时歌[1]（四首）

孔平仲

春

二月春色来，三月春色老。东风收花去，满地留芳草。

① 此四首录自《全宋诗》卷九二五。

夏

火云堆长空，赤日沸岩瀑。芙蓉已焦死，不减篔筜绿。

秋

惨淡秋云高，萧瑟西风起。坐感岁华迁，悲歌泪如水。

冬

风凄薄愁云，雨冷成飞雪。莫作苦寒吟，行行桃李月。

第二十二卷　宋金乐府（二）

新乐府辞（三）

流民叹①

黄庭坚②

朔方频年无好雨，五种不入虚春秋。迩来后土中夜震，有似巨鳌复戴三山游。倾墙摧栋压老弱，冤声未定随洪流。地文划劙水觱沸，十户八九生鱼头。稍闻澶渊渡河日数万，河北不知虚几州。累累襁负襄叶间，问舍无所耕无牛。初来犹自得旷土，嗟尔后至将何怙？刺史守令真分忧，明诏哀痛如父母。庙堂已用伊吕徒，何时眼前见安堵？疏远之谋未易陈，市上三言或成虎。祸灾流行固无时，尧汤水旱人不知。桓侯之疾初无症，扁鹊入秦始治病。投胶盈掬俟河清，一箪岂能续民命？虽然犹愿及此春，略讲周公十二政。风生群口方出奇，老生常谈幸听之。

① 此首录自《全宋诗》卷九九九。 ② 黄庭坚（1045—1105）：字鲁直，号山谷道人，晚号涪翁，分宁（今江西修水）人。治平进士。哲宗时，为校书郎、《神宗实录》检讨官，迁著作佐郎，擢起居舍人，秘书丞，后又遭贬。与苏轼齐名，世称“苏黄”。又与张耒、晁补之、秦观并称“苏门四学士”。北宋“江西诗派”创始人。有《山谷集》、《山谷琴曲外篇》。

溪上吟①

黄庭坚

短生无长期，聊暇② 日婆娑。出门望高丘，拱木漫春萝。试为省鬼录，不饮死者多。安能如南山，千岁保不磨。在世崇名节，飘如赴烛蛾。及汝知悔时，万事蓬一窠。青青陵陂麦，妍暖亦已花。长烟淡平川，轻风不为波。无人按律吕，好鸟自和歌。杖藜山[3]中归，牛羊在坡陀。本自无廊庙，正尔乐涧阿。念昔扬子云，刻意师孟轲。狂夫移九鼎，深巷考四科。亦有好事人，时能载酒过。无疑举尔酒，定知我为何。

① 此首录自《全宋诗》卷九九九。作者有序曰："春山鸟啼，新雨天霁。汀草怒长，竹筱交阴。黄子观渔于塘下，寻春于小桃源，从以溪童、稚子、畦丁三四辈。茶鼎酒瓢，渊明诗编，虽不命戒，未尝不取诸左右。临沧波，拂白石，咏渊明诗数篇，清风为我吹衣，好鸟为我劝饮。当其漻然无所拘系，而依依规矩准绳之间，自有佳处。乃知白莲社中人，不达渊明诗意者多矣。过酒肆则饮，亦无量也，然未始甚醉。盖其所寓与毕卓、刘伶辈同，而自谓所得与二子异，人亦殊不能知之也。酒酣，得纸书之，为《溪上吟》。" ② 暇：《全宋诗》校注"陈刻本、翁校本作假"。今按：据《全宋诗》卷九七九"黄庭坚"题记，"陈刻本"指"清光绪间陈三立覆宋刻本"，或即光绪二十年义宁州署刻《宋黄文节公全集》。"翁校"本指"翁方纲校树经堂本"，或即清乾隆间树经堂刻本《黄诗全集》。下同。 ③ 山：《全宋诗》校注"翁校：一本作田"。

竹枝词[1]（二首）

黄庭坚

其　一

撑崖拄谷蝮蛇愁，入箐攀天猿掉头。鬼门关外莫言远，五十三驿是皇州。

① 此二首录自《全宋诗》卷九九〇。原诗有跋曰："古乐府有'巴东三峡巫峡长，猿鸣三声泪沾裳'，但以抑怨之音，和为数叠，惜其声今不传。予自荆州上峡入黔中，备尝山川险阻，因作二叠与巴娘，令以'竹枝'歌之。前一叠可和云'鬼门关外莫言远，五十三驿是皇州'，后一叠可和云'鬼门关外莫言远，四海一家皆弟兄'。或各用四句入《阳关》、《小秦王》，亦可歌也。绍圣二年四月甲申。"

其　二

浮云一百八盘萦，落日四十八渡明。鬼门关外莫言远，四海一家皆弟兄。

古乐府白纻四时歌[①]（四首）

黄庭坚

其　一

桃李欲开[②]风雨多，笼弦束管奈春何[③]。风休雨静花满地[④]，时节去我如惊波[⑤]。少年志愿[⑥]不成就，日月星辰役昏昼[⑦]。俟河之清未有期[⑧]，斗酒聊为社公寿。

① 此四首录自《全宋诗》卷一〇一九。　② 欲开：《全宋诗》校注“原校：一作在时”。据《全宋诗》“黄庭坚”题记，底本为“《武英殿聚珍版书》所收《山谷诗注》”，下同。　③ “笼弦”句：《全宋诗》校记“原校：一作关锲管弦绝经过”。④ “风休”句：《全宋诗》校记“原校：一作落花著地深一尺”。　⑤ “时节”句：《全宋诗》校记“原校：一作安用风日更妍和”。　⑥ 少年志愿：《全宋诗》校记“原校：一作燕燕作巢”。　⑦ “日月”句：《全宋诗》校记“原校：一作故年主人且恩旧”。⑧ “俟河”句：《全宋诗》校记“原校：一作及河之清八月来”。

其　二

日晴桑叶[①]绿宛宛，春蚕忽忽都成茧。缫车宛转头绪多，相思如此心乱何。少年志愿[②]不成就，故年主人且恩旧。及河之清八月来，斗酒聊为社公寿。

① 日晴桑叶：《全宋诗》校记“原校：一作柔桑日长”。　② 少年志愿：《全宋诗》校记“原校：一作燕燕作巢”。

其　三

络纬惊秋鸣[①]唧唧，美人停灯中夜[②]织。回文中有白头吟，人生难得相知心。少年志愿[③]不成就，故年主人且恩旧。及河之清八月来，斗酒聊为社公寿。

① 络纬惊秋鸣：《全宋诗》校记“原校：一作草根风里虫”。　② 停灯中夜：

《全宋诗》校记“原校:一作张灯夜半”。 ③ 少年志愿:《全宋诗》校记“原校:一作燕燕作巢”。

其　四

北风降霜松柏雕[1],天形惨澹光景销[2]。山河夜半失故处[3],何地藏舟无动摇[4]。少年志愿[5]不成就,故年主人且恩旧。及河之清八月来,斗酒聊为社公寿。

① 雕:《全宋诗》校记“原校:一作休”。 ② 惨淡光景销:《全宋诗》校记“原校:一作濯瘦光景愁”。 ③ “山河”句:《全宋诗》校记“原校:一作冰底长河日夜流”。 ④ “何地”句:《全宋诗》校记“原校:一作美人赠我狐白裘”。 ⑤ 少年志愿:《全宋诗》校记“原校:一作燕燕作巢”。

古豪侠行赠魏邻儿[1]

黄庭坚

翩翩魏公子,恐是信陵君。高义动衰俗,孤标对层云。风吹棠棣花,一枝落夷门。俯仰少颜色,萧萧烟景昏。已朽朱亥骨,侯嬴无子孙。众中气轩昂,把臂输肺肝。沃之红鹦鹉,载以乌贺兰。门前马嘶急,我弟忽扣关。谓言空中落,逆旅有仁人。老母一解颜,万金难报恩。琅玕迺未赠,交好如弟昆。

① 此首录自《全宋诗》卷一〇一九。原题下注:元丰元年北京作。

拟古乐府长相思寄黄儿复[1]

黄庭坚

江南江北春水长,中有一人遥相望。字曰金兰服众芳,妙歌扬声倾满堂。满堂动色不入耳,四海知音能有几。惟予与汝交莫逆,心期那间千万里。欲凭绿水之双鱼,为寄腹中之素书。溪回屿转恐失路,夜半不眠起踌躇。

① 此首录自《全宋诗》卷一〇一九。原题下注：治平三年作。

梦李白诵竹枝词（三首）[①]

黄庭坚

其　一

一声望帝花片飞，万里明妃雪打围。马上胡儿那解听，琵琶应道不如归。

① 此三首录自《全宋诗》卷九九〇。题下有序曰："余既作《竹枝词》，夜宿歌罗驿，梦李白相见于山间，曰：'予往谪夜郎，于此闻杜鹃，作《竹枝词》三叠，世传之不？'予细忆集中无有，请三诵，乃得之。"今按：《全宋诗》此题下注"第三首又见《秦少游集》，《侯鲭录》谓是少游语"。

其　二

竹竿坡面蛇倒退，摩围山腰胡孙愁。杜鹃无血可续泪，何日金鸡赦九州。

其　三

命轻人鲊瓮头船，日瘦鬼门关外天。北人堕泪南人笑，青壁无梯闻杜鹃。

听履霜操[①]

黄庭坚

灵宫窈窕兮寒夜永，篁竹造天兮明月下影，木叶陨霜兮秋声动。我以岁莫起视夜兮，北山饮予斗柄。幽人拂琴而当予，曰夫子则钟期，尝试刳心而为之听。若有人兮亦既修，宴衽席之言兮不知其子之齐圣。嘉孝子之心终无已兮，不忍忘初之戒命。人则不语兮弦则语，客有变容而涕洟，奄不知哀之来处。悲乎痛哉！

葛屦翦翦兮绨绤凉凉，衣则风兮车上霜，天云愁兮空山四野。竭九河湔涕痕兮，忽承睫其更下。嫠不恤其纬兮，恤楚社之不血食。尽子职而不我爱兮，终非父母之本心。天高地厚施莫报兮，固自有物以至今。雉雊鸡乳兮，麋鹿解角。天性则然兮，无有要约。哀号中野兮，于父母又何求。我行于野兮，不敢有履声。恐亲心为予动兮，是以有履霜之忧。古人之骨朽矣，匪斯今也。蹙然如动乎其指，浩然如生乎其心也。声音之发，钩其深也。枯薪三尺，惟学林也。

① 此首录自《全宋诗》卷一〇二五。题下有序曰："士有有意于问学，不得于亲能不怨者，预听斯琴。予故为危苦之词，撼其关键，冀其动心忍性，遇变而不悔。"

薄薄酒[①]（二首）

黄庭坚

其　一

薄酒可与忘忧，丑妇可与白头。徐行不必驷马，称身不必狐裘。无祸不必受福，甘餐不必食肉。富贵于我如浮云，小者谴诃[②]大戮辱。一身畏首复畏尾，门多宾客饱僮仆。美物必甚恶，厚味生五兵。匹夫怀璧死，百鬼瞰高明。丑妇千秋万岁同室，万金良药不如无疾。薄酒一谈一笑胜茶，万里封侯不如还家。

① 此首录自《全宋诗》卷一〇〇三。题下有引曰："苏密州为赵明叔作《薄薄酒》二章，愤世疾邪，其言甚高。以予观赵君之言，近乎知足不辱，有马少游之余风。故代作二章，以终其意。"　② 谴诃：《全宋诗》校记"原校：山谷写本作谴何，俗本误耳"。

其　二

薄酒终胜饮茶，丑妇不是无家。醇醪养牛等刀锯，深山大泽生龙蛇。秦时东陵千户食，何如青门五色瓜。传呼鼓吹拥部曲，何如春雨一池蛙。性刚太傅促和药，何如羊裘钓烟沙。绮席象床琱玉枕，重门夜鼓不停挝。何如一身无四壁，满船明月卧芦花。吾闻食人之肉，可随以鞭朴之戮；乘人之车，可加以铁钺之诛。不如薄酒醉眠牛背上，丑妇自能搔背痒。

清江引[①]

黄庭坚

江鸥摇荡荻花秋，八十渔翁百不忧。清晓采莲来荡桨，夕阳收网更横舟。群儿学渔亦不恶，老妻白头从[②]此乐。全家醉著篷底眠，舟在寒沙夜潮落。

① 此首录自《全宋诗》卷九九九。题下原注“时年十七”。 ② 从：《全宋诗》校注“翁校：一本作同”。

郛　操[①]

黄庭坚

归欤怀哉，此邦不可以游。卷吾车而有柅，非河浒之无舟。政何君而莫与，君何国而莫求。岁荏荏而老至，慨时运之不逑。洋洋乎水哉，丘之不得济也。昊天不吊，仁者此无罪也。揽国辟而家擅，几何而不殆也。心病不可药，手足未有害也。鸟覆巢于主人，凤摩天而逝也。求所用生丧其生，吾不忍幪此蛋也。岂曰如之何，然后求诸蔡也。已乎已乎！鸟兽山林，则以食也。天下有道，丘不与易也。归我休矣，奉帝则也。大同至小，天地德也。小物自私，智之贼也。国无知兮，我非伤悲兮。驺御委辔，四牡驰兮。心不慊于前驱，又欲下而走兮。中园有林，斧所相兮。大厦峨峨，不谋匠兮。往者不可及，来者吾犹望兮。

① 此首录自《全宋诗》卷一〇二五。题下有序曰："晋人以币交孔子而召之，礼际甚善。孔子将渡河，闻赵简子杀鸣犊、舜华，临河而不进，曰：'洋洋乎，丘之不济，此命也！'夫学者常以事不经见，相与献疑，以为鲁哀、季桓不足与有为也，公山、佛肸不足与有为也。卫以家听南子，齐以国听田常，阳货乱人，原壤之不肖，与之酬酢，雍容礼貌而弗绝也。简子杀大夫，何得罪之深欤？彼盖不知亡国之祥，莫大乎杀贤大夫。无罪而戮一民，士可以舍禄。无罪而杀一士，大夫可以命车。无罪而杀贤大夫，钼国之干也。钼国之干而不得罪于国人，国非君之有也。推此以行，其孰不翦刈。故君子见微归，在邹，作邹操。"

王昭君[①]

秦　观[②]

汉宫选女适单于，明妃敛袂登毡车。玉容寂寞花无主，顾影低回泣路隅。行行渐入阴山路，目送征鸿入云去。独抱琵琶恨更深，汉宫不见空回顾。

① 此首录自《全宋诗》卷一〇六八。　② 秦观(1049—1100)：字少游，号淮海居士，高邮(今属江苏)人。元丰进士，授蔡州教授。哲宗时，召为秘书省校对，后为国史院编修，出为杭州通判，又贬处州监盐酒税，削秩徙郴州，编管横州。有《淮海集》、《后集》、《淮海居士长短句》等。

采　莲[①]

秦　观

若耶溪边天气秋，采莲女儿溪岸头。笑隔荷花共人语，烟波渺渺荡轻舟。数声水调红娇晚，棹转舟回笑人远。肠断谁家游冶郎，尽日踟蹰临柳岸。

① 此首录自《全宋诗》卷一〇六八。

江南曲[①]

贺　铸[②]

游倡搴杜若，别浦鸳鸯落。向晚鲤鱼风，客檣千里[③]泊。当时桃叶是新声，千载长余隔水情。乌衣巷里人谁在，白鹭洲边草自生。

① 此首录自《全宋诗》卷一一〇二。题下有序曰："乙丑三月彭城分题得《江南曲》。"　② 贺铸(1052—1125)：字方回，号庆湖遗老。卫州(今河南汲县)人。曾被苏轼荐为鄂州宝泉监。又曾通判泗州、太平州。诗为时人所重，自编《庆湖遗老诗集》前后集。《宋史》有传。　③ 千里：《全宋诗》校注"二字原缺，据小集补"。今按：据《全宋诗》卷一一〇二"贺铸"题记，"小集"指"宋陈思《两宋名贤小集》"，下同。

丛台歌[①]

贺　铸

累土三百尺，流火二千年。人生物数不相待，摧颓故址秋风前。武灵旧垅今安在，秃树无阴困樵采。玉箫金镜未销沉，几见耕夫到城卖。君不见丛台全盛时，绮罗成市游春晖。一从雕辇闭荒草，萧散行云无复归。韶魂想像风流在[②]，晴华露蔓犹依稀。盘纡棘径撩人衣，禾黍晚成貊貉肥。层檐碧瓦碎平地，梦作鸳鸯相伴飞。登临吊古将语谁，城郭人民今是非。指君看取故时物，南有清流西翠微。彷徨华表不忍去，岂独辽东丁令威。

① 此首录自《全宋诗》卷一一〇二。题下有序曰："按《邯郸县谱》：丛台，赵武灵王筑，起地三百尺。今故址犹十仞，在县中东北隅。元丰辛酉七月，同邑令濮人杜俨仲观登。杜先有此诗，要余同赋。"　② 在：《全宋诗》校注"小集作迹"。

黄楼歌[①]

贺　铸

君不见熙宁丁巳秋，灵平未塞河横流。澶漫势欲浮东州，斯人坐有为鱼忧。当时贤守维苏侯，厌术不取三犀牛。跨城岧峣起黄楼，五行相推土胜水，鼍作鼋惊走鞭箠。三丈浑流变清泚，南来船车鹢衔尾。使君登览兴如何，舞剑吟笺宾从多。水平照影见雁下，山空答响闻渔歌。楼下汀洲长芳草，一麾南出彭门道。昨日春游咏白苹，后夜秋风悲鵩鸟。黄冈汝海心悠哉，青衫白发多尘埃。采菱伎女今何在，骑竹儿童望不来。望不来，碧云明月长裴徊。

① 此首录自《全宋诗》卷一一〇二。题下有序曰："熙宁丁巳，河决白马，东注齐、宋之野。彭城南控吕梁，水汇城下，深二丈七尺。太守眉山苏公轼先诏调禁旅，发公廪，完城堞，具舟楫，拯溺疗饥，民不告病。增筑子城之东门，楼冠其上，名之曰黄，取土胜水之义。楼成水退，因合宴以落。坐客三十人，皆文武知名士。明年春，苏公移守吴兴。是冬，谪居黄冈。后五年，转徙汝海。余因赋此以道徐人之思。甲子仲冬彭城作。"

三鸟咏[①]（三首）

贺　铸

提壶引

绿野带江春漠漠，露湿花蔫朝暮薄。年芳婉娩欲辞人，啼鸟殷勤劝行乐。提壶真起予，十千美酒当剩沽。金龟宝貂家所无，持底可过黄公垆。调官东来今几日，谓有公田宜种秫。朝廷未除私酿律，安得一试焦革术。提壶鸟，叹吾与尔皆悠悠。君不见长安两市多高楼，大书酒旆招贵游。脱闻提壶鸣树头，论槽买瓮更[②]献酬。庶几此声知所投，胡为南乡长滞留，端使北宗狂客羞。

① 此三首录自《全宋诗》卷一一〇二。题下有序曰:"元祐戊辰三月,之官历阳石碛戍,日从事于田野间,始闻提壶、竹鸡、子规三鸟。其声殊感人,因赋之以寄京东朋好。" ② 更:原注"平"。

竹鸡词

东南泽国陂塘阔,旱岁少逢晴五月。田间蛙喜雨冥冥,竹下鸡啼泥滑滑。而予不耕陂下田,田皋驱马挥长鞭。稻塍微茫绝复连,如蹑镜面流鲛涎。植蹄沮洳不敢前,何暇顾惜青莲[①]干。竹鸡鸟,汝幸飞翔罗罻外,安知此涂吁可畏。雄雌更[②]鸣方自慰,汝不能言意[③]为对。君不见日围赫赫是长安,大明宫阙开云端。鸡人唱漏辰三刻,左右相君朝谒还。前驺谁敢干,后乘不可攀。飘飖[④]青盖望已远,绿槐阴下沙堤闲。长堤千步沙漫漫,风不惊尘雨亦干。君能驰骛此其所,何事江乡行路难。

① 莲:《全宋诗》校注"清抄本、四库本作连"。今按:据《全宋诗》"贺铸"题记,"清抄本"指"清乾隆彭氏知圣道斋抄本",下同。 ② 更:原注"平"。③ 意:《全宋诗》校注"清抄本、四库本作臆"。 ④ 飖:《全宋诗》校注"清抄本、四库本作飘"。

子规行

长江靡迤山坡陀,旅竹荒松蒙茑萝。蚕初眠起风日暖,梅弄黄时烟雨多。山间有径行逶迤,倦客据鞍生睡魔,奈尔思归啼鸟何。子规鸟,不如归去好。谁家西北最[①]高楼,几为王孙怨芳草。子规怜尔解归飞,我独何心长不归。十年迹绝苏门道,梦里旧游知是非。一官窃食官仓米,十口之家饱而已。金印锦衣耀闾里,少年此心今老矣,问舍求田从此始。

① 最:《全宋诗》校注"原作晨,据清抄本、四库本改"。今按:据《全宋诗》"贺铸"题记,底本为"明谢氏小草斋抄本"(《庆湖遗老诗集》)。

变竹枝词[①]（九首）

贺　铸

其　一

莫把雕檀楫，江清如可涉。但闻歌竹枝，不见迎桃叶。

① 此九首录自《全宋诗》卷一一〇九。题下有序曰："戊寅上巳江夏席上戏为之，以代酒令（今按：《全宋诗》校注'原缺，据清抄本、四库本补'。"

其　二

隔岸东西州，清川拍岸流。但闻竹枝曲，不见青翰舟。

其　三

露湿云罗碧，月澄江练白。但闻竹枝歌，不见骑鲸客。

其　四

北渚芙蓉开，褰裳拟属媒。但闻竹枝曲，不见莫愁来。

其　五

西戍长回首，高城当夏口。但闻竹枝歌，不见行吟叟。

其　六

南浦下鱼筒，孤篷信晚风。但闻竹枝曲，不见沧浪翁。

其　七

胜概今犹昨，层楼栖燕雀。但闻歌竹枝，不见乘黄鹤。

其　八

危构压江东，江山形胜雄。但闻竹枝曲，不见胡床公[①]。

① 床公:《全宋诗》校注“原作公床,据清抄本、四库本改”。

其 九

蒹葭被洲渚,凫鹜方容与。但闻歌竹枝,不见题鹦鹉。

流 泉 引[①]

李 复[②]

泉涓涓兮出重山,回抱山麓兮入于苍渊。流来孔多兮自溢于林间,出始一勺兮下合成川。塍有稻兮垅有黍,聚以时兮令以鼓。削高增卑兮酾渠络缕,人不爱力兮挥锸如雨。川流浚兮来无穷,泥五斗兮水一钟。旱暵则引兮淫潦则通,自今以往兮乐我良农。礼有经兮岁有蜡,羊豕盈牢兮农舞于社。椒香桂绿兮云车满野,敬谢有功兮宜奠于泉下。吾之将归兮星律回秋,告邦人兮导畎浍之常流。欲泉利之专兮先耘耨之不偷,无忘吾语兮若吾岁之来游。

① 此首录自《全宋诗》卷一〇九六。 ② 李复(1052—?):字履中,号潏水先生。原籍开封祥符(今河南开封)。元丰进士,初为夏阳令,后历知潞、亳、夔等州。徽宗时,迁直秘阁、熙河转运使。又知郑、陈、冀等州。有《潏水集》。

惜 花 谣[①]

李 复

摇摇墙头花,浅深争灼灼。容冶不自持,飘扬成轻薄。只知朝为春风开,不知暮为春风落。人心爱春见花喜,看花却嫌花结子。别愁常乱空中絮,年光付与东流水。今朝还是见花开,明日清阴满绿苔。寂寞流莺归去后,忍看落日上高台。

① 此首录自《全宋诗》卷一〇九六。

别鹤曲[①]

李　复

碧海漫漫烟雾低，三山风惊别鹤飞。千年华表会能归，不及双乌乘夜栖。乌来相喜哑哑啼，寒月影移庭树枝。枝上营巢庭下食，追随应笑尘中客。人生聚散羡双乌，乌若别离头已白。光阴百岁共有几，空有相思泪如水。因君试写别鹤吟，拂弦欲动悲风起。

① 此首录自《全宋诗》卷一〇九六。题下有注："寄李成季。"

湖水叹[①]

李　复

岷山中断洮水来，分入西湖浸城址。一落城阴不复回，余波日[②]转阜兰尾。阴风凄冽寒气早，愁雾惨澹边思起。谁言秋水澹无情，默观意亦有悲[③]喜。天轩地辟沧溟开，百川东奔如激矢。龟龙受职日夜趋，万折必东效臣子。发源本愿盈科进，筑防岂期因坎止。日升不及浴云龙，泥润空能养萑苇。停波寂寞虽无语，物情得失应如此。淮阴野外乞余食，留侯圯下收堕履。当年或失龙准翁，冷落功名千古耻。我欲鸠工聚长锸，齐平决堤如决纸。直看惊湍万里潮，免嗟穷涸千山底。

① 此首录自《全宋诗》卷一〇九六。题下有序曰："晚至西湖，物意秋凄若有怨思，遂作。"　② 日：《全宋诗》校记"《永乐大典》卷二二六四作目"。　③ 悲：《全宋诗》校记"《永乐大典》作怨"。

夔州旱[1]

李　复

夔人耕山灰作土，散火满山龟卜雨。春日不知秋有饥，下种计粒手中数。七月八月旱天红，日脚散血龙似鼠。污邪瓯窭高下荒，草根木皮何甘苦。蛮商奸利乘人急，缘江转米贸儿女，已身死重别离轻。归州州南神有灵，归人刲羊求山神。驱风洒润应香火，飞点不到巫山村。巫山县南也伐鼓，不告归神告神女。江心黑气卷江流，雷车载鬼云中语。太守身作劝农官，子粒今朝多贷汝。春种须作三年计，上满隆原下水浒。他时更勉后来人，老去子孙无莽卤。

① 此首录自《全宋诗》卷一〇九六。

兵馈行[1]

李　复

调丁团甲差民兵，一路一十五万人。鸣金伐鼓别旗帜，持刀带甲如官军。儿妻牵衣父抱哭，泪出流泉血满身。前去不知路远近，刻日要渡黄河津。人负六斗兼蓑笠，米供两兵更自食。高卑日概给二升，六斗才可供十日。大军夜泊须择地，地非安行有程驿。更远不过三十里，或有攻围或鏖击。十日未便行十程，所负一空无可索。丁夫南运军北行，相去愈远不接迹。敌闻兵侵退散隐，狡算极深不可测。师老冻饿无斗心，精锐方出来战敌。古师远行不裹粮，因粮于敌吾必得。不知何人画此计，徒困生灵甚非策。但愿身在得还家，死生向前须努力。征人白骨浸河水，水声呜咽伤人耳。来时一十五万人，雕没经时存者几。运粮惧恐乏军兴，再符差点催馈军。比户追索丁口绝，县官不敢言无人。尽将妇妻作男子，数少更及羸老身。尪残病疾不堪役，室中长女将问亲。暴吏入门便驱去，脱尔恐为官怒嗔。纽麻缠腰袍印字，两胫束布头裹巾。冥冥东西不能辨，被驱不异犬豕群。到官未定已催发，哭声不出心酸辛。负米出门时相语，妻求见夫女见父。在家孤苦恨跉跰，军前死生或同处。冰雪皲瘃遍两脚，悬泪寻亲望沙漠。

① 此首录自《全宋诗》卷一〇九六。

温泉行[①]

李　复

骊山鸿濛凝白烟，山根阴火煮玉泉。阴灵炎炎燃礜石，石焰不灭何千年。珠阁缥缈飞凤来，素衣仙人坐高台。台前香引流水出，白玉莲花九叶开。泓渟分去浮轻碧，中有纯阳无限力。四时独不放春归，散向人间消百疾。琼树他年日月新，霓裳舞动蜀山尘。寒云怨锁遗宫冷，林叶岩花秋复春。灵泉有灵天降福，山神岩呵不可触。祖龙心秽慢神天，毛发流腥身被毒。

① 此首录自《全宋诗》卷一〇九七。

秋夜曲[①]

李　复

玉刻麒麟烟缕直，生色屏风龟甲碧。青娥无声满空白，兔影西流转斜隙。仙人莲花殿叶开，当心吐光照愁魄。缦缨短后易水客，气动燕山骄子泣。挽下天河倚渴倾，昆仑流断无五色。铜匣新开北斗高，电光惊飞走空壁。鲸鱼斗死海水红，欃枪西出屯云黑。酒酣挥舞七星寒，金精圯下留素策。

① 此首录自《全宋诗》卷一〇九六。题下自注“客出古剑示座中”。

妾薄命[①]（二首）

陈师道[②]

其一

主家十二楼，一身当三千。古来妾薄命，事主不尽年。起舞为主寿，相送南阳阡。忍著主衣裳，为人作春妍。有声当彻天，有泪当彻泉。死者恐无知，妾身长自怜。

① 此二首录自《全宋诗》卷一一一四。原题下自注：“为曾南丰作。”今按：曾南丰即曾巩，字子固，南丰（今属江西）人。 ② 陈师道（1053—1102）：字履常，一字无己，号后山居士，彭城（今江苏徐州）人。少学文于曾巩，绝意仕进。元祐初为徐州教授。后任太学博士、秘书省正字等。诗宗杜甫，质朴老苍，为“江西诗派”代表。有《后山先生集》、《后山谈丛》。

其二

叶落风不起，山空花自红。捐世不待老，惠妾无其终。一死尚可忍，百岁何当穷。天地岂不宽，妾身自不容。死者如有知，杀身以相从。向来歌舞处[①]，夜雨鸣寒蛩。

① 处：《全宋诗》校注“各本作地”。

别三子[①]

陈师道

夫妇死同穴，父子贫贱离。天下宁有此，昔闻今见之。母前三子后，熟视不得追。嗟乎胡不仁，使我至于斯。有女初束发，已知生离悲。枕我不肯起，畏我从此辞。大儿学语言，拜揖未胜衣。唤耶我欲去，此语那可思。小儿襁褓间，抱负有母慈。汝哭犹在耳，我怀人得知。

① 此首录自《全宋诗》卷一一一四。今按：此诗作于元丰七年（1084），当时作者贫困不能养家，其妻郭氏挈三子（一女二子）将随岳父郭概由徐州入蜀赴任。师道因老母在堂不能同往，作此诗以记。

放歌行[①]（二首）

陈师道

其一

春风永巷闲娉婷，长使青楼误得名。不惜卷帘通一顾，怕君着眼未分明。

① 此二首录自《全宋诗》卷一一一七。

其二

当年不嫁惜娉婷，拔白施朱作后生。说与旁人须早计，随宜梳洗莫倾城。

拟乐府十二辰歌[①]

晁补之[②]

鼷鼠食牛牛不知，牛不愿骍而愿犂。虎噫来风皮见藉，兔狡宅月肩遭胹。欲兆幽烽二龙死，独微晋泽一蛇悲。失马吉凶方聚门，亡羊臧谷未宣分。沐猴冠带去始惬，木鸡风雨漠何闻。不须皎皎吠蜀狗，阮子与猪同酒樽。

① 此首录自《全宋诗》卷一一二八。 ② 晁补之（1053—1110）：字无咎，号归来子，济州巨野（今属山东）人。元丰进士。召试学宫，除国子监教授，迁太学

正。哲宗时，通判扬州，迁知齐州。与黄庭坚等并称“苏门四学士”。徽宗时，召为著作佐郎，擢吏部郎中。出知河中府，徙湖州、密州，继知达州，改泗州，卒于任上。有《鸡肋集》。《宋史》有传。

长安行赠郭法曹思聪[①]

晁补之

越罗作衫乌纱帻，长安青云少年客。梁门门西狭斜陌，飞阁氤氲多第宅。南威十五桃花色，箫管哀吟动魂魄。银槽压酒倾琥珀，青丝络头飞赭白。韩狗胡鹰快多获，少年意气区中窄。金昆玉季盈十百，君独飘翩异风格。十岁铅丹事书册，岂徒新丰困寒厄。能犯龙头请恩泽，送君此行无怆恻，努力功名传烜赫。它年寻我吴山侧，踯躅盈山禽礫礫。[②]

① 此首录自《全宋诗》卷一一二八。　② 原注：“郭雅好山水，尝约游吴。”

行路难和鲜于大夫子骏[①]

晁补之

赠君珊瑚夜光之角枕，玳瑁明月之雕床，一茧秋蝉之丽縠，百和更生之宝香。秾华纷纷白日暮，红颜寂莫无留芳。人生失意十八九，君心美恶那能量。愿君虚怀广末照，听我一曲关山长。不见班姬与陈后，宁闻衰落尚专房。

① 此首录自《全宋诗》卷一一二八。

悲来行哭石起职方[①]

晁补之

悲来乎石君，吾何悲夫，斯人婉兮河之津。厖眉白面照青春，朱绂斯煌映路尘。翩翩者骥银鞍新，东来奇意安所伸，大野既潴唯赤坟。谷垂颖，麻敷芬，亡逋来复瓦鳞鳞，高堂击鲜会众宾。宾起舞，君欣欣，何人末至居客右，西郭之一儒迂且贫。迂且贫，自隗始，能招剧辛致乐毅，四方游士争来奔。户内光仪亦可论，大息拖缙绅，中息气氤氲，小息秀眉目，天上青秋云。朱旗画舸长堤曲，去时箫鼓黄尘覆。无复当年子产归，至今人作婴儿哭。西郭之一儒，无事门生苔，久雨足不行官街。常时门前车马客，旧雨自来新不来。听我陈，张叔卿，孔巢父，皆隐沦，无人汲引长饥辛。日午不出开衡门，前侯后相安敢论，忧杀口间纵理纹。长恸吾邦对遗迹，耿耿一心谁我识。徐君已死剑不忘，心已许君那复惜。

① 此首录自《全宋诗》卷一一二八。

劳　歌[①]

张　耒[②]

暑天三月元无雨，云头不合惟飞土。深堂无人午睡余，欲动身先汗如雨。忽怜长街负重民，筋骸长彀十石弩。半衲遮背是生涯，以力受金饱儿女。人家牛马系高木，惟恐牛驱犯炎酷。天工作民良久艰，谁知不如牛马福。

① 此首录自《全宋诗》卷一一五五。　② 张耒(1054—1114)：字文潜，楚州淮阴(今属江苏)人。熙宁进士。曾任太常少卿，出知颍州、汝州。少以文章受知于苏轼，与黄庭坚、秦观、晁补之并称“苏门四学士”。

度关山[1]

张 耒

度关山，意悠哉，秦关路险行车摧。秋云沉沉天未晓，关吏正眠关未开。孟尝逃秦畏秦逐，一日归齐未为速。重扉当道可奈何，搔首苍茫空驻毂。主君无言客无计，仰看天星俯相视。风鸣木响心自惊，咄嗟谩养三千士。下客趋前敢献诚，为君试效晨鸡鸣。引声未绝群鸡应，轧轧重门俄彻扃。马嘶人语车轮转，斗柄斜横夜初半。奔风捷足欲何追，虎口脱身非素愿。孟尝好士竟何为，才得鸡鸣狗盗儿。可怜当日殷勤意，辍食分衣竟为谁。

① 此首录自《全宋诗》卷一一五六。

天马歌[1]

张 耒

风霆冥冥日月蔽，帝遣真龙下人世。降精神马育天驹，足蹑奔风动千里。萧条寄产大宛城，我非尔乘徒尔生。小羌杂种漫羁绁，枥上秋风时一鸣。万里名闻汉天子，内府铸金求騄駬。将军受诏玉关开，灵旗西指宛王死。天马出城天驷惊，塞沙飒飒边风生。执驱校尉再拜驭，护羌使者清途迎。骐驎殿下瞻天表，天质龙姿自相照。翠蕤黄屋雨逦迤，玉镫金鞍相炫耀。东游封祀被和銮，甲子北来巡朔边。展才自觉逢时乐，致远不知行路难。物生从类如有神，地无远近终相亲。君不见莘野磻溪耕钓叟，一朝吐气佐明君。

① 此首录自《全宋诗》卷一一五六。

寿阳歌[①]

张　耒

寿阳楼前淮水碧，寿阳美女如脂白。李郎青鬓照青衫，曾在花前作狂客。伯劳睡重花枝晚，时许蜻蜓一偷眼。欢娱虽少恨已多，纤手红笺挥翠管。淮阳归来春已暮，夜夜梦魂淮上去。欲歌旧曲只添愁，画得双蛾不能语。有客南来从寿春，众人笑问动精神。自从柳别章台后，攀折风光知几人。已伴春衫辞侧帽，不怕娇啼随意笑。嗟君耿耿独相思，须信多情是年少。

① 此首录自《全宋诗》卷一一五五。

于湖曲[①]

张　耒

武昌云旗蔽天赤，夜筑于湖洗锋[②]镝。巴滇騄骏风作蹄，去如灭没来不断。日围万里缠孤壁，虏[③]气如霜已潜释。蛇矛贱士识天颜，玉帐髯奴落妖魄。君不见铜驼陌上尘沙起，胡[④]骑春来饮瀍水。浮江天马是龙儿，蹙踏扬州开帝里。王气高悬五百秋，弄兵老濞空白头。石城战骨卧秋草，更欲君王分上流。

① 此首录自《全宋诗》卷一一五五。题下有序曰："芜湖令寄示温庭筠《湖阴曲》，其序乃云：'晋王敦反，屯于湖阴。帝微行至其营，敦梦日绕之，觉而追不及。故乐府有《湖阴曲》。'按《晋·地志》有于湖而无湖阴。本纪云敦屯于湖，又曰帝至于湖，阴察营垒而去。顷予游芜湖，问父老湖阴所在，皆莫之知也。然则帝至于湖当断为句，乃作《于湖曲》以遗之，使正其是非云。"　② 洗锋：《全宋诗》校注"原作锋洗，据《宋文鉴》改"。今按：据《全宋诗》卷一一五五"张耒"题记，底本为文渊阁《四库全书·柯山集》。　③ 虏：《全宋诗》校注"原作兵，据吕本改"。今按：据《全宋诗》"张耒"题记，"吕本"为"康熙吕无隐钞本《宛丘先生文集》"，下同。

④ 胡:《全宋诗》校注“原作铁,据丛刊本改”。今按:据《全宋诗》“张耒”题记,“丛刊”本指《四部丛刊》本《张右史文集》,下同。

江南曲[①]

张　耒

江蒲芽白江水绿,江头花开自幽淑。人家晨炊欲熟时,旋去网鱼惟所欲。往来送租只用船,未省泥沙曾污足。有钱买酒醉邻畔,终日数口常在目。不学长安贵公卿,每念离心寄朱毂。朝游岩廊暮海岛,遣人未归身自到。

① 此首录自《全宋诗》卷一一五五。

怨　曲[①](二首)

张　耒

其　一

白首南朝女,愁听异域歌。收兵颉利国,饮马胡卢河。毳布[②]腥膻久,穹庐岁月多。雕窠城上宿,吹笛泪滂沱。

① 此二首录自《全宋诗》卷一一五五。　② 布:《全宋诗》校注“吕本作幕”。

其　二

祖席驻征桡,开帆复信潮。隔筵桃叶泣,吹管杏花飘。船去鸥飞阁,人归鹿上桥。别离惆怅泪,江鹭宿红蕉。

少年行[1]（三首）

张　耒

其　一

骍弓鹊角苍雕羽，金错旃竿画貔虎。长驱直踏老上庭，手拔干将斩狂虏[2]。归来解甲见天子，金印悬腰封万户。自为大汉上将军，高揖群公佐明主。

① 此三首录自《全宋诗》卷一一五五。　② 虏：《全宋诗》校注"原作竖，据吕本改"。

其　二

人生岂合长贫贱，师事黄公曾习战。英雄天子伐匈奴[1]，初拜将军二十余。黄尘昼飞羽如插，身射单于碎弓甲。从来书生轻武夫，坐遣挥毫写勋业。

① 伐匈奴：《全宋诗》校注"吕本作北伐胡"。

其　三

少年卖珠登主门，主家千金惜一身。绿鞲请罪见天子，尚得君王呼主人。斗鸡走马[1]长安道，豪杰驱来奉谈笑。汉庭碌碌公与侯，畏祸忧诛先白头。

① 马：《全宋诗》校注"从刊本作狗"。

春雨谣[1]

张　耒

晚云欲著树，中夜一犁雨。老农呼子孙，力作莫辞苦。风吹润土如炊香，烹鸡为黍饷南冈。我知圣人在明堂，元年已是丰年祥。

① 此首录自《全宋诗》卷一一五五。

远别离[①]

张　耒

远别离，明当入蜀去。酒酣日落客心惊，起与仆夫先议路。引车在庭牛在槽，桐枝袅袅秋风豪。别情惆怅气不下，酒觞翻污麒麟袍。缓缓清歌慰幽独，不惜更长更烧烛。赠君发上古搔头，莫易此心如此玉。平生每笑花飞片，东家吹落西家怨。但得归时似别时，相知何必长相见。

① 此首录自《全宋诗》卷一一五五。

行路难[①]

张　耒

人生动与衣食关，百年役役谁为闲。四时睡足鞍马上，去岁钱塘今长安。车愁羊肠夜险折，船畏人鲊晨惊湍。九州一身恨自惜，使我颜色常鲜欢。天地一气成万象，融即是江结是山。再愿洪垆泻融结，万世更无行路难。

① 此首录自《全宋诗》卷一一五五。

倚声制曲[①]（三首）

张　耒

其　一

春丝惹恨鬓云垂，媚态愁容半在眉。早是思深难语别，可堪肌瘦不胜衣。眼前有恨景尤速，门外无情车载脂。自笑不如天上月，尊前犹有见郎时。

① 此三首录自《全宋诗》卷一一五五。题下有序曰："子自童时即好作文字，每于他文虽不能工，然犹能措词。至于倚声制曲，力欲为之，不能出一语。《传》

称禅谌谋于国则否，谋于野则获，杜南阳以谓性质之蔽。夫诗、曲类也，善为诗不能制曲，岂谋野蔽耶。为赋三首。”

其　二

不恨因缘不恨天，强持牙板向樽前。阳关一曲动山月，别泪千行盈酒船。薄命有情今已矣，傍人无意亦凄然。愿君学取梁间燕，秋去春来到妾边。

其　三

山未高兮水不深，此情此意薄千金。今朝酒伴双垂泪，明夜灯前独拥衾。玉箸异时空见迹，麈犀千里亦通心。桃源路绝无人到，应许刘郎再访寻。

白纻词效鲍照[①]（二首）

张　耒

其　一

摇轻裾，曳长袖，为楚舞，千万寿。新词白纻声按旧。朔风卷地来峥嵘，燕雁避霜饥不鸣。高堂酒多华灯明。

① 此二首录自《全宋诗》卷一一五五。

其　二

回纤腰，出素手，髻堕鬟倾钗欲溜，为君歌舞君饮酒。岁云暮矣七泽空，汤汤汉沔天北风。玉壶之湩乐未终。

大雪歌[①]

张　耒

老农占田得吉卜，一夜北风雪漫屋。屋压欲折君勿悲，陇头新麦一尺泥。泥深麦牢风莫吹，明年作饼大如箕。野人食饱官事少，莫畏瑟缩寒侵肌。高堂晨兴何所为，门无马迹人更稀。珠楼玉阁互飞动，坐见贫屋生光辉。无功及物惭受禄，丰穰幸赖天与之。弃粮遗粒待鸡犬，吾羹何得长烹藜。

① 此首录自《全宋诗》卷一一五五。

襄阳曲[①]

张　耒

西津折苇鸣策策，蟾蜍光入芙蓉白。山头不雨贾船稀，日日门前江水窄。将欲炬赫招行人，旋起丹楼照长陌。银屏深蔽玉笙闲，自擘新橙饮北客。倏离暂合心未果，泪莹双眸为谁堕。

① 此首录自《全宋诗》卷一一五五。

寄衣曲[①]

张　耒

秋风西来入庭树，攀条正念征人苦。空窗自织不敢任，鸣机愁寂如鸣橹。练成欲裁新丝香，抱持含愁叔姑堂。别来不见衣觉窄，试比小郎身更长。

① 此首录自《全宋诗》卷一一五五。

七夕歌[①]

张　耒

人间一叶梧桐飘，蓐收行秋回斗杓。神宫召集役灵鹊，直渡银河云作桥。河东美人天帝子，机杼年年劳玉指。纤成云雾紫星衣，辛苦无欢容不理。帝怜独居无与娱，河西嫁与牵牛夫。自从嫁得废织纴，绿鬟云鬟朝暮梳。贪欢不归天帝怒，谪归却理来时路。但令一岁一相见，七月七日桥边渡。别长会少知奈何，却悔从来欢爱多。匆匆万事说不尽，烛龙已驾随羲和。河边灵官催晓发，令严不管轻离别。空将泪作雨滂沱，泪痕有尽愁无歇。我言织女君莫叹，天地无穷会相见。犹胜姮娥不嫁人，夜夜孤眠广寒殿。

① 此首录自《全宋诗》卷一一五五。

江南曲[①]

张 耒

平湖碧玉烟波阔，芰荷风起秋香发。采莲女儿红粉新，舟中笑语隔烟闻。高系红裙袖双卷，不惜浮萍沾皓腕。争先采得隐船篷，多少相欺互相问。吴儿荡桨来何事，手指荷花示深意。郎指莲房妾折丝，莲不到头丝不止。月上潮平四散归，舟轻楫短去如飞。断肠脉脉两无语，寄情流水传相思。

① 此首录自《全宋诗》卷一一五六。

苦寒行[①]（二首）

张 耒

其 一

淮南苦寒不可度，积雪连山风倒树。长淮冻绝鱼龙愁，哀鸿傍人飞不去。雪中寒日无暖光，六龙瑟缩不肯骧。老惫孤舟且复止，坚冰三尺厚于墙。

① 此二首录自《全宋诗》卷一一五六。

其　二

茫茫楚乡仲冬月，白屋无烟飞走绝。空林号风冰断枝，长淮无人冰照雪。冻埋钓艇不复渔，南羹未嚼淮中鱼。要须下擘澄湫水，刲取寒蛟烹腹腴。

宫词效王建[①]（五首）

张　耒

其　一

夜来霜重著栏干，玉殿无尘玉甃寒。日日君王罢朝早，禁廷无事一冬闲。

① 此五首录自《全宋诗》卷一一五六。

其　二

帘外微明烛下妆，殿门放钥待君王。玉阶地冷罗鞋薄，众里偷身倚御床。

其　三

昨夜新霜满玉阶，初冬处处火炉开。中官逐院传宣赐，南国诸侯进橘来。

其　四

玉墀夜色昼昏昏，催放朝班散侍臣。随驾上楼同看雪，万重宫殿一时新。

其　五

莲烛千枝夜宴迟，君王索笔写新诗。宫人和得争先进，偏爱宋家兄弟词。

光山谣[①]

张　耒

舣舟淮南望新息，天遣清淮限南北。崎岖细路入光山，野色苍凉秋日白。八月获稻田无水，蚱蜢群飞稻干死。危桥绝涧闻水声，喧喧汲水争瓶罂。昏昏落日衔远山，鸟啼车辙未得闲。县公吴生我世旧，为我烹羊酤斗酒。灯前醉饱纷就眠，五更开门星满天。长年他乡心惘然，远途辛勤难具言。

① 此首录自《全宋诗》卷一一五五。

旱　谣[①]

张　耒

七月不雨井水浑，孤城烈日风扬尘。楚天万里无纤云，旱气塞空日昼昏。土龙蜥蜴竟无神，田中水车声相闻。努力踏车莫厌勤，但忧水势伤禾根。道傍执送者何人，稻塍争水杀厥邻。五湖七泽水不贫，正赖老龙一屈伸。

① 此首录自《全宋诗》卷一一五六。

寒鸦词[①]

张　耒

寒鸦来时九月天，黄粱萧萧人刈田。啼声清哀晚纷泊，迭和群音和且乐。朋飞聚噪动百千，颈腹如霜双翅玄。风高日落田中至，部队崩腾钲鼓沸。高林古道榆柳郊，落叶晴霜荆棘地。志士朝闻感岁华，田家候尔知寒事。垅头雪消牛挽犁，荡漾春风吹尔归。投寒避暖竟何事，长伴燕鸿南北飞。我滞穷城未知返，为尔年年悲岁晚。扁舟东下会有期，明年见尔长淮岸。

① 此首录自《全宋诗》卷一一五六。

秋风谣[①]

张　耒

秋风起，秋云高。连山草木如波涛，大江荡潏鱼龙逃。羲和奔忙日车逸，八柱倾侧恐不牢。柯山老人拚蓬茅，畏寒理我旧缊袍。粗餐在盘有浊醪，醉饱高卧从呼号。

① 此首录自《全宋诗》卷一一五六。

夷门行赠秦夷仲[①]

晁冲之[②]

君不见夷门客有侯嬴风，杀人白昼红尘中。京兆知名不敢捕，倚天长剑著崆峒。同时结交三数公，联翩走马几马[③]骢。仰天一笑万事空，入门宾客不复通。起家簪笏[④]明光宫。呜呼，男儿名重太山身如叶，手犯龙鳞心莫慑。一生好色马相如，慷慨直辞犹谏猎。

① 此首录自《全宋诗》卷一二一九。　② 晁冲之(生卒年不详)：字叔用，济州巨野(今属山东)人。晁补之从弟。师从陈师道。哲宗绍圣间隐居具茨山下。徽宗时屡荐不起，约卒于宋南渡时，官终承务郎。诗属江西派，有《晁具茨先生诗集》。　③ 马：《全宋诗》校注"丛书本作青"。今按：据《全宋诗》卷一二一六"晁冲之"题记，"丛书本"指《丛书集成》本(《晁具茨先生诗集》)，下同。　④ 笏：《全宋诗》校注"原校：一作笔"。今按：据《全宋诗》"晁冲之"题记，底本为"清乾隆刊《晁具茨先生诗集》"。

田中行[1]

晁冲之

落叶如流人，迁徙不可收。严霜枯百草，清此[2]山下沟。我行将涉之，脱屦笑复休。怃然顾篮舆，崎岖反经丘。天风吹我裳，彼亦难久留。晚过柳下门，鸟声上嘲啾。父老四五辈，向我如有求。邀我酌白酒，酒酣语和柔。指云此屋南，颇有良田畴。劝我耕其中，庶结同社游。吾母性慈俭，此事诚易谋。伯也久吏隐，可以吾无忧。请归召家室，卖衣买肥牛。所望上帝喜，祈谷常有秋。

① 此首录自《全宋诗》卷一二一六。 ② 此:《全宋诗》校注"丛书本作泚"。

乐　府[1](二首)

晁冲之

其　一

病来饮不敌群豪，笑岸纱巾卸锦袍。一座空烦春笋手，玉杯乳酪贮樱桃。

① 此二首录自《全宋诗》卷一二二三。

其　二

自摘酴醾满架空，拟将豪气敌春风。欲知盏面玻璃阔，看照红颜在酒中。

古乐府[1]

晁冲之

大星何历历，小星烂如石。掖垣崔嵬横紫微，十二羽林森北极。今夕何夕月欲没，虎抱空关龙厌直。峥嵘北斗著地垂，手去匏瓜不盈尺。严陵醉卧光武傍，浮楂正值天孙织。王良挟策飞上天，傅说空骑箕尾立。君不见茂陵弃子欲登仙，自将壮士终南边。忽然遭窘出玺绶，归来下诏除民田。阿瞒急示乘舆物，鲜卑仍弃珊瑚鞭。又不见古来垂堂戒华屋，敌国挟辀戎接毂。白龙鱼服误网罗，孔雀金花被牛触。

① 此首录自《全宋诗》卷一二一六。

将进酒[①]

李　新[②]

君不见青青河畔草，秋死严霜春满道。又不见天边日，薄暮入虞泉，晓来复更出。匆匆年光不相待，桑海由来有迁改。人生荏苒百年间，世上谁能驻光彩。秦皇汉武希长生，区区烟雾求蓬瀛。骊山茂陵皆蔓草，悠悠千载空含情。荣枯自有主，富贵不可求。正值百花飞似雪，如何不饮令心忧。

① 此首录自《全宋诗》卷一二五四。　② 李新（1062—？）字元应，号跨鳌先生。仙井（今四川仁寿）人。元祐进士，官南郑县丞。历梓州司法参军、茂州通判。有《跨鳌集》五十卷，已佚。《四库全书》从《永乐大典》中辑出三十卷，其中诗十一卷。

有所思[①]

李　新

洞庭始波秋风起，舟人怨遥心在水。眸寒不见潇湘云，天碧江沉一千里。西洲莲老谁愁红，兰桡欲采悲秋容。采得秋容咽无语，白日长安在何处。

① 此首录自《全宋诗》卷一二五四。

行路难[①]

李　新

君不见天上星，万古耀虚碧。岂意一夕间，堕地化为石。物理变化无定端，谁保人心无改易。忆妾江边采白苹，郎骑白马渡江津。垂鞭停棹潜相顾，共惜当年桃李春。石城二月东风暮，断肠狂絮随郎去。百年誓拟同灰尘，醉指青松表情愫。可怜一日君心改，前日之言复谁顾。弃捐不待颜色衰，忍把流年坐相误。还君明月珠，解妾罗襦结。念之空自伤，长恸与君别。出门望乡关，不惜千里行。从人既非礼，何以见父兄。去住两不可，伫立以屏营。此时心断绝，始信天无情。野水东流去不还，忧乐翻变须臾间。妇人将身弗轻许，听歌今日行路难。

① 此首录自《全宋诗》卷一二五四。

渔父曲[①]（二首）

李　新

其　一

黄蓑老翁守钓车，卖鱼得钱还酒家。醉中乘潮过别浦，睡起不知船在沙。篱根半落春江水，稚子蓬头采洲芷。莼丝芹甲满篘笼，日暮溪桥得红米。

① 此二首录自《全宋诗》卷一二五四。

其　二

秋山远，秋木黄，斜汀曲屿苕花香。归云带暝卷寒色，晚吹吹回双雁行。鲈肥酒熟莼丝美，独钓孤舟老烟水。故人停桨问生涯，湘水光摇碧千里。

抱璞吟[①]

李 新

最怜皇孙衣如鹑，尝笑参谋衾似铁。我今短褐秃无尾，穷年絮被还百结。勖清祇饮洛口水，祁寒欲避西山雪。奈何童婢生菜颜，鸡肋相将伴头屑。小儿窥见已么麽，自言身是西州杰。青天白日用意深，浮云薄雾生愁绝。一夕饮水成内热，抱璞出门望折节。余光箭牖惊客眠，唤作非真应泣血。

① 此首录自《全宋诗》卷一二五四。

春郊行[①]

李 新

半夜东风入桃李，杨柳烟深尘不起。江南乍暖蜂满园，洛阳初晴花出市。走马寻芳白面郎，回头巧笑人在墙。一声莺啭墙南北，引断行人归未得。

① 此首录自《全宋诗》一二五四。

鹤雏引[①]

李 新

君不见郝氏庭前晚日破秋阴，隆也便便千古心。又不见云梦渔矶碧水处，俊也清名挂青史。儒风忠节两传家，杰气源源长不已。武威夜色沉秋月，武威楼上歌声咽。梦回天与玉麒麟，争似峨眉千仞雪。雪中落落多乔松，苍枝偃干如虬龙。枝上曾栖云表鹤，养雏飞去翔寥廓。年来又见鹤雏归，城郭依然人已非。悠悠却返烟霄去，蜀雾秦云千里暮。

① 此首录自《全宋诗》卷一二五四。

送春曲[①]

李　新

东君欲去繁华灭，城南把酒聊相别。云旗风驾不可亲，但见杨花飞似雪。杨花送君无返期，高台望断夕阳低。归来客散深院静，门前绿暗啼黄鹂。

① 此首录自《全宋诗》卷一二五四。

汾阴曲[①]

李　新

吾爱西河段干木，凛然节概凌孤竹。遗风扫地青冢存，汾水千年为谁渌。水边剑佩锵寒玉，熊车来作江阳牧。忠梗峨峨一面霜，想像古人今在目。我叹今人似古人，丝桐为播汾阴曲。

① 此首录自《全宋诗》卷一二五四。

送远曲[①]

李　新

紫骝萧萧车辘辘，为君掩泪歌别曲。城头月堕钟鼓残，安得轮方马无足。离灯荧荧向人冷，便是归来照孤影。与君从此永相望，星在青天泉在井。

① 此首录自《全宋诗》卷一二五四。

有酒歌[①]

李　新

晴旸斥沉阴，散漫浮空云。手提竹溪醪，疾声呼细君。且涤牛头樽，我欲有所云。仰看东南天，始见昭回文。星星眩两目，欻尔还相分。天下爱浮云，浮云能自寄。属君看浮云，要识浮云意。何必持身苦苦愁，但愿有酒长长醉。

① 此首录自《全宋诗》卷一二五四。

晓雾行[①]

李　新

山川蒸空气充塞，宇宙冥冥昼昏黑。九州四海安在哉，出门寸步迷南北。赤乌觜距非不刚，执辔神人身更长。胡为柔濡甘隐翳，坐令万里无晶光。我欲奋袂挥霜刀，恨身无翼愁天高。茫然一身不可断，力微援寡诚徒劳。安得长风生海边，扫除氛秽开青天。葵藿倾心知所向，共看白日当空悬。

① 此首录自《全宋诗》卷一二五四。

醉中歌[①]

李　新

骆夫子，逢恶客，酒食未阑客呼索。烛花销铄不肯起，口纵长歌手弹拍。一年所得能几许，一日散尽何所惜。囊无千黄金，亦无双白璧。负郭二顷田，敛税三四石。十九种秫谷，以助糟丘癖。家酿悳次道，狗窦招光逸。何物骆夫子，乃尔太旷生。始知张翰一杯酒，愈于身后名。骆夫子，听歌声，为君留好语，伴月照江城。

① 此首录自《全宋诗》卷一二五四。

苦寒歌[①]

李　新

北风吹窗琴自动，拥炉不觉毡裘重。孤城日落星斗稀，一寸清霜压寒梦。河冰岭雪随高深，山鸡啄土鹤在林。西楼歌舞隔珠幄，独有春风人不觉。

① 此首录自《全宋诗》卷一二五四。

感歌行[①]

李　新

春陌露草悲铜驼，汉宫秋吹惊纨罗。北虫成尘天峨峨，铁牛古背横黄河。兰陵千篇穷愁死，屠狗一剑祛群魔。酒阑感慨心如轲，两眼耀日云生波。是时功名当如何，痴儿竖女徒悲歌。

① 此首录自《全宋诗》卷一二五四。

鸣鹊行[①]

唐　庚[②]

檐间群鹊鸣相呼，法当有客或远书。吾今何处得书尺，而况宾客乘轩车。平生眼中抹泥涂，泛爱了不分贤愚。卒为所卖罪满躯，放逐南越烹蟾蜍。百口寄食西南隅，三年莫知安稳无。家书已自不可必，更望故人双鲤鱼。故人顷来绝能[③]疏，况复万岭千江湖。鸡肋曾是安拳余，至今畏客如於菟。岂惟避谤谢还往，此日谁肯窥吾庐？杜门却扫也不恶，何但忘客并忘吾。喧喧鸣鹊汝过矣，曷不往噪权门朱？

① 此首录自《全宋诗》卷一三二〇。今按：此诗为作者遭贬谪于惠州时所作。　② 唐庚（1071—1121）：字子西，眉州丹棱（今属四川）人。绍圣进士。受

知张商英，擢京畿路提举常平。商英罢相，庚贬惠州。后复官承议郎，还京，提举上清太平宫。后归蜀，于道中病卒。其文采风流，有“小东坡”之称。有《眉山唐先生文集》三十卷、《唐子西文录》一卷。 ③ 能：《全宋诗》校注“汪本作懒”。今按：据《全宋诗》卷一三二〇“唐庚”题记，“汪本”指“清雍正汪亮采南陔草堂活字印本《唐眉山集》”。又按：似即《唐眉山诗集》。下同。

陌上桑曲[①]

唐 庚

萧疏陌上桑，寂寞采桑女。蚕老叶转稀，罗敷泪如雨。敛袂蹙双蛾，秦筝一曲歌。殷勤谢郎意，其如义命何。

① 此首录自《全宋诗》卷一三二三。题下有注曰：“赵女罗敷采桑陌上，赵王见而悦之，置酒邀焉，罗敷振之，作《陌上桑》，见古乐府。”

白头吟[①]

唐 庚

秋风团扇情，夜雨长门意。高鸟既已逝，前鱼自当弃。贱妾白头吟，知君怀异心。只知茂陵女，不忆临邛琴。

① 此首录自《全宋诗》卷一三二三。

结客少年场[①]

唐 庚

结客少年场，男儿尚[②]气须激昂。朝从鲁朱家，暮过秦武阳。饮酒邯郸市，膝上横秋霜。明年从军入敦煌，金印紫绶辉路傍，贫中知己慎勿忘。

① 此首录自《全宋诗》卷一三二三。　② 尚:《全宋诗》校注“任本作意”。据《全宋诗》卷一三二〇“唐庚”题记,“任本”指“明嘉靖任佃刻《唐先生集》”,下同。

忆昔行[1]

唐　庚

忆昔方东来,亭传荒荆棘。风庭红叶干,雨砌苍苔湿。饥虎拨门开,哀禽向人泣。十载却西还,亭传已完葺。青锁揖江山,朱栏趁阶级。行旅粮不赍,大路遗敢拾。蜀道无难易,人心自宽急。寄言守亭者,勿使狐狸入。

① 此首录自《全宋诗》卷一三二三。

城上怨[1]

唐　庚

雨似[2]悬河风似箭,风号雨驰寒刮面。何处巡城老健儿,城上讴吟自哀怨。不知底事偏苦伤,声高声低哀思长。戍边役重畏酷法,去国年多思故乡。城上歌时夜方半,正是孤斋醉魂断。和风和雨两三声,推枕投衾坐长叹。传闻黠虏动熙河,战士连年不解戈。今夜风号雨驰处,城上哀怨知几何。

① 此首录自《全宋诗》卷一三二三。　② 似:《全宋诗》校注“任本作作”。

取水行[1]

唐　庚

仆夫取水古龙塘,水中木佛三肘长。随波俛仰如簸糠,并[2]流拯之置道傍。衲衣着帽僧伽装,里人观者如堵墙。相与筑室临沧浪，荷盖荃壁辛夷梁。三日屋成小而香，野草江花荐芬芳，炉烟昼清[3]夜灯光。乃知实相无互乡，人人性中普照王。

① 此首录自《全宋诗》卷一三二〇。　② 并：《全宋诗》校注"汪本作乘"。③ 清：《全宋诗》校注"原校：一作青"。今按：据《全宋诗》卷一三二〇"唐庚"题记，底本为"宋刻《唐先生文集》"。

采藤曲效王建体[1]

唐　庚

鲁人酒薄邯郸围，西河渡桥南越悲。岁调红藤百万计，此古[2]一作无穷时。去年采藤藤已乏，今年采藤藤转竭。入山十日脱身归，新藤出土拳如蕨。淇园取竹况有年，越山采藤输不前。今年输藤指黄犊，明年输藤波及屋。吾皇养民如养儿，凿空为此谋者谁。

① 此首录自《全宋诗》卷一三二〇。　② 古：《全宋诗》校注"任本、汪本作贡"。

冬雷行[1]

唐　庚

百虫蛰处安如家，阿香夜起推雷车。一时技痒不忍俊[2]，撼动尺蠖掀龙蛇。龙蛇尺蠖跼已久，亦欲奋迅舒顽麻。梦中一震忽惊跃，发破墐户排泥沙。泥沙已出雷遽止，错愕欲去难藏遮。虫蛇狼狈莫知数，间有伏龙吁可嗟。

① 此首录自《全宋诗》卷一三二〇。　② 俊：《全宋诗》校注"任本、汪本作爬"。

病鹤行[①]

唐庚

鹤兮鹤兮何处来，秋江静兮芦花开。波浪浸月白皑皑，千声万声鸣哀哀。不飞不翔不饮啄，骨脊棱棱瘦如削。冰姿玉质仅生存，雪羽霜毛半零落。鹤兮鹤兮何郁郁，我知尔是冲天物。芝田就养孤高情，瑶池洗出神仙骨。传闻仙岛冥冥中，水晶甃作蓬莱宫。祥烟瑞雾常濛濛，好将六翮搏仙风。

① 此首录自《全宋诗》卷一三二三。

苦寒行[①]

苏过[②]

句芒司春懦不职，纵使玄冥气凌轹。三冬肃杀归尔时，长物岂容长凛栗。北风吹水冰成梁，急雷盖地云翻墨。坐令贫士高掩扃，安得重裘代绨绤。春泥漫漫薪不属，破灶无烟愁四壁。饥吟拥鼻涕流澌，皲指结衣僵欲直。水南水北多高士，去作达官金马客。朱门碧瓦照通都，耻著麻衣羡狐白。问余何为不录录，反老抱关守甔石。十日春寒何所觊，坐想朝阳生屋隙。愿将挟纩同斯人，杜陵大厦无由得。南荣炙背直万钱，燠燠此衣安且吉。

① 此首录自《全宋诗》卷一三五二。　② 苏过（1072—1123）：字叔党，号斜川居士，眉州眉山（今属四川）人。苏轼第三子。哲宗时，曾应礼部试，未第。后随父谪惠州、儋州。父逝后，依叔父苏辙居颍昌。宣和五年，通判定州。有《斜川集》，已佚。清人吴长元得旧钞残本，并从他书纂辑，厘为六卷，其中诗三卷。

田家谣[①]

洪刍[②]

鸠妇勃溪农荷锄，身披袯襫头茅蒲。雨不破块田坼图，稊稗青青佳谷枯。大妇碓舂头鬓疏，小妇拾穗行饷姑。四时作苦无袴襦，门前叫嗔官索租。

① 此首录自《全宋诗》卷一二八二。 ② 洪刍（生卒年不详）：字驹父，南昌（今属江西）人。与兄朋，弟炎、羽并称"四洪"。绍圣进士。曾官谏议大夫，卒于贬所。有《老圃集》等。

田家谣[①]

洪刍

父耕原上田，子劚山下荒。六月一禾生，官家一开仓。

① 此首录自《全宋诗》卷一二八二。

桃源行[①]

汪藻[②]

祖龙门外神传璧，方士犹言仙可得。东行欲与羡门亲，咫尺蓬莱沧海隔。那知平地有青春，只属寻常避世人。关中日月空万古，花下山川长一身。中原别后无消息，闻说胡尘因感昔。谁教晋鼎判东西，却愧秦城限南北。人间万事愈可怜，此地当时亦偶然。何事区区汉天子，种桃辛苦望长年。

① 此首录自《全宋诗》卷一四三七。 ② 汪藻（1079—1154）：字彦章，饶州德兴（今属江西）人。崇宁进士。调婺州观察推官，迁著作佐郎。高宗时，试中书舍人，擢给事中、兵部侍郎，又兼侍讲，拜翰林学士，出知湖州、抚州、泉州、宣州。有《浮溪集》。

蚕妇行[1]

汪　藻

树头恰恰晴鸠喜，上巳人家扫蚕蚁。纸窗茅屋春雨寒，买炭添炉中夜起。平明采叶晞露痕，随刀翠缕如丝匀。三眠欲食春已老，旋炊新麦祀蚕神。咽明足紧解丝簇，犹向前溪问茅卜。东邻西里想殷勤，借问今年几分熟。缫车轧轧桑阴凉，主家人立鸿雁行。丝成不得半缕著，一生麻纻随风霜。

① 此首录自《全宋诗》卷一四三七。

石舟叹[1]

汪　藻

匆匆负锸鹅鹜喧，闪闪蹴车雷电翻。一城骚动急星火，官渠底用农时穿。海神有意驱巨石，风伯不肯停阴云。坐令榷水甚于酒，盗者以乏军兴论。峨峨之山载大艑，所过郡邑千官奔。绣衣持斧坐堤上，百渎倒尽生龟文。民间四月种不入，敢惜数斗春泥浑。君王神圣古无有，谈笑坐可回乾坤。何妨謦欬九天上，叱散黄帽还嵌根。嗟哉食肉胡不告，勿谓石也安能言。

① 此首录自《全宋诗》卷一四三四。

乌夜啼[1]

宇文虚中[2]

汝琴莫作归凤鸣，汝曲莫裁白鹤怨。明珠破璧挂高城，上有乌啼人不见。堂中蜡炬红生花，门前绀幰七香车。博山夜长香炉冷，悠悠荡子留倡家。妾机尚余数梭锦，织恨传情还未忍。城乌为我尽情啼，知道单栖泪盈枕。

① 此首录自《全宋诗》卷一四三二。　② 宇文虚中(1079—1145):字叔通,华阳(今四川成都)人。大观进士。除起居舍人,国史院编修官,迁中书舍人。宣和间帅庆阳,寻罢知亳州,后为翰林学士。多次使金谈判,被金留,仕金为翰林学士承旨。后被诬谋反,全家被害。其诗集已散佚,《全宋诗》从《北窗炙輠录》、《中州集》等书中辑其诗各一卷。

古剑行[①]

宇文虚中

公家祖皇提三尺,素灵中断开王迹。自从武库冲屋飞,化作文星照东壁。夫君安得此龙泉,秋水湛湛浮青天。夔魖奔喘禹强护,中夜跃出光蜿蜒。拄颐檑具男儿饰,弹铗长歌气填臆。嶙峋折槛霁天威,将军拜伏奸臣泣。龙泉尔莫矜雄铓,不见鸟尽良弓藏。会当铸汝为农器,一剑不如书数行。

① 此首录自《全金诗》卷二。题下有序曰:"为刘善长作。"

春愁曲[①]

高士谈[②]

压花晓露万珠冷,金井咿哑转纤绠。宝阶寂寂苔纹深,东风摇碎缃帘影。芙蓉帐暖春眠重,窗外啼莺唤新梦。推枕起来娇翠颦,一线沈烟困金凤。游丝飞絮俱悠扬,慵倚绣床春昼长。郎马不嘶芳草暗,半篩急雨飞横塘。

① 此首录自《全金诗》卷二。　② 高士谈(?—1146):字子文,亳州蒙城(今属安徽)人。北宋宣和末年,任忻州户曹参军,入金官至翰林学士。皇统六年,牵连宇文虚中案被杀。著有《蒙城集》。

丽人行[①]

王庭珪[②]

桃叶山前宫漏迟，宫人傍辇持花枝。君王喜凭绛仙立，殿脚争画双长眉。欲把琵琶弹《出塞》，结绮临春时事改。井边忽见张丽华，忍听《后庭》歌一再。

① 此首录自《全宋诗》卷一四五三。题下注：读《大业拾遗》作。　② 王庭珪(1080—1172)：字民瞻，号卢溪，安福(今属江西)人。政和进士，调衡州茶陵县丞。绍兴中，胡铨上书乞斩秦桧，贬岭南，庭珪独以诗送行，后以此除名编管辰州。孝宗时除国子监主簿，以年老力辞，主管台州崇道观。有《卢溪集》。

寅陂行[①]

王庭珪

安成城头乌夜宿，啼乌未起鸡登木。倾村入城来送君，马首摩肩袂相属。但有庞首[②]不识名，何物老翁出山谷。老翁持酒前致词，家住西村大江曲。大江两岸皆腴田，古有寅陂置官属。自从陂废田亦荒，官中无人开旧渎。公沿故道堰横流，陂傍粳稻年年熟。今年虽旱翁不忧，田头已打新舂谷。谁云此陂会当复，老父曾闻两黄鹄。嗟哉如君不负丞，躬行阡陌劝农耕。监司项背只相望，风谣满路胡不听。胡不听，寅陂行，为扣天阍叫一声。

① 此首录自《全宋诗》卷一四五三。题下有序曰："安成西有寅陂，溉田万二千亩，废久，官失其籍，大姓专之，陂旁之田，岁比不登。邑丞赵君搜访耆耋，尽得古迹。乃(今按：原缺，据四库本补)浚溪港，起堤阏，躬视阡陌，灌注先后，各有绳约不可乱。是岁绍兴十三年，适大旱，而寅陂溉万二千亩，苗独不槁，民颂歌之。国家方下劝农之诏，法有农田水利，实丞职也。然缘是而伪自增饰以蒙褒显者，世不为怪，由是水利为虚名。今寅陂功绩崇崛，丞不肯自言，部使者终不及省察。某出城别君东门外，逢寅陂之民塞路涕泣言此，为叙其事，作《寅陂行》。不复缘

饰，皆老农语也，冀有采之者。绍兴癸亥十月望日书。” ② 但有庞首：《全宋诗》校注“李本作间有庞眉，四库本作但有庞眉，王本作但见庞眉”。今按：据《全宋诗》卷一四五二王庭珪“题记”，“李本”指“清李兆洛藏抄本《泸溪文集》”，“王本”指“清同治七年王廉端刊《泸溪集》”，下同。

庐陵行[①]

王庭珪

庐陵地控虔与洪，孤城斗绝吴楚东。连年贼兵塞官路，烽火照夜旌旗红。治中来时正逢此，自请按行山谷中。禾州[②]吉水方震动，缚取两渠来衅钟。凶徒披靡拜麾下，愿持田器为良农。凯歌归陈破贼状，捷书飞入甘泉宫。甘泉侍臣知姓字，天子往往闻其风。谓当到阙问边事，边上如今尘不起。但把长笺造凤楼，莫说渡河挑马棰。此公淹久佐一州，安用州民遮道留。州中老人错料事，此公行立螭坳头。

① 此首录自《全宋诗》卷一四五三。题下有序曰：“庐陵别驾谢公，前年初下车，适萧、富二盗作乱，州人震恐。别驾提兵不阅月，两巨寇缚致麾下，境内遂安。今当还朝，州人怀之。卢溪王某为作《庐陵行》以慰其怀思之意，录以为别。” ② 州：《全宋诗》校注“傅校作川”。今按：据《全宋诗》卷一四五二王庭珪“题记”，“傅校”指“近人傅增湘校语”，未明言所校何书。查《中国古籍善本书目》，此“傅校”或当指明嘉靖五年梁英刻《卢溪先生文集》。

和周秀实田家行[①]

王庭珪

旱田岁逢六月尾，天公为叱群龙起。连宵作雨知丰年，老妻饱饭儿童喜。向来辛苦躬锄荒，剜肌不补眼下疮。先输官仓足兵食，余粟尚可瓶中藏。边头将军耀威武，捷书夜报擒龙虎[2]。便令壮士挽天河，不使腥膻污后土！咸池洗日当青天，汉家自有中兴年。大臣鼻息如雷吼，玉帐无忧方熟眠。

① 此首录自《全宋诗》卷一四五六。 ② “捷书”句：原注“近报杀退龙虎大王”。

明妃曲[1]

李　纲[2]

昭君自恃颜如花，肯赂画史丹青加。十年望幸不得见，一日远嫁来天涯。辞宫脉脉洒红泪，出塞漠漠惊黄沙。宁辞玉质配夷[3]虏，但恨拙谋羞汉家。穹庐腥膻厌酥酪，曲调幽怨传琵琶。汉宫美女不知数，骨委黄土纷如麻。当时失意虽可恨，犹得千古诗人夸。

① 此首录自《全宋诗》卷一五五〇。 ② 李纲(1083—1140)：字伯纪，号梁溪居士，邵武(今属福建)人。政和进士。累官至监察御史兼权殿中侍御史，因忤权贵，改比部员外郎，迁起居郎。主张抗金，反对迁都、议和。有《梁溪集》。《宋史》有传。 ③ 夷：《全宋诗》校注“蓝格本、朱本、道光本作胡”。今按：据《全宋诗》卷一五四三李纲“题记”，“蓝格本”指“清初蓝格抄《梁溪先生文集》”，“朱本”指“朱彝尊影钞本”，“道光本”指“道光十四年刊本”，下同。

苦热行[1]

李　纲

南方苦[2]暑殊中州，金遇火伏相拘囚。飞鸢跕跕草木愁，疑在炉冶遭蒸烰。六龙中天停厥辀，火云突兀烧高丘。炎风如焚汗翻油，祝融嘘呵不肯休。赤脚踏冰邈难求，返视絺绤犹狐裘。行人病暍喘车牛，虽处广厦非所庥。我欲登彼白玉楼，侧身西望心悠悠。

何当万里来清秋，其帝少昊神蓐收。飒然风露洗我忧，凉生暑退火西流。四时代谢如环周，及兹又作徂年谋。人生寒暑为寇仇，何异疟痨脂髓搜。有力负走藏壑舟，朱颜绿发[③]安可留。以静胜躁聊优游，何必远期汗漫游。

① 此首录自《全宋诗》卷一五四八。 ② 苦:《全宋诗》校注"道光本作酷"。 ③ 发:《全宋诗》校注"蓝格本、道光本作鬓"。

桃源行[①]

李　纲

武陵溪水流潺潺[②]，渔舟鼓枻迷溯沿。溪穷路尽恍何处，桃花烂漫蒸川原。花间邑屋自连接，云外鸡犬声相喧。衣裳不同俎豆古，见客惊怪争来前。杀鸡为黍持劝客，借问世上今何年。自从秦乱避徭役，子孙居此因蝉联。不知汉祖以剑起，况复魏晋称戈铤。殷勤留客不肯住，落花流水空依然。渊明作记真好事，世[③]人粉饰言神仙。我观[④]闽境多如此，峻溪绝岭难攀缘。其间往往有居者，自富水竹饶田园。耄倪不复识官府，岂惮黠吏催租钱。养生送死良自得，终岁饱食仍安眠。何须更论神仙事，只此便是桃花源。

① 此首录自《全宋诗》卷一五五〇。题下有序曰:"桃源之事，世传以为神仙，非也。以渊明之记考之，特秦人避世者，子孙相传，自成一区，遂与世绝耳。今闽中深山穷谷，人迹所不到，往往有民居、田园、水竹，鸡犬之音相闻，礼俗淳古，虽斑白，未尝识官府者，此与桃源何以异？感其事作诗以见其意。" ② 潺:《全宋诗》校注"蓝格本作湲"。 ③ 世:《全宋诗》校注"原作诗，据道光本改"。今按:据《全宋诗》李纲"题记"，底本为"文渊阁《四库全书》本"《梁溪集》。 ④ 观:《全宋诗》校注"朱本作闻"。

建炎行[①]

李　纲

金寇[②]初犯阙，太岁在丙午。殊恩擢枢廷，愧乏涓埃補。两河未奠枕，杖钺出宣抚。乞身缘谤谗，窜谪旅湘溆。明年丁未夏，被命尹天府。颇闻环京畿，四面尽豺虎。金汤虽可恃，忧在人不御。见危思致命，入援裒[③]义旅。旌麾亘江湄，畏景触隆暑。忽传元帅檄，果有城破语。銮舆幸沙漠，妃后辞禁籞。皇孙与帝子，取索及稚乳。礼文包旗裳，乐器载笋簴。金缯罄公私，技巧到机杼。空余宗庙存，无复荐簠簋。凄凉苍龙阙，寂寞玉华庑。畴能供衔粟，谁与献肥羜。无从执羁靮，安得生翅羽。号恸绝复苏，洒泪作翻雨。继闻宣赦书，宝位居[④]九五。神明有依归，率土尽呼舞。皆言汤武姿，勇智天所与。向来使贼营，英气詟骄虏。建牙出危城，帝命缵鸿绪。不然艰难中，何以脱貏貐。兹雠不戴天，兄弟及父母。尝胆思报吴，枕戈惩在莒。齐侯何足称，句践不须数。周汉获[⑤]再兴，宣光定神武。愿言觐行在，玉色亲黻黼。丹诚遂披陈，秘策得宣吐。谋身虽拙计[⑥]，许国心独苦。片言傥有合，丐骨归垅亩。飞帆过金陵，鼓柁适淮浦。遥传告大廷，命相比申甫。顾兹斗筲器，何以动尧禹。深惟特达知，感慨激肺腑。如何日月光，可以萤爝助。舍舟行汴堤，驱车赴延伫。伤心兵火余，民物亦凋瘦。中使乘驲来，茶药宠赐予。拜恩丘山重，坐使瘵疠愈。行行近南都，戈甲震金鼓。将佐迎路傍，往往多旧部。冠盖如云屯，赐燕金果圃。谢免径造朝，泪落湿殿础。初称宗社危，天地同情怒。次陈国多难，实启中兴主。末言樗散材，初不堪梁柱。鼎颠将覆餗，栋桡必倾宇。况兹扶颠危，正赖肱与股。大舜举皋陶，小白相仲父。

耕莘与钓渭，端不乏伊吕。惟当博询访，考慎作心膂。封章屡恳辞，帝曰莫如女。往作砺与舟，不复容伛偻。叩额宸扆前，臣敢论伪楚。易姓建大号，厥罪在砧斧。奈何坐庙堂，乃与臣等伍。更效老猎师，十事听裁处。天子亮精诚，一一皆可许。因陈御戎策，用此敢予侮。河外须救援，屏蔽资捍拒。问谁可驱策，因荐亮与所。京师当一到，九庙陈鼎俎。却为巡幸计，不可去中宇。南阳光武兴，形势亦险阻。西通关陕区，东与江淮距。三巴及岭海，宝货可运取。据要争权衡，黠虏[⑦]谋必沮。募兵益貔貅，买马增牧圉。号令新帜旗，仗械饬干橹。军容久不振，整顿就规矩。潢池盗弄兵，群恶相啸聚。偏师命剪除，快若猫捕鼠。余寇悉款降，分隶归籍簿。搜裒将帅材，赏罚颇有序。经营年岁间，庶可事大举。灭虏[⑧]还两宫，雪耻示千古。却隆太平基，不愧宗与祖。岂知肘腋间，乃有椒兰妒。含沙初射影，聚毒阴中蛊。规模欲破碎，谋议渐龃龉。固知骾峭姿，自不敌媚妩。恨无回天力，剔此木中蠹。安能破铜山，但志燃郿坞。时危敢尸禄，抗疏愿引去。涕泗对冕旒，非不恋轩宁。君臣以义合，无使赭舂杵。帝度不可留，乃听上印组。扁舟返东吴，却理梁溪橹。多言更萋菲，贝锦成罪罟。尚荷皇天慈，薄谴居鄂渚。我来雪霏霏，及此岁将暮。崎岖山谷间，避寇如避弩。行尽江南山，始踏湖北土。风烟愁浩荡，鸿雁拆俦侣。沉吟白云飞，怅望黄鹤翥。晴川俯汉阳，葭菼满鹦鹉。家山渺安在，幽梦到别墅。三年再谪官，缭络万里路。浮游幻境中，尘迹叹仰俯。翠华尚蒙尘，吾敢念门户。但嗟机会失，事势契先误[⑨]。今年虏[⑩]益横，春夏蹂京辅。万骑略[⑪]秦关，余毒被陈汝。五陵气葱葱，中原郁朊朊。弃置不复论，弥望皆莽卤。旌旃满江淮，寇钞[⑫]

连齐鲁。六飞竟何从，秋晚尚江浒。何时包干戈，礼瑞奠璜琥。斯民安田畴，余谷楼廪庾。四方道路通，舟车走商贾。吁嗟乎苍天，乃尔艰国步。譬犹大厦倾，著力事撑柱。居然听颓覆，此身何所措。又如抱羸瘵，邪气久已痼。不能亲药石，乃复甘粔籹。膏肓骨髓间，性命若丝缕。安得和缓徒，举手为摩拊。驯致海宇康，苍生有环堵。

① 此首录自《全宋诗》卷一五五七。题下有序曰："余去岁夏初，自长沙闻尹京之命，率义旅入援王室，次繁昌，得元帅府檄，审虏（今按：《全宋诗》校注'原作寇，据各本改'）破都城，二圣北迁，号恸几绝。至当涂，见赦书，上登宝位，且喜且悲，意欲一到行在，觐新天子，道胸中所欲言者，即丐归田里，此其志也。行次淮楚间，忽闻已告廷除，拜荷特达之知，感极而泣。以六月朔抵南都，有旨，执政出迓，赐燕于金果园，具奏丐免，即入城。是晚，召对内殿，叙陈国家祸故，上嗣位，慰天人之望。泣谢首被选用，顾材力不堪，弗敢当，乞遴择足以副公议者。上慰劳久之，即遣御乐（今按：《全宋诗》校注'左选、道光本作药'）押赴都堂治事。翌日再对，复力辞，三上章表，皆优答不允。是时伪楚张邦昌以太保同安郡王领三省事，五日一会都堂。即建言邦昌僭窃，不宜与政，臣不可与同列，凡受伪命者皆宜正其罪，以为臣子之戒。具奏十事，皆当时急务，度能从乃敢受命。有旨付三省施行。又与执政廷辨，至泣拜以辞，上感动，始罢谪邦昌与受伪命者。翌日乃受告，因为上规画所以捍御金寇、奉迎銮舆之策。且谓河北、河东，国家之屏蔽，虽颇为虏（今按：《全宋诗》校注'原作寇，据各本改'）所陷没，然其兵民戴宋之心坚甚，朝廷不议救援，使人（今按：《全宋诗》校注'左选、道光本作其'。据《全宋诗》'李纲'题记，'左选'本指'左光斗等辑《宋李忠定公奏议文集选》'，下同）力屈而附贼，为患非细。于是荐张所招抚河北，傅亮经制河东。二人者，皆有将帅材，具甲兵、钱粮而遣之。又请车驾一至京师，见宗庙，慰都人之心，度未可居，则巡幸南阳，驻跸，示不弃中原。而西通关陕，可起兵马；东通江淮，可运粮饷；南通岭蜀，可取货财，北援三郡两河，与贼争利，天下形势莫便于此。有旨遣使经画。又劝上益募兵买马，缮器仗，修军政，择将帅，置帅府要郡以经略天下。是时剧贼李昱扰山东，杜用起淮南，李孝忠乱襄（今按：《全宋诗》校注'左选、道光本下有汉

字'），皆遣将讨平之，其余降者十余万，皆分隶诸将，使渡河讨贼。才两月间，威令稍振。窃以奉令承教，可幸无罪，中兴之功，庶几可成。不意同列者害之，阴以巡幸东南为安动上意。八月五日告廷，迁左仆射，既命二相矣。于是显沮张所而罢傅亮，连数日争之不可得，则丐罢政。奏上，以谓方朝廷艰难，不敢充位备员，以虚负天下之责。章三上，再押入，一对后殿，力求去。上度不可留，乃除观文殿大学士，提举杭州洞霄宫，泛舟东归。已而言者交章，诋在相位施设不当，且诬以倾家资犒叛卒，闻者骇愕。赖天子睿明，有以察其不然，姑褫职，俾以宫祠居武昌。闻命即上道，适濒江盗贼扰攘，间关道路。逾半年，始达湖外，追思前事，恍如梦寐。而连年奔走，缭络万里，初不知其所以然。夫出处去就，大臣常事，不足道也。然金人今春果扰关辅，蹂践京东西，河北兵民叛为盗贼，皆如所料。銮舆远幸，未有可还之期；翠华飘泊，未有定居之所。生民未休息，中国未乂安，此臣子之所夙夜痛悼而寒心者也。噫！天实为之，谓之何哉？掇取出处去就大概，赋诗百二十韵，目之曰《建炎行》，览者庶有感云。” ② 寇：《全宋诗》校注“原作人，据左选、道光本改”。 ③ 裒：《全宋诗》校注“左选作秉”。 ④ 居：《全宋诗》校注“左选、道光本作登”。 ⑤ 获：《全宋诗》校注“朱本作会，道光本作复”。⑥ 虽拙计：《全宋诗》校注“左选作计虽拙”。 ⑦ 虏：《全宋诗》校注“原作敌，据各本改”。 ⑧ 虏：同上注。 ⑨ 误：《全宋诗》校注“各本作睹”。 ⑩ 虏：《全宋诗》校注“原作寇，据各本改”。 ⑪略：《全宋诗》校注“左选作掠”。 ⑫钞：《全宋诗》校注“道光本作盗”。

胡笳十八拍①

李　纲

第一拍

四海十年不解兵，朝降夕叛幽蓟城。杀气南行动天轴，犬戎也复临咸京。铁马长鸣②不知数，虏③骑凭陵杂风雨。自是君王未备知，一生长恨奈何许。

① 此十八首录自《全宋诗》卷一五五九。题下有序曰：“昔蔡琰作《胡笳十八拍》，后多仿之者。至王介甫集古人诗句为之，辞尤丽缛凄婉，能道其情致，过于

创作，然此特一女子之故耳。靖康之事，可为万世悲。暇日效其体集句，聊以写无穷之哀云。” ② 鸣：《全宋诗》校注“道光本作吟”。 ③ 虏：《全宋诗》校注“原作寇，据各本改”。

第二拍

黑云压城城欲摧，赤日照耀从西来。虏[1]箭如沙射金甲，甲光向日金鳞开。昏昏阊阖闭氛祲，六龙寒急光徘徊。黄昏胡[2]骑尘满城，百年兴废吁可哀。

① 虏：《全宋诗》校注“原作强，据各本改”。 ② 胡：《全宋诗》校注“原作寇，据各本改”。

第三拍

千乘万骑出咸阳，百官跣足随天王。翠华摇摇行复止，黄尘暗天道路长。金盘玉箸无消息，色难腥[1]腐餐风香。晚将末契托年少，遂令再往之计堕渺茫。

① 腥：《全宋诗》校注“各本作臭”。

第四拍

筋斡精坚胡[1]马骄，猛蛟突兽纷腾逃。春寒野阴风景暮，尘埃不见咸阳桥。中原格斗且未归，陇山萧瑟秋云高。安得壮士兮守四方，一豁明主正郁陶。

① 胡：《全宋诗》校注“原作更，据各本改”。

第五拍

汉家离宫三十六，缓歌慢舞凝丝竹。铁骑突出刀枪鸣，惊破霓裳羽衣曲。明眸皓齿今何在，细柳青蒲为谁绿。桃花依旧笑春风，风动落花红蔌蔌。

第六拍

忆昔霓旌下南苑，攀条弄芳畏晼晚。只今飘泊干戈际，寒尽春生洛阳殿。梨园弟子散如烟，白马将军若雷电。城上春云覆苑墙，回首何时复来见。

第七拍

星宫之君醉琼浆，娇如群帝骖龙翔。龙池十日飞霹雳，齐言此夕乐未央。玄圃沧洲莽空阔，羽人稀少不在傍。深山穷谷不可处，托身白云归故乡。

第八拍

黄尘散漫风萧索，杀气森森到幽朔。五十年间似反掌，瑶池侍臣已冥寞。千崖无人万壑静，旌旗无光日色薄。万事反覆何所无，注目寒江倚山阁。

第九拍

五陵佳气无时无，龙种自与常人殊。一去紫台连朔漠，骨肉满眼身羁[①]孤。金鞭断折九马死，邂逅岂即非良图。人间俯仰成今古，岂忆当殿群臣趋。

①羁：《全宋诗》校注“何校：宋本作寄”。今按：据《全宋诗》李纲“题记”，“何校”指何秋涛校朱本。“宋本”指“宋刻残本”，又据《中国古籍善本书目》，或即宋刻《梁溪先生文集》。

第十拍

人生失意无南北，去住彼此无消息。黄蒿古城云不开，时复看云泪横臆。猛将腰间大羽箭，一箭正坠双飞翮。汝休枉杀南飞鸿，道路只今多拥隔。

第十一拍

天子不在咸阳宫，翠华拂天来向东。江间波浪兼天涌，中有云气随飞龙。干戈兵革斗未止，无复射蛟江水中。江边老人错料事，时危惨澹来悲风。

第十二拍

渔阳突骑猎青丘，天马跛足随犛牛。幕前生致九青兕，苦寒赠我青羔裘。万里飞蓬映天过，岁云暮矣增离忧。如今正南看北斗，长安不见使人愁。

第十三拍

圣朝尚飞战斗尘，椎鼓鸣钟天下闻。岸上荒村尽豺虎，衣冠南渡多崩奔。何时铸戟作农器，欲倾东海洗乾坤。干戈未定失壮士，旧事无人可共论。

第十四拍

大麦干枯小麦黄，问谁腰镰胡[①]与羌。汉家战士三十万，此岂有意仍腾骧。安得突骑只五[②]千，长驱东胡胡[③]走藏。近静潼关扫蝼蚁，为留猛士守未央。

① 胡:《全宋诗》校注“原作狄，据各本改”。　② 五:《全宋诗》校注“左选作三”。　③ 东胡胡:《全宋诗》校注“原作敌人尽，据左选、朱本改”。

第十五拍

我生之后汉衵衰，经济实藉英雄姿。遥拱北辰缠寇盗，杳杳南国多旌旗。伤心不忍问耆旧，垂老恶闻战鼓悲。中夜起坐万感集，谁家捣练风凄凄。

第十六拍

雨声飕飕催早寒，岁暮穷阴耿未已。燕山雪花大如席，寒刮肌肤北风利。群胡[①]归来血洗箭，阵前部曲终日死。漫漫胡[②]天叫不闻，日夜更望官军至。

① 群胡:《全宋诗》校注“原作战罢，据各本改”。　② 胡:《全宋诗》校注“原作玄，据各本改”。

第十七拍

时危始识不世材，成王功大心转小。豺狼塞路人断绝，一门骨肉散百草。江头宫殿锁千门，不知明月为谁好。何时眼前突兀见此屋，鸡鸣问寝龙楼晓。

第十八拍

风尘澒洞昏王室，咫尺波涛永相失。漂然时危一老翁，洒血江汉长衰疾。笳一会兮琴一拍，青山落日江潮白。身欲奋飞病在床，此心炯炯君应识。

了了歌[①]

王　喆[②]

汉正阳兮为的祖，唐纯阳兮做师父。燕国海蟾兮是叔主，终南重阳兮弟子聚。为弟子，便归依，侍奉三师合圣机。动则四灵神彩结，静来万道玉光辉。得逍遥，真自在，清虚消息常交泰。元初此处有因缘，无始劫来无挂碍。将这个，唤神仙，窈窈冥冥默默前。不把此般为妙妙，却凭甚么做玄玄。禀精通，成了彻，非修非炼非谈说。惺惺何用论幽科，达达宁须搜秘诀。也无减，也无增，不生不灭没升腾。长作风邻并月伴，永随霞友与云朋。

① 此首录自《全金诗》卷三。　② 王喆(1112—1170)：字知明，咸阳(今属陕西)人。善属文，通经史，喜弓马。曾中武举，授以小吏。后弃官而去，拂衣尘外，佯狂于世。立全真道，仙游汴梁。著有《重阳全真集》等。

竹杖歌[①]

王　喆

一条竹杖名无著，节节生辉辉灼灼。伟矣虚心直又端，里头都是灵丹药。不摇不动自闲闲，应物随机能做作。海上专寻知友来，有谁堪可教依托。昨宵梦里见诸虬，内有四虬能跳跃。杖一引，移一脚，顶中迸断银丝索。攒眉露目震精神，吐出灵珠光闪灼。明艳挑来固乐然，白云不负红霞约。

① 此首录自《全金诗》卷一二。

窈窈歌[①]

王　喆

人人只要生，害风只要死。生则无著摸，死则有居止。不恋皮肉脂，不恋骨筋髓。藉甚发眉须，藉甚舌牙齿。安用脚手头，安用眼鼻耳。小肠能成水，大肠能成米。水米太茫然，昼夜何时已。认破丑机关，须当分彼此。别般二物合和真，元来一道分明是。这个在何处？这个在那里。教公会得时，也饮清凉水。直待正纯阳，方称重阳子。

① 此首录自《全金诗》卷一二。

元元歌[①]

王　喆

父虽父，母虽母，论著亲兮没说语。只为当时铸我身，至令今日常怀古。儿非儿，女非女，妻室恩情安可取？总是冤家敌面雠，争如勿结前头苦。我咱悟，我咱补，唤出从来清静主。要见玲珑好洞庭，须开端的真门户。便知宗，便知祖。了了惺惺归紫府，离凤空陪北海龟，甲龙枉伴西山虎。仗灵刀，擎慧斧，劈破昆仑将宝数。万颗明珠戴玉冠，无穷彩艳衣金缕。这元元，回光睹，五五不离二十五。依此行持依此修，姹名预录长生簿。

① 此首录自《全金诗》卷一二。

得得歌[①]

王　喆

阴变为阳只自审，冰钻结火能唯恁。有缘搜见古今真，无始却来呼个甚？呼个甚，唤神仙，窈窈冥冥不记年。撞著良因五劫祖，相随直入大罗天。大罗天，通妙景，放开明耀须臾顷。盈盈一粒任绵绵，寂寂圆光传永永。传永永，做灵灵，处此清凉绝视听。何用醍醐香馥郁，不夸环珮响珰玎。响珰玎，声灭歇，别生彩艳重超越。自然莹莹宝中珠，反照辉辉天外月。天外月，走蟾轮，怎此如如没价珍。正一悉除生灭相，端严坚固妙玄因。妙玄因，诚秘诀，那曾瞋怒并欢悦。虚空空上达晴空，言说说前非有说。非有说，愈昭彰，得得歌中现道场。旷劫未分新雅致，从今传出这名方。

① 此首录自《全金诗》卷一二。

迷悟吟[①]

马　钰[②]

养家受辛苦，学道应仙举。养家著外求，学道向内补。养家堕轮回，学道免来去。本是一般人，只争悟不悟。

① 此首录自《全金诗》卷二三。题下有注曰："赠凤翔府栾孔目暨众道友。"

② 马钰(1123—1183)：字玄宝，号丹阳子，徙居登州宁海。出身巨富，通六艺，工词章。后出家入道，为王重阳(喆)弟子。有《洞玄金玉集》等。

行道吟[①]

马　钰

皓月照林霜，华轩放彩光。玉炉生宝篆，金鼎酿琼浆。礼数无拘束，平和得异常。岂思为家计，行道万缘忘。

① 此首录自《全金诗》卷二三。题下有注曰："勉门人。"

南越行[①]

朱之才[②]

南越太后邯郸女，皓齿明眸照蛮土。珊瑚为帐象作床，锦伞高张击铜鼓。太液池内红芙蓉，自怜谪堕蛮烟中。灞陵故人杳无耗，深宫独看南飞鸿。随儿作帝心不愿，惟愿西朝柏梁殿。茂陵刘郎亦可人，遣郎海角来相见。金猊夜燎龙涎香，明珠火齐争煌煌。番禺秦甸隔万里，今夕得遂双鸳鸯。白首相君佩银印，干戈欲起萧墙衅。莫言女子无雄心，置酒宫中潜结阵。汉家使者懦且柔，纤手自欲操霜矛。孤鸾竟落老枭手，可怜空奋韩千秋。楼船戈铤师四起，或出桂阳下漓水。越郎追斩吕嘉头，九郡同归汉天子。尉佗[③]坟草几番青，霸业犹与炎洲横。玉玺初从真定得，黄屋却为邯郸倾。五羊江连湘浦竹，娇魂应伴湘娥哭。

① 此首录自《全金诗》卷三。　② 朱之才(生卒年不详)：字师美，号庆霖居士，洛西三乡人。北宋崇宁间进士。入金，仕齐谏官，后黜泗水令。有《霖堂集》。③ 佗：《全金诗》校记"影元本作'他'，此从汲古阁本"。

新乐府辞(四)

醉　歌[1]

陆　游[2]

我饮江楼上,阑干四面空。手把白玉船,身游水精宫。方我吸酒时,江山入胸中。肺肝生崔嵬,吐出为长虹。欲吐辄复吞,颇畏惊儿童。乾坤大如许,无处着此翁。何当呼青鸾,更驾万里风!

① 此首录自《全宋诗》卷二一五七。　② 陆游(1125—1209):字务观,号放翁,越州山阴(今浙江绍兴)人。绍兴中应礼部试,为秦桧所黜。孝宗即位,赐进士出身,曾任建康、隆兴府通判。乾道六年(1170)入蜀,任夔州通判。八年(1172),入四川宣抚使王炎幕府。晚年退居家乡,工诗文,长于史。存诗九千余首,格力恢宏,清新圆润。有《剑南诗稿》、《渭南文集》、《南唐书》、《老学庵笔记》等。

金错刀行[1]

陆　游

黄金错刀白玉装,夜穿窗扉出光芒。丈夫五十功未立,提刀独立顾八荒。京华结交尽奇士,意气相期共生死。千年史策耻无名,一片丹心报天子。尔来从军天汉滨,南山晓雪玉嶙峋。呜呼!楚虽三户能亡秦,岂有堂堂中国空无人!

① 此首录自《全宋诗》卷二一五七。

长歌行[①]

陆　游

人生不作安期生[②]，醉入东海骑长鲸。犹当出作李西平，手枭逆贼清旧京。金印煌煌未入手，白发种种来无情。成都古寺卧秋晚，落日偏傍僧窗明。岂其马上破贼手，哦诗长作寒螀鸣。兴来买尽市桥酒，大车磊落堆长瓶。哀丝豪竹助剧饮，如巨野受黄河倾。平时一滴不入口，意气顿使千人惊。国仇未报壮士老，匣中宝剑夜有声。何当凯还宴将士，三更雪压飞狐城。

① 此首录自《全宋诗》卷二一五八。　② 安期生：传说中古代仙人，住在东海蓬莱仙山上。

出塞曲[①]

陆　游

佩刀一刺山为开，壮士大呼城为摧。三军甲马不知数，但见动地银山来。长戈逐虎祁连北，马前曳来血丹臆。却回射雁鸭绿江，箭飞雁起连云黑。清泉茂草下程时，野帐牛酒争淋漓。不学京都贵公子，唾壶尘尾事儿嬉。

① 此首录自《全宋诗》卷二一六一。

关山月[①]

陆　游

和戎诏下十五年，将军不战空临边。朱门沉沉按歌舞，厩马肥死弓断弦。戍楼刁斗催落月，三十从军今白发。笛里谁知壮士心，沙头空照征人骨。中原干戈古亦闻，岂有逆胡传子孙。遗民忍死望恢复，几处今宵垂泪痕。

① 此首录自《全宋诗》卷二一六一。

浣花女[①]

陆　游

江头女儿双髻丫，常随阿母供桑麻。当户夜织声咿哑，地炉豆藉煎土茶。长成嫁于东西家，柴门相对不上车。青裙竹笥何所嗟，插髻烨烨牵牛花。城中妖姝脸如霞，争嫁官人慕高[②]华。青骊一出天之涯，年年伤春抱琵琶。

① 此首录自《全宋诗》卷二一六一。今按：《全宋诗》于题中“花”后有校注“须溪本卷一作溪”。据卷二一五四“陆游”题记，“须溪本”指“《须溪精选陆放翁诗集·后集》”，下同。　② 人慕高：《全宋诗》校注“须溪本作中慕豪”。

陇头水[①]

陆　游

陇头十月天雨霜，壮士夜枕绿沉枪。卧闻陇水思故乡，三更起坐泪数行。我语战士勉自强：“男儿堕地志四方，裹尸马革固其常，岂若妇女不下堂？”“生逢和亲最可伤，岁辇金絮输胡羌。夜视太白收光芒，报国欲死无战场！”

① 此首录自《全宋诗》卷二一八八。

农家叹[①]

陆　游

有山皆种麦，有水皆种粳。牛领疮见骨，叱叱犹夜耕。竭力事本业，所愿乐太平。门前谁剥啄？县吏征租声。一身入县庭，日夜穷笞搒。人孰不惮死，自计无由生。还家欲具说，恐伤父母情。老人傥得食，妻子鸿毛轻。

① 此首录自《全宋诗》卷二一八五。

公无渡河[①]

陆　游

大莫大于死生，亲莫亲于骨肉。河不可凭兮非有难知，言之不从兮继以痛哭。望云九井兮白浪嵯峨，刳肝沥血兮不从奈何。秋风飒飒兮纸钱投波，从公于死兮下饱蛟鼍。

① 此首录自《全宋诗》卷二一五七。原题下有序："闻雅安守溺死于嘉陵江，代其家人作。"

长门怨[①]

陆　游

寒风号[②]有声，寒日惨无晖。空房不敢恨，但怀岁暮悲。今年选后宫，连娟千蛾眉。早知获谴速，悔不承恩迟。声当彻九天，泪当达九泉。死犹复见思，生当长弃捐。

① 此首录自《全宋诗》卷二一五七。　② 号：《全宋诗》校注"须溪本卷四作凄"。

长信宫词[①]

陆　游

忆年十七兮初入未央，获侍步辇兮恭承宠光。地寒祚薄兮自贻不祥，谗言乘之兮罪衅日彰。祸来嵯峨兮势如坏墙，当伏重诛兮鼎耳剑铓。长信虽远兮匪弃路旁，岁给絮帛兮月赐稻粱。君举玉食兮犀箸谁尝，君御朝衣兮谁进熏香。婕妤才人兮俨其分行，千秋万岁兮永奉君王。妾虽益衰兮尚供蚕桑，原置茧馆兮组织玄黄。欲诉不得兮仰呼苍苍，佩服忠贞兮之死敢忘。

① 此首录自《全宋诗》卷二一五七。

铜雀妓[①]

陆　游

武王在时教歌舞，那知泪洒西陵土。君已去兮妾独生，生何乐兮死何苦。亦知从死非君意，偷生自是惭天地。长夜昏昏死实难，孰知妾死心所安。

① 此首录自《全宋诗》卷二一五七。

塞上曲[①]

陆　游

三尺铁如意，一枝玉马鞭。笑把出门去，万里行无前。当道何崔嵬，云是玉门关。方当置屯守，征人何时还。马色如杂花，铠光若流水。肃肃不敢哗，遥望但尘起。日落戍火青，烟重塞垣紫。回首五湖秋，西风开芡觜。

① 此首录自《全宋诗》卷二一五七。

战城南[①]

陆　游

王师出城南，尘头暗城北。五军战马如错绣，出入变化不可测。逆胡欺天负中国，虎狼虽猛那胜德。马前嗢咿争乞降，满地纵横投剑戟。将军驻坡拥黄旗，遣骑传令勿自疑。诏书许汝以不死，股栗何为汗如洗。

① 此首录自《全宋诗》卷二一六一。

出塞曲[①]

陆　游

千骑为一队，万骑为一军。朝践狼山雪，暮宿榆关云。将军羽箭不虚发，直到祁[②]连无雁群。隆隆春雷收阵鼓，蜿蜿惊蛇射生弩。落蕃遗民立道边，白发如霜泪如雨。褫魄胡儿作穷鼠，竞裹胡头改胡语。阵前乞降马前舞，檄书夜入黄龙府。

① 此首录自《全宋诗》卷二一六四。　② 祁：《全宋诗》校注“原误作祈”。据《全宋诗》“陆游”题记，底本为“明末毛晋汲古阁刊挖改重印本”，下同。

思故山[①]

陆　游

千金不须买画图，听我长歌歌镜湖。湖山奇丽说不尽，且复为子陈吾庐。柳姑庙前鱼作市，道士庄畔菱为租。一弯画桥出林薄，两岸红蓼连菰蒲。陂南陂北鸦阵黑，舍西舍东枫叶赤。正当九月十月时，放翁艇子无时出。船头一束书，船后一壶酒。新钓紫鳜鱼，旋洗白莲藕。从渠贵人食万钱，放翁痴腹常便便。

暮归稚子迎我笑，遥指一抹西村烟。

① 此首录自《全宋诗》卷二一六四。

剑客行[①]

陆　游

世无知剑人，太阿混凡铁。至宝弃泥沙，光景终不灭。一朝斩长鲸，海水赤三月。隐见天地间，变化岂易测。国家未灭胡，臣子同此责。浪迹潜山海，岁晚得剑客。酒酣脱匕首，白刃明霜雪。夜半报雠归，斑斑腥带血。细雠何足问，大耻同愤切。臣位虽卑贱，臣身可屠裂。誓当函胡首，再拜奏北阙。逃去变姓名，山中餐玉屑。

① 此首录自《全宋诗》卷二一六二。

婕妤怨[①]

陆　游

妾昔初去家，邻里持车箱。共祝善事主，门户望宠光。一入未央宫，顾盼偶非常。稚齿不虑患，倾身保专房。燕婉承恩泽，但言日月长。岂知辞玉陛，翩若叶陨霜。永巷虽放弃，犹虑重谤伤。悔不侍宴时，一夕称千觞。妾心剖如丹，妾骨朽亦香。后身作羽林，为国死封疆。

① 此首录自《全宋诗》卷二一六四。

采　莲[①]（三首）

陆　游

其　一

蘸水朱扉不上关，采莲小舫夜深还。一樽何处无风月，自是人生苦欠闲。

① 此三首录自《全宋诗》卷二一六四。

其　二

云散青天挂玉钩，石城艇子近新秋。风鬟雾鬓归来晚，忘却荷花记得愁。

其　三

帝青天映麹尘波，时有游鱼动绿荷。回首家山又千里，不堪醉里听吴歌。

长歌行[①]

陆　游

人生宦游亦不恶，无奈从来宦情薄。既不能短衣射虎在南山，又不能斗鸡走马宴平乐。惟有钓船差易具，问君胡为不归去。片云雨暗玉笥峰，斜日人争石旗渡。渡头酒垆堪醉眠，白酒醇酽鲈鱼鲜。菰米如珠炊正熟，莼羹似酪不论钱。翁唱菱歌儿舞棹，醉耳那知朝市闹。城门几度送迎官，睡拥乱蓑呼未觉。

① 此首录自《全宋诗》卷二一六四。

日出入行[①]

陆　游

吾闻开阖[②]来，白日行长空。扶桑谁曾[③]到，崦嵫不可穷。但见旦旦升天东，但见暮暮入地中。使我倏忽成老翁，镜里衰鬓成霜[④]蓬。我愿一日一百二十刻，我愿一生一千二百岁。四海诸公常在座，绿酒金尊终日醉。高楼锦绣中天开，乐作画鼓如春雷。劝尔白日无西颓，常行九十万里胡为哉。

① 此首录自《全宋诗》卷二一六六。 ② 阖:《全宋诗》校注“涧谷本卷一作阆”。今按:据《全宋诗》陆游“题记”,“涧谷本”指“明弘治刊《涧谷精选陆放翁诗集·前集》”,下同。 ③ 曾:《全宋诗》校注“涧谷本作能”。 ④ 鬓成霜:《全宋诗》校注“涧谷本作颜垂双”。

长歌行[①]

陆　游

燕燕尾涎涎[②]，横穿乞巧楼。低人吹笙院，鸭鸭觜唼唼。朝浮杜若洲，暮宿芦花夹。嗟尔自适天地间，将俦命侣意甚闲。我今独何为，一笑乃尔悭。世上悲欢亦偶然，何时烂醉锦江边。入归华表三千岁，春入箜篌十四弦。

① 此首录自《全宋诗》卷二一六五。 ② 涎涎:《全宋诗》校注“原作涎涎,据钱校改”。据《全宋诗》陆游“题记”,“钱校”指“钱仲联《剑南诗稿校注》”,下同。

出塞曲[①]

陆　游

北风吹急雪，夜半埋毡庐。将军八千骑，万里逐单于。汉家如天臣万邦，欢呼动地单于降。铃声南来金闪铄，赦书已报经沙漠。

① 此首录自《全乐府》卷二一六八。

短歌行[①]

陆 游

百年鼎鼎世共悲，晨钟暮鼓无休时。碧桃红杏易零落，翠眉玉颊多别离。涉江采菱风败意，登楼待月云为祟。功名常畏谤谗兴，富贵每同衰病至。人生可叹十八九，自古危机无妙手。正令插翮上青云，不如得钱即沽酒。

① 此首录自《全宋诗》卷二一六七。

醉 歌[①]

陆 游

往时一醉论斗石，坐人饮水不能敌。横戈击剑未足豪，落笔纵横风雨疾。雪中会猎南山下，清晓嶙峋玉千尺。道边狐兔何曾问，驰过西村寻虎迹。貂裘半脱马如龙，举鞭指麾气吐虹。不须分弓守近塞，传檄可使腥膻空。小胡逋诛六十载，狺狺猘子势已穷。圣朝好生贷孥戮，还尔旧穴辽天东。

① 此首录自《全宋诗》卷二一六七。

后春愁曲[①]

陆 游

六年成都擅豪华，黄金买断城中花。醉狂戏作春愁曲，素屏纨扇传千家。当时说愁如梦寐，眼底何曾有愁事。朱颜忽去白发生，真堕愁城出无计。世间万事元悠悠，此身长短归山丘。闭门坚坐愈生愁，未死且复秉烛游。

① 此首录自《全宋诗》卷二一六八。原题有序曰：“予在成都作《春愁曲》，颇

为人所传。偶见旧稿，怅然有感，作《后春愁曲》。”

秋风曲[①]

陆　游

秋风吹雨鸣窗纸，壮士不眠推枕起。床头金尽酒尊空，枥马相看泪如洗。鸿门霸上百万师，安西北庭九千里。帐前画角声入云，陇上铁衣光照水。横飞渡辽健如鹘，谈笑不劳投马棰。堂堂羽檄从天下，夜半斫营孱可鄙。拾萤读书定何益，投笔取封当努力。百斤长刀两石弓，饱将两耳听秋风。

① 此首录自《全宋诗》卷二一六八。

塞上曲[①]

陆　游

茫茫大碛吁可嗟，暮春积雪草未芽。明月如霜照白骨，恶风卷地吹黄沙。驼鸣喜见泉脉出，雁起低傍寒云斜。穷荒万里无斥堠，天地自古分夷华。青毡红锦双奚车，上有胡姬抱琵琶。犯边杀汝不遗种，千年万年朝汉家。

① 此首录自《全宋诗》卷二一七二。

丰年行[①]

陆　游

秋风萧萧秋日薄，筑场获稻方竭作。志士虽怀晚岁悲，农家自足丰年乐。拨醅白酒唤邻曲，啄黍黄鸡初束缚。长鱼出网健欲飞，新兔卧盘肥可臛。躬耕辛苦四十年，一饱岂非天所酢。书生识字亦聊尔，莫作扬雄老投阁。

① 此首录自《全宋诗》卷二一七〇。

赛神曲[①]

陆　游

从祠千岁临江渚，拜贶今年那可数。须晴得晴雨得雨，人意所向神辄许。嘉禾九穗持上府，庙前女巫[②]递歌舞。呜呜歌讴坎坎鼓，香烟成云神降语。大饼如盘牲腯肥，再拜献神神不违。晚来人醉相扶归，蝉声满庙锁[③]斜晖。

① 此首录自《全宋诗》卷二一六九。　② 庙前女巫：《全宋诗》校注"《永乐大典》卷二九五二作"女巫双双"。　③ 庙锁：《全宋诗》校注"《永乐大典》作树鸣"。

征妇怨效唐人作[①]

陆　游

万里安西久宿师，东风吹草又离离。玉壶贮满伤春泪，锦字挑成寄远诗。击虏将军方战急，押衣敕使尚归迟。妆台宝镜尘昏尽，发似飞蓬自不知。

① 此首录自《全宋诗》卷二一七二。

估客乐[①]

陆　游

长江浩浩蛟龙渊，浪花正白蹴半天。轲峨大艑望如豆，骇视未定已至前。帆席云垂大堤外，缆索雷响高城边。牛车辚辚载宝货，磊落照市人争传。倡楼呼卢掷百万，旗亭买酒价十千。公卿姓氏不曾问，安知孰秉中书权。儒生辛苦望一饱，趑趄光范祈哀怜。齿摇发脱竟莫顾，诗书满腹身萧然。自看赋命如纸薄，始知估客人间乐。

① 此首录自《全宋诗》卷二一七二。

楚宫行[①]

陆　游

汉水方城一何壮，大路并驰车百两。军书插羽拥修门，楚王正醉章华上。璇题藻井穷丹青，玉笙宝瑟声冥冥。忽闻命驾游七泽，万骑动地如雷霆。清晨射猎至中夜，苍兕玄熊纷可藉。国中壮士力已殚，秦寇东来遣谁射。

① 此首录自《全宋诗》卷二一七二。

妾命薄[①]

陆　游

妾命薄，早入天家侍帷幄。君王勤俭省宴游，宝柱朱弦尘漠漠。日长别殿承恩稀，旰昃犹闻亲万机。宫中虽无珠玉赐，塞上不见烟尘飞。不须悲伤妾命薄，命薄却令天下乐。

① 此首录自《全宋诗》卷二一七二。题下有注曰："太白作此篇，言长门宫事，予反之。"

醉　歌[①]

陆　游

读书三万卷，仕宦皆束阁。学剑四十年，虏血未染锷。不得为长虹，万丈扫寥廓。又不为疾风，六月送飞雹。战马死槽枥，公卿守和约。穷边指淮淝，异域视京雒。於乎此何心，有酒吾忍酌。平生为衣食，敛版靴两脚。心虽了是非，口不给唯诺。如今老且病，鬓秃牙齿落。仰天少吐气，饿死实差乐。壮心埋不朽，千载犹可作。

① 此首录自《全宋诗》卷二一七四。

塞上曲[①]（四首）

陆游

其一

秋风猎猎汉旗黄，晓陌霜清见太行。车载毡庐驼载酒，渔阳城里作重阳。

① 此四首录自《全宋诗》卷二一七三。

其二

将军许国不怀归，又见桑干木叶飞。要识君王念征戍，新秋已报赐冬衣。

其三

金鼓轰轰百里声，绣旗宝马照川明。王师仗义从天下，莫道南兵夜斫营。

其四

老矣犹思万里行，翩然上马始身轻。玉关去路心如铁，把酒何妨听渭城。

避世行[①]

陆　游

君渴未尝饮鸩羽，君饥未尝食乌喙。惟其知之审，取舍不待议。有眼看青天，对客实少味。有口啖松柏，火食太多事。作官蓄妻孥，陷阱安所避。刀锯与鼎镬，孰匪君自致。欲求人迹不到处，忘形麋鹿与俱逝。杳杳白云青幛间，千岁巢居常避世。

① 此首录自《全宋诗》卷二一七九。

醉　歌[①]

陆　游

佛如优昙时一出，老姥何为憎见佛。山从古在天地间，愚公可笑欲移山。火其书，庐其居，佛亦何曾可扫除。子有孙，孙有子，山竟嵯峨汝何喜。床头有酒敌霜风，诗成老气尚如虹。八万四千颠倒想，与君同付醉眠中。

① 此首录自《全乐府》卷二一七八。

将军行[①]

陆　游

将军入奏平燕策，持笏榻前亲指画。天山热海在目中，下殿即日名烜赫。驰出都门雪初霁，直过黄河冰未坼。绣旗方掠桑干渡，羽檄已入金台陌。勇士如鹰健欲飞，孱王似兔何劳搦。戎服押俘献庙社，正衙第赏颁诏册。端门赐酺天下庆，御觞尚恨沧溟迮。从来文吏喜相轻，聊遣濡毫书竹帛。

① 此首录自《全宋诗》卷二一八一。

古别离[①]

陆 游

孤城穷巷秋[②]寂寂，美人停梭夜叹息。空园露湿荆棘枝，荒蹊月照狐狸迹。忆君去时儿在腹，走如黄犊爷未识。紫姑吉语元无据[③]，况凭瓦兆占归日。嫁来不省出门前，魂梦何因[④]议酒泉。粉绵磨镜不忍照，女子盛时无十年。

① 此首录自《全宋诗》卷二一八一。 ② 秋:《全宋诗》校注“须溪本卷三作愁”。 ③ 据:《全宋诗》校注“须溪本作凭”。 ④ 魂梦何因:《全宋诗》校注“须溪本作梦魂何由”。

放歌行[①]

陆 游

君不见汾阳富贵近古无，二十四考书中书。又不见慈明起自布衣中，九十五日至三公。人生穷达各有命，拂衣径去犹差胜。介推焚死终不悔，梁鸿寄食吾何病。安用随牒东复西，献谀耐辱希阶梯。初无公论判泾渭，徒使新贵矜云泥。稽山一老贫无食，衣破履穿面黧黑。谁知快意举世无，南山之南北山北。

① 此首录自《全宋诗》卷二一八一。

采莲曲[①]

陆 游

采莲吴姝巧笑倩，小舟点破烟波面。双头折得欲有赠，重重叶盖羞人见。女伴相邀拾翠羽，归棹如飞那可许。倾鬟障袖不麿人，遥指石帆山下雨。

① 此首录自《全宋诗》卷二一八二。

赛神曲[①]

陆　游

击鼓坎坎，吹笙呜呜。绿袍槐简立老巫，红衫绣裙舞小姑。乌臼烛明蜡不如，鲤鱼糁美出神厨。老巫前致词，小姑抱酒壶。愿神来享常欢娱，使我嘉谷收连车。牛羊暮归塞门闾，鸡鹜一母生百雏。岁岁赐粟，年年蠲租。蒲鞭不施，圜土空虚。束草作官但形模，刻木为吏无文书。淳风复还羲皇初，绳亦不结况其余。神归人散醉相扶，夜深歌舞官道隅。

① 此首录自《全宋诗》卷二一八二。

凉州行[①]

陆　游

凉州四面皆沙碛，风吹沙平马无迹。东门供张接中使，万里朱宣布袄敕。敕中墨色如未干，君王心念儿郎寒。当街谢恩拜舞罢，万岁声上黄云端。安西北庭皆郡县，四夷朝贡无征战。旧时胡虏陷关中，五丈原头作边面。

① 此首录自《全宋诗》卷二一八二。

云童童行[①]

陆　游

云童童，挟雨来。雨未濡土云已开，不能为人敛浮埃。山南山北空闻雷，青秧欲槁吁可哀。

① 此首录自《全宋诗》卷二一八二。

董逃行[1]

陆　游

汉末盗贼如牛毛，干戈万槊更相鏖。两都宫殿摩云高，坐见霜露生蓬蒿。渠魁赫赫起临洮，僵尸自照脐中膏。危难继作如崩涛，王朝荒秽谁复薅。逾城散走坠空壕，扶老将幼山中号。昔者群枉[2]根株牢，众愤不能损秋毫。谁知此乱亦不遭，名虽放斥实遁逃。平民踣死声嗷嗷，今兹受祸乃我曹。

① 此首录自《全宋诗》卷二一八二。自题"读古乐府拟作"。　② 枉：《全宋诗》校注"初印本作狂"。今按：据《全宋诗》陆游"题记"，"初印本"指"明汲古阁初印本"。

乌栖曲[1]

陆　游

楚王手自格猛兽，七泽三江为苑囿。城门夜开待猎归，万炬照空如白昼。乐声前后震百里，树树栖乌尽惊起。宫中美人谓将旦，发泽口脂费千万。乐声早暮少断时，莫怪栖乌无稳枝。

① 此首录自《全宋诗》卷二一八二。

古别离[1]

陆　游

君北游司并，我南适熊湘。邂逅淮阴市，共饮官道傍。丈夫各有怀，穷达讵可量。临别一取醉，浩歌神激扬。勋业有际会，风云正苍茫。乱点剑峰血，苦寒芒屦霜。死即万鬼邻，生当致虞唐。丹鸡不须盟，我非儿女肠。

① 此首录自《全宋诗》卷二一八二。

明妃曲[①]

陆　游

汉家和亲成故事，万里风尘妾何罪。掖庭终有一人行，敢道君王弃憔悴。双驼驾车夷乐悲，公卿谁悟和戎非。蒲桃宫中颜色惨，鸡鹿塞外行人稀。沙碛茫茫天四围，一片云生雪即飞。太古以来无寸草，借问春从何处归。

① 此首录自《全宋诗》卷二一八三。

思远游[①]

陆　游

我志日已衰，诗亦无杰句。正如随[②]翅鹤，怅望辽海路。虽云须药物，幸未迫霜露。裂裳裹两踵，此诗亦已屡。嵯峨青城云，惨淡嶓冢树。秋风吹短裘，万里入芒屩。

① 此首录自《全宋诗》卷二一八三。　② 随：《全宋诗》校注"《永乐大典》卷八八四五引作垂"。

悲歌行[①]

陆　游

士如天马龙为友，云梦胸中吞八九。秦皇殿上夺白璧，项羽帐中撞玉斗。张纲本不问狐狸，董龙何足方鸡狗。风埃蹭蹬不自振，宝剑床头作雷吼。忆遇高皇识隆准，岂意孤臣空白首。即今埋骨丈五坟，骨会作尘心不朽。胡不为长星万丈扫幽洲，胡不如昔人图复九世雠。封侯庙食丈夫事，龊龊生死真吾羞。

① 此首录自《全宋诗》卷二一八六。

艾如张[1]

陆　游

锦膺绣羽名山鸡，清泉可饮林可栖。稻粱满野弃不啄，虽有奇祸无阶梯。东村西村烟雨晚，萧艾离离林薄浅。翩然一下骇机发，汝虽知悔安能免。汉家天子南山下，万骑合围穷日夜。犬牙鹰爪死不辞，触机折颈吁可悲。

① 此首录自《全宋诗》卷二一八四。

上之回[1]

陆　游

咸阳宫阙天下壮，五更卫士传鸡唱。重门洞开銮驾出，回中更在云霄上。云霄一路蟠青冥，车声隐辚驰雷霆。宓妃穿仗王母下，何必轩皇居大庭。君王游幸无终极，万年尽是欢娱日。文成已死方不雠，茂陵松柏秋萧瑟。

① 此首录自《全宋诗》卷二一八四。

悲歌行[1]

陆　游

感慨常自悲，发为穷苦辞。逼仄不少伸，梦中亦酸辛。脂车思远道，太息令人老。中原宋舆图，今仍传胡雏。此责在臣子，诸公其可已。谈笑复旧京，令人忆西平。

① 此首录自《全宋诗》卷二一八六。

秋月曲[1]

陆 游

旧时家住长安城，万户千门秋月明。紫陌朱楼歌吹海，酣宴不觉银河倾。受降城头更奇绝，莽莽平沙千里月。选兵夜出打番营，铁马蹴冰冰欲裂。塞月未落成功回，腰鼓横笛如春雷。长安高楼岂不乐，与此相去何辽哉。丈夫志在垂不朽，漆胡骷髅持饮酒。举头云表飞金盘，痛饮不用思长安。

① 此首录自《全宋诗》卷二一八六。

长歌行[1]

陆 游

我无四目与两口，但在人间更事久。死生元是开阖眼，祸福正如翻覆手。消磨日月几緉屐，陶铸唐虞一杯酒。既非狗马要盖帷，那计风霜悴蒲柳。灶突无烟今又惯，龟蝉与我成三友。判知青史无功名，只用忍[2]饥垂不朽。

① 此首录自《全宋诗》卷二一九二。 ② 忍:《全宋诗》校注“涧谷本卷二作一”。

长歌行[1]

陆 游

不羡骑鹤上青天，不羡峨冠明主前。但愿少赊死，得见平胡年。一朝胡运衰，送死桑干川。胡星澹无光，龙庭为飞烟。西琛过葱岭，东戍逾朝鲜。巍巍天王都，九鼎奠涧瀍。万国朝未央，玉帛来联翩。黄头汝小丑，污我王会篇。尽诛非无名，不足烦戈鋋。还汝以旧职，牧羊辽海边。

① 此首录自《全宋诗》卷二一八八。

放歌行[①]

陆　游

少年不知老境恶，意谓长如少年乐。朝歌夜舞狂不休，逢人欲觅长生药。三二十年底难过，屈指朋侪余几个。就令未死身日衰，朱颜已去谁能那。人间万事如弈棋，我亦曾经少壮时。儿曹纷纷不须校，岁月推迁渠自知。

① 此首录自《全宋诗》卷二一九九。

长干行[①]

陆　游

裙腰绿如草，衫色石榴花。十二学弹筝，十三学琵琶。宁嫁与商人，夫妇各天涯。朝朝问水神，夜夜梦三巴。聘金虽如山，不愿入侯家。郭袖庭花下，东风吹鬓斜。

① 此首录自《全宋诗》卷二一九六。

凄凄行[①]

陆　游

凄凄重凄凄，恻恻复恻恻。我愧思旷傍，人谁子思侧。兴邦在人材，岩穴当物色。如何清庙器，老死山南北。小儒虽微陋，一饭亦忧国。岂无一得愚，欲献惧非职。

① 此首录自《全宋诗》卷二一九五。

短歌行[①]

陆 游

冠一免不可以复冠，门一杜不可以复开。山林兀兀但俟死，台省衮衮吁可哀。巨材倒壑亦已矣，万牛欲挽真难哉。阿房铜人其重各千石，回首变化为风埃。吾曹浮脆不自悟，乃欲冠剑常崔嵬。劝君饮勿用杯酌，但当手提北斗魁。挹干东海见蓬莱，安用俯首为低摧。

① 此首录自《全宋诗》卷二二二〇。

悲歌行[①]

陆 游

有口但可读离骚，有手但可持蟹螯。人生堕地各有命，穷达祸福随所遭。嗟予一世蹈谤薮，汹如八月秋江涛。尊拳才奋肋已碎，曹射箭尽弓未弢。形尪骨悴吹可倒，摧拉未足称雄豪。一身百忧偶得活，残年幸许归蓬蒿。时时照水辄自笑，霜颅雪颔不可薅。脱身仕路弃衫笏，如病癣疥逢爬搔。见事苦迟已莫悔，监戒尚可贻儿曹。勉骑款段乘下泽，州县岂必真徒劳。

① 此首录自《全宋诗》卷二二〇〇。

短歌行[①]

陆 游

上樽不解散牢愁，灵药安能扶死病。千钧强弩无自射虚空，六出奇计终难逃定命。人生斯世无别巧，要在遇物心不竞。忧忘寝食怒裂眦，孰若凭高寄孤咏。炎天一葛冬一裘，藜羹饭糗勿豫谋。耳边闲事有何极，正可付之风马牛。

① 此首录自《全宋诗》卷二二三五。

短歌行[①]

陆　游

富贵得意如登天，自计一跌理不全。昼食忘味夜费眠，渠过一日如一年。春蚕得衣耕得食，农功初成各休息。卖酒垆边纷鼓笛，我过一年如一日。二者求兼势安可，与我周旋宁作我。春城桃李岂不妍，雪涧未妨松磊砢。人生祸福难遽论，庙牺乌得为孤豚。君不见猎徒父子牵黄犬，岁岁秋风下[②]蔡门。

① 此首录自《全宋诗》卷二二三二。　②《全宋诗》校注"钱校：当作上"。

催租行[①]

范成大[②]

输租得钞官更催，踉蹡里正敲门来。手持文书杂嗔喜，我亦来营醉归耳。床头悭囊大如拳，扑破正有三百钱，不堪供君成一醉，聊复偿君草鞋费。

① 此首录自《全宋诗》卷二二四四。　② 范成大(1126—1193)：字至能，号石湖居士，苏州吴县(今属江苏)人。绍兴进士。历任处州知府，除礼部员外郎兼国史院编修官，迁中书舍人，又知静江府兼广西经略安抚使，除四川安抚制置使。晚年退居故乡石湖，以善写田园诗著称，与尤袤、杨万里、陆游并称"南宋四大家"。有《石湖居士诗集》。

后催租行[1]

范成大

老父田荒秋雨里，旧时高岸今江水。佣耕犹自抱长饥，的知无力输租米。自从乡官新上来，黄纸放尽白纸催。卖衣得钱都纳却，病骨虽寒聊免缚。去年衣尽到家口，大女临岐两分首。今年次女已行媒，亦复驱将换升斗。室中更有第三女，明年不怕催租苦。

① 此首录自《全宋诗》卷二二四六。

刈麦行[1]

范成大

菊[2]花开时我种麦，桃李花飞麦丛碧。多病经旬不出门，东陂已作黄云色。腰镰刈熟趁晴归，明朝雨来麦沾泥。犁田待雨插晚稻，朝出移秧夜食麨。

① 此首录自《全宋诗》卷二二五二。 ② 菊：《全宋诗》校注“原作梅，据黄本改”。今按：据《全宋诗》卷二二四二范成大“题记”，底本为《四部丛刊》影印之“康熙顾氏爱汝堂刊本”，“黄本”指“康熙黄昌衢藜照楼刻《范石湖诗集》”，下同。

田家留客行[1]

范成大

行人莫笑田家小，门户虽低堪洒扫。大儿系驴桑树边，小儿拂席软胜毡。木臼新舂雪花白，急炊香饭来看客。好人入门百事宜，今年不忧蚕麦迟。

① 此首录自《全宋诗》卷二二四四。

腊月村田乐府[1](十首)

范成大

冬舂行

腊中储蓄百事利，第一先舂年计米。群呼步碓满门庭，运杵成风雷动地；筛匀箕健无粞糠，百斛只费三日忙。齐头圆洁箭子长，隔箩耀日雪生光；土仓瓦瓮分盖藏，不蠹不腐常新香。去年薄收饭不足，今年顿顿炊白玉；春耕有种夏有粮，接到明年秋刈熟。邻叟来观还叹嗟，贫人一饱不可赊。官租私债纷如麻，有米冬舂能几家。

① 此十首录自《全宋诗》卷二二七一。原题为《腊月村田乐府十首并序》，其序曰："余归石湖，往来田家，得岁暮十事，采其语各赋一诗，以识土风，号《村田乐府》。其一《冬舂行》，腊日舂米为一岁计，多聚杵臼，尽腊中毕事。藏之土瓦仓中，经年不坏，谓之冬舂米。其二《灯市行》，风俗尤竞上元，一月前已卖(今按：《全宋诗》注'原作买，据明本、黄本改')灯，谓之灯市，价贵者数人聚博，胜则得之，喧盛不减灯市。其三《祭灶词》，腊月二十四夜祀灶，其说谓灶神翌日朝天，白一岁事，故前期祷之。其四《口数粥行》，二十五日煮赤豆作糜，暮夜阖家同飨，云能辟瘟气，虽远出未归者亦留贮口分，至襁褓小儿及僮仆皆预，故名口数粥；豆粥本正月望日祭门故事，流传为此。其五《爆竹行》，此他郡所同，而吴中特盛，恶鬼盖畏此声；古以岁朝，而吴以二十五夜。其六《烧火盆行》，爆竹之夕，人家各又于门首燃薪满盆，无贫富皆尔，谓之'相暖热'。其七《照田蚕词》，与烧火盆同日，村落则以秃帚若麻藍(今按：同'秸'，禾稼的茎秆)竹枝辈燃火炬，缚长竿之杪以照田，烂然遍野，以祈丝谷。其八《分岁词》，除夜祭其先竣事，长幼聚饮，祝颂而散，谓之'分岁'。其九《卖痴呆词》，分岁罢，小儿绕街呼叫云'卖痴汝！卖汝呆'！世传吴人多呆，故儿辈讳之，欲贾其余，益可笑。其十《打灰堆词》，除夜将晓，鸡且鸣，婢获持杖击粪壤致词，以祈利市，谓之'打灰堆'；此本彭蠡清洪君庙中如愿故事，惟吴下至今不废云。"

灯市行

吴台今古繁华地，偏爱元宵灯影戏；春前腊后天好晴，已向街头作灯市。叠玉千丝似鬼工，剪罗万眼人力穷；两品争新最先出，不待三五迎春风。儿郎种麦荷锄倦，偷闲也向城中看；酒垆博簺杂歌呼，夜夜长如正月半。灾伤不及什之三，岁寒民气如春酣；侬家亦幸荒田少，始觉城中灯市好。

祭灶词

古传腊月二十四，灶君朝天欲言事；云车风马小留连，家有杯盘丰典祀：猪头烂热[①]双鱼鲜，豆沙甘松粉饵团[②]。男儿酌献女儿避，酹酒烧钱灶君喜。婢子斗争君莫闻，猫犬触秽君莫嗔；送君醉饱登天门，勺长勺短勿复云，乞取利市归来分。

① 热：《全宋诗》校注"黄本作熟"。 ② 团：《全宋诗》校注"黄本作圆"。

口数粥行

家家腊月二十五，淅米如珠和豆煮。大杓镣铛分口数，疫鬼闻香走无处。锼姜屑桂浇蔗糖，滑甘无比胜黄粱。全家团栾罢晚饭，在远行人亦留分。褓中孩子强教尝，余波遍沾获与臧[①]。新元叶气调玉烛，天行已过来万福。物无疵疠年谷熟，长向腊残分豆粥。

① 获与臧：古代奴婢的贱称。《荀子·王霸》："如是，则虽臧获不肯与天子易执业。"注云："臧获，奴婢也。《方言》谓荆、淮、海、岱之间，骂奴曰臧，骂婢为获。燕、齐亡奴谓之臧，亡婢谓之获。"

爆竹行

岁朝爆竹传自昔，吴侬政用前五日。食残豆粥扫罢尘，截筒五尺煨以薪。节间汗流火力透，健仆取将仍疾走。儿童却立避其锋，当阶击地雷霆吼。一声两声百鬼惊，三声四声鬼巢倾。十声百声神道宁，八方上下皆和平。却拾焦头叠床底，犹有余威可驱疠。屏除药裹添酒杯，昼日嬉游夜浓睡。

烧火盆行

春前五日初更后，排门然火如晴昼。大家薪干胜豆藍，小家带叶烧生柴。青烟满城天半白，栖鸟惊啼飞格磔。儿孙围坐犬鸡忙，邻曲欢笑遥相望。黄宫气应才两月，岁阴犹骄风栗烈。将迎阳艳作好春，政要火盆生暖热。

照田蚕行

乡村腊月二十五，长竿然炬照南亩。近似云开森列星，远如风起飘流萤。今春雨雹茧丝少，秋日雷鸣稻堆小。侬家今夜火最明，的知新岁田蚕好。夜阑风焰西复东，此占最吉余难同。不惟桑贱谷芃芃，仍更苎麻无节菜无虫。

分岁词

质明奉祠今古同，吴侬用昏盖土风。礼成废彻夜未艾，饮福之余即分岁。地炉火软苍术香，饤盘果饵如蜂房。就中脆饧专节物，四座齿颊锵冰霜。小儿但喜新年至，头角长成添意气。老翁把杯心茫然，增年翻是减吾年。荆钗劝酒仍祝愿，但愿尊前且强健。君看今岁旧交亲，大有人无此杯分！老翁饮罢笑捻须，明朝重来醉屠苏。

卖痴呆词

除夕更阑人不睡，厌禳钝滞迎新岁。小儿呼叫走长街，云有痴呆召人买。二物于人谁独无？就中吴侬仍有余。巷南巷北卖不得，相逢大笑相揶揄。栎翁[1]块坐重帘下，独要买添令问价。儿云翁买不须钱，奉赊痴呆千百年。

① 栎翁：疑为诗人自谓。石湖有“寿栎堂”。

打灰堆词

除夜将阑晓星烂，粪扫堆头打如愿[1]。杖敲灰起飞扑篱，不嫌灰涴新节衣。老媪当前再三祝，只要我家长富足。轻舟作商重船归，大牸引犊鸡哺儿。野茧可缫麦两岐，短衲换著长衫衣。当年婢子挽不住，有耳犹能闻我语。但如我愿不汝呼，一任汝归彭蠡湖。

① 如愿：传说中彭泽湖神的女婢名。晋干宝《搜神记》卷四载：庐陵欧明为彭泽湖神青洪君所邀，"（欧）明既见青洪君，乃求如愿。使逐明去。如愿者，青洪君婢也。明将归，所愿辄得，数年，大富。"

夔州竹枝歌[1]（九首）

范成大

其　一

五月五日岚气开，南门竞船争看来。云安酒浓麹米贱，家家扶得醉人回。

① 此九首录自《全宋诗》卷二二五七。

其　二

赤甲白盐碧丛丛，半山人家草木风。榴花满山红似火，荔子天凉未肯红。

其　三

新城果园连瀼[1]西，枇杷压枝杏子肥。半青半黄朝出卖，日午买盐沽酒归。

① 瀼：蜀人称山涧水流与江通者为瀼。奉节有西瀼、东瀼、清瀼。

其　四

瘿妇趁墟城里来，十十五五市南街。行人莫笑女粗丑，儿郎自与买银钗。

其　五

白头老媪簪红花，黑头女娘三髻丫。背上儿眠上山去，采桑已闲当采茶。

其　六

百衲畬山青间红，粟茎成穗豆成丛。东屯平田粳米软，不到贫人饭甑中。

其　七

白帝庙前无旧城，荒山野草古今情。只余峡口一堆石，恰似人心未肯平。

其　八

滟滪如襆[①]瞿塘深，鱼复阵图江水心。大昌盐船出巫峡，十日溯流无信音。

① 襆：《全宋诗》校注"原误作扑"。

其　九

当筵女儿歌《竹枝》，一声三叠客忘归。万里桥边有船到，绣罗衣服生光辉。

采莲[①]（三首）

范成大

其　一

溪头风迅怯单衣，两桨凌波去似飞。折得苹花双叶子，绿鬟撩乱带香归。

① 此三首录自《全宋诗》卷二二五二。

其　二

藕花深处好徘徊，不奈华筵苦见催。记取南泾芡叶露[①]，明明风熟更重来。

① 露：《全宋诗》校注"明本、黄本作路"。今按：据《全宋诗》"范成大"题记，

"明本"指"明弘治金兰馆铜活字本"。

其　三

柔橹无声坐钓鱼，浪花飞点翠罗裾。空江日暮无来客，肠断三湘一纸书。

插秧歌[①]

杨万里[②]

田夫抛秧田妇接，小儿拔秧大儿插。笠是兜鍪蓑是甲，雨从头上湿到胛。唤渠朝餐歇半霎，低头折腰只不答。秧根未牢莳未匝，照管鹅儿与雏鸭。

① 此首录自《全宋诗》卷二二八七。　② 杨万里(1127—1206)：字廷秀，号诚斋，吉州吉水(今属江西)人。绍兴进士。孝宗初，知奉新县，历太常博士、将作少监等。光宗即位，召为秘书监。工诗，与尤袤、范成大、陆游并称"南宋四大家"。其诗自成一格，时称"诚斋体"，有《诚斋集》。

入峡歌[①]

杨万里

峡山未到日日愁，峡山已到愁却休。不是朝来愁便散，愁杀人来山不管。昨宵远望最高尖，今朝近看云隔帘。楼船冲雨过山下，两扇屏风生色画。江神不遣客心惊，云去云来遮岩扃。忽然褰云露山脚，仰见千丈翠玉削。篙师相贺涨痕落，今日可到鸦矶泊。

① 此首录自《全宋诗》卷二二九〇。

峡山寺竹枝词[①]（五首）

杨万里

其　一

峡里撑船更不行，棹郎相语改行程。却从西岸抛东岸，依旧船头不可撑。

① 此五首录自《全宋诗》卷二二九〇。

其　二

一水双崖千万萦，有天无地只心惊。无人打杀杜鹃子，雨外飞来头上声。

其　三

龟鱼到此总回头，不但龟鱼蟹亦愁。底事诗人轻老命，犯滩冲石去韶州。

其　四

一滩过了一滩奔，一石横来一石蹲。若怨古来天设险，峡山不到也由君。

其　五

天齐浪自说浯溪，峡与天齐真个齐。未必峡山高尔许，看来只恐是天低。

荔枝歌[①]

杨万里

粤犬吠雪非差事，粤人语冰夏虫似。北人冰雪作生涯，冰雪一窖活一家。帝城六月日卓午，市人如炊汗如雨。卖冰一声隔水来，行人未吃心眼开。甘霜甜雪如压蔗，年年窨子南山下。去年藏冰减工夫，山鬼失守嬉西湖。北风一夜动地恶，尽吹北冰作南雹。飞来岭外荔枝梢，绛衣朱裳红锦包。三危露珠冻寒泚，火伞烧林不成水。北人藏冰天夺之，却与南人销暑气。

① 此首录自《全宋诗》卷二二九二。

白头吟[①]（二首）

杨万里

其　一

文君自制白头吟，怨思来时海未深。怨杀相如偿底事，初头苦信一张琴。

① 此二首录自《全宋诗》卷二二九五。

其　二

除却共姜是女师，柏舟便到白头辞。劝渠莫怨终难劝，不道前夫怨阿谁。

过白沙竹枝歌[①]（六首）

杨万里

其　一

穹崖绝嶂入云天，乌鹊才飞半壁间。远渚长汀草如积，牛羊须上最高山。

① 此六首录自《全宋诗》卷二三〇〇。

其　二

田亩浑无寸尺强，真成水国更山乡。夹江黄去堤堤粟，一望青来谷谷桑。

其　三

绝怜山崦两三家，不种香粳只种麻。耕遍沿堤锄遍岭，都来能得几生涯。

其　四

东沿西溯浙江津，去去来来暮复晨。上岸牵樯推稚子，隔船招手认乡人。

其　五

昨日下滩风打头，羡他上水似轻鸥。朝来上水帆都卸，真个轻鸥也自愁。

其　六

绝壁临江千尽余，上头一径过肩舆。舟入仰看胆俱破，为问行人知得无。

白纻歌舞四时词[①]

杨万里

春

人生春睡要足时，海波可干山可移。珠宫宴罢晓星出，不是天上无鸣鸡。昨来坐朝到日落，君王何曾一日乐。上林平乐半苍苔，桃花又去杨花来。

① 此首录自《全宋诗》卷二二九四。

夏

四月以后五月前，麦风槐雨黄梅天。君王若道嫌五月，六月炎蒸又何说。水精宫殿冰雪山，芙蕖衣裳菱芡盘。老农背脊晒欲裂，君王犹道深宫热。

秋

星芒欲灭天风急，月轮犹带银河湿。青女椎冰作冷霜，吹到璇闺飞不入。苎罗山下浣纱人，万妃无色抵一身。娇余贵极醉玉软，强为君王踏锦絪。

冬

只愁穷腊雪作恶，不道雪天好行乐。玻璃盏底回青春，蒲萄锦外舞玉尘。阳春一曲小垂手，劝君一杯千万寿。今年斛谷才八钱，明年切莫羡今年。

竹枝歌[①]（七首）

杨万里

其　一

吴侬一[②]队好儿郎，只要船行不要忙。着力大家齐一拽，前头管取到丹阳。

① 此首录自《全宋诗》卷二三〇二。题下有序曰："晚发丹阳馆下，五更至丹阳县。舟人及牵夫终夕有声，盖讴吟啸谑，以相其劳者。其辞亦略可辨，有云：'张哥哥、李哥哥，大家着力齐一拖。'又云：'一休休，二休休，月子弯弯照几州。'其声凄婉，一唱众和。因檃括之为《竹枝歌》云。" ② 一：《全宋诗》校注"宋递刻本作小"。今按：据《全宋诗》杨万里"题记"，"宋递刻本"指"绍熙间递刻之《诚斋先生江湖集》十四卷《荆溪集》十卷《西归集》四卷《南海集》八卷《江西道院集》五卷《朝天续集》八卷《退休集》十四卷"。

其　二

莫笑楼船不解行，识侬号令听侬声。一人唱了千人和，又得蹉前五里程。

其　三

船头更鼓恰三槌，底事荒鸡早个啼。戏学当年度关客，且图一笑过前溪。

其　四

积雪初融做晚晴，黄昏恬静到三更。小风不动还知么，且只牵船免打冰。

其　五

岸旁燎火莫阑残，须念儿郎手脚寒。更把绿荷包热饭，前头不怕上高滩。

其　六

月子弯弯照几州，几家欢乐几家愁。愁杀人来关月事，得休休处且休休。

其　七

幸自通宵暖更晴，何劳细雨送残更。知侬笠漏芒鞋破，须遣拖泥带水行。

闷歌行[①]（十二首）

杨万里

其　一

山行旧路不堪重，及泛湖波又阻风。世上舟车无一稳，乾坤可是剩诗翁。

① 此首录自《全宋诗》卷二三〇九。题下有注曰："阻风，泊湖心康郎山旁小洲三宿，作《闷歌行》。"

其　二

同列诸公总劝予，归时切莫过重湖。婺源五岭祁门峡，今是危涂是坦涂。

其　三

一夜颠风翻却天，簸将白浪到天边。康郎尚自无根脚，斗大[①]洲头却系船。

① 大：自注"音惰"。

其　四

问来邬子到南康，水路都来两日强。屈指行程谁道远，如今不敢问都昌[①]。

① 诗末自注："都昌至南康尚百里。"

其五

书策看来已觉烦，诗篇厌了更休论。客心未便无安顿，试数油窗雨点痕。

其六

一风抛起万琼楼，几子康郎总掉头。莫怕浪高洲尽没，海船下碇并无洲。

其七

新诗哦罢倦来眠，蝴蝶飞游八极边。船外风涛如霹雳，一声不到睡乡天。

其八

湖心何许有人烟，上下双天两点山。犬吠鸡鸣四船里，旋成水国一家村。

其九

船上犹余一日粮，湖心粮尽籴何乡。仙家辟谷从谁学，明日无炊即秘方。

其十

南人方理北归舟，北地风来便作愁。不道北船等多日，北风不作不成休。

其十一

大风动地卷波头，索酒频添醉未休。不判明朝教作病，却图今夕要忘愁。

其十二

风力掀天浪打头，只须一笑不须愁。近看两日远三日，气力穷时会自休。

淮民谣[①]

尤袤[②]

东府买舟船，西府买器械。问侬欲何为，团结山水寨。寨长过我庐，意气甚雄粗。青衫两承局，暮夜连勾呼。勾呼且未已，椎剥到鸡豕。供应稍不如，向前受笞棰。驱东复驱西，弃却锄与犁。无钱买刀剑，典尽浑家衣。去年江南荒，趁熟过江北。江北不可往[③]，江南归未得。父母生我时，教我学耕桑。不识官府严，安能事戎行。执枪不解刺，执弓不能射。团结我何为，徒劳定无益。流离重流离，忍冻复忍饥。谁谓天地宽，一身无所依。淮南丧乱后，安集亦未久。死者积如麻，生者能几口。荒村日西斜，破屋两三家。抚摩力不足，将奈此扰何。

① 此首录自《全宋诗》卷二三三六。　② 尤袤(1127—1194)：字延之，号遂初，无锡(今属江苏)人。绍兴进士。曾任泰兴令、江东提举常平等，官至礼部尚书兼侍读。其诗与杨万里、范成大、陆游齐名，称南宋四大家。作品多已散佚，清人辑有《梁溪遗稿》。　③ 往：《全宋诗》注"《诚斋诗话》作住"。

武夷棹歌(十首)[①]

朱熹[②]

其一

武夷山上有仙灵，山下寒流曲曲清。欲识个中奇绝处，棹歌闲听两三声。

① 此十首录自《全宋诗》卷二三九一。原题为《淳熙甲辰仲春，精舍闲居，戏作武夷棹歌十首，呈诸同游，相与一笑》。今按：精舍，指武夷精舍。淳熙十一年(1184)，朱熹于武夷五曲隐屏峰下筑武夷精舍，后改名紫阳书院。　② 朱熹(1130—1200)：字元晦，一字仲晦，号晦庵。别称紫阳，徽州婺源(今属江西)人。绍兴十八年(1148)进士。历官泉州同安县主籍、知南康军、提举浙东常平茶盐，

知漳州，又为秘阁修撰。有《四书章句集注》、《楚辞集注》，及后人编纂的《晦庵先生朱文公文集》、《朱子语类》等。

其　二

一曲溪边上钓船，幔亭峰影蘸晴川。虹桥一断无消息，万壑千岩锁翠烟。

其　三

二曲亭亭玉女峰，插花临水为谁容？道人不复荒[①]台梦，兴入前山翠几重。

① 荒：《全宋诗》校注“原作阳，据宋本、成化本、四库本改”。今按：据《全宋诗》卷二三八三朱熹“题记”，底本为“《四部丛刊》影印明嘉靖十一年(1532)《晦庵先生朱文公文集》”，“宋本”指“宋宁宗时刻本”，“成化本”指“明成化十九年(1483)刻本”，“四库本”则指“文渊阁《四库全书》”。

其　四

三曲君看架壑船，不知停棹几何年？桑田海水今如许，泡沫风灯敢自怜。

其　五

四曲东西两石岩，岩花垂露碧毿毵。金鸡叫罢无人见，月满空山水满潭。

其　六

五曲山高云气深，长时烟雨暗平林。林间有客无人识，欸乃声中万古心。

其　七

六曲苍屏绕碧湾，茅茨终日掩柴关。客来倚棹岩花落，猿鸟不惊春意闲。

其　八

七曲移船上碧滩，隐屏仙掌更回看。人言此处无佳景，只有石堂空翠寒[①]。

① “人言”二句：原校“此诗后二句，一本作却怜昨夜峰头雨，添得飞泉几道寒”。

其　九

八曲风烟势[①]欲开，鼓楼岩下水萦洄。莫言此处无佳景，自是游人不上来。

① 势：《全宋诗》校注"《方舆胜览》卷一一作翠"。

其　十

九曲将穷眼豁然，桑麻雨露见平川。渔郎更觅桃源路，除是人间别有天。

虞帝庙迎送神乐歌词[①]（六首）

朱　熹

其　一

皇胡为兮山之幽，翳长薄兮俯清流。渺冀州兮何有，眷此土兮淹留。

① 此首录自《全宋诗》卷二三八三。原题下有序曰："桂林郡虞帝庙迎送神乐歌者，新安朱熹之所作也。熹既为太守张侯栻纪其新宫之绩，又作此歌以遗桂人，使声于庙庭，侑牲璧焉。"

其　二

皇之仁兮如在，子我民兮不穷以爱。沛皇泽兮横流，畅威灵兮无外。

其　三

洁尊兮肥俎，九歌兮招舞，嗟莫报兮皇之祐。皇欲下兮俨相羊，烈风雷兮暮雨[①]。

① 原诗此后注"右迎神三章二章四句一章五句"。

其　四

虞之阳兮漓之浒，皇降集兮巫屡舞。桂酒湛兮瑶觞，皇之归兮何许。

其　五

龙驾兮天门，羽旄兮缤纷。俯故宫兮一慨，越宇宙兮无邻。

其　六

无邻兮奈何，七政协兮群生嘉。信玄功兮不宰，犹仿佛兮山阿[①]。

① 原诗此后注“右送神三章章四句”。

招隐操[①]（二首）

朱　熹

其　一

南山之幽，桂树之稠。枝相樛，高拂千崖索秋，下临深谷之寒流。王孙何处，攀援久淹留。闻说山中，虎豹昼嗥。闻说山中，熊罴夜咆。丛薄深林鹿呦呦。猕猴与君居，山鬼伴君游。君独胡为自聊，岁云暮矣将焉求。思君不见，我心徒离忧[②]。

① 此首录自《全宋诗》卷二三八三。题下有序曰：“淮南小山作《招隐》，极道山中穷苦之状，以风切遁世之士使无遐心，其旨深矣。其后左太冲、陆士衡相继有作，虽极清丽，顾乃自为隐遁之辞，遂与本题不合。故王康琚作诗以反之，虽正左、陆之误，而所述乃老氏之言，又非小山本意也。十月十六夜，许进之挟琴过予书堂，夜久月明，风露凄冷，挥弦度曲，声甚悲壮。既，乃更为《招隐之操》，而曰：谷城老人尝欲为予依永作辞，而未就也。予感其言，因为推本小山遗意，戏作一阕，又为一阕以反之。口授进之，并请谷城七者原校：当作老人及诸名胜相与共赋之，以备山中异时故事云。”　② 诗末原注：“右招隐。”

其　二

南山之中桂树秋，风云冥濛。下有寒栖老翁，木食涧饮迷春冬。此间此乐，优游渺何穷。我爱阳林，春葩昼红。我爱阴崖，寒泉夜淙。竹柏含烟悄青葱。徐行发清商，安坐抚枯桐。不问箪瓢屡空，但抱明月甘长终。人间虽乐，此心与谁同[①]。

① 诗末原注："右反招隐。"

远游篇[①]

朱 熹

举坐且停酒，听我歌远游。远游何所至，咫尺视九州。九州何茫茫，环海以为疆。上有孤凤翔，下有神驹骧。孰能不惮远，为我游其方。为子奉尊酒，击铗歌慨慷。送子临大路，寒日为无光。悲风来远壑，执手空徊徨。问子何所之，行矣戒关梁。世路百险艰，出门始忧伤。东征忧旸谷，西游畏羊肠。南辕犯疠毒，北驾风裂裳。愿子驰坚车，躐险摧其刚。峨峨既不支，琐琐谁能当。朝登南极道，暮宿临太行。睥睨即万里，超忽凌八荒。无为蹩躠者，终日守空堂。

① 此首录自《全宋诗》卷二三八三。

拟古[①]（八首）

朱 熹

其 一

离离原上树，戢戢涧中蒲。娟娟东家子，郁郁方幽居。濯濯明月姿，靡靡朝华敷。昔为春兰芳，今为秋蘼芜。寸心未销歇，托体思同车。

① 此八首录自《全宋诗》卷二三八三。

其 二

绮阁百余尺，朝霞冠其端。飞榈丽远汉，曲楹何盘桓。清谣发徽音，一唱再三叹。借问谁为此，佳人本邯郸。微响激流风，浮云惨将寒。为言何所悲，游子在河关。不恨久离阔，但忧芳岁阑。愿为清宵梦，燕昵穷余欢。

其　三

上山采薇蕨，侧径多幽兰。采之不盈握，欲寄道里艰。沉忧念故人，长夜何漫漫。芳馨坐销歇，徘徊以悲叹。

其　四

佳月[1]朗秋夜，蟋蟀鸣空堂。大火西北流，河汉未渠央。野草不复滋，白露结为霜。梁燕起高飞，云雁亦南翔。念我同心子，音形阻一方。不念执手欢，隔我如参商。寓龙不为泽，画饼难充肠。金石徒自坚，虚名真可伤。

① 月：《全宋诗》校注“原作人，据各本改”。

其　五

郁郁涧底树，扬英秋草前。与君结欢爱，自比金石坚。金石终不渝，欢爱终不踈。一夕远离别，悠悠在中途。相思未云变，音容定何如。伤彼三春蕖，灼灼层华敷。盛时不可留，恐逐严霜枯。夫君来何晚，贱妾长离居。

其　六

高楼一何高，俯瞰穷山河。秋风一夕至，憔悴已复多。寒暑递推迁，岁月如颓波。离骚感迟暮，惜誓闵蹉跎。放意极欢虞，咄此可奈何。邯郸多名姬，素艳凌朝华。妖歌掩齐右，缓舞倾阳阿。徘徊起梁尘，綷缭纷衣罗。丽服秉奇芬，顾我长咨嗟。愿生乔木阴，寅缘若丝萝。

其　七

夫君沧海至，赠我一箧珠。谁言君行近，南北万里余。结作同心花，缀在红罗襦。双垂合欢带，丽服卷微躯。为君一起舞，君情定何如。

其　八

众星何历历，严宵丽中天。殷忧在之子，起步荒庭前。出门今几时，书札何由宣。沉吟不能释，愁结当谁怜。临风一长叹，泪落如奔泉。

田家叹[①]

陈　造[②]

五月之初四月尾，菖蒲叶长楝花紫。淮乡农事不胜忙，日落在田见星起。前之不雨甫再旬，秧畴已复生龟纹。近者连朝雨如注，麦陇横云欲殷腐。如今麦枯秧失时，举手仰天祷其私。秧恶久晴雨害麦，兼收并得宁庶几。饼托登盘米藏庾，侬家岁寒无重糈。岂知送日戴朝星，凡几忧晴几忧雨。吾侪一饱信关天，下箸敢忘田家苦。

① 此首录自《全宋诗》卷二四二七。　② 陈造(1133—1203)：字唐卿，高邮(今属江苏)人。淳熙进士。曾任繁昌尉、定海知县，官至淮南西路安抚司参议。其拟乐府诗多写民间疾苦，有《江湖长翁文集》。

田家谣[①]

陈　造

麦上场，蚕出筐，此时只有田家忙。半月天晴一夜雨，前日麦地皆青秧。阴晴随意古难得，妇后夫先各努力。倏凉骤暖茧易蛾，大妇络丝中妇织。中妇辍闲事铅华，不比大妇能忧家。饭熟何曾趁时吃，辛苦仅得蚕事毕。小妇初嫁当少宽，令伴阿姑顽[②]过日。明年愿得如今年，剩贮二麦饶丝绵。小妇莫辞担上肩，却放大妇常姑前。

① 此首录自《全宋诗》卷二四二九。　② 顽：《全宋诗》校注“自注：房谓嬉为顽”。房，即房陵，时陈造任湖北房陵代理太守。

明妃曲[①]

陈　造

汉宫第一人，只合侍天子。四弦春风手，可用入胡耳。天生国艳或为累，金赂画工宁不耻。玉颜初作万里行，朔风黧面边尘昏。路人私语泪栖睫，况妾去国怀君恩。穹庐渐耐胡天冷，政复难忘心耿耿。夜深拜月望长安，顾叹当时未央影。胡雏酌酒单于舞，铭肺千年朝汉主。传闻上谷与萧关，自顷耕桑皆乐土。向来屯饷仍缯絮，庙算年年关圣虑。但令黄屋不宵衣，埋骨龙荒妾其所。

① 此首录自《全宋诗》卷二四二七。

田家叹[①]

陈　造

秧欲雨，麦欲晴。补创割肉望两熟，家家昂首心征营。一月晴，半月阴。宜晴宜雨不俱得，望岁未免劳此心。

① 此首录自《全宋诗》卷二四二九。

散解庙行[①]

陈　造

巨灵挥斧山为拆，谽谺飞出寒溪碧。南西北枧皆户家，种秧插稻供衣食。此水不枯岁不饥，此溪不涸龙是司。森木古屋龙所宅，人家望岁如取携。笳箫呜呜坎坎鼓，秋报春祈从父祖。鸡豚肥腯社酒香，擎跪曲拳谁敢侮。年时雩祷嗟徒勤，适龙睡熟唤不闻。溪心蒿艾化埃壒，可怪嘉谷遭惔焚。千沟万浍分飞瀑，面露摇风际天绿。怀宝睡足龙亦惊，雁门之踦此焉复。安得溪水长滂浪，龙不忸怩民乐康。向来野草填饥肠，怨气括作颐下囊。

① 此首录自《全宋诗》卷二四二九。

粉水行[①]

陈　造

散解溪纡福溪直，两山空中泻清激。潴渟壅建几千家，邀人中田作膏液。余流复合古城东，末世尚奏铅华功。定名粉水自谁始，水神有灵当热中。去年龟纹布溪底，房民倒垂忧死徙。今年活活夜继晨，渌涨稻禾三百里。此溪今昨殊亏盈，郡民即溪岐死生。天设地施禹疏凿，世人盍亦求其情。古来名实为宾主，两溪厚农非小补。但令旄孺无饥羸，安用女子相夸诩。

① 此首录自《全宋诗》卷二四二九。

冬雪行[①]

王　炎[②]

拥衾展转夜不眠，细数更筹知苦寒。角声未动纸窗白，儿曹报我雪满檐。玉妃剪水出天巧，飞花万点争清妍。朱门贵人对之笑，初见一白来丰年。金罍玉爵杂蔬[③]笋，饮罢敲冰煮新茗。绣帏中有红麒麟，轻暖胜春尚嫌冷。穷巷小家真可怜，典衣籴米无炊烟。江头津吏日来报，往往上流无米船。县官要籴十万斛，天上符移星火速。去年秋旱粜陈腐，今年秋熟米如玉。且愿扶桑枝上红，日毂东来却滕六。今年冬雪民已臞，明年春雪民更饥。九关有路虎豹守，欲语不敢空长吁。

① 此首录自《全宋诗》卷二五六四。题下有序曰："甲寅（今按：《全宋诗》注'二字王本作绐熙甲寅'），岁虽小稔，县官和籴，米价遂增。两日雨雪，市中贫民有无炊烟者，艰籴反甚于去年之凶歉。父老辈遂具公牍赴诉于庭，因成《冬雪行》一篇。其辞如古乐府，其义则主文谲谏，言之可以无罪者也。" ② 王炎（1138—1218）：字晦叔，婺源（今属江西）人。乾道进士。始令临湘。庆元中，官著作佐郎，为军器少监。后出守湖州。与朱熹友善。有《双溪集》。 ③ 杂蔬：《全宋诗》校注"王本作扶春"。今按：据《全宋诗》卷二五五九王炎"题记"，"王本"指"明嘉靖十二年王懋元刻本"，下同。

纸被行[①]

王 炎

瑶姬不触麒麟红，金壶潋滟琥珀浓。狐裘公子喜夜永，杯行暖玉烦春葱。檐头雪花大如掌，洞房但觉春融融。岂知有客方贪睡，漏尽更阑不能寐。花红玉白不相随，赖有楮生为伴侣。生家住处近麻姑，亦能幻出冰肌肤。绝嫌墨客蝇头污，懒入官黄藏蠹鱼。宁随人意任舒卷，虽则软美非脂韦。风姨霜女皆退舍，稍觉和气生氍毹。梅花破雪催寒去，春回入向花前醉。女郎雾縠试轻衫，至此失时因坐废。绿槐影[②]底夏日长，人间只要一味凉。青奴元自不妩媚，居然负恃能专房。秋风一夜来消息，又却见渠先弃掷。冬来复挽楮生归，属付苍头轻拂拭。用则铺张舍则藏，喜愠未尝形玉色。世事乘除无不然，安用动心三叹息。

① 此首录自《全宋诗》卷二五六六。 ② 影:《全宋诗》校注"王本作阴"。

太庙瑞芝颂①

王 炎

宋绍天命,列圣重光。丕绪舄奕,施于无疆。少海日升,庆元五祀。渊默面南,格于天地。於穆清庙,玉芝呈瑞。蔓蔓其华,丽于丹楹。匪根斯殖,匪葩斯荣。和气融液,不春而生。其瑞维何,祖宗咸喜。神孙致孝,孺慕无已。有开必先,产祥隤祉。其孝维何,神明可通。问安寝门,四辅翼从。洗爵为寿,雍雍在宫。莫大之庆,朝野攸同。赉尔高年,曰予锡类。颁爵辅臣,曰汝予助。三宫岂乐,万姓歌舞。维我高庙,中兴集勋。神器所传,艺祖之孙。重华之断,寿康之仁。凝神冲漠,不俟倦勤。群黎属望,天启元子。四圣揖逊,千古颛美。主鬯匪易,秉心肃庄。以奉重闱,媚于慈皇。崇德尚贤,心膂股肱。尽摈浮伪,慈皇是承。酬酢万微,未明当依。不蔽不疑,慈皇是以。民附于仁,天鉴厥诚。对越在上,祖宗之灵。贶以瑞物,胙其德馨。昔在绍兴,芝尝再茁。仁皇英皇,二祖之室。曾孙笃之,克肖其德。受是珍符,宠绥四国。曷以祝之,万寿无极。又曷申之,子孙千亿。有德有瑞,隐显合符。自今以始,史将娄书。皇德日新,勿替厥初。

① 此首录自《全宋诗》卷二五五九。题下序曰:"圣天子光奉贻谋,嗣守神器,兢业不懈,日亲万几,间五日一朝于两宫。蒸蒸翼翼,问安侍膳惟谨。圣孝昭假天地,祐助祖宗顾歆。乃庆元五年秋八月壬申,玉芝产于太庙太室之西楹。越十日辛巳,有司以闻,诏丞相帅百僚纵观。参考图谍是为上瑞。维时近重明节,銮舆诣寿康宫,奉香以进。太上燕豫,天颜怡怿。越六日丙戌,朝于寿康宫,款侍至日中昃,清跸始还。九月庚寅朔,用家人礼奉玉爵上千万寿于宫中。孝慈浃

洽，佳气葱郁，于是公卿大夫及都人士女，外薄海隅，无不欢喜。乃知国有大庆，中外禔福，庙社奠安，休征之来，符应彰灼如此。臣不肖，秉笔隶太史氏，敬敷叙本末，书之汗青，藏诸金匮石室，以昭示来世，永永无极。又念昔汉甘泉宫，九茎效异，唐延英殿，三花吐秀，与产于庙楹，不可同语。而一时君臣动色，相贺歌而诗之，以自夸诩，载在方册，犹为美谈。今瑞不虚出，庆事鼎来，福禄曼羡，是宜被之管弦，播于乐府，以铺张（今按：原缺，据王本补）无前之宏休。臣职在铅椠，喑无歌咏附入英茎之奏，则归美报上，义诚有阙，心甚惧焉。谨拜手稽首献颂。”

明妃曲[①]

王　炎

掖庭国色世所稀，不意君王初未知。欲行未行始惊惋，画史乃以妍为媸。约言已定不可悔，毡车万里随单于。天生胡汉族类异，古无汉女为胡姬[②]。高皇兵败白登下，归遣帝子称阏氏。欲平两[③]国恃一女，乌乎此计[④]何其疎。至今和亲踵故事，延寿欺君何罪为。此生失意甘远去，此心恋旧终怀归。胡天[⑤]惨淡气候别，风沙四面吹穹庐。琵琶曲尽[⑥]望汉月，塞雁年年南向飞。

① 此首录自《全宋诗》卷二五五九。　② “天生”二句：《全宋诗》校注“原作玉鞍红颜空回首，乌孙公主王明妃，据王本改”。　③ 两：《全宋诗》作“雨”，据文渊阁《四库全书・双溪类稿》改。　④ 计：《全宋诗》校注“王本作意”。　⑤ 胡天：《全宋诗》校注“原作塞云，据王本改”。　⑥ 尽：《全宋诗》校注“王本作终”。

公无渡河[①]

王　炎

黄河浩浩不可航，腰壶欲渡何其狂。妪挽翁衣愿无渡，忠爱深言反逢怒。河流滔滔翁溺死，老妪搏膺泪如雨。行人劝妪莫痛伤，痛伤之极能断肠。古来愎谏多不祥，鸱夷浮江吴国灭，老臣疽背霸王歇。

① 此首录自《全宋诗》卷二五五九。

雉朝飞[①]

王　炎

飞飞野雉雄挟雌，相与孳尾为之妃。人生谁不有配偶，我生垂老为鳏夫。永巷蛾眉几千指，一妻一妾庶人礼。壮年受室不及时，老去自怜身独处。短布单衣谁为缝，东皋种黍谁共舂。苍天高高不可问，愿照衡茅有孤闷。

① 此首录自《全宋诗》卷二五五九。

关山月[①]

王　炎

阴山萧萧木叶黄，胡儿[②]马健弓力强。铁衣万骑向北去，仰看鸿雁皆南翔。身在边头家万里，鸣咽悲笳壮心死。功成归取汉爵侯，战败没为边[③]地鬼。团团霜月悬中天，闺中少妇私[④]自怜。捐躯许国丈夫事，莫恨不如霜月圆。

① 此首录自《全宋诗》卷二五五九。　② 胡儿：《全宋诗》校注“原作风高，据王本改”。　③ 边：《全宋诗》校注“王本作胡”。　④ 私：《全宋诗》校注“王本作心”。

白头吟[①]

王　炎

青丝织作双鸳鸯，紫丝绣成双凤凰。在家不敢窥屏著，心愿出门逐夫婿。琴中解道人心事，不辞半夜将身去。君亲涤器妾当垆，岂料赋成天上知。临邛旧事不记省，千金多买青蛾眉。嫁时衣裳今尚在，妾貌未衰君意改。当时去家恨太迟，今日思家翻自悔。玉环既断不复连，青铜既破不复圆。古来佳人多薄命，不见鸾胶能续弦。但愿新人同燕婉，桃花长春月长满。

① 此首录自《全宋诗》卷二五五九。

饮马长城窟[①]

王　炎

春风塞草青，胡儿[②]区脱静。秋风塞草黄，胡[③]骑角弓劲。秦人驱丁夫，筑城备强胡[④]。城成有亏日，胡来[⑤]无已时。哀笳中夜起，战马竖双耳。苍茫沙上月，幽咽陇头水。征人悲故乡，闺人守空房。安得霍嫖姚，饮马瀚海旁。

① 此首录自《全宋诗》卷二五五九。　② 胡儿：《全宋诗》校注“原作边城，据王本改”。　③ 胡：《全宋诗》校注“原作边，据王本改”。　④ 强胡：《全宋诗》校注“原作匈奴，据王本改”。　⑤ 胡来：《全宋诗》校注“原作匈奴，据王本改”。

门有车马客[①]

王　炎

乌鹊绕屋鸣，有客停征骓。问客何自来，君家寄家书。摄衣起迎客，开书多苦辞。蕣花不长好，玉颜亦易衰。水行有却流，人行无反期。置书拜谢客，岂不心怀归。事君有明义，不得顾所私。作书附客返，路远幸勿遗。上言重自爱，下言长相思。相思勿相怨，自古多别离。

① 此首录自《全宋诗》卷二五五九。

出塞曲[①]

王　炎

羽檄走边遽，虎符出精兵。壮士卷甲起，骨肉送之行。击筑歌易悲，挈榼酒更倾。关山杀气缠，寒日无晶明。箭落紫塞雕，马裂黄河冰。岂畏虏[②]骑多，只忧将权轻。阃外不中制，一贤当长城。鼓行渡沙碛，愿勒燕然铭。

① 此首录自《全宋诗》卷二五五九。　② 虏:《全宋诗》校注“原作敌，据王本改”。

远别离[①]

王　炎

静女不下堂，游子志四方。五花骄马金络脑，出门仆从生辉光。草青沙软湿春雾，玉蹄联翩踏花去。楼头明月阙又圆，西风一夕生庭树。明珰缀以木难珠，锦衣系以貂襜褕。青眉玉颊为谁好，天阔飞鸿无素书。今年花落容华在，明年花发容华改。离鸾别鹄不自怜，人生难得长少年。

① 此首录自《全宋诗》卷二五五九。

拟古闺怨[①]（三首）

王　炎

其　一

为郎缝春衣，春尽郎未归。羞见庭下花，一双胡蝶飞。

① 此三首录自《全宋诗》卷二五五九。

其　二

良人久[①]在外，想像裁香罗。放下金粟尺，无言颦翠蛾。

① 久：《全宋诗》校注"王本作长"。

其　三

花开复花谢，堕在藩溷边。不惜花落尽，惜无长少年。

妆楼怨[①]

王　炎

长安甲第凝丹碧，门外如云珠履客。主人对客懒将迎，别有洞天双国色。帘帏不动春风香，乃翁但醉流霞觞。绿丝垂地细君惜，从今可老温柔乡。欢乐短，忧恨长，凤飞何在遗其凰。不言不笑念[②]恩怨，明月无情窥象床。春暖花枝啼晓露，此身今是花无主。可怜高冢卧麒麟，不许画楼栖[③]燕子。

① 此首录自《全宋诗》卷二五五九。原题下有序曰："曾开府有内嬖二人，置之别第。曾死，夫人逐之，扃其门。无为王宰，曾客也，为赋《妆楼怨》。蜀人韩毅伯赓之。毅伯过临湘，话其事，因出诗藁，炎亦赋一篇。"　② 念：《全宋诗》校注"王本作贪"。　③ 栖：《全宋诗》校注"王本作藏"。

逍遥吟[①]

丘处机[②]

十洲三岛兮巨海之中，琼楼绛阙兮参差半空。松阴密锁兮无畏日，纨扇不摇兮有清风。流金热，佩玉真仙未尝说。水晶宫殿开，宝座星辰列。碧虚悬象绕楼台，清净化身非骨血。本来身，自通神，谈笑忽惊天上人。

① 此首录自《全金诗》卷五二。　② 丘处机（1148—1227）：字通密，号长春子，登州栖霞（今属山东）人。弃家学道，与马钰等游山东传道，又从游汴梁。曾奉世宗诏赴阙，两承召见，对以寡欲修身、保民治国、剖析天人之理。后西行，又谒见成吉思汗，数承延问。正大元年，还燕京，居太极宫。有《磻溪集》、《鸣道集》。

自在吟[①]

丘处机

瑶台阆苑兮碧汉之中，祥云瑞炁兮盈盈满空。群仙出没兮洒清雨，万化开坼兮动香风。炎蒸热，那里人家不曾说。烟收洞府开，门倚星河列。九天时复会嘉宾，万里不须乘汗血。物外身，自清神，谁羡登楼摇扇人。

① 此首录自《全金诗》卷五二。

淮安行[①]

刘　迎[②]

淮安城壁空楼橹，风雨半摧鸡粪土。传闻兵火数年前，西观竹间藏乳虎。迄今井邑犹荒凉，居民生资惟榷场。马军步军自来往，南客北客相经商。迩来户口虽增出，主户中间十无一。里闾风俗乐过从，学得南人煮茶吃。青衫从事今白头，一官乃得西南陬。宦游未免简书畏，归去更怀门户忧。世缘老矣百不好，落笔尚能哦楚调。从今买酒乐升平，烂醉歌呼客神庙。

① 此首录自《全金诗》卷五八。　② 刘迎（？—1180）：字无党，号无净居士，东莱（今属山东）人。大定进士，除豳王府记室，改太子司经。诗宗山谷、东坡，有

诗文乐府集《山林长语》。

渐台行[①]

赵秉文[②]

齐国有四殆，渐台空五层。台成膏血尽，鬼力犹不胜。浮云一蔽临淄君，君王左右多青蝇。嫠妇不恤纬，杞国忧天崩。任从笑掩侍人口，仰天大拊列女膺。一言反掌易，春风变淄渑。吴楚各千里，飞鸟不敢凌。吴以西子亡，齐以无盐兴。丑兴而美亡，未易定爱憎。请君宝此图，观国如延陵。

① 此首录自《全金诗》卷六七。 ② 赵秉文(1159—1232)：字周臣，号闲闲老人，磁州滏阳(今属河北)人。大定进士。历官应奉翰林文字，同知制诰。又改户部主事，迁翰林修撰，出为宁边州刺史，改平定州。后入为礼部尚书，同修国史，知集贤院事。有《易丛说》、《资暇录》、《滏水集》等。

长白山行[①]

赵秉文

长白山雄天北极，白衣仙人常出没。玉龙垂爪落苍崖，四江飞下天绅白。匹马渡江龙飞天，云起侯王化千百。至今甲第多属籍，时清球马争驰突。锦鞯貂帽蹴春风，五陵豪气何飘忽。前年胡骑瞰中原，准拟长城如削铁。君家兄弟真连璧，胸中十万森戈戟。向沧论事天子前，汉庭诸公动颜色。心知不易一囚命，顾肯贪功事无益。西南方面应时须，帝曰来前无汝易。从来十益不补损，三辅萧条半荆棘。瘦妻曳耙女扶犁，惟恐官军缺粮给。呜呼疮痍尚未复，且愿休兵养民力。老夫谬忝春官伯，白首书生不经国。伫公功成归庙堂,再献中兴二三策。

① 此首录自《全金诗》卷六九。

猛虎行[①]

赵秉文

猛虎在深山,一怒风林披。朝食千牛羊,暮食千熊罴。虎暴尚可制,人还寝其皮。旄头飞精光,落地为积尸。焚山赭草木,血征成污池。万灵泣上诉,生民将何为。帝怒敕六丁,雷电下取之。埋魂九泉底,压以泰山坻。然后天下人,颇得伸其眉。寄言颠越者,毋得育种遗。

① 此首录自《全金诗》卷六九。

塞　上[①](四首)

赵秉文

其一

穷边四十里,野户两三家。山腹过云影,波光战日华。汲泉寻涧曲,樵路入云斜。随分坡田罢,还簪野草花。

① 此四首录自《全金诗》卷七〇。

其二

因寻射雕垒,偶到杀狐川。卤地牛羊瘦,边沙草木膻。废池余井臼,古戍断烽烟。自说无征战,经今六十年。

其三

薄宦边城里,经年无客过。一川平地少,四面乱山多。野色连秋塞,边声入暮河。旧貂寒更薄,飘寄欲如何。

其四

树霭连山郭，林烟接塞垣。断崖悬屋势，涨水没沙痕。烽火云间戍，牛羊岭外村。太平闲檄手，文字付清樽。

刈麦行[①]

戴复古[②]

腰镰上垅刈黄云，东家西家麦满门。前村寡妇拾滞穗，饘粥有余炊饼饵。我闻淮南麦最多，麦田今岁屯干戈。饱饭不知征战苦，生长此方真乐土。

① 此首录自《全宋诗》卷二八一三。　② 戴复古（1167—?）：字式之，号石屏，黄岩（今属浙江省）人。长期浪游江湖，仅为邵武教授。曾从陆游学诗，亦受晚唐诗影响。有《石屏诗集》、《石屏词》。

饮马长城窟[①]

戴复古

朔风凛高秋，黑雾翳白日。汉兵来伐胡，饮马长城窟。古来长城窟，中有战士骨。骨久化为泉，马来吃不得。闻说华山阳，水甘春草长。

① 此首录自《全宋诗》卷二八一三。

白苎歌[①]

戴复古

雪为纬，玉为经。一织三涤手，织成一片冰。清如夷齐[②]，可以为衣。陟彼西山，于以采薇[③]。

① 此首录自《全宋诗》卷二八一三。 ② 夷齐：原校"一作齐夷"。今按：据《全宋诗》卷二八一三戴复古"题记"，底本为《四部丛刊》影印之"明弘治十一年宋鉴、马金刻本《石屏诗集》"。 ③ 诗末原注："黄玉林云，赵懒庵为戴石屏选诗百余篇，南塘称其识精到。其间《白苎歌》最古雅，语简意深，今世难得，所谓一不为少。"

罗敷词[①]

戴复古

妾本秦氏女，今春嫁王郎。夫家重蚕事，出采陌上桑。低枝采易残，高枝手难扳。踏踏竹梯登树杪，心思蚕多苦叶少。举头桑枝挂鬓唇，转身桑枝勾破裙。辛苦事蚕桑，实为良家人。使君奚所为，见妾驻车轮。使君口有言，罗敷耳无闻。蚕饥蚕饥，采叶急归。

① 此首录自《全宋诗》卷二八一三。

琵琶行[①]

戴复古

浔阳江头秋月明，黄芦叶底秋风声。银龙行酒送归客，丈夫不为儿女情。隔船琵琶自愁思，何预江州司马事。为渠感激作歌行，一写六百六[②]十字。白乐天，白乐天，平生多为达者语，到此胡为不释然。弗堪谪宦[③]便归去，庐山政接柴桑路。不寻黄菊伴渊明，忍泣青衫对商妇。

① 此首录自《全宋诗》卷二八一三。行，《全宋诗》校注"群贤本、六十家本作亭"。今按：据《全宋诗》卷二八一三戴复古"题记"，"群贤本"指"《南宋群贤小集》所收之《中兴群公吟稿戊集·石屏戴式之》"，"六十家本"指"汲古阁影宋钞《南宋六十家小集·石屏续集》"，下同。 ② 六：《全宋诗》校注"群贤本、六十家本作

一”。 ③ 宦:《全宋诗》校注“群贤本作官”。

婕好词[①]

戴复古

纨扇六月时,似妾君恩重。避暑南薰殿,清风随扇动。妾时侍君王,常得沾余凉。秋风飒庭树,团团无用处。妾亦宠顾衰,栖栖度朝暮。扇为无情物,用舍不知恤。妾有深宫怨,无情不如扇。

① 此首录自《全宋诗》卷二八一三。题下有序曰:“丹霞张诚子作此词,出以示仆,仆疑其太文,因作此。”

耕织叹[①](二首)

赵汝鐩[②]

其 一

春催农工动阡陌,耕犁纷纭牛背血。种莳已遍复耘耔,久晴渴雨车声发。往来逻视晓夕忙,香穗垂头秋登场。一年辛苦今幸熟,壮儿健妇争扫仓。官输私负索交至,勺合不留但糠秕。我腹不饱饱他人,终日茅檐愁饿死。

① 此二首录自《全宋诗》卷二八六四。 ② 赵汝鐩(1172—1246):字明翁,袁州(今江西宜春)人。南宋宁宗嘉泰二年(1202)进士。曾任东阳主簿,知临川县,监镇江府榷货务、临安通判,又知郴州,移广东南路转运使、刑部郎中等职。江湖派重要诗人,有《野谷集》。

其 二

春气熏陶蚕动纸,采桑女儿哄如市。昼饲夜喂时分盘,扃门谢客谨俗忌。雪团落架抽茧丝,小姑缫车妇织机。全家勤劳各有望,翁媪处分将裁衣。官输私负索交至，尺寸不留但箱筐。我身不暖暖他人，终日茅檐愁冻死！

征妇思[①]

徐　照[②]

年半为郎妇，郎去戍采石。又云戍濠梁，不得真消息。半年无信归，独自守罗帏。西风吹妾寒，倩谁寄郎衣。姑老子在腹，忆郎损心目。愿郎征战早有功，生子有荫姑有封。

① 此首录自《全宋诗》卷二六七二。　② 徐照(？—1211)：字道晖，一字灵晖，号山民，永嘉(今浙江温州)人。诗以清苦为工，与徐玑、翁卷、赵师秀并称"永嘉四灵"。有《芳兰轩集》。

促促词[①]

徐　照

促促复促促，东家欢欲歌，西家悲欲哭。丈夫力耕长忍饥，老妇勤织长无衣。东家铺兵不出户，父为节级儿抄簿；一年两度请官衣，每月请米一石五；小儿作军送文字，旬日一轮怨辛苦。

① 此首录自《全宋诗》卷二六七二。

自君之出矣[①](三首)

徐　照

其　一

自君之出矣，心意[②]远相随。拆破唐人绢，经经是双丝。

① 此三首录自《全宋诗》卷二六七二。今按：三国时魏徐干作《室思诗》五章，第三章中有“自君之出矣，明镜暗不治。思君如流水，何有穷已时”，后人仿其体，题作“自君之出矣”，写妻子思念外出的丈夫。 ② 意：《全宋诗》校注“明本、顾本作魂”。今按：据《全宋诗》卷二六七〇徐照“题记”，“明本”指“明潘是仁刻《宋元四十三家集·芳兰轩诗集》”，“顾本”指“清顾修读画斋刻《南宋群贤小集·芳兰轩集》”，下同。

其　二

自君之出矣，玉鉴[①]生尘垢。莲子种成荷，曷时可成藕。

① 鉴：《全宋诗》校注“明本、顾本作琴”。

其　三

自君之出矣，懒妆眉黛浓。愁心如屋漏，点点不移床[①]。

① 床：《全宋诗》校注“明本、顾本作踪”。

商　歌[①]（十首）

雷　琯[②]

其　一

扶桑西距若华东，尽在天王职贡中。一自秦原有烽火，年年选将戍河潼。

① 此十首录自《全金诗》卷一二九。原题下序曰：“客有自关辅来，言秦民之东徙者，余数十万口，携持负载，络绎山谷间。昼餐无糗糒，夕休无室庐，饥羸暴露，滨死无几。间有为秦声写去国之情者，其始则历亮而宛转，若有所诉焉；少则幽抑而凄厉，若诉而怒焉。及其放也，呜呜焉，愔愔焉，极其情之所之，又若弗能任焉者。噫！秦，予父母国也，而客言如是，闻之悲不可禁。乃为作商歌十章，倚其声以纾予怀，且俾后之歌者，知秦风之所自焉。” ② 雷琯（约1193—约1232）：字伯威，坊州（今陕西黄陵）人。曾为国史馆书写、八作司使。后蒙古入侵，为乱兵所杀。善为文，为时所赏。

其　二

春明门[①]前灞水滨，年年此地送行频。今年送客不复返，卷土东来避战尘。

① 春明门：唐代长安城门。

其　三

尽室东行且未归，临行重自锁门扉。为语画梁双燕子，春来秋去傍谁飞。

其　四

灞水河边杨柳春，柔条折尽为行人。只愁落日悲笳里，吹断东风不到秦。

其　五

累累老稚自相携，侧耳西风听马嘶。百死才能到关下，仰看犹似上天梯。

其　六

上得关来似得生，关头行客唱歌行。虚岩远壑互相应，转见离乡去国情。

其　七

前歌未停后迭呼，歌词激烈声呜呜。天下可能无健者，不挽天河洗八区。

其　八

折来灞水桥边柳，尽向商于道上栽。明年三月花如雪，会有好风吹汝回。

其　九

行人十步九盘桓，岩壑萦回行路难。忽到商颜最高处，一时挥泪望长安。

其　十

西来迁客莫回首，一望令人一断魂。正使长安近于日，烟尘满目北风昏。

新乐府辞(五)

筑城行[①]

刘克庄[②]

万夫喧喧不停杵,杵声丁丁惊后土。遍村开田起窑灶,望青斫木作楼橹。天寒日短工役急,白棒诃责如风雨。汉家丞相方忧边,筑城功高除美官。旧时广野无城处,而今烽火列屯戍。君不见高城𩮀𩮀如鱼鳞,城中萧疏空无人。

① 此首录自《全宋诗》卷三〇四〇。今按:古乐府有《筑城曲》,属“杂曲歌辞”。

② 刘克庄(1187—1269):字潜夫,号后村居士,莆田(今属福建)人。以荫入仕。南宋淳祐六年赐同进士出身。官至工部尚书兼侍读,以龙图阁学士致仕,卒谥文定。诗词颇有感慨时事之作,为江湖派重要作家。有《后村先生大全集》。

苦寒行[①]

刘克庄

十月边头风色恶,官军身上衣裘薄。押衣敕使来不来?夜长甲冷睡难着。长安城中多热官,朱门日高未起关。重重帷箔施屏山,中酒不知屏外寒。

① 此首录自《全宋诗》卷三〇四〇。

国殇行[①]

刘克庄

官军半夜血战来,平明军中收遗骸。埋时先剥身上甲，标成丛冢高崔嵬。姓名虚挂阵亡籍，家寒无俸孤无泽。呜呼诸将官日穹，岂知万鬼号阴风！

① 此首录自《全宋诗》卷三〇四〇。

开壕行[①]

刘克庄

前人筑城官已高，后人下车来开壕。画图先至中书省，诸公聚看称贤劳。壕深数丈周十里，役兵太半化为鬼。传闻又起旁县夫，凿教四面皆成水。何时此地不为边，使我地脉重相连。

① 此首录自《全宋诗》卷三〇四〇。

运粮行[①]

刘克庄

极边官军守战场，次边丁壮俱运粮。县符旁午催调发，大车小车声轧轧。霜寒晷短路又滑，檐[②]夫肩穿牛蹄脱。呜呼汉军何日屯渭滨，营中子弟皆耕人。

① 此首录自《全宋诗》卷三〇四〇。　② 檐：疑为“擔（担）”之误。

并州少年行[①]

元好问[②]

北方动地起，天际浮云多。登高一长啸，六龙忽蹉跎。我欲横江斗蛟鼍，万弩迸射阳侯波。或当大猎燕赵间，黄罴朱豹皆遮罗。男儿万马随扮诃，朝发细柳暮朝那，扫云黑山布阳和。归来明堂见天子，黄金横带冠峨峨。人生只作张骞傅介子，远胜僵死空山阿。君不见并州少年夜枕戈，破屋耿耿天垂河，欲眠不眠泪滂沱。著鞭忽记刘越石，拔剑起舞鸡鸣歌。东方未明兮奈夜何！

① 此首录自薛瑞兆编《全金诗》卷一一八（南开大学出版社 1995 年，下同）。今按：并州，即今山西太原。 ② 元好问（1190—1257）：字裕之，自号遗山山人，世称元遗山，太原秀容（今山西忻州）人。祖系鲜卑族拓拔氏，入中原后改姓元。师从路铎、郝天挺。金宣宗兴定五年（1221）进士。任国史院编修官，后历任内乡、南阳令，入朝为吏部主事、左司都事、左司员外郎等职。金亡，被囚四年后回乡隐居。元好问是金代最杰出的诗人，有《元遗山诗文集》、《元遗山乐府》，编有《中州集》、《续夷坚志》等。

驱猪行[①]

元好问

沿山莳苗多费力，办与豪猪作粮食。草庵架空寻丈高，击板摇铃闹终夕。孤犬无猛噬，长箭不暗射。田夫睡中时叫号，不似驱猪似称屈。放教田鼠大于兔，任使飞蝗半天黑。害田争合到渠边，可是山中无橡术。长牙短喙食不休，过处一抹无禾头。天明陇亩见狼藉，妇子相看空泪流。旱干水溢年年日，会计收成才什一。资身百倍粟豆中，儋石都能几钱直？儿童食糜须爱惜，此物群猪口中得，县吏即来销税籍。

① 此首录自《全金诗》卷一一七。诗题下自注“黄台张氏庄作”。

黄金行[①]

元好问

王郎少年诗境新，气象惨淡含古春。笔头仙语复鬼语，只有温李无他人。天公著诗贫子身，子曾不知乃自神。人间不买诗名用，一片青衫衡霍重。儿贫女富母两心，何论同袍不同梦。入门唤妇不下机，泪子垢面儿啼饥。君诗只有贫女谣，何曾梦见金缕衣。外家翁媪日有语，嫁女书生徒尔为。昆阳城下三更酒，醉胆轮囷插星斗。一昔诗肠老蛟吼，十尺长人堕车走。斫头不屈三万言，欲向何门复低首。何人寿我黄金千，使君破镜飞上天！

① 此首录自《全金诗》卷一一八。题下自注“赠王飞伯”。

望归吟[①]

元好问

塞云一抹平如截，塞草离离卧榆叶。长城窟深战骨寒，万古牛羊饮冤血。少年锦带佩吴钩，独骑匹马觅封侯。去时只道从军乐，不道关山空白头。北风吹沙杂飞雪，弓弦有声冻欲折。寒衣昨夜洛阳来，肠断空闺捣秋月。年年岁岁望还家，此日归期转未涯。谁与南州问消息，几时重拜李轻车。

① 此首录自《全金诗》卷一一八。

南冠行[①]

元好问

南冠累累渡河关，毕逋头白乃得还。荒城雨多秋气重，颓垣败屋生茅菅。漫漫长夜浩歌起，清涕晓枕留余潸。曹侯少年出纨绮，高门大屋垂杨里。诸房三十侍中郎，独守残编北窗底。王孙上客生光辉，竹花不实鹓鸰饥。丝桐切切解人语，海云唤得青鸾飞。梁园三月花如雾，临锦芳华朝复暮。阿京风调阿钦才，晕碧裁红须小杜。长安张敞号眉妩，吴中周郎知曲误。香生春动一诗成，瑞露灵芝满窗户。鱼龙吹浪三山没，万里西风入华发。无人重典鹔鹴裘，展转空床卧秋月。宝镜埋寒灰，郁郁万古不可开。龙剑出地底，青天白日驱云雷。层冰千里不可留，离魂楚些招归来。生不愿朝入省暮入台，愿与竹林嵇阮同举杯。郎食猩猩唇，妾食鲤鱼尾，不如孟光案头一杯水。黄河之水天上流，何物可煮人间愁？撑霆裂月不称意，更与倒翻鹦鹉洲。安得酒船三万斛，与君轰饮太湖秋。

① 此首录自《全金诗》卷一一七。题下自注"癸巳秋为曹得一作"。今按：癸巳为金哀宗天兴二年(1233)，时汴京已陷，蒙古军将汴京官员押至聊城。诗人此时正拘于聊城，曹得一为诗人朋友，亦拘于聊城。南冠，囚徒也。

西楼曲[①]

元好问

游丝落絮春漫漫，西楼晓晴花作团。楼中少妇弄瑶瑟，一曲未终坐长叹。去年与郎西入关，春风浩荡随金鞍。今年匹马妾东还，零落芙蓉秋水寒。并刀不剪东流水，湘竹年年露痕紫。海枯石烂两鸳鸯，只合双飞便双死。重城车马红尘起，乾鹊无端为谁喜？镜中独语人不知，欲插花枝泪如洗。

① 此首录自《全金诗》卷一一八。

天门引[①]

元好问

秦王深居不得近，从破衡成欲谁信？白头游客困咸阳，憔悴黄金百斤尽。海中仙人黄鹄举，大笑人间争腐鼠。丈夫何意作苏秦，六印才堪警儿女。古来多为虚名老，不见阿房净如扫。千年虎豹守天门，一日牛羊卧秋草。

① 此首录自《全金诗》卷一一八。

蛟龙引[①]

元好问

古剑咸阳墓中得，抉开青云见白日。蛟龙地底气如虹，土花千年不敢蚀。洪炉烈焰初腾精，横海已觉无长鲸。世上元无倚天手，匣中谁解不平鸣。割城恨不逢相如，佐酒恨不逢朱虚。尚方未入朱云请，盟槃合与毛生俱。谁念田文坐中客，只将弹铗叹无鱼。

① 此首录自《全金诗》卷一一八。

湘夫人咏[①]

元好问

木兰芙蓉满芳洲，白云飞来北渚游。千秋万岁帝乡远，云来云去空悠悠。秋风秋月沅江渡，波上寒烟引轻素。九疑山高猿夜啼，竹枝无声堕残露。

① 此首录自《全金诗》卷一一八。

湘中咏[①]

元好问

楚山鹤鸣风雨秋，楚岸猿啼送客舟。江山万古骚人国，猿鸟无情也解愁。西北长安远于日，凭君休上岳阳楼。

① 此首录自《全金诗》卷一一八。

孤剑咏[①]

元好问

郁郁重郁郁，夜半长太息。吟成孤剑咏，门外山鬼泣。清霜棱棱风入骨，残月耿耿灯映壁。君不见一饥缚壮士，僵卧时自惜。黄鹄一举摩苍天，谁念樊笼束修翼。

① 此首录自《全金诗》卷一一八。

渚莲怨[①]

元好问

阿溪何许来，素面涴风雨。寂寞烟中魂，依依欲谁语。

① 此首录自《全金诗》卷一一八。

芳华怨[①]

元好问

娃儿十八娇可怜，亭亭袅袅春风前。天上仙人玉为骨，人间画工画不出。小小油壁车，轧轧出东华，金缕盘双带，云裾踏雁沙。一片朝云不成雨，被风吹去落谁家。少年岂无恩泽侯，金鞍绣帽亦风流。不然典取鹔鹴裘，四壁相如堪白头。金谷楼台悄无主，燕子不来花著雨。只知环珮作离声，谁向琵琶得私语。无情鸂鶒翡翠儿，有情蜂雄蛱蝶雌，劝君满酌金屈卮，明日无花空折枝。

①此首录自《全金诗》卷一一八。

后芳华怨[①]

元好问

江南破镜飞上天，三五二八清光圆。岂知汴梁破来一千日，寂寞菱花仍半边。白沙漫漫车辘辘，鲲鸡弦中杜鹃哭。塞门憔悴人不知，枉为珠娘怨金谷。乐府初唱娃儿行，弹棋局平心不平。只今雄蜂雌蝶两不死，老眼天公如有情。白玉搔头绿云发，玫瑰面脂透肉滑。春风著人无气力，不必相思解销骨。洛花绝品姚家黄，扬州银红一国香。千围万绕看不足，雨打风吹空断肠。丹砂万年药，金印八州督，不及秦宫一生花里活。长门晓夕寿相如，尽著千金买消渴。

①此首录自《全金诗》一一八。

结杨柳怨[①]

元好问

长乐坡前一杯酒，郑重行人结杨柳。可怜杨柳千万枝，看看尽入行人手。轻烟细雨绿相和，恼乱春风态度多。路人爱是风流树，无奈朝攀暮折何。朝攀暮折何时了，不道行人暗中老。素衣今日洛阳尘，白发明朝塞城草。柳色年年岁岁青，关人何事管离情。春风谁向丁宁道，折断长条莫再生。

①此首录自《全金诗》卷一一八。

秋风怨[1]

元好问

碧瓦高梧响疏雨，坐倚薰笼时独语。守宫一著死生休，狗走鸡飞莫为女。云间箫鼓夜厌厌，禁漏谁将海水添。一春门外羊车过，又见秋风拂翠帘。总把丹青怨延寿，不知犹有竹枝盐。

① 此首录自《全金诗》卷一一八。

归舟怨[1]

元好问

渡头杨柳青复青，闺中少妇动离情，只从问得狂夫处，夜夜梦到洛阳城。南风吹橹声，北雁鸣嘤嘤。江流望不极，相思春草生。

① 此首录自《全金诗》卷一一八。

征人怨[1]

元好问

瀚海风烟扫易空，玉关归路几时东。塞垣可是秋寒早，一夜清霜满镜中。

① 此首录自《全金诗》卷一一八。

塞上曲[1]

元好问

平沙细草散羊牛，一簇征人在戍楼。忽见陇头新雁过，一时回首望南州。

① 此首录自《全金诗》卷一一八。

后平湖曲[①]

元好问

越女颜如花，吴儿洁于玉，天教并墙居，不著同被宿。美人一笑千黄金，连城不博百年心。楼上墙头无一物，暮爨朝舂一生足。秋风拂罗裳，秋水照红妆，举头见郎至，低头采莲房。郎心只如菱刺短，妾意未觉藕丝长。与郎期何许，眼碍同舟女，春波澹澹无尽情，双星盈盈不得语。十里平湖艇子迟，岸花汀草伴人归。鸳鸯惊起东西去，唯有蜻蜓接翅飞。

① 此首录自《全金诗》卷一一八。

洧川行[①]

元好问

洧川道边日欲西，谁家少妇掩面啼。漫漫长路行不彻，粉绵镜衣手自携。自言娼家女，家在梁门东，夫婿轻薄儿，新人不相容。忆初在家时，只办放娇慵。耶娘惜女如惜玉，近前细看面发红。无端嫁作荡子妇，流落弃掷风埃中。可怜桃李花，颜色娇蒙茸，朝看花枝好，暮看花枝空。安得明珠三百斛，重帘复幕围春风。

① 此首录自《全金诗》卷一一八。

长安少年行[①]

元好问

黄衫少年如玉笔，生长侯门人不识。道逢豪客问姓名，袖把金鞭侧身揖。卧驼行橐镜帕蒙，石榴压浆银作筒。八月苍鹰一片雪，五花骄马四蹄风。日暮新丰原上猎，三更歌舞灞桥东。

① 此首录自《全金诗》卷一一八。

隋故宫行[①]

元好问

渭川杨柳先得春，二月莺啼百啭新。长春宫中千树锦，暖日晴云思煞人。君王半醉唱吴歌，绛仙起舞嚬翠蛾。吴儿谩说曾行乐，三十六宫能几多。千秋万古金银阙，海没三山一毫发。繁华梦觉人不知，留得寒螿泣秋月。

① 此首录自《全金诗》卷一一八。

解剑行[①]

元好问

古剑黑于漆，郁郁动星文。摩挲二十年，今日持赠君。长鲸鼓浪三山没，知君不是泥中物。袖间一卷白猿书，未分持刀买黄犊。壮怀风云郁沉沉，惭愧漂母无千金。长安侏儒饱欲死，万古不解天公心。北风浩浩吹行客，陇水无声雪花白。荆卿墓头秋草干，击筑行歌欲谁识。君不见秦相五羖皮，去时烹鸡炊扊扅。又不见敝裘苏季子，合从归来印累累。丈夫堕地自有万里气，翕忽变化安能知？大冠如箕望吾子，富贵同生亦同死。

① 此首录自《全金诗》卷一一八。

征西壮士谣[①]

元好问

三十未有二十强，手内蛇矛丈八长。总为官家金印大，不怕百死向沙场。捉却贺兰山下贼，金鞍绣帽好还乡。

① 此首录自《全金诗》卷一一八。

望云谣[①]

元好问

涉江采芙蓉，芙蓉待秋风。登山采兰苕，兰苕霜早雕。美人亭亭在云霄，郁摇行歌不可招。湘弦沉沉写幽怨，愁心历乱如曳茧。金支翠蕤纷在眼，春草迢迢春波远。

① 此首录自《全金诗》卷一一八。

虞坂行[①]

元好问

虞坂盘盘上青石，石上车踪深一尺。当时骐骥知奈何，千古英雄泪横臆。龙蟠于泥易所叹，麟非其时圣为泣。元龟竟堕余且网，老凤常饥竹花实。天生神物如有意，验以乖逢知未必。若论美好是不祥，正使不逢何足惜。孙阳骐骥不并世，百万亿中时有一。乃知此物非不逢，辕下一鸣人已识。我行坂路多阅马，敢谓群空如冀北。孙阳已矣谁汝知，努力盐车莫称屈。

① 此首录自《全金诗》卷一一八。题下有注曰："丙子夏五月，将南渡河，道出虞坂，有感而作。"

田家三咏[①]（三首）

叶绍翁[②]

其　一

织篱为界编红槿，排石成桥接断塍。野老生涯差省事，一间茅屋两池菱。

① 此三首录自《全宋诗》卷二九四九。　② 叶绍翁（约1194—?）：字嗣宗，号靖逸，处州龙泉（今属浙江）人。从叶适学，与真德秀交甚密。有《四朝闻见录》、《靖逸小集》。

其　二

田因水坏秧重播，家为蚕忙户紧关。黄犊归来莎草阔，绿桑采尽竹梯闲。

其　三

抱儿更送田头饭，画鬓浓调灶额烟。争信春风红袖女，绿杨庭院正秋千。

羽林行[①]

杨　果[②]

银鞍白马鸣玉珂，风花三月燕支坡。侍中女夫领军事，黄金买断青楼歌。少年羽林出名字，随从武皇偏得意。当时事少游幸多，御马御衣尝得赐。年年春水复秋山，风毛雨血金莲川。归来宴贺满宫醉，山呼摇动东南天。明昌泰和承平久，北人岁献蒲萄酒。一声长啸四海空，繁华事往空回首。悬瓠月落城上墙，天子死不为降王。羽林零落只君在，白头辛苦趋路旁。腰无长剑手无枪，欲语前事涕满裳。洛阳城下岁垂暮，秋风秋气伤金疮。龙门流出伊河水，北望临潢八千里。蔡州新起髑髅台，只合当年抱君死。君家父兄健如虎，一旦仓皇变为鼠。锦衣新贵见莫嗤，得时失时今又悲。

① 此首录自《全金诗》卷一三七。 ② 杨果(1195—1269):字正卿,号西庵,祁州蒲阴(今属河北)人。初以授学为业。正大进士。历知偃师、蒲城、陕县。金亡,居闲。后征为河南课税,又为史王泽幕参议。中统元年,命为北京宣抚使。又拜参知政事,出为怀孟路总管。工文章,尤善为乐府,与元好问、李遹等唱和。有《西庵集》。

老牛叹[①]

杨 果

老牛带月原上耕,耕儿怒呼嗔不行。瘢疮满背股流血,力乏不胜空哀鸣。日暮归家羸欲倒,水冷萁枯豆颗少。半夜风霜彻骨寒,梦魂犹绕桃林道。服箱曾作千金犍,负重致远人所怜。而今弃掷非故主,饱食不如盗仓鼠。

① 此首录自《全金诗》卷一三七。

采莲曲[①]

郑 起[②]

郎采莲,妾采莲,莲花开似妾初年。莲房结实妾生子,郎今采取应相怜,暖香虽断相牵连。

① 此首录自《全宋诗》卷三一八九。 ② 郑起(1199—1262):初名震,字叔起,号菊山,连江(今属福建)人。初潜心于性理之学,后出游临安。理宗时主于潜县学。淳祐年间,曾忤史嵩之,得旨免解。宝祐年间,相继充尹和静书院堂长,泰州胡安定书院山长,平江三高堂长。晚年专心著述,有《清隽集》。

饮马长城窟[①]

郑　起

饮马长城窟，下见征人骨。长城窟虽深，见骨不见心。谁知征人心，怨杀秦至今。北边风打山，草地荒漫漫。五月方见青，七月霜便寒。古来无井饮，赍带粮尽干。自从征人掘此窟，戍马饮之如飞翰。朝呷一口水，暮破千重关。秦皇极是无道理，长城万里谁能比。

① 此首录自《全宋诗》卷三一八九。

君乘黄[①]

郑　起

君乘黄，臣乘青，二乘先后如流星。君乘黄金漆照镜，臣乘青竹织作棂。道逢相揖失恭敬，君乃伛偻庄其形。世人多认车与笠，交道如此今犹馨。

① 此首录自《全宋诗》卷三一八九。

采桑曲[①]

郑　起

晴采桑，雨采桑，田头陌上家家忙。去年养蚕十分熟，蚕姑只着麻衣裳。

① 此首录自《全宋诗》卷三一八九。

短歌行[①]

郑　起

览镜摩挲，岁月蹉跎。道长命窄，忧虑如何。何以消除，非酒莫祛。醉来不见，醒复如初。跖跻锵锵，孔孟皇皇。何非何是，孰劣孰强。日出杲兮，月出皓兮。无风无雨，可以同携。人生朝露，保不及暮。青青累累，皆是坟墓。天机转深，转用劳心。不如坦荡，驱遣光阴。

① 此首录自《全宋诗》卷三一八九。

樵　歌[①]（三首）

郑　起

其　一

上山斸山山丁登，下山嵌山山棱层。秋残日暮归来晚，茅檐洗脚月又明，明朝早入芙蓉城。

① 此三首录自《全宋诗》卷三一八九。

其　二

入城不识公与卿，行歌道上旁无人。衣衫蓝缕鹑百结，与妻索笑妻生嗔，那知不是朱买臣。

其　三

山坳筑着牧牛儿，白石凿凿蒙茸披。缪公无人宁戚死，独吹觱栗谁得知，不如采樵同路归。

昭君怨[①]

叶　茵[②]

塞上将军且罢兵，一身万里自经营。将军歌舞升平日，却调琵琶寄怨声。

① 此首录自《全宋诗》卷三一八八。　② 叶茵（约1199—?）：字景文，笠泽（今江苏苏州）人。曾一度出仕，后退居邑同里镇，筑顺适室，与陈起等唱酬，有《顺适堂吟稿》五卷。

渔家行[1]

叶　茵

湖滨江浒疎疎村，村村渔家人子孙。为鱼不管波浪恶，出未天明归黄昏。得来鱼可数，妻儿相对语。瓮头有畲熟，锅中无米煮。昔日鱼多江湖宽，今日江湖半属官。钓筒钓车谩百尺，团罟帆罟空多般。盖蓑腊雪杨柳岸，笼手西风芦荻滩。差差舴艋千百只，尽向其中仰衣食。几谋脱离江湖归犁锄，似闻岁恶农家尤费力。

① 此首录自《全宋诗》卷三一八八。

蚕妇吟[1]（二首）

叶　茵

其　一

九日三眠火力齐，五朝又报四眠时。辛勤一月方能茧，缲得成丝却卖丝。

① 此二首录自《全宋诗》卷三一八八。

其　二

扫下乌儿毛样细，满箱桑叶翦青柔。大姑不似三姑巧，今岁缲丝两倍收[1]。

① 诗末原注："谚有大姑拙，三姑巧之语。"

长相思[1]

叶　茵

长相思，情万折，年少不来春又别。宝奁香，绣帏月。鸿雁音信稀，鸳鸯魂梦绝。尚持百年愿，料理丁香结。

① 此首录自《全宋诗》卷三一八八。题下有注曰："追和姜梅山特立韵。"

苕溪行[①]

叶　茵

吴松江头田舍翁，年年苕溪摇飞篷。沿溪杨柳旧相识，问翁何事犹西东。心欲无言泪如洗，松楸正在西山里。余生五十五番春，七十为期春梦耳。追思畴昔谋亲茔，雁行差差三弟兄。伯兮季兮不可作，老来只影嗟零丁。手种青杉逾百尺，藤花薜蔓笼台石。一年一到一徘徊，此后徘徊几朝夕。九泉属望天潜知，寸草难报阳春晖。教子一经答先志，买山傍墓终焉计。读书可大吾门闾，没世可从先大夫。

① 此首录自《全宋诗》卷三一八六。

田父吟[①]（五首）

叶　茵

其　一

去年积潦苦无收，今岁逢人说有秋。未拟香粳供一饱，移移新藁盖檐头。

① 此五首录自《全宋诗》卷三一八四。

其　二

夜登车桁昼耘秧，怕说风伤与水伤。历尽艰辛双鬓白，今秋方觉稻花香。

其　三

老天应是念农夫，万顷黄云著地铺。有谷未为儿女计，半偿私债半官租。

其　四

记得年时灶不烟，土仓今番绕门边。已占此后无忧色，绿遍村前菜麦田。

其　五

逢逢社鼓佐丰年，酒熟那逢酿雪天。擘橘煮鸡偿一醉，布衾烘暖抱孙眠。

机女叹[①]

叶　茵

机声咿轧到天明，万缕千丝织得成。售与绮罗人不顾，看纱嫌重绢嫌轻。

① 此首录自《全宋诗》卷三一八六。

有所思[①]

叶　茵

仰天有所思，心远目苦短。西风驱残云，千里月华满。

① 此首录自《全宋诗》卷三一八五。

田父吟[①]（五首）

叶　茵

其　一

桃花深映水边庄，夫妇相携笑语香。耕耨有粮蚕有种，丁男戽水女条桑。

① 此五首录自《全宋诗》卷三一八七。

其　二

家家柳色染轻黄，柳外归鸦噪夕阳。屋角有烟青不断，粞儿饭熟淡齑香。

其 三

群来野雀绕林梢，三五人家住水坳。翁媪语人年岁好，屋山添得一层茅。

其 四

未晓催车水满沟，男儿鬼面妇蓬头。但求一熟偿逋债，留得糠粞便不忧。

其 五

往来鸡酒乐村村，一稔难忘大造恩。粜谷可酬婚嫁愿，今年好事属柴门。

三 虎 行[①]

方 岳[②]

黄茅惨惨天欲雨，老乌查查路幽阻。田家止予且勿行，前有南山白额虎。一母三足其名彪，两子从之力俱武。西邻昨暮樵不归，欲觅残骸无处所。日未昏黑深掩关，毛发为竖心悲酸，客子岂知行路难。打门声急谁氏子，束蕴乞火霜风寒。劝渠且宿不敢住，袒而示我催租瘢。呜呼！李广不生周处死，负子渡河何日是。

① 此首录自《全宋诗》卷三二二〇。 ② 方岳(1199—1262)：字巨山，号秋崖，祁门(今属安徽)人。绍定进士。历南康军、滁州教授。淳祐六年迁宗学博士，又出知南康军，移知邵武军。宝祐三年改知饶州、宁国府，未上任而罢，闲居。后起知袁州，贾似道当国，又起知抚州，辞而不赴。有《秋崖集》。

杨 柳 枝[①](五首)

方 岳

其 一

绿阴深护碧阑干，拂拂春愁不忍看。燕子未归花落尽，一帘香雪晚风寒。

① 此五首录自《全宋诗》卷三一九四。

其　二

拗尽青青恨未消，春风一夜长新条。多情也似相欺得，爱惹钗头翡翠翘。

其　三

晴日游丝乱入帘，夕阳更添酒家帘。粥香饧白清明近，斗挽柔条插画檐。

其　四

小桥风定绿烟垂，几送行人此别离。蹀躞玉骢嘶草去，啼莺寂寞雨千丝。

其　五

几日春寒怯上楼，楼头烟缕拂帘钩。相看瘦尽浑无奈，一种风流各自愁。

田家乐①

方　岳

前村后村场圃登，东家西家机杼鸣。神林饮福阿翁醉，包裹余胙分杯羹。妇子迎门笑相语，惭愧今年好年岁。牛羊下来翁且眠，时平无人夜催税。

①此首录自《全宋诗》卷三二二一。

田家苦①

方　岳

六月之雨田成溪，七月之旱烟尘飞。眼中收拾不十年，未议索饭儿啼饥。夜点松明事治谷，规避债家相迫促。平明排闼自分沾，渠更舞权还不足。

①此首录自《全宋诗》卷三二二一。

义鸡行[①]

方岳

西家粥粥鸡将雏，俛啄蚱蜢行相呼。羽毛未合事纷夺，四顾不虞乌毕逋。翻窥捷取血丹吻，性命须臾那可忍。草深决起落东家，垂翅离披犹蠢蠢。东家司晨乃有雄，平时嘴距凌秋风。怒冠趋前作雌伏，以翼覆藉哀穷凶。初脱祸机惊未定，生意中闲不能寸。时其饥渴经纪之，踸踔梳翎苏委顿。物生知母不知父，此虽其类非其侣。陈婴杵臼义所激，郭解朱家侠何取。呜呼人有不如物，呜呼今固不如古。从[②]来山泽生龙蛇[③]，人间父子成豺虎。

①此首录自《全宋诗》卷三二二一。 ②从：《全宋诗》校注"原缺，据四库本补"。今按：据《全宋诗》卷三一九〇方岳"题记"，底本为"嘉靖五年祁门方氏刻《秋崖先生小稿》"。 ③蛇：《全宋诗》校注"原作虎，据四诗本改"。

古人行[①]

方岳

古人二十四，已自取侯印。加我三十一，拥褐猿猱径。古人三十六，已自叹头颅。加我十九年，雪颔埋霜须。春风秋月五十五，青山白云自今古。与其浮沉于不卿不相之间，孰愈自适于老圃老农之伍。休休休，仰面看人吾所羞。莫莫莫，天下事堪几回错。既不能致君乎唐虞，又不能收身于樵渔。提携手板聊复尔，安用局促辕下驹。昌黎老韩手笔[②]大，光范三书看渠破。号天叫地为一官，宰相须还贾耽做。不如荷葭坞中之把茅，卧听松声三峡涛。开门夜半划长啸，已笑古人山月高。

① 此首录自《全宋诗》卷三二二一。 ② 手笔：《全宋诗》校注“原作大小，据四库本改”。

槛虎行[①]

方　岳

风低黄芦雪模糊，南山夜猎生於菟。铁衣槛致元帅府，犹自[②]蚺舌磨牙须。府公起迎自除馆，刻桷丹楹齐栅断。分栋骁雄上下番，汛埽蠲明节寒暖。一铺兵十人，一饭肉十斤，日费少府如千缗。惟恐不饱撩怒嗔[③]，一旦出柙谁能踆。君不见有龙猎猎守门户，舐糠累累奈何虎。

① 此首录自《全宋诗》卷三二二二。 ② 自：《全宋诗》校注“原缺，据四库本补”。 ③ 怒嗔：《全宋诗》校注“原作嗔怒，据四库本改”。

农　谣[①]（五首）

方　岳

其　一

春雨初晴水拍堤，村南村北鹁鸪啼。含风宿麦青相接，刺水柔秧绿未齐。

① 此五首录自《全宋诗》卷三一九三。

其　二

问舍求田计未成，一蓑锄月每含情。春山树暖莺相觅，晓陇雨晴人独耕。

其　三

小麦青青大麦黄，护田沙径绕羊肠。秧畦岸岸水初饱，尘甑家家饭已香。

其　四

雨过一村桑柘烟，林梢日暮鸟声妍。青裙老姥遥相语，今岁春寒蚕未眠。

其　五

漠漠余香着草花，森森柔绿长桑麻。池塘水满蛙成市，门巷春深燕作家。

柳枝词[①]

武　衍[②]

灵和殿里最风流，三月飞花满御楼。换得玉人眉样巧，一春浑不下帘钩。

① 此首录自《全宋诗》卷三二六八。　② 武衍（生卒年不详）：字朝宗，号适安，汴梁（今河南开封）人。工诗，有《适安藏拙余稿》。

莫恃势行[①]

高斯得[②]

夜灯读书史，摽然抚予胸。奇哉天下士，英雄见略同。子长叹息芈家事，谓势于人将有穷。谪仙作诗戒鲸鲵，亦云勿恃风涛之势如白龙。乃知世上夸毗子，控抟外物终成空。君不见寡大夫围初得楚，章华台前汗成雨。郑田周鼎哆然求，齐桓晋文何足数。一朝乾溪万众溃，饥卧独枕涓人股。君不见夫差称霸会黄池，诸侯不敢捩眼窥。临盟争长莫敢拒，吴竟为先晋次之。中原甫归败笠泽，甬东百家悕可悲。君不见赵家主父尤雄强，吞灭代北如驱羊。诈称使者入秦地，威风惊倒秦昭王。暮年立子一失计，探鷇沙丘终饿亡。诵诗读史余，更披金匮书。章蔡与秦韩，往事尤可吁。惇欲族诛元祐人，荐福镵碑立诸京。绍兴五十三家桧掌股，庆元五十九人侂牙龈。章蔡投荒韩授首，秦亦奄奄泉下人。当时气势动山岳，如今一窖寒灰尘。后来视今犹视昔，哀哉踵路双辀倾。三书读罢灯亦暗，齁齁一枕东方明。

① 此首录自《全宋诗》卷三二三〇。 ② 高斯得(生卒年不详)：字不妄，邛州蒲江(今属四川)人。绍定进士，授利州路观察推官，后出通判绍兴、台州。淳祐初召为太常博士，迁秘书郎。以言事出知严州，迁浙东、湖南提点刑狱。召为礼部郎中。度宗时擢起居舍人，又出知建宁府。有《耻堂存稿》八卷。《宋史》有传。

绝交行[①]

高斯得

男儿独立天地间，太华绝尖一何峭。子房不肯下萧曹，伯夷本自轻周召。往来舞袖拂云霄，醉里扁舟凌海峤。凤饥肯向鸡求餐，玉洁不与蝇同调。山高路断客来稀，日晏麈空臂争掉。穷涂李白友俗人，岁晚杜甫交年少。前门长揖后门关，当面论心背后[②]笑。云门轻与凡耳弹，夜光莫怪儿童诮。君平世弃政自佳，老子知希渠所要。人间对面九疑峰，未许冲风鼓无窍。

① 此首录自《全宋诗》卷三二三〇。 ② 后：《全宋诗》校注"殿本作面"。今按：据《全宋诗》三二二九高斯得"题记"，"殿本"指"武英殿聚珍版丛书"(《耻堂存稿》)。

官田行[①]

高斯得

噫呼嘻乐哉，咸淳三年之秋大有年。近自浙河东西江与淮，远及七闽二广连四川。黄云一望千万里，莫辨东西南北阡。瓯窭污邪满沟塍，秧马折轴担赪肩。天公更好事，十日不打雨。三边不动尘，穑人更何虑。自从田归官，百姓糟糠难。况复连年苦饥馑，草根木实为珍餐。嵯峨殍骨横千里，待得今年能者几。只道伸眉得一笑，酒肉淋漓浑舍喜。谁知一粒不入肠，总是公家主家米。夜闻东家邻，偃仰啼孤婢。我问汝为谁，答云无食无儿穷妇人。今年公田分司官吏恶，那有遗秉滞穗沾饥贫。大家京坻那复有，惜米如珠藏在囷。我闻唐家天子即位当四年，天下斗米惟三钱。我皇不减贞观主，相公亦如房杜贤。奈何米价百倍逾贞观，此病岂得无其源。呜呼噫嘻，我知之矣。自从买公田，丰年亦凶年。此何人哉，悠悠苍天。更有一事尤堪怪，欲说未说心先怕。今年处处皆有秋，何故天台大水独无一粒收。一粒不收犹自可，臣水王，君火囚，此事颇关宗社忧。书生守经论白黑，无乃将身豺虪投。

① 此首录自《全宋诗》卷三二三〇。

三丽人行[①]

高斯得

相公[②]列屋芙蓉城，烟红露绿千娉婷。朝回迎笑拥前后，忽遭唾弃嫌膻腥。汝曹面作死瓦[③]色，争似平康坊里人。连眉倒晕双鸦鬟，临春璧月阳台云。西湖喧天歌鼓闹，列坐长筵未[④]狎宾。紫衣中使天上至，黄封百榼罗前庭。海螯江柱堆畾嵬，猩唇熊白争鲜[⑤]新。微哉何曾食万钱，陋矣杨家送八珍。酒酣自有娱客具，非丝非竹非歌声。呼卢一掷数百万，刘毅酸寒何足陈。此时相公眼生缬，平康一笑华堂春。鸡鸣钟动却归去，相公手自与金银。恩缠爱结无与比，何意一朝遭怒嗔。偶缘病起思破闷，亟遣花使传丁宁。谁知青鸟不解事，还报从人嬉水亭。立驱百骑捽而至，判司姓贾如弟兄。同游七吏俱簿录，一日得钱千万缗。大书明牓令湖曲，苏堤扫迹无蹄轮。风流宰相推第一，但恐稷契羞同伦。腥风霎霎塞宇宙，万年遗臭何时泯。要当壮士为一洗，我老无力覆八溟。

① 此首录自《全宋诗》卷三二三〇。题下有序曰："杜子美作《丽人行》，讥丞相杨国忠也。国忠，贵妃之兄。近事有相似者，以苏公有《续丽人行》，故作《三丽人行》。" ② 相公：《全宋诗》校注"原作丽人，据《永乐大典》卷三〇〇五改"。③ 瓦：《全宋诗》校注"原作灰，据《永乐大典》改"。 ④ 未：《全宋诗》校注"原作来，据《永乐大典》改"。 ⑤ 熊白争鲜：《全宋诗》校注"《永乐大典》作能鲜白争"。

禹柏行[①]

高斯得

往年上会稽，凌空禹穴曾得窥。今年浮沅湘，又见禹柏蹲山陂。茫茫禹迹遍天下，独此二物称神奇。凌云意气销铄尽，根心就化空存皮。樛柯入地枯不死，反更上擢青铜枝。披以九龙名，流传自何时。得非木宿苍龙精，储英萃异成雄奇。头角崔嵬讶撑拄，牙须磔裂相纷披。孔明庙柏信称古，上距何翅千年奇。杜陵品藻一何陋，遗落鼻祖收孙枝。诿云此地不身到，何由得集衡湘诗。呜呼，衡之山巍巍，湘之水弥弥。地气何太偏，独于草木乎钟之。柏兮手植自神禹，竹也种传由舜妃。谁能为天分此畀人物，庶几可使悍俗嚚风移。

① 此首录自《全宋诗》卷三二三〇。

将进酒[①]

周　密[②]

莫舞郁轮袍，莫酌金叵罗。四坐一时静，听我感慨歌。君不见滔滔易水咸阳路，渐离击筑荆卿舞。酒杯在手醉不成，八创空绕秦宫柱。又不见睢阳夜战城欲摧，孤臣骂贼声如雷。酒不下咽指流血，白羽空射浮图回。古来志士轻一死，意气相期每如此。独醒自古欲何为，空留遗恨随流水。长歌感慨多怆神，不须闻此眉双颦。直须痛饮乌程酒，与君醉倒苹华春。

① 此首录自《全宋诗》卷三五五六。　② 周密(1232—1298)：字公谨，号草窗、苹州、弁阳老人等，祖籍济南(今属山东)，南渡后居湖州。以荫监建康府都钱库。理宗时，入浙西安抚司幕，后为两浙运司椽属、监丰储仓。端宗时，知义乌县，宋亡后居杭州。生平著述甚多，有《草窗韵语》、《草窗词》、《绝妙好词》等传世。

陇头水[①]

周　密

陇阪萦九折，一折一愁绝。涓涓陇头水，征人眼中血。水流有尽时，征人无还期。

① 此首录自《全宋诗》卷三五六一。

婕好怨[1]

周　密

金钥封紫苔，锦茵湿红泪。永巷无风月，深宫谩歌吹。恨如合欢扇，秋来共捐弃。愿如合欢扇，薰风有时至。

① 此首录自《全宋诗》卷三五六一。

入塞曲[1]

周　密

五年戍陇南，十年戍陇北。夜雪度阴山，秋风入绝域。战多宝刀缺，行苦马蹄蚀。归来见天子，功高无矜色。功是战士功，德是明主德。小臣何所有，一心期靖国。

① 此首录自《全宋诗》卷三五六一。

野农谣[1]

利　登[2]

去年阳春二月中，守令出郊亲劝农。红云一道拥归骑，村村镂榜粘春风。行行蛇蚓字相续，野农不识何由读。唯闻是年秋，粒颗[3]民不收。上堂对妻子，炊多粢少饥号啾。下堂见官吏，税多输少喧征求。呼官视田吏视釜，官去掉头吏不顾。内煎外迫两无计，更以饥躯受笞棰。古来邱垅几多人，此日孱生岂难弃。今年二月春，重见劝农文。我勤自钟惰自釜，何用官司劝我氓。农亦不必劝，文亦不必述，但愿官民通有无，莫令租吏打门叫呼疾。或言州家一年三百六十日，念及我农惟此日。

① 此首录自《全宋诗》卷三三三〇。 ② 利登(生卒年不详):字履道,号碧涧,金川(今属江西)人。南宋理宗淳祐元年(1241)进士,官至宁都尉。有《骳稿》。 ③ 粒颗:《全宋诗》校注"读画斋本作颗粒"。今按:据《全宋诗》卷三三三〇"利登"题记,"读画斋本"为"顾氏读画斋刊《南宋群贤小集》"。

采桑行[①]

陈允平[②]

妾本秦罗敷,家住曲江曲。门前杨柳青,春风啼布谷。树头桑初芽,家家蚕始浴。相呼出采桑,采桑如采玉。屈曲回高枝,攀条剪柔绿。朝晴采桑南,暮雨采桑北。采得桑归迟,小姑怨相促。陌上绮罗人,问妾眉何蹙。妾恨妾自知,问妾何所欲。消磨三十春,渐喜蚕上簇。七日收得茧百斤,十日缫成丝两束。一丝一线工,织成罗与縠。百人共辛勤,一人衣不足。举头忽见桑叶黄,低头垂泪羞布裳。

① 此首录自《全宋诗》卷三五一六。 ② 陈允平(生卒年不详):字衡仲,又字君衡,号西麓,鄞县(今浙江宁波)人。试上舍不遇,遂放情山水,往来吴淞淮泗间。恭宗德祐时,授沿海制置司参议官。宋亡,以人才征至元大都,不受官,放还。《两宋名贤小集》有《西麓诗稿》。

春闺怨[①]

陈允平

妾家住在湘江曲,门枕湘江春水绿。年年长是暮春时,两岸垂杨啼布谷。自君话别湘江头,独上层楼弹箜篌。蛾眉不扫远山碧,满堤芳草春正愁。举头不见君,但见湘江云。江云散复聚,妾心空如熏。举头不见君,但见湘江水。江水去复回,妾颜为谁美。湘江云，湘江水，云水悠悠何日已。举头望君君未归，门前杨柳空依依。

① 此首录自《全宋诗》卷三五一六。

春游曲[①]

陈允平

长安二月东风里，千红陌上香尘起。都人欢呼去踏青，马如游龙车如水。两两三三争买花，青楼酒旗三百家。长安酒贵人未醉，岸头芳草日半斜。谁家女子娇似玉，约莫青春十五六。郁金罗带苏合香，琵琶自度相思曲。相思曲，声断续，断续回文不堪读。回文断续有续时，离肠寸断无续期。

① 此首录自《全宋诗》卷三五一六。

江南谣[①]

陈允平

柳絮飞时话别离，梅花开后待郎归。梅花开后无消息，更待明年柳絮飞。

① 此首录自《全宋诗》卷三五一六。

蚕妇吟[①]

谢枋得[②]

子规啼彻四更时，起视蚕稠怕叶稀。不信楼头杨柳月，玉人歌舞未曾归。

① 此首录自《全乐府》卷三四八〇。 ② 谢枋得(1226—1289)：字君直，号叠山，弋阳(今属江西)人。南宋宝祐四年(1256)进士。曾以江东提刑、江西招谕

使知信州，信州城陷，流亡建阳。元朝邀他出仕，拒绝，后被强送往大都，绝食而死。后人辑有《叠山集》。

正气歌[①]

文天祥[②]

天地有正气，杂然赋流形。下则为河岳，上则为日星。于人曰浩然，沛乎塞苍冥。皇路当清夷，含和吐明庭，时穷节乃见，一一垂丹青：在齐太史简，在晋董狐笔，在秦张良椎，在汉苏武节；为严将军头，为嵇侍中血，为张睢阳齿，为颜常山舌；或为辽东帽，清操厉冰雪；或为《出师表》，鬼神泣壮烈；或为渡江楫，慷慨吞胡羯；或为击贼笏，逆竖头破裂。是气[③]所旁薄，凛烈万古存。当其贯日月，生死安足论！地维赖以立，天柱赖以尊。三纲实系命，道义为之根。嗟予遘阳九，隶也实不力。楚囚缨其冠，传车送穷北。鼎镬甘如饴，求之不可得。阴房阒鬼火，春院闭天黑。牛骥同一皂，鸡栖凤凰食。一朝濛雾露，分作沟中瘠。如此再寒暑，百沴自辟易。嗟哉沮洳场，为我安乐国。岂有他谬巧，阴阳不能贼！顾此耿耿在，仰视浮云白。悠悠我心悲，苍天曷有极！哲人日已远，典刑在夙昔。风檐展书读，古道照颜色。

① 此首录自《全宋诗》卷三五九八。题下有序曰："余囚北庭，坐一土室。室广八尺，深可四寻。单扉低小，白间短窄，污下而幽暗。当此夏日，诸气萃然；雨潦四集，浮动床几，时则为水气；涂泥半朝，蒸沤历澜，时则为土气；乍晴暴热，风道四塞，时则为日气；檐阴薪爨，助长炎虐，时则为火气；仓腐寄顿，陈陈逼人，时则为米气；骈肩杂遝，腥臊污垢，时则为人气；或圊溷，或毁（今按：《全宋诗》校注'二字原缺，据四库本补'）尸，或腐鼠，恶气杂出，时则为秽气。叠是数气，当之者（今按：《全宋诗》校注'二字原缺，据四库本补'）鲜不为厉，而予以孱弱俯仰其间，

于兹二年矣，审如（今按：《全宋诗》校注‘二字原缺，据四库本补’）是，殆有养致然，然尔亦安知所养何哉？孟子曰：‘吾善养吾浩然之气。’彼气有七，吾气有一，以一敌七，吾何患焉！况浩然者，乃天地之正气也。作《正气歌》一首。” ② 文天祥（1236—1283）：字宋端，又字履善，号文山，吉州（今江西吉安）人。南宋宝祐四年（1256）进士。累迁湖南提刑，知赣州，除右丞相、枢密使，授信国公，为南宋著名爱国诗人。抗元被捕后坚贞不屈，从容就义。《宋史》有传。 ③ 气：《全宋诗》校注“原作随，据韩本、四库本改”。今按：据《全宋诗》卷三五九五文天祥“题记”，底本为“《四部丛刊》影印明张元喻刻《文山先生全集》”，“韩本”指“明景泰六年韩雍刻《文山先生文集》”。“四库本”指“文渊阁《四库全书·文山集》”。